Kurt Vonnegut • Der taubenblaue Drache

Kurt Vonnegut

Der taubenblaue Drache

Schöne Geschichten

Aus dem Amerikanischen
von Harry Rowohlt

KEIN & ABER
POCKET

Die Originalausgabe ist 2008 unter dem Titel *Armageddon in Retrospect* bei G.P. Putnam's Sons, a division of Penguin Group (USA) Inc. erschienen.
Die Geschichten *Thanasphäre, Das Paket, Maßgeschneiderte Braut, Der taubenblaue Drache, Der arme Dolmetscher, Durchgebrannt, Seins? Oder nicht seins?, Anonyme Liebhaber* und *Coda zu meiner Karriere als Autor von Periodika* stammen aus *Bagombo Snuff Box*, erschienen 1999 bei G.P. Putnam's Sons, a division of Penguin Group (USA) Inc.

Coverbild: plainpicture/goZooma
Satz: Dörlemann Satz, Lemförde
Druck und Bindung: CPI – Ebner & Spiegel, Ulm
ISBN 978-3-0369-5910-8
Auch als eBook erhältlich

www.keinundaber.ch

ZWEITER TEIL

Einführung

Ich vertraue meinem Schreiben am meisten, und andere scheinen meinem Schreiben am meisten zu vertrauen, wenn ich mich am meisten anhöre wie jemand aus Indianapolis, und ich bin jemand aus Indianapolis.

Wir hätten genausogut mit Sahnetörtchen schmeißen können.
(KURTS EINSCHÄTZUNG DES NETTO-EFFEKTS DER ANTIKRIEGS-BEWEGUNG AUF DEN VERLAUF DES VIETNAMKRIEGS)

Schreiben war eine spirituelle Übung für meinen Vater, das einzige, woran er wirklich glaubte. Er wollte die Dinge zum Beßren wenden, glaubte aber nie, daß sein Schreiben viel Effekt auf den Lauf der Dinge haben würde. Seine Vorbilder waren Jonas, Lincoln, Melville und Twain.

Er schrieb um und um und um und maulte das, was er gerade geschrieben hatte, immer und immer wieder vor sich hin, neigte den Kopf nach hinten und vorn, fuchtelte mit den Händen und veränderte Tonfall und Rhythmus der Wörter. Dann hielt er inne, fetzte das kaum betippte Blatt Papier aus der Schreibmaschine, zerknüllte es, warf es weg und fing wieder von vorne an. Für einen Erwachsenen schien das ein seltsamer Zeitvertreib, aber ich war erst ein Kind und wußte nicht viel.

Was Sprache betraf, hatte er einen zusätzlichen Gang eingebaut. Mit über achtzig Jahren löste er immer noch die Kreuzworträtsel in der *New York Times*, schnell, mit Tinte und ohne fremde Hilfe. Sobald ich ihm sagte, daß das Verb am Schluß kommt, konnte er meine lateinischen Schulaufgaben vom Blatt weg übersetzen, ohne je Latein gehabt zu haben. Seine Romane, Reden, Kurzgeschichten und sogar Kurzempfehlungen für Schutzumschläge sind sehr sorgfältig gearbeitet. Wer glaubt, Kurts Witze oder Essays wären ihm leichtgefallen oder er hätte sie aus dem Ärmel geschüttelt, hat noch nie was geschrieben. Einer seiner Lieblingswitze war der mit dem Typ, der Schubkarren schmuggelt. Jeden Tag und Jahr für Jahr durchsucht ein Zöllner sorgfältig die Schubkarre des Typen.

Schließlich, kurz vor seiner Pensionierung, fragt der Zöllner den Typ: »Wir sind Freunde geworden; seit vielen Jahren durchsuche ich täglich Ihre Schubkarre. Was schmuggeln Sie eigentlich?«

»Mein Freund, ich schmuggle Schubkarren.«

Kurt lachte oft so heftig über seine eigenen Witze, daß er vornübergebeugt, den Kopf im Schoß, nach oben blickte. Wenn dann noch ein Hustenanfall dazukam, konnte es ein bißchen beängstigend werden.

Als ich mich beschwerte, weil ich fünfzig Dollar für einen Artikel bekam, an dem ich eine Woche lang geschrieben hatte, sagte er, ich sollte bedenken, wieviel mich eine zweiseitige Anzeige gekostet hätte, in der stand, ich könne schreiben.

Jeder, der schrieb oder zu schreiben versuchte, war für Kurt etwas Besonderes. Und er wollte helfen. Mehr als einmal hörte ich, wie er langsam und sorglich mit Betrunkenen sprach, die es geschafft hatten, ihn telefonisch zu erreichen, und ihnen sagte, was man anstellt, damit eine Geschichte oder ein Witz, der mit der Schubkarre, funktioniert.

»Wer war das?«

»Weiß ich doch nicht.«

Wenn Kurt schrieb, war er auf der Pirsch. Er wußte, weil es bereits geschehen war, daß er, wenn er nur nicht stehenblieb, vielleicht über etwas Gutes stolperte und es so lange bearbeiten und überarbeiten konnte, bis er es sich zu eigen gemacht hatte. Aber sooft es auch passierte, so wenig Selbstvertrauen hatte Kurt. Er machte sich Sorgen, daß jede gute Idee, die er hatte, seine letzte sein mochte und daß jeder offensichtliche Erfolg ausdorren und davonwehen konnte.

Er machte sich Sorgen, weil er dünne Beine hatte und kein guter Tennisspieler war.

Es bereitete ihm Schwierigkeiten, es sich gutgehen zu lassen, aber er konnte die diebische Freude nicht ganz verbergen, die es ihm machte, daß er gut schrieb.

Die unglücklichsten Zeiten in seinem Leben waren diese Monate und manchmal ein ganzes Jahr, wenn er nicht schreiben konnte, wenn er »blockiert« war. Er versuchte so ziemlich alles, um die Blockade zu lockern, aber die

Psychiatrie machte ihn nervös und argwöhnisch. In meinen frühen bis mittleren Zwanzigern plauderte er seine Befürchtung aus, daß Therapie ihn normal und ausgeglichen machen könnte, und dann wäre Schluß mit dem Schreiben. Ich versuchte, ihn zu beruhigen, Psychiater wären aber auch nicht annähernd so gut.

»Wenn man nicht klar schreiben kann, denkt man wahrscheinlich nicht annähernd so gut, wie man denkt, daß man denkt«, sagte er mir. Wenn Sie je etwas von ihm schlampig finden, haben Sie vielleicht recht, aber lesen Sie es vorsichtshalber noch einmal.

Ein kleiner Junge, der im Indiana der Depressionszeit heranwächst, beschließt, daß er Schriftsteller werden will, berühmter Schriftsteller, und genau das passiert. Wie standen die Chancen? Er hat viel Spaghetti an die Wand geschmissen und ein gutes Gespür dafür entwickelt, was hängen bleibt.

Als ich sechzehn war, konnte er keine Englischdozentur am Cape Cod Community College bekommen. Meine Mutter behauptete, sie ginge in Buchhandlungen und bestelle unter falschem Namen seine Bücher, damit die Bücher wenigstens in den Läden waren und vielleicht von jemandem gekauft wurden. Fünf Jahre später veröffentlichte er *Schlachthof 5* und hatte einen mehrere Bücher umfassenden Vertrag über eine Million Dollar. Es dauerte, bis er sich daran gewöhnt hatte. Rückblickend finden die meisten Menschen es das Natürlichste von der Welt, daß Kurt ein erfolgreicher, ja, berühmter Schriftsteller war. Für mich sieht es aus wie etwas, was ganz leicht auch nicht hätte passieren können.

Er hat oft gesagt, daß er Schriftsteller werden mußte, weil er in allem anderen nicht gut war. Er war kein guter Angestellter. Mitte der fünfziger Jahre war er kurz bei *Sports Illustrated* angestellt. Er erschien zur Arbeit und wurde gebeten, einen kurzen Text über ein Rennpferd zu schreiben, das über einen Zaun gesprungen war und versucht hatte wegzulaufen. Kurt starrte den ganzen Vormittag auf das leere Blatt Papier und tippte dann: »Das Pferd sprang über den Scheiß-Zaun.« Danach ging er weg und war wieder selbständig.

Ich kenne keinen Menschen, der sich weniger für Essen interessiert hätte. Das Kettenrauchen hatte etwas damit zu tun. Als er sich über sein langes Leben beklagte, sagte ich ihm, Gott sei neugierig, wie viele Zigaretten ein menschliches Wesen rauchen kann, und Er frage Sich einfach, was als nächstes aus Kurts Munde kommen würde. Man konnte ihn nicht richtig ernst nehmen, wenn er sagte, er sei ausgelaugt und habe nichts mehr zu sagen, weil er damit bereits mit Mitte vierzig angefangen hatte und mit Mitte achtzig immer noch die Leute überraschte und gute Sachen ablieferte.

Das Radikalste und Dreisteste ist, wenn man glaubt, es habe einen Sinn, heftig zu arbeiten und heftig zu denken und heftig zu lesen und heftig zu schreiben und sich nützlich zu machen.

Er war ein Schriftsteller, der an den Zauber des Arbeitsprozesses glaubte –, daran, was er für ihn tat, und daran, was er für Leser tun konnte. Die Zeit und die Aufmerksamkeit des Lesers waren ihm heilig. Er verband sich auf der Gekröse-Ebene mit den Menschen, weil ihm klar war, daß Inhalte nicht die ganze Wahrheit darstellten. Kurt war und ist wie eine Einstiegsdroge oder ein Schuhlöffel. Sobald der Leser über die Schwelle ist, werden auch andere Schriftsteller zugänglich.

»Liest mich noch irgend jemand, der die Schule schon hinter sich hat?«

Er lehrte, wie Geschichten erzählt werden, und lehrte Leser das Lesen. Seine Schriften werden das noch lange tun. Er war und ist subversiv, aber nicht so, wie die Leute glaubten. Er war der zahmste wilde Hund, den ich kenne. Keine Drogen. Keine schnellen Autos.

Er versuchte immer, auf seiten der Engel zu sein. Er glaubte nicht, daß der Irak-Krieg ausbrechen würde –, bis er ausbrach. Das hat ihm das Herz gebrochen, dabei war ihm der Irak herzlich wurscht, nein, weil er Amerika liebte und glaubte, daß das Land und das Volk von Lincoln und Twain einen Weg finden würden, recht zu haben. Er glaubte, wie seine eingewanderten Vorfahren, daß Amerika ein Leuchtfeuer und ein Paradies sein könnte.

Er mußte immer daran denken, daß all das Geld, das wir dafür ausgaben, daß in weiter Ferne Sachen in die Luft gesprengt und Menschen umgebracht wurden, damit die Menschen uns weltweit hassen und fürchten, besser für Bildung und Bücherhallen ausgegeben worden wäre. Es ist schwer vorstellbar, daß die Geschichte ihm nicht recht gibt, wenn sie das nicht sowieso bereits getan hat.

Lesen und Schreiben sind als solche bereits subversive, umstürzlerische Akte. Sie stürzen die Ansicht um, alles müsse so sein, wie es ist, man sei allein, niemand habe je das empfunden, was man selbst empfunden habe. Was den

Leuten aufgeht, wenn sie Kurt lesen, ist, daß alles viel zufälliger ist, als sie gedacht haben. Die Welt ist ein kleines bißchen anders, nur weil sie ein gottverdammtes Buch lesen. Stellen Sie sich das mal vor.

Es ist allgemein bekannt, daß Kurt depressiv war, aber wie so vieles, was allgemein bekannt ist, kann man auch dies mit gutem Grund bezweifeln. Er wollte nicht glücklich sein und sagte viel Deprimierendes, aber ich glaube ehrlich nicht, daß er je depressiv war.

Er war wie ein Extrovertierter, der introvertiert sein wollte, ein sehr geselliger Typ, der ein Einzelgänger sein wollte, ein Glückspilz, der lieber ein Pechvogel gewesen wäre. Ein Optimist, der als Pessimist posierte und hoffte, daß die Leute aufmerkten. Erst beim Irak-Krieg am Ende seines Lebens wurde er ernsthaft düster.

Es kam zu einem bizarren, unwirklichen Zwischenfall, als er zu viele Pillen nahm und in einem Psychokrankenhaus landete, aber man hatte nie das Gefühl, daß er in Gefahr war. Nach einem Tag tollte er im Tagesraum herum, spielte Pingpong und schloß Freundschaften. Es sah aus, als imitiere er nicht sehr überzeugend einen Geistesgestörten.

Der Psychiater des Krankenhauses sagte mir: »Ihr Dad ist depressiv. Wir werden ihm ein Antidepressivum geben.«

»Okay, aber er scheint keins der Symptome zu haben, an die ich mich bei Depressiven gewöhnt habe. Er ist nicht verlangsamt, er sieht nicht traurig aus, er ist immer noch schnell von Begriff.«

»Er hat aber versucht, sich umzubringen«, sagte der Psychiater.

»Na ja, so was Ähnliches.« Keins der Medikamente, die er nahm, nahm er in toxischem Umfang. Selbst Paracetamol nahm er in kaum therapeutischem Maße.

»Meinen Sie nicht, wir sollten ihm Antidepressiva geben? Irgendwas müssen wir tun.«

»Ich dachte nur, ich sollte erwähnen, daß er nicht depressiv zu sein scheint. Es ist sehr schwer zu sagen, was Kurt ist. Damit will ich nicht sagen, daß es ihm gutgeht.«

Der Unterschied zwischen meinen Fans und Kurts Fans: Meine wissen, daß sie geistesgestört sind.

Kurt konnte besser werfen als fangen, besser austeilen als einstecken. Für ihn war es Routine, über Familienmitglieder provokative, nicht immer nette Sachen zu sagen und zu schreiben. Wir lernten, damit zu leben. Es war ja nur Kurt. Aber als ich in einem Artikel erwähnte, daß Kurt in seinem Bestreben, ein berühmter Pessimist zu sein, Twain und Lincoln um deren tote Kinder beneidete, wurde er ballistisch.

»Ich hab' nur versucht, Leser anzulocken. Außer dir wird das niemand auch nur ein bißchen ernst nehmen.«

»Ich weiß, wie Witze funktionieren.«

»Ich auch.«

Klick und klick, wir legten auf.

»Falls ich, Gott behüte, sterben sollte.«

Alle paar Jahre schickte er mir einen Brief, in dem stand, was ich im Falle seines Todes tun sollte. Jedesmal, außer letztes Mal, folgte dem Brief ein Anruf, der mich beruhigte, der Brief sei keine Selbstmordabsichtserklärung gewesen. Am Tag bevor er mir seinen letzten »Falls ich sterben sollte«-Brief schickte, schrieb er die Rede fertig, die er in Indiana zum Auftakt des Kurt-Vonnegut-Jahres halten wollte. Zwei Wochen später fiel er, schlug mit dem Kopf auf, und sein kostbares Hirn nahm irreversiblen Schaden.

Ich habe diese letzte Rede sehr viel sorgfältiger studiert als die meisten, da man mich gebeten hatte, sie zu halten. Ich konnte nicht umhin, mich zu fragen: »Wie kommt er nur mit einem solchen Mist immer wieder ungestraft davon?« Durch sein Publikum funktionierte es dann. Mir wurde schnell klar, daß ich seine Worte einer Zuhörerschaft und einer Welt vorlas, die schwerstverknallt in meinen Vater war und ihm überallhin gefolgt wäre.

»[Ich bin] so zölibatär wie fünfzig Prozent des heterosexuellen römisch-katholischen Klerus« ist ein Satz ohne Bedeutung. »Ein *twerp* [ist] ein Typ, der sich ein künstliches Gebiß in den Hintern gesteckt und die Knöpfe von Taxirücksitzen abgebissen hat.« »Ein *snarf* ist jemand, der an den Sätteln von Mädchenfahrrädern schnüffelt.« Wohin, oh, wohin verschlägt es meinen teuren Vater? Und dann sagte er etwas, was genau den Kern der Sache traf und was empörend war und wahr, und man glaubte es teilweise, weil er gerade eben über Zölibat und *twerps* und *snarfs* gesprochen hatte.

»Auf gar keinen Fall möchte ich jemals Arzt sein. Das ist ganz bestimmt der allerübelste Job auf Erden.«

Eins unserer letzten Gespräche:

»Wie alt bist du, Mark?«

»Ich bin neunundfünfzig, Dad.«

»Ganz schön alt.«
»Stimmt, Dad.«
Ich habe ihn so geliebt.

Diese Schriften, meist undatiert und alle unveröffentlicht, halten, so, für sich genommen, sehr schön stand. Sie brauchen keinerlei Kommentar von mir. Selbst wenn der Inhalt irgendeiner Arbeit Sie nicht interessiert, sehen Sie sich Struktur und Rhythmus und Wortwahl an. Wenn Sie von Kurt nichts über Lesen und Schreiben lernen können, sollten Sie vielleicht was anderes machen.

Seine letzten Worte in der letzten Rede, die er schrieb, sind auf jeden Fall kein schlechter Abschied.

Und ich danke Ihnen für Ihre Aufmerksamkeit,
und dann bin ich auch schon weg.

Mark Vonnegut
1. September 2007

ERSTER TEIL

VON:

Ogfr. K. Vonnegut jun.
12102964 U. S. Army

AN:

Kurt Vonnegut
Williams Creek
Indianapolis, Indiana

Liebe Leute:

Ich habe gehört, daß Ihr wahrscheinlich nie darüber informiert wurdet, ich wäre irgendwas anderes als »vermißt«. Es ist gut möglich, daß Ihr auch keinen der Briefe bekommen konntet, die ich aus Deutschland geschrieben habe. Da bleibt mir viel zu erklären –, in Zusammenfassung:

Ich war seit dem 19. Dezember 1944 Kriegsgefangener, als unsere Division von Hitlers letztem verzweifelten Vorstoß durch Luxemburg und Belgien zerfetzt wurde. Sieben fanatische Panzerdivisionen trafen auf uns und schnitten uns von Hodges' übriger Erster Armee ab. Den anderen amerikanischen Divisionen an unseren Flanken gelang es, sich zurückzuziehen: Wir waren verpflichtet, zu bleiben und zu kämpfen. Bajonette helfen nicht sehr gegen Panzer: Uns gingen Munition, Verpflegung und Arzneimittel aus, und unsere Verluste überstiegen die Zahl derer, die noch kämpfen konnten –, also gaben wir auf. Die 106. bekam dafür eine lobende Erwähnung vom Präsidenten und irgendeine britische Auszeichnung von Montgomery, habe ich gehört, aber ich will verdammt sein, wenn es das wert war. Ich war einer von den wenigen, die nicht verwundet wurden. Dafür immerhin Gottseidank.

Nun, die Übermenschen marschierten mit uns ohne Verpflegung, Wasser oder Schlaf bis Limberg, etwa sechzig Meilen entfernt, glaube ich, wo wir, sechzig Mann pro kleinen, ungelüfteten, ungeheizten Güterwagen, verladen und eingesperrt wurden. Es gab keine sanitären Einrichtungen –, die Fußböden waren mit frischem Kuhdung bedeckt. Es war nicht genug Platz, daß wir uns alle hinlegen konnten. Die eine Hälfte schlief, während die andere Hälfte stand. Wir verbrachten mehrere Tage, einschließlich Weihnachten, auf diesem Abstellgleis in Limberg. An Heiligabend bombardierte und beschoß die Royal Air Force unseren nicht gekennzeichneten Zug. Sie brachten etwa hundertfünfzig von uns um. Am 1. Weihnachtstag bekamen wir ein bißchen Wasser und fuhren langsam durch Deutschland zu einem großen Kriegsgefangenenlager in Mühlburg, südlich von Berlin. Am Neujahrstag wurden wir aus den Güterwagen gelassen. Die Deutschen trieben uns durch siedend heiße Entlausungsduschen. Nach zehn Tagen Hunger, Durst und Unterkühlung starben viele Männer am Schock unter der Dusche. Ich aber nicht.

Laut der Genfer Konvention brauchen Offiziere und Unteroffiziere nicht zu arbeiten, wenn sie gefangengenommen werden. Ich bin, wie Ihr wißt, Gefreiter. Am 10. Januar wurden hundertfünfzig solcher minderen Wesen nach Dresden in ein Arbeitslager geschafft. Aufgrund meiner geringen Deutschkenntnisse war ich ihr Anführer. Es war unser Unglück, sadistische und fanatische Aufpasser zu haben. Medizinische Versorgung und Kleidung wurden uns verweigert: Wir mußten in langen Schichten extrem hart arbeiten. Unsere Nahrungsration bestand aus zweihundertfünfzig Gramm Schwarzbrot und einem halben Liter ungewürzter Kartoffelsuppe pro Tag. Nachdem ich zwei Monate lang verzweifelt versucht hatte, unsere Lage zu verbessern, und bei den Aufpassern nur auf verbindliches Lächeln gestoßen war, sagte ich ihnen, was ich mit ihnen machen würde, wenn die Russen kämen. Sie schlugen mich ein bißchen zusammen. Ich wurde als Gruppenanführer gefeuert. Schläge waren nichts Besonderes: ein Junge verhungerte, und die SS-Männer erschossen zwei, weil sie Essen gestohlen hatten.

Etwa am 14. Februar kamen die Amerikaner herüber, von der R. A. F. gefolgt, und mit vereinten Kräften brachten sie in vierundzwanzig Stunden 250000 Menschen um und zerstörten Dresden vollständig –, möglicherweise die schönste Stadt der Welt. Mich aber nicht.

Danach wurden wir mit der Arbeit betraut, Leichen aus Luftschutzkellern zu tragen; Frauen, Kinder, alte Männer; an Gehirnerschütterung gestorben, verbrannt oder erstickt. Zivilisten beschimpften uns und bewarfen uns mit Steinen, als wir Leichen zu großen Scheiterhaufen mitten in der Stadt trugen.

Als General Patton Leipzig einnahm, wurden wir zu Fuß nach Hellexisdorf an der sächsisch-tschechoslowakischen Grenze evakuiert. Dort blieben wir, bis der Krieg endete. Unsere Aufpasser ließen uns im Stich. An diesem Glückstag waren die Russen fest entschlossen, unseren Abschnitt von isoliertem widerrechtlichem Widerstand zu säubern. Ihre Flugzeuge (P-39s) beschossen und bombardierten uns, wobei sie vierzehn umbrachten, mich aber nicht.

Acht von uns stahlen ein Gespann mit Fuhrwerk. Acht Tage lang waren wir auf Reise, plünderten uns durch das Sudetenland und Sachsen und lebten wie die Könige. Die Russen sind verrückt nach Amerikanern. In Dresden nahmen uns die Russen mit. Von dort sind wir in Ford-Leihlastern bis zu den amerikanischen Linien in Halle gefahren. Danach wurden wir nach Le Havre geflogen.

Ich schreibe von einem Rotkreuzklub im Repatriierungslager für Kriegsgefangene in Le Havre. Ich werde wunderbar gut ernährt und unterhalten. Die Schiffe in die USA sind naturgemäß überfüllt, ich werde also geduldig sein müssen. Ich hoffe, in einem Monat zu Hause zu sein. Wenn ich zu Hause bin, bekomme ich einundzwanzig Tage Erholungsaufenthalt in Atterbury, etwa $ 600 ausstehenden Sold und – stellt Euch das vor – sechzig (60) Tage Urlaub!

Ich habe zu verdammt viel zu sagen, der Rest wird warten müssen. Ich kann hier keine Post empfangen, also schreibt mir nicht. 29. Mai 1945

Liebe,
Kurt jun.

Kurt Vonnegut *in der Clowes Hall, Indianapolis, am 27. April 2007*

Danke.

Ich stehe jetzt als Vorbild vor Ihnen, was mir freundlicherweise vom Herrn Bürgermeister Bart Peterson ermöglicht wurde, und Gott segne ihn für diese Gelegenheit.

Wenn das nicht nett ist, weiß ich nicht, was nett ist.

Und denken Sie mal darüber nach: In nur drei Jahren, während des Zweiten Weltkriegs, wurde ich vom Gefreiten zum Korporal befördert, einem Dienstgrad, den einst sowohl Napoleon als auch Adolf Hitler bekleidet haben.

Tatsächlich bin ich Kurt Vonnegut jun., und so nennen mich meine Kinder, inzwischen alle wie ich in mittleren Jahren, immer noch, wenn sie hinter meinem Rücken über mich reden: »Junior hat dies gesagt, Junior hat jenes gemacht.«

Aber immer, wenn Sie auf die Ayres-Uhr an der Kreuzung South Meridian Street und Washington Street kucken, denken Sie bitte an meinen Vater, Kurt Vonnegut sen., der sie entworfen hat. Das geht so weit, daß er und sein Vater, Bernard Vonnegut, das gesamte verflixte Gebäude entworfen haben. Und er war einer der Gründer der Orchard School und des Museums für Kinder.

Sein Vater, mein Großvater, der Architekt Bernard Vonnegut, hat, unter anderem, das Athenæum entworfen, welches vor dem Ersten Weltkrieg »Das Deutsche Haus« genannt wurde. Ich kann mir nicht vorstellen, warum sie den Namen in »Athenæum« umgewandelt haben, es sei denn, um einer Bande Gräko-Amerikaner in den Arsch zu kriechen.

Ich glaube, Sie wissen alle, daß ich die Hersteller von *Pall Mall*-Zigaretten verklage, weil ihre Erzeugnisse mich nicht umgebracht haben, und ich bin jetzt vierundachtzig. Hören Sie zu: Ich habe nach dem Zweiten Weltkrieg, dem letzten, den wir je gewonnen haben, an der Universität von Chicago Anthropologie studiert. Und die physikalischen Anthropologen, die menschliche Schädel studiert haben und dabei um Jahrtausende zurückgegangen sind, sagten, wir dürften nur etwa fünfunddreißig Jahre alt werden, denn so lange hielten unsere Zähne ohne moderne Zahnmedizin.

Das war die gute alte Zeit: fünfunddreißig Jahre, und tschüs. So was ist intelligentes Design! Jetzt werden die vielen Babyboomer, die sich teure Zahnärzte und Gesundheitsvorsorge leisten können, die armen Schweine, hundert Jahre alt!

Vielleicht sollten Zahnärzte verboten werden. Und vielleicht sollten die Ärzte keine Lungenentzündung mehr heilen, die früher »der Freund der alten Leute« genannt wurde.

Aber ich will Sie heute abend nicht deprimieren. Deshalb habe ich mir etwas ausgedacht, was wir alle heute abend tun können und was eindeutig frohgemut sein wird. Ich glaube, wir können eine Aussage treffen, auf die sich alle Amerikaner, Republikaner oder Demokrat, reich oder arm, stino oder schwul, einigen können, trotz der Kluft, die unser Land so tragisch und so grimmig teilt.

Das erste universelle amerikanische Gefühl, das mir eingefallen ist, war: »Zucker ist süß.«

Und an tragisch und grimmig geteilten Vereinigten Staaten von Amerika ist gewiß nichts Neues, schon gar nicht in meinem Heimatstaat Indiana. Als ich hier ein kleiner Junge war, befand sich das Hauptquartier des Ku-Klux-Klan innerhalb der Grenzen dieses Staates sowie auch der Schauplatz des letzten Lynchens eines afro-amerikanischen Bürgers nördlich der Mason-Dixon-Linie, Marion, glaube ich.

Aber hier befand und befindet sich auch, in Terre Haute, welches jetzt mit einer auf dem neuesten Stande der Technik befindlichen Einrichtung zur Verabreichung tödlicher Injektionen prunkt, das Geburtshaus des Gewerkschaftsführers Eugene Debs. Er lebte von 1855 bis 1926 und führte einen landesweiten Streik gegen die Eisenbahnen an. Er ging ein Weilchen ins Gefängnis, weil er sich unserem Eintritt in den Ersten Weltkrieg widersetzte.

Und er kandidierte ein paarmal für das Amt des Präsidenten, für die Sozialistische Partei, und sagte Dinge wie: »Solang es eine Unterklasse gibt, gehöre ich ihr an; solang es ein kriminelles Element gibt, bin ich eins; und solang eine Menschenseele im Gefängnis schmachtet, bin ich nicht frei.«

Debs hat das so ziemlich von Jesus Christus geklaut. Aber es ist so schwer, originell zu sein. Ich weiß Bescheid!

Aber na gut, was ist eine Feststellung, auf die alle Amerikaner sich einigen können? »Zucker ist süß«, gewiß. Aber da wir uns auf Universitätseigentum befinden, fällt uns bestimmt etwas mit mehr kulturellem Gewicht ein. Und dies ist mein Vorschlag: »Die Mona Lisa, das Bild von Leonardo da Vinci, das im Louvre in Paris, Frankreich, hängt, ist ein vollkommenes Gemälde.«

Okay? Ich bitte um Handzeichen. Können wir uns nicht alle darauf einigen?

Okay, nehmen Sie die Hände wieder herunter. Ich würde sagen, die Wahl ist einstimmig, die Mona Lisa ist ein vollkommenes Gemälde. Der einzige Nachteil ist nur der, den fast alles hat, was wir glauben: Es stimmt nicht.

Hören Sie zu: Ihre Nase zeigt nach rechts. Okay? Das bedeutet, daß die rechte Seite ihres Gesichts eine zurückweichende Ebene ist, die sich vom Betrachter entfernt. Okay? Aber auf der Seite findet keine perspektivische Verkürzung statt, wodurch die dreidimensionale Wirkung entsteht. Und Leonardo hätte diese Verkürzung so leicht hinkriegen können. Er war einfach zu faul. Und wenn er Leonardo da Indianapolis wäre, würde ich mich für ihn schämen.

Kein Wunder, daß sie so ein schiefes Lächeln hat.

Und jemand möchte mich jetzt vielleicht fragen: »Können Sie eigentlich nie ernst sein?« Die Antwort lautet: »Nein.«

Als ich am 11. November 1922 im Methodistenkrankenhaus geboren wurde und in dieser Stadt die gleiche Rassentrennung herrschte wie heute im Profi-Football und im Profi-Basketball, klatschte mir die Geburtshelferin auf den kleinen Hintern, damit ich anfing zu atmen. Aber habe ich geweint? Nein.

Ich sagte: »Auf dem Weg durch den Geburtskanal ist mir was Komisches passiert, Frau Doktor. Ein Penner hat mich angequatscht, er hätte seit drei Tagen nichts zwischen den Zähnen gehabt, und da habe ich ihm eins in die Fresse gehauen!«

Aber im Ernst jetzt, meine lieben bohnenfressenden Landsleute aus Indiana, es gibt heute abend eine gute und eine schlechte Nachricht. Wir leben in der besten und in der schlechtesten aller Zeiten. Aber wirklich neu ist das nicht.

Die schlechte Nachricht lautet, daß die Marsmenschen in Manhattan gelandet und im Waldorf-Astoria abgestiegen sind. Die gute Nachricht lautet, daß sie nur Obdachlose aller Hautfarben fressen und daß sie Benzin pinkeln.

Bin ich religiös? Ich praktiziere eine desorganisierte Religion. Ich gehöre einem unheiligen Unorden an. Wir nennen uns »Unsere Liebe Frau von der Immerwährenden Bestürzung«. Wir sind so zölibatär wie fünfzig Prozent des heterosexuellen römisch-katholischen Klerus.

Tatsächlich –, und wenn ich meine rechte Hand so hochhalte wie jetzt, bedeutet das, daß ich nicht scherze, daß ich mein Ehrenwort gebe, daß das, was jetzt kommt, wahr ist. Also tatsächlich bin ich Ehrenpräsident der Amerikanischen Humanistischen Gesellschaft, indem ich dem verstorbenen großen Science-Fiction-Schriftsteller Isaac Asimov auf diesen zutiefst funktionslosen Posten gefolgt bin. Wir Humanisten benehmen uns, so gut wir können, ohne irgendwelche Belohnungen oder Strafen in einem Nachleben zu erwarten. Wir dienen der einzigen Abstraktion, zu der wir eine echte Vertrautheit haben, so gut wir können, und das ist unsere Gemeinde.

Wir fürchten den Tod nicht, und das sollten Sie auch nicht tun. Sie wissen, was Sokrates über den Tod gesagt hat, natürlich auf griechisch? »Der Tod ist nur eine weitere Nacht.«

Als Humanist liebe ich die Naturwissenschaft. Ich hasse den Aberglauben, der uns nie die Atombomben hätte bescheren können.

Ich liebe die Naturwissenschaft, und das nicht nur, weil sie uns in die Lage versetzt hat, den Planeten vollzumüllen, und es gefällt mir hier nicht. Sie hat die Antworten auf zwei unserer drängendsten Fragen gefunden: Wie hat das Universum angefangen, und woher haben wir und alle anderen Tiere diese wunderbaren Körper, die wir haben, mit Augen und Gehirnen und Nieren und so weiter?

Okay. Die Naturwissenschaft hat also das Hubble-Teleskop in den Weltraum geschickt, damit es Licht und die Abwesenheit von Licht einfangen konnte, von allem Anbeginn der Zeit an. Und das Teleskop hat das auch wirklich getan. Deshalb wissen wir jetzt, daß es einst absolut nichts gab, so ein vollkommenes Nichts, daß es nicht einmal nichts oder einst gab. Können Sie sich das vorstellen? Das können Sie nicht, weil es sich nicht einmal nichts vorzustellen gibt.

Aber dann gab es diesen großen, dicken KNALL! Und daher kommt dieser ganze Kack.

Und woher haben wir unsere wunderbaren Lungen und Augenbrauen und Zähne und Fußnägel und Arschlöcher und so weiter? Durch Millionen Jahre natürlicher Auswahl. Das ist, wenn ein Tier stirbt und ein anderes kopuliert. Überleben der Passendsten!

Aber sehen Sie mal: Wenn Sie jemanden töten sollten, ob versehentlich oder absichtlich, und damit unsere Spezies verbessern, bitte, kopulieren Sie anschließend nicht. Da kommen nämlich die kleinen Kinder her, falls Ihnen das Ihre Mutter nicht gesagt hat.

Und ja, meine lieben Bohnenfresser, und ich habe nie bestritten, einer der euren zu sein: Dies ist in der Tat die Apokalypse, das Ende von allem, wie es Johannes der Täufer und Kurt der Vonnegut prophezeit haben.

Genau in diesem Augenblick, während ich hier spreche, verhungert vielleicht wegen des Klimawandels, unseretwegen, der letzte Eisbär. Und die Eisbären werden mir wirklich fehlen. Ihre Babys sind so warm und schmusig und vertrauensselig, genau wie unsere.

Hat dieser alte Zausel in diesen entsetzlich schweren Zeiten irgendeinen Rat für junge Menschen? Nun, Sie wissen bestimmt, daß unser Land die einzige sogenannte entwickelte Nation ist, die immer noch die Todesstrafe hat. Und Folterkammern. Ich meine, was soll's?

Aber hören Sie zu: Wenn jemand von Ihnen festgezurrt auf einer Bahre in einer Einrichtung zur Verabreichung tödlicher Injektionen landet, vielleicht in Terre Haute, sollten Ihre letzten Worte folgendermaßen lauten: »Das wird mir aber eine Lehre sein.«

Wenn Jesus heute lebte, würden wir ihn mit einer tödlichen Injektion umbringen. Das nenne ich Fortschritt. Wir müßten ihn aus demselben Grund umbringen, aus dem er schon mal umgebracht wurde. Seine Ideen sind einfach zu linksliberal.

Mein Rat für angehende Schriftsteller? Benutzt keine Semikola! Sie sind hermaphroditische Transvestiten und stehen für haargenau nichts. Alles, was sie können, ist andeuten, daß man möglicherweise aufs College gegangen ist.

Also erst die Mona Lisa und jetzt Semikola. Ich könnte genausogut meinen Ruf als Spinner von Weltgeltung vollends festigen, indem ich etwas Nettes über Karl Marx sage, der in diesem Lande und bestimmt hier in Indianapopelis allgemein für einen der schlechtesten Menschen gehalten wird, die je gelebt haben.

Er hat in der Tat den Kommunismus erfunden, den zu hassen man uns so lange gelehrt hat, weil wir so verliebt in den Kapitalismus sind, wie wir die Spielkasinos in der Wall Street nennen.

Kommunismus ist das, wovon Karl Marx hoffte, es könne ein ökonomischer Plan werden, um industrialisierte Nationen dazu zu bringen, so gut für Menschen und besonders Kinder und die Alten und Behinderten zu sorgen, wie Stämme und erweiterte Familien das taten, bevor sie von der Industriellen Revolution zerstreut wurden.

Und ich glaube, wir wären vielleicht gut beraten, den Kommunismus nicht so schlechtzumachen, nicht weil er eine gute Idee wäre, sondern weil unsere Enkel und Urenkel jetzt schon bis hier bei den kommunistischen Chinesen verschuldet sind.

Außerdem haben die kommunistischen Chinesen eine große und süperb ausgerüstete Armee, etwas, was wir nicht haben. Wir sind zu geizig. Wir wollen einfach auf jeden Atombomben schmeißen.

Aber es gibt immer noch viele Menschen, die Ihnen sagen werden, das Schlimmste an Karl Marx sei das, was er über Religion gesagt hat. Er sagte, sie sei das Opium der niederen Klassen, als hätte er gemeint, Religion wäre schlecht für Menschen und er wolle sie loswerden.

Aber als Marx das sagte, damals in den 1840ern, war seine Verwendung des Wortes »Opium« nicht einfach metaphorisch. Damals war das echte Opium das einzige schmerzstillende Mittel, das zu haben war, bei Zahnschmerzen oder Kehlkopfkrebs oder wobei auch immer. Er hatte es selbst verwendet.

Als ernsthafter Freund der Geknechteten sagte er, er sei froh, daß sie etwas hätten, was ihren Schmerz zumindest ein kleines bißchen lindern könnte, und das war Religion. Er mochte Religion, weil sie das konnte, und wollte sie keinesfalls abschaffen. Okay?

Heute hätte er sagen können, wie ich heute abend sage: »Religion kann Paracetamol für viele leidende Menschen sein, und ich bin ja so froh, daß es wirkt.«

Über die chinesischen Kommunisten: Sie sind offensichtlich viel bessere Geschäftsleute als wir und vielleicht auch schlauer, Kommunisten hin, Kommunisten her. Ich meine, sehen Sie sich doch mal an, wieviel besser sie hier in unseren Schulen sind. Machen wir uns nichts vor! Mein Sohn Mark, ein Kinderarzt, war vor einiger Zeit im Zulassungsausschuß der Harvard Medical School, und er hat gesagt, wenn es dort mit rechten Dingen zugegangen wäre, hätte das Erstsemester zur Hälfte aus asiatischen Frauen bestanden.

Aber zurück zu Karl Marx: Wie unterwürfig gegenüber Jesus oder einem humanen Allmächtigen Gott waren denn die Führer dieses Landes damals in den 1840ern, als Marx so etwas angeblich Schlimmes über Religion sagte? Sie hatten es total legal gemacht, menschliche Sklaven zu halten, und ließen Frauen noch weitere achtzig Jahre lang weder wählen noch, Gott behüte, öffentliche Ämter bekleiden.

Vor einiger Zeit bekam ich einen Brief von einem Mann, der, seitdem er sechzehn Jahre alt war, als Gefangener im amerikanischen Justizvollzugssystem lebte. Jetzt ist er zweiundvierzig und steht kurz vor der Entlassung. Er hat mich gefragt, was er machen soll. Ich habe ihm geraten, was Karl Marx ihm geraten hätte: »Schließen Sie sich einer Kirche an.«

Und jetzt achten Sie bitte darauf, daß ich die rechte Hand gehoben habe. Und das bedeutet, daß ich nicht scherze, daß ich das, was ich gleich sagen werde, für wahr halte. Also: Das spirituell großartigste amerikanische Phänomen zu meinen Lebzeiten war nicht unser Beitrag zur Niederlage der Nazis, in der ich so eine große Rolle spielte, und auch nicht Ronald Reagans Sieg über den gottlosen Kommunismus, zumindest in Rußland.

Das spirituell großartigste amerikanische Phänomen zu meinen Lebzeiten ist, wie afro-amerikanische Bürger ihre Würde und Selbstachtung behalten haben, obwohl sie von weißen Amerikanern, inner- wie außerhalb der Regierung und nur wegen ihrer Hautfarbe, behandelt wurden, als wären sie verachtenswert und abscheuerregend, sogar von einer Krankheit befallen.

Dabei haben ihnen ihre Kirchen bestimmt geholfen. Da kommt also Karl Marx wieder ins Spiel. Da kommt Jesus wieder ins Spiel.

Und welches Geschenk Amerikas an die übrige Welt wird von der übrigen Welt am meisten geschätzt? Es ist der afro-amerikanische Jazz mitsamt seinen Ablegern. Wie lautet meine Definition für Jazz? »Safe Sex allerhöchster Ordnung«.

Die beiden größten Amerikaner zu meinen Lebzeiten waren, soweit ich weiß, Franklin Delano Roosevelt und Martin Luther King jun.

Ich habe die Vermutung gehört, daß Roosevelt nicht so ein Mitgefühl für die unteren Klassen entwickelt hätte, sondern ein ganz normaler reicher, eingebildeter, Ivy-League-Pferdearsch der Herrscherkaste gewesen wäre, wenn er nicht von Poliomyelitis, Kinderlähmung, gedemütigt worden wäre. Ganz plötzlich funktionierten seine Beine nicht mehr.

Was können wir gegen die Erderwärmung tun? Wir könnten vermutlich das Licht ausmachen, aber lassen Sie das bitte. Mir fällt nichts ein, wie man die Atmosphäre reparieren kann. Es ist viel zu spät. Aber etwas gibt es, was ich heil machen kann, und ich kann es noch heute abend heil machen und genau hier in Indianapolis in Ordnung bringen. Es ist der Name einer weiteren guten Universität, die Sie nach meiner Zeit gebaut haben. Aber Sie haben ihr den Namen »I.U.P.U.I.« gegeben. »I.U.P.U.I.«? Sind Sie wahnsinnig geworden?

»Tag, ich war auf der Harvard-Uni, und Sie?«

»Ich bin auf die I.U.P.U.I. gegangen.«

Dank der unbeschränkten Machtvollkommenheit, die mir der Herr Bürgermeister Peterson für das ganze Jahr 2007 verliehen hat, benenne ich hiermit die I.U.P.U.I. in »Tarkington University« um.

»Tag, ich war auf der Harvard-Uni, und Sie?«

»Ich bin auf die Tarkington-Uni gegangen.« Hat doch Klasse, oder?

Beschlossen und verkündet.

Die Zeit wird vergehen, und niemand wird mehr wissen oder wissen wollen, wer Tarkington war. Ich meine, wen schert es heute noch den Gegenwert eines Rattenarschs, wer Butler war? Wir sind hier in der Clowes Hall, und ich habe sogar noch einige echte Clowes' gekannt. Nette Leute.

Aber eins will ich Ihnen sagen: Ich stünde heute abend nicht vor Ihnen, wären Leben und Werke von Booth Tarkington, einem gebürtigen Indianapoletaner, nicht so ein leuchtendes Beispiel gewesen. Während seines Lebens,

1869 bis 1946, welches sich vierundzwanzig Jahre lang mit meinem Leben überschnitt, wurde Booth Tarkington ein wunderbar erfolgreicher und angesehener Autor von Stücken, Romanen und Kurzgeschichten. Sein Spitzname in der literarischen Welt, ein Spitzname, für den ich alles geben würde, war »der Gentleman aus Indiana«.

Als kleiner Junge wollte ich sein wie er.

Wir haben uns nie kennengelernt. Ich hätte nicht gewußt, was sagen. Ich wäre vor lauter Heldenverehrung durchgedreht.

Ja, und dank der unbeschränkten Machtvollkommenheit, die mir der Herr Bürgermeister Peterson für das ganze Jahr 2007 verliehen hat, fordere ich, daß jemand unter den Anwesenden hier in Indianapolis eine Inszenierung von Booth Tarkingtons Stück *Alice Adams* auf die Beine stellt.

Durch eine süße Fügung hieß meine verstorbene Schwester, eine einsachtzig große Wuchtbrumme von einer Blondine, nachdem sie geheiratet hatte, ebenfalls Alice Adams. Sie liegt jetzt mit unseren Eltern und Großeltern und Urgroßeltern und James Whitcomb Riley, dem höchstbezahlten amerikanischen Schriftsteller seiner Zeit, in Crown Hill.

Wissen Sie, was meine Schwester Allie immer sagte? Sie sagte immer: »Die erste Hälfte des Lebens ruinieren einem die Eltern, die zweite Hälfte ruinieren einem die Kinder.«

James Whitcomb Riley, »der Bohnenfresserpoet aus Indiana«, war der bestbezahlte amerikanische Schriftsteller seiner Zeit, 1869 bis 1916, weil er seine Lyrik gegen Geld in Theatern und Aulen vortrug. So entzückt waren gewöhnliche Amerikaner von Lyrik. Können Sie sich das vorstellen?

Wollen Sie wissen, was der große französische Schriftsteller Jean-Paul Sartre einmal sagte? Er sagte, natürlich auf französisch: »Die Hölle, das sind die anderen.« Er weigerte sich, einen Nobelpreis anzunehmen. So unhöflich hätte ich nie sein können. Ich wurde von unserer afro-amerikanischen Köchin großgezogen, welche Ida Young hieß.

Während der Großen Depression hörte man afro-amerikanische Bürger, natürlich neben vielem anderen, dies sagen: »Es steht so schlecht, daß die Weißen bereits ihre eigenen Kinder großziehen müssen.«

Aber ich wurde nicht ausschließlich von Ida Young großgezogen, einer Urenkelin von Sklaven, die intelligent, freundlich und ehrenhaft war, stolz und gebildet, gewandt im Ausdruck, rücksichtsvoll und von angenehmem Äußeren. Ida Young liebte Lyrik und las mir gern Gedichte vor.

Außerdem wurde ich von Lehrern an der Schule Nr. 43, der James Whitcomb Riley School, und dann an der Shortridge High School großgezogen. Damals waren gute Volksschullehrer Lokalberühmtheiten. Dankbare ehemalige Schüler, längst erwachsen, besuchten sie und erzählten ihnen, wie sie sich so machten. Und auch ich war ein solcher sentimentaler Erwachsener.

Aber schon vor langer Zeit sind all meine Lieblingslehrer den Weg der meisten Eisbären gegangen.

Das Allerbeste, was man im Leben sein kann, ist Lehrer, vorausgesetzt, man ist bis über beide Ohren in das, was man lehrt, verknallt, und die Klasse, die man unterrichtet, besteht aus achtzehn Schülern oder weniger. Klassen mit achtzehn oder weniger Schülern sind eine Familie und fühlen und benehmen sich wie eine solche.

Als meine Klasse in der Schule Nr. 43 ihren Abschluß machte, lief gerade die Große Depression, die Geschäfte gingen schlecht, es gab fast keine Jobs, Hitler übernahm Deutschland, und wir alle sollten schriftlich dartun, was wir als Erwachsene zu tun gedächten, um die Welt zu verbessern.

Ich schrieb, ich würde den Krebs mit Chemikalien heilen und gleichzeitig für Eli Lilly arbeiten.

Ich habe dem Humoristen Paul Krassner dafür zu danken, daß er auf einen großen Unterschied zwischen George W. Bush und Hitler hinwies: Hitler wurde gewählt.

Ich habe vorhin meinen einzigen Sohn Mark Vonnegut erwähnt. Wissen Sie noch? Über chinesische Frauen und die Harvard Medical School? Also, er ist nicht nur Kinderarzt in der Gegend von Boston, sondern auch noch Maler und Saxophonist und Schriftsteller. Er hat ein schweinemäßig gutes Buch namens *The Eden Express* geschrieben. Da geht es darum, wie er mal ausgeflippt ist, Gummizelle-samt-Zwangsjacke-Zeug. Auf dem College war er in der Ringermannschaft. Ein echter Irrer!

In seinem Buch berichtet er, wie er sich mählich so weit erholte, daß er an der Harvard Medical School seinen

Abschluß machen konnte. *The Eden Express* von Mark Vonnegut.

Aber leihen Sie es sich nicht aus. Um Gottes willen, kaufen Sie es!

Ich betrachte jeden, der ein Buch ausleiht, aktiv wie passiv, anstatt es zu kaufen, als *twerp.* Als ich vor einer Million Jahren an der Shortridge High School war, wurde ein Twerp als ein Typ definiert, der sich einen Satz falsche Zähne in den Hintern steckte und die Knöpfe auf den Rücksitzen von Taxis abbiß.

Aber ich beeile mich hinzuzufügen, falls heute abend hier ein leicht zu beeinflussender junger Mensch, der nichts mit sich anzufangen weiß und aus einer zerrütteten Familie stammt, beschließen sollte, es morgen auf gut Glück damit zu versuchen, ein Twerp zu sein, daß es auf den Rücksitzen von Taxis keine Knöpfe mehr gibt. Die Zeiten ändern sich!

Ich habe Mark vor einiger Zeit gefragt, worum es im Leben überhaupt geht, weil ich nicht den geringsten Anhaltspunkt hatte. Er sagte: »Dad, wir sind hier, um einander dabei zu helfen, diese Sache durchzustehen, was sie auch sein mag.«

»Was sie auch sein mag.« Nicht schlecht. Ist, glaube ich, gekauft.

Und wie sollten wir uns während dieser Apokalypse verhalten? Wir sollten ungewöhnlich nett zueinander sein, gewiß. Aber wir sollten auch damit aufhören, so ernsthaft zu sein. Witze sind sehr hilfreich. Und schaffen Sie sich einen Hund an, wenn Sie noch keinen haben.

Ich habe mir auch gerade einen angeschafft, und er ist eine neue Kreuzung. Er ist halb Pudel und halb chinesischer Shih-Tzu.

Er ist ein Shit-poo.

Und ich danke Ihnen für Ihre Aufmerksamkeit, und dann bin ich auch schon weg.

Wehklagen soll auf allen Straßen sein

Es war eine Routinerede, die wir am ersten Tag unserer Grundausbildung hörten, von einem drahtigen kleinen Leutnant gehalten: »Männer, bisher seid ihr gute, saubere amerikanische Jungs mit einer amerikanischen Vorliebe für sportliches Verhalten und Fairneß gewesen. Wir sind hier, um das zu ändern. Unser Job ist es, aus euch die gemeinste, dreckigste Bande von Totschlägern in der Geschichte der Welt zu machen. Von jetzt an könnt ihr die Boxregeln des Marquis von Queensberry und alle anderen Regelwerke vergessen. Alles und jedes ist erlaubt. Schlagt nie einen Mann über der Gürtellinie, wenn ihr ihn unter die Gürtellinie treten könnt. Der Schweinehund soll schreien. Bringt ihn um, egal, wie. Umbringen, umbringen, umbringen, versteht ihr?«

Seine Ansprache wurde mit nervösem Gelächter und allgemeiner Zustimmung begrüßt. »Haben Hitler und Tojo nicht gesagt, die Amerikaner wären eine Bande von Weicheiern? Ha! Das werden sie ja merken.« Und natürlich merkten Deutschland und Japan es: eine hartgemachte Demokratie spie eine siedend heiße Wut, die unaufhaltsam war. Es war ein Krieg der Vernunft gegen die Barbarei, angeblich, und es ging um so hohe Ideale, daß die meisten unserer fieberhaften Kämpfer keine Ahnung hatten, warum sie kämpften –, außer daß der Feind eine Bande von Schweinehunden war. Eine neue Sorte von Krieg, und jede Art der Zerstörung, des Tötens war genehmigt. Die Deutschen fragten schon mal: »Warum kämpft ihr Amerikaner gegen uns?« – »Weiß ich nicht, aber auf jeden Fall hauen wir euch ordentlich die Hucke voll«, lautete die Standardantwort.

Viele Menschen fanden Geschmack an der Idee des totalen Krieges: das klang so modern und hielt mit unserer aufsehenerregenden Technologie Schritt. Für sie war es wie ein Footballspiel: »Packt sie, packt sie, packt sie und zerhackt sie …« Drei Kleinstadtladenbesitzersfrauen, mollig und in mittleren Jahren, nahmen mich mit, als ich per Anhalter von Camp Atterbury aus nach Hause fuhr. »Haben Sie schon viele Deutsche umgebracht?« fragte die Fahrerin, indem sie munteren Smalltalk machte. Ich sagte ihr, ich wisse es nicht. Dies ging als Bescheidenheit durch. Als ich ausstieg, tätschelte mir eine der Damen mütterlich die Schulter: »Ich wette, Sie möchten jetzt gern nach drüben und ein paar von den dreckigen Japsen killen, stimmt's?« Wir tauschten wissendes Geblinzel aus. Ich sagte diesen schlichten Seelen nicht, daß ich nach einer Woche an der Front in Gefangenschaft geraten war, und, um eher zum Thema zu kommen, auch nicht, was ich vom Killen dreckiger Deutscher hielt, vom totalen Krieg. Der Grund für meinen Kummer hat damals wie heute mit einem Vorfall zu tun, der in den amerikanischen Zeitungen flüchtig gestreift wurde. Im Februar 1945 wurde Dresden zerstört, und mit ihm mehr als hunderttausend Menschenwesen. Ich war da. Nicht viele wissen, wie hart Amerika geworden war.

Ich gehörte zu einer Gruppe von hundertfünfzig Infanteriegefreiten, die bei der Ardennenoffensive gefangengenommen und zum Arbeiten nach Dresden geschafft worden waren. Dresden, wurde uns gesagt, war die einzige größere deutsche Stadt, die bisher nicht bombardiert worden war. Das war im Januar 1945. Dieses Glück hatte es seinem unkriegerischen Erscheinungsbild zu verdanken: Krankenhäuser, Brauereien, Nahrungsmittelindustrie, Werkstätten für chirurgische Bedarfsartikel, Keramik, Fabriken für Musikinstrumente und dergleichen. Seit dem Krieg waren die Krankenhäuser das Wichtigste. Jeden Tag kamen von Ost und West Hunderte Verwundeter in die stille Zuflucht. Nachts konnten wir das dumpfe Grollen ferner Luftangriffe hören. »Heute nacht ist Chemnitz dran«, sagten wir dann und spekulierten, wie es unter den gähnenden Bombenschächten und den brillanten jungen Männern mit ihren Armaturen und Fadenkreuzen sein mochte. »Dem Himmel sei Dank, daß wir in einer ›offenen Stadt‹ sind«, dachten wir, und das dachten auch die Tausende von Flüchtlingen – Frauen,

Kinder und alte Männer –, die in einem verzweifelten Strom aus den schwelenden Trümmern Berlins, Leipzigs, Breslaus, Münchens kamen ... Sie überfluteten die Stadt, bis sie zweimal so viele Einwohner hatte wie normal.

Es fand kein Krieg in Dresden statt. Zwar kamen fast jeden Tag Flugzeuge oben vorbei, und die Sirenen heulten, aber die Flugzeuge waren immer auf dem Weg woandershin. Der Fliegeralarm bot ein Päuschen an einem öden Arbeitstag, ein gesellschaftliches Ereignis, eine Gelegenheit zum Schwatz in den Luftschutzkellern. Die Luftschutzkeller waren im Grunde nicht viel mehr als eine Geste, beiläufige Zurkenntnisnahme des nationalen Notstands: Weinkeller und Untergeschosse mit Bänken, und vor den Fenstern waren Sandsäcke, meistens. In der Stadtmitte gab es ein paar angemessenere Bunker, nahe den Regierungsbüros, aber nichts wie die unerschütterliche unterirdische Festung, die Berlin für sein tägliches Bombardement unempfindlich machte. Dresden hatte keinen Grund, sich auf einen Angriff vorzubereiten –, und dazu gibt es eine grausige Geschichte.

Dresden gehörte bestimmt zu den liebreizendsten Städten der Welt. Seine Straßen waren breit, von Schatten spendenden Bäumen gesäumt. Durch die ganze Stadt zogen sich zahllose kleine Parks, und überall standen Statuen. Sie hatte wunderbare alte Kirchen, Bibliotheken, Museen, Theater, Galerien, Biergärten, einen Zoo und eine bedeutende Universität. Dresden war einmal ein Paradies für Touristen. Diese wären über die Freuden der Stadt weit besser informiert, als ich es bin. Aber mein Eindruck ist, daß in Dresden – in der physisch existierenden Stadt – die Symbole des guten Lebens waren; angenehm, ehrlich, intelligent. Im Schatten des Hakenkreuzes standen und warteten diese Symbole der Würde und Hoffnung des Menschen, Denkmäler der Wahrheit. Als angesammelter Schatz von Hunderten von Jahren sprach Dresden beredt von jenen Dingen, durch die sich die europäische Kultur auszeichnet, in deren Schuld wir so tief stehen. Ich war ein Gefangener, hungrig, schmutzig, voller Haß auf die, die uns gefangengenommen hatten, aber ich liebte diese Stadt und sah das gesegnete Wunder ihrer Vergangenheit und das reiche Versprechen ihrer Zukunft.

Im Februar 1945 reduzierten amerikanische Bomber diesen Schatz zu zerkleinerten Steinen und glühenden Trümmern; weideten sie mit hochexplosivem Sprengstoff aus und versengten sie mit Brandbomben. Die Atombombe mag einen fabelhaften Fortschritt darstellen, aber es ist interessant, daß es mit primitivem TNT und Thermit gelang, in einer einzigen blutigen Nacht mehr Menschen auszurotten, als während der gesamten Blitzkrieg-Luftangriffe auf London starben. Die Festung Dresden feuerte ein Dutzend Schüsse auf unsere Flieger ab. Sobald sie wieder auf ihren Stützpunkten waren und heißen Kaffee schlürften, haben sie wahrscheinlich bemerkt: »Ungewöhnlich wenig Flak heute nacht. Na, dann wollen wir uns mal in die Falle hauen.« In Gefangenschaft geratene britische Piloten aus taktischen Fliegereinheiten (die Frontsoldaten Feuerschutz gegeben hatten) rügten die Piloten, die schwere Bomber bei Städtebombardements geflogen hatten, mit Sprüchen wie: »Wie habt ihr bloß den Gestank siedenden Urins und brennender Kinderwagen ausgehalten?«

Eine vollkommen routinemäßige Meldung: »Gestern nacht flogen unsere Flugzeuge einen Angriff auf Dresden. Alle kehrten sicher zurück.« Nur ein toter Deutscher ist ein guter Deutscher: über einhunderttausend böse Männer, Frauen und Kinder (die Tauglichen waren an den Fronten) wurden auf ewig von ihren Sünden gegen die Menschheit gereinigt. Zufällig lernte ich einen Bombenschützen kennen, der am Luftangriff teilgenommen hatte. »Wir haben das sehr ungern gemacht«, sagte er mir.

Die Nacht, in der sie herüberkamen, verbrachten wir in der unterirdischen Fleischvorratshalle eines Schlachthofs. Wir hatten Glück, denn das war der beste Luftschutzbunker der Stadt. Riesen pirschten auf der Erde über uns. Zuerst kam das leise Gemurmel ihres Tanzes in den Randgebieten, dann das Gegrummel, als sie näherzockelten, und schließlich das ohrenzerschmetternde Krachen ihrer Hacken über uns – und dann wieder zurück zu den Randgebieten. Auf und ab fegten sie: *saturation bombing* heißt die vollständige Zerbombung im militärischen Englisch.

»Ich habe geschrien und geweint und die Mauern unseres Luftschutzraums mit den Fingern zerkratzt«, sagte mir eine alte Dame. »Ich habe zu Gott gebetet: ›Bitte, bitte, bitte, lieber Gott, mach, daß sie aufhören‹, aber er hat mich nicht gehört. Nichts konnte sie davon abhalten. Sie kamen immer wieder, Welle auf Welle. Es war unmöglich, uns zu ergeben; unmöglich, ihnen zu sagen, daß wir es nicht mehr aushielten. Es gab nichts, was irgend jemand tun konnte, als dasitzen und auf den Morgen warten.« Ihre Tochter und ihr Enkel kamen um.

Unser kleines Gefängnis brannte vollständig ab. Wir sollten in ein abgelegenes Lager evakuiert werden, in dem südafrikanische Kriegsgefangene untergebracht waren. Unsere Bewacher waren ein melancholischer Haufe, bejahrte Volkssturm-Männer und kriegsversehrte Veteranen. Die meisten von ihnen wohnten in Dresden und hatten Freunde und Familien irgendwo im Inferno gelassen. Ein Gefreiter, der nach zwei Jahren Ostfront ein Auge eingebüßt hatte, ermittelte, bevor wir losmarschierten, daß seine Frau, seine zwei Kinder und seine beiden Eltern umgekommen waren. Er hatte eine Zigarette. Er teilte sie mit mir.

Unser Marsch zum neuen Quartier führte uns an den Stadtrand. Es war unmöglich zu glauben, daß irgend jemand im Herzen der Stadt überlebt hatte. Normalerweise wäre es ein kalter Tag gewesen, aber gelegentliche Windstöße aus dem Höllenbrand brachten uns ins Schwitzen. Und normalerweise wäre es ein klarer und sonniger Tag gewesen, aber eine trübe, hoch aufragende Wolke verwandelte Mittag in Zwielicht. Eine trostlose Prozession verstopfte die Landstraßen, die aus der Stadt führten; Menschen mit geschwärzten Gesichtern, von Tränenrinnsalen durchzogen, manche trugen Verwundete, manche trugen Tote. Sie versammelten sich auf den Feldern. Niemand sprach. Einige wenige mit Rotkreuz-Armbinden taten für die Verletzten, was sie konnten.

Nachdem wir uns bei den Südafrikanern eingewöhnt hatten, genossen wir eine Woche ohne Arbeit. Danach wurden die Kontakte zur Kommandoebene wiederhergestellt, und man befahl uns, sieben Meilen in das Gebiet zu marschieren, welches am schwersten getroffen worden war. Nichts in dem Bezirk war dem Wüten entgangen. Eine Stadt aus schartigen Gebäudehülsen, aus zersplitterten Standbildern und zerfetzten Bäumen; jedes Fahrzeug angehalten, knotig und verbrannt, auf dem Pfad der Urgewalt dem Rost oder Verfall preisgegeben. Die einzigen Geräusche, die nicht von uns ausgingen, waren die Geräusche von herabfallendem Putz samt Echo. Ich kann die Verwüstung nicht angemessen beschreiben, aber ich kann eine Ahnung davon geben, wie sie auf uns wirkte, indem ich einen delirierenden britischen Soldaten in einem Notlazarett für Kriegsgefangene zitiere: »Es ist beängstigend, kann ich dir sagen. Da gehe ich eine dieser verdammten Straßen entlang und spüre tausend Augen am Hinterkopf. Ich höre, wie sie hinter mir flüstern. Ich drehe mich um, will sie sehen, da ist keine verdammte Menschenseele in Sicht. Man kann sie spüren, und man kann sie hören, aber es ist nie jemand da.« Wir wußten, daß es so war, wie er sagte.

Für »Bergungs«-Arbeiten wurden wir in kleine Mannschaften aufgeteilt, jede mit einem Bewacher. Unsere schaurige Mission war die Suche nach Leichen. An jenem Tag und an den vielen Tagen danach gab es reiche Beute. Wir begannen in kleinem Maßstab – hier ein Bein, da ein Arm, und gelegentlich ein Baby –, stießen aber bereits vor Mittag auf eine ergiebige Ader. Wir durchbohrten eine Kellerwand und entdeckten ein stinkendes Durcheinander von über hundert menschlichen Wesen. Flammen mußten hier hindurchgefegt sein, bevor das einstürzende Haus die Ausgänge versiegelt hatte, denn das Fleisch der Eingeschlossenen ähnelte der Textur von Backpflaumen. Unser Job, wurde uns erklärt, war, in das Tohuwabohu zu waten und die Überbleibsel herauszubringen. Von Klapsen und gutturalen Beschimpfungen ermuntert, wateten wir tatsächlich hinein. Waten mußten wir, weil der Fußboden mit einer widerwärtigen Brühe bedeckt war, die aus Eingeweiden und dem Wasser aus geborstenen Rohren bestand. Eine Anzahl von Opfern, die nicht sofort getötet worden war, hatte versucht, durch einen engen Notausgang zu entkommen. Auf jeden Fall waren mehrere Leichen dicht in dem Durchgang gestapelt. Ihr Anführer hatte es halbwegs die Stufen hinauf geschafft, bevor er bis zum Hals in Ziegeln und Mörtel begraben wurde. Er war etwa fünfzehn, glaube ich.

Nur mit Bedauern besudele ich den Edelmut unserer fliegenden Truppe, aber, Jungs, ihr habt entsetzlich viele Frauen und Kinder umgebracht. Der Luftschutzkeller, den ich beschrieben habe, und unzählige andere wie er waren voll davon. Wir mußten ihre Leichen exhumieren und zu Massenscheiterhaufen in den Parks tragen –, daher weiß ich das. Die Scheiterhaufentechnik wurde verworfen, als klar wurde, wie hoch der Blutzoll gewesen war. Es gab nicht genügend Arbeitskräfte, um das einigermaßen dezent zu erledigen, also wurde stattdessen ein Mann mit Flammenwerfer hinuntergeschickt, und er verbrannte sie an Ort und Stelle. Bei lebendigem Leibe verbrannt, erstickt, zerquetscht –, Männer, Frauen und Kinder wahllos umgebracht. Bei aller Erhabenheit der Sache, für die wir kämpften, haben wir ein eigenes Bergen-Belsen erschaffen. Die Methode war unpersönlich, aber das Resultat war gleichermaßen grausam und herzlos. Das ist, fürchte ich, eine widerliche Wahrheit.

Als wir uns an die Dunkelheit, den Geruch und die Leichen gewöhnt hatten, begannen wir uns zu überlegen, was jeder der Leichname zu seinen Lebzeiten gewesen war: »Reicher Mann, armer Mann, Bettelmann, Dieb …« Einige hatten dicke Brieftaschen und Schmuck, andere hatten wertvolle Nahrungsmittel. Ein Junge hatte seinen Hund immer noch an der Leine. Ukrainische Renegaten in deutscher Uniform waren für unsere Operationen in den Luftschutzkellern zuständig. Sie waren von den umliegenden Weinkellern sternhagelvoll und schienen ihren Job gewaltig zu genießen. Der Job war einträglich, denn sie nahmen jedem Leichnam die Wertsachen ab, bevor wir ihn auf die Straße trugen. Der Tod wurde so banal, daß wir über unsere elendiglichen Traglasten scherzen und mit ihnen herumschmeißen konnten, als wären sie irgendein Müll. Bei den ersten, besonders den jungen, war das noch nicht so: wir hatten sie behutsam auf die Tragliegen gehoben und ordneten sie mit einem gewissen Anschein von Begräbniswürde an ihrer letzten Ruhestätte vor dem Scheiterhaufen an. Aber unsere ehrfürchtige und trauervolle Pietät machte, wie gesagt, derber Abgebrühtheit Platz. Am Ende eines grausigen Tages rauchten wir und betrachteten den eindrucksvollen Stapel aufgetürmter Toter. Einer von uns schnippte seine Kippe in den Haufen. »Mannomann«, sagte er, »wenn der Tod mich will, kann er jederzeit kommen.«

Ein paar Tage nach dem Luftangriff heulten wieder die Sirenen. Diesmal wurden die lust- und trostlosen Überlebenden mit Flugblättern beworfen. Mein Exemplar des Epos habe ich verloren, aber es ging etwa so: »An das Volk von Dresden: Wir wurden gezwungen, Eure Stadt wegen des schweren militärischen Verkehrs, den Eure Schienenanlagen trugen, zu bombardieren. Uns ist klar, daß wir unsere Ziele nicht immer getroffen haben. Die Zerstörung aller anderen als militärischer Ziele ist dem unbeabsichtigten, unabwendbaren Auf und Ab des Krieges geschuldet.« Dies erklärte das Gemetzel zu jedermanns Befriedigung, bin ich sicher, setzte aber auch die amerikanischen Fliegerbombenzielgeräte keinem geringen Spott aus. Es ist ein Faktum, daß, achtundvierzig Stunden nachdem die letzte B-17 zu einer wohlverdienten Rast nach Westen abgedröhnt war, Arbeitsbataillone ausgeschwärmt waren und die zerstörten Gleisanlagen so gut wie repariert hatten. Keine der Eisenbahnbrücken über die Elbe war funktionsunfähig gemacht worden. Die Hersteller von Fliegerbombenzielgeräten sollten erröten, weil die Bomben drei Meilen von den angeblich angepeilten Zielen runterkamen. Auf dem Flugblatt hätte stehen sollen: »Wir haben jede einzelne Kirche, jedes Krankenhaus, jede Schule, jedes Museum, jedes Theater, Eure Universität, den Zoo und jedes Wohnhaus der Stadt getroffen, haben uns dabei aber ehrlich nicht angestrengt. Tut uns sehr leid. C'est la guerre. Außerdem, wißt Ihr, sind Bombenteppiche im Augenblick der ganz große Renner.«

Es gab die taktischen Erfordernisse: stoppt die Eisenbahnen. Ein exzellentes Manöver, kein Zweifel, aber die Technik war gräßlich. Die Flieger bewarfen die Stadt mit Höchstleistungssprengstoff und Brandbomben, und das Muster, das ihre Treffer bildeten, wirkte wie ausgependelt. Machen wir Gewinn-Verlust-Rechnung. Über einhunderttausend Zivilisten getötet und eine prächtige Stadt von Bomben zerstört, die weit von den offiziellen Zielen entfernt niedergingen: Eisenbahnen etwa zwei Tage lang ausgeschaltet. Die Deutschen zählten den höchsten Verlust an Menschenleben, der je bei einem einzelnen Luftangriff zu beklagen gewesen war. Der Tod Dresdens war eine bittere Tragödie, nutzlos und mutwillig herbeigeführt. Das Töten von Kindern – von »Kraut«-Kindern oder »Japs«-Kindern oder wen die Zukunft sonst an Feinden für uns bereithält – kann nie gerechtfertigt werden.

Die einfache Antwort auf große Ächzer wie den meinen ist das hassenswerteste aller Klischees, einmal das »Auf und Ab des Krieges« und dann: »Sie wollten es nicht anders. Was anderes als Gewalt verstehen sie nicht.« *Wer* wollte es nicht anders? Alles, was *wer* versteht, ist Gewalt? Glauben Sie mir, es ist nicht leicht, die Zerstörung eines Weinbergs, auf dem die Früchte des Zorns reifen, zu rechtfertigen, wenn man waschkörbeweise Babys aufsammelt oder einem Mann da beim Graben hilft, wo er seine Frau verscharrt glaubt. Natürlich hätten feindliche Militär- und Industrieanlagen plattgemacht werden sollen, und wehe denen, die närrisch genug waren, in ihrer Nähe Unterschlupf zu suchen. Aber die »Amerika, werde hart«-Politik, der Geist der *Rache*, die Billigung aller Zerstörung und Vernichtung, hat uns einen Ruf für obszöne Brutalität erworben und die Welt um die Möglichkeit gebracht, daß Deutschland bereits vor einer entfernten Zukunft eine friedliche und intellektuell fruchtbare Nation wird.

Unsere Führer hatten freie Hand, was sie zerstören wollten und was nicht. Ihr Auftrag lautete, den Krieg so schnell wie möglich zu gewinnen, und während sie bewundernswert dazu ausgebildet waren, genau das zu schaffen, waren ihre Entscheidungen, was das Geschick einiger unbezahlbarer Kostbarkeiten aus dem Welterbe betrifft – in diesem

Falle Dresden –, nicht immer klug und umsichtig. Als, bereits gegen Ende des Krieges, unsere Flugzeuge ausgeschickt wurden, um diese letzte größere Stadt zu zerstören, bezweifle ich, daß die Frage »Wie wird diese Tragödie uns nützen, und wie wird sich dieser Nutzen auf lange Sicht ausmachen, wenn man ihn mit dem angerichteten Schaden vergleicht?« gestellt wurde. Dresden, eine wunderschöne Stadt, erbaut im Geiste der Kunst, Symbol eines bewundernswerten Erbes, so antinazistisch eingestellt, daß Hitler sie während seiner gesamten Herrschaft nur zweimal besuchte, Lebensmittel-, Krankenhauszentrum, das jetzt so schmerzlich vermißt wurde –, untergepflügt. Und Salz in die Furchen gestreut.

Es kann keinen Zweifel geben, daß die Alliierten auf seiten von Richtig kämpften und Deutsche und Japaner auf seiten von Falsch. Der Zweite Weltkrieg wurde aus heiligmäßigen Motiven ausgefochten. Aber ich bin nach wie vor überzeugt, daß die Sorte von Gerechtigkeit, mit der wir reisten, Pauschalbombardements ziviler Bevölkerungen, Gotteslästerung war. Daß der Feind damit angefangen hatte, hat nichts mit dem moralischen Problem zu tun. Was ich von unserem Luftkrieg gesehen habe, als der europäische Konflikt sich einem Ende näherte, war durch die Irrationalität eines Krieges um des Krieges willen gekennzeichnet. Weichliche Bürger des demokratischen Amerika lernten, wie man einem Mann unter die Gürtellinie tritt und den Schweinehund zum Schreien bringt.

Die einmarschierenden Russen, als sie entdeckten, daß wir Amerikaner waren, umarmten uns und gratulierten uns zu der kompletten Verwüstung, die unsere Flugzeuge geschafft hatten. Wir nahmen ihre Glückwünsche anstandslos und angemessen bescheiden entgegen, aber ich fand damals, und ich finde heute, daß ich mein Leben gegeben hätte, um Dresden für die späteren Generationen der Welt zu retten. Das finde ich, sollte jeder finden, bei jeder Stadt auf Erden.

ES HÄTTE EINEN
ZUKUNFTSMINISTER
GEBEN SOLLEN.

Verheißung

Als ich sechzehn war, hielten mich die Leute für fünfundzwanzig, und eine voll ausgewachsene Frau aus der Stadt schwor, ich müßte dreißig sein. Ich war überall groß –, hatte einen Schnurrbart wie Stahlwolle. Ich wollte noch was anderes sehen als LuVerne, Indiana, und damit will ich nicht sagen, daß Indianapolis bereits das höchste der Gefühle war. Also habe ich gelogen, was mein Alter betraf, und bin zu den Weltstreitkräften gegangen.

Niemand hat geweint. Es gab keine Flaggen, es gab keine Kapellen. Es war nicht wie in den alten Zeiten, als ein Junge wie ich vielleicht in den Krieg zog, um sich für die Demokratie den Kopf wegpusten zu lassen.

Nur Ma war am Busbahnhof, und Ma war wütend. Sie meinte, die Weltstreitkräfte sind nur was für Penner, die nirgends respektable Arbeit finden können.

Kommt mir vor wie gestern, war aber schon im Jahre zweitausendsiebenunddreißig.

»Bleib bloß von den Zulus weg«, hat Ma gesagt.

»Bei den Weltstreitkräften gibt es doch nicht nur Zulus, Ma«, habe ich ihr gesagt. »Da gibt es Leute aus jedem Land, das es *gibt.*«

Aber für Ma ist jeder ein Zulu, der außerhalb von Floyd County geboren wurde. »Na, auf jeden Fall«, hat sie gesagt, »erwarte ich, daß sie dich gut verpflegen, so hoch, wie die Weltsteuern sind. Und wenn du schon unbedingt mit den Zulus losziehen mußt und alles, erwarte ich, daß ich froh sein sollte, weil keine anderen Armeen unterwegs sind und versuchen, dich totzuschießen.«

»Ich werde den Frieden erhalten, Ma«, habe ich gesagt. »Es wird nie wieder schreckliche Kriege geben, mit nur einer Armee. Macht dich das nicht stolz?«

»Stolz auf das, was die Leute für den Frieden getan haben«, hat Ma gesagt. »Aber deswegen liebe ich noch keine Armee.«

»Das ist eine neue, erstklassige Sorte von Armee, Ma«, habe ich gesagt. »Nicht mal fluchen darf man. Und wenn man nicht regelmäßig in die Kirche geht, kriegt man keinen Nachtisch.«

Ma schüttelte den Kopf. »Vergiß nur eins nicht«, sagte sie. »Vergiß nur nicht, daß du erstklassig *warst.*« Sie hat mich nicht geküßt. Sie hat mir die Hand gegeben. »Solang *ich* dich hatte«, hat sie gesagt, »warst du erstklassig.«

Aber als ich Ma ein Schulterstück von meiner ersten Uniform nach der Grundausbildung schickte, habe ich gehört, daß sie es herumgezeigt hat, als wäre es eine Ansichtskarte von Gott. War nur ein Stückchen blauer Filz, mit dem Bild einer goldenen Uhr draufgestickt, und aus der Uhr kamen grüne Blitze.

Ich hörte, daß Ma überall die Klappe aufriß, wie ihr Junge in einer Zeitschild-Kompanie war, als wüßte sie, was eine Zeitschild-Kompanie ist, als wüßte jedermann, was das Tollste an den gesamten Weltstreitkräften war.

Na, wir waren die erste Zeitschild-Kompanie und auch die letzte, wenn sie den Zeitmaschinen nicht die Macken abgewöhnen können. Was wir machen sollten, war so geheim, daß wir nicht mal herausfinden konnten, was es war, bis es zu spät war, die Flatter zu machen.

Hauptmann Poritsky war Boß, und er hat uns nichts gesagt, nur, daß wir sehr stolz sein sollen, weil nur zweihundert Mann auf dem Antlitz der Erde diese Uhren tragen dürfen.

Er hat früher Football für Notre Dame gespielt, und er sah aus wie ein Haufen Kanonenkugeln auf dem Rasen vor einem Gerichtsgebäude. Er hat sich immer überall betastet, während er zu uns sprach. Er hat gern gespürt, wie hart die ganzen Kanonenkugeln waren.

Er sagte, er fühlt sich echt geehrt, eine so prächtige Gruppe von Männern bei einer so wichtigen Mission zu führen. Er sagte, wir werden bei Manövern an einem Ort namens Château-Thierry in Frankreich herausfinden, worum es bei der Mission geht.

Manchmal kamen Generäle, um uns zu betrachten, als

würden wir bald etwas Trauriges und Wunderschönes machen, aber von einer Zeitmaschine hat niemand was gesagt.

Als wir nach Château-Thierry kamen, warteten alle auf uns. Da haben wir gemerkt, daß wir etwas Super-Verzweifeltes machen sollten. Alle wollten die Killer mit der Uhr am Ärmel sehen, alle wollten die große Show sehen, die wir abziehen sollten.

Wenn wir wild aussahen, als wir dahin kamen, wurden wir noch wilder, als die Zeit verging. Es gelang uns *immer* noch nicht, herauszufinden, was eine Zeitschild-Kompanie machen sollte.

Brachte auch nichts, wenn man fragte.

»Hauptmann Poritsky, Sir«, sagte ich zu ihm, etwa so respektvoll, wie ich nur *konnte*, »ich höre, wir sollen morgen früh vor Sonnenaufgang eine neue Art von Angriff demonstrieren.«

»Lächeln Sie, als wären Sie fröhlich und stolz, Soldat!« sagte er zu mir. »Es stimmt!«

»Herr Hauptmann, Sir«, sagte ich, »unser Zug hat mich gewählt, Sie zu fragen, ob wir nicht jetzt schon erfahren können, was wir machen sollen. Wir möchten uns sozusagen darauf vorbereiten, Sir.«

»Soldat«, sagte Poritsky, »jeder Mann in diesem Zug hat Moral und Korpsgeist und drei Granaten und eine Flinte und ein Bajonett und hundert Schuß Munition, stimmt's?«

»Stimmt, Sir«, sagte ich.

»Soldat«, sagte Poritsky, »dieser Zug *ist* vorbereitet. Und um Ihnen zu zeigen, wie sehr ich diesem Zug vertraue, wird er den Angriff leiten.« Er hob die Augenbrauen. »Also«, sagte er, »wollten Sie nicht ›Danke, Sir‹ sagen?«

Das tat ich.

»Und um Ihnen zu zeigen, wie sehr ich Ihnen vertraue, Soldat«, sagte er, »werden *Sie* der erste Mann im ersten Kommando des ersten Zugs sein.« Wieder gingen seine Augenbrauen hoch. »Wollten Sie nicht ›Danke, Sir‹ sagen?«

Ich tat es noch mal.

»Nur beten Sie, daß die Wissenschaftler so gut vorbereitet sind wie Sie, Soldat«, sagte Poritsky.

»Da haben Wissenschaftler mit zu tun, Sir?« sagte ich.

»Ende der Befragung, Soldat«, sagte Poritsky. »Stillgestanden, Soldat.«

Das tat ich.

»Ehrenbezeigung«, sagte Poritsky.

Das tat ich.

»Forz arsch!« sagte er,

Weg war ich.

Da war ich also am Abend vor der großen Demonstration, unwissend, verängstigt und heimwehkrank, und schob Wache in einem Tunnel in Frankreich. Außer mir schob noch ein Junge namens Earl Sterling aus Salt Lake Wache.

»Uns sollen also Wissenschaftler helfen, was?« sagte Earl zu mir.

»Das hat er gesagt«, sagte ich zu ihm.

»Da weiß ich ja schon mehr, als mir lieb ist«, sagte Earl.

Überirdisch ging eine große Granate los, als wollte sie uns die Trommelfelle knacken. Da oben lief ein Sperrfeuer, wie Riesen, die auf und ab gehen und die Welt zu

Klump treten. Das waren natürlich unsere Granaten und unsere Schüsse, die so taten, als wären sie der Feind, die so taten, als wären sie über irgendwas sauer wie Hölle. Alle waren tief unten in Tunneln, es konnte also niemand verletzt werden.

Aber so richtig Spaß an dem ganzen Krach hatte niemand, außer Hauptmann Poritsky, aber der hatte sowieso einen an der Waffel.

»Simuliert, simuliert«, sagte Earl. »Das sind keine simulierten Schüsse, und ich simuliere auch nicht, daß ich Schiß habe.«

»Poritsky sagt, es ist wie Musik«, sagte ich.

»Sie sagen, genau so war es, damals in den richtigen Kriegen«, sagte Earl. »Verstehe nicht, wie da irgend jemand am Leben geblieben ist.«

»Löcher bieten viel Schutz«, sagte ich.

»Aber damals kamen doch höchstens Generäle in so richtig *tiefe* Löcher wie dieses«, sagte Earl. »Die Soldaten hatten flache kleine Dinger ohne Dach drüber. Und wenn der Befehl kam, mußten sie aus den Löchern *raus*, und solche Befehle kamen die ganze Zeit.«

»Ich nehme an, sie haben sich nah am Boden gehalten«, sagte ich.

»Wie nah kann man sich denn *am* Boden halten?« wollte Earl wissen. »Da oben ist das Gras teilweise so kurz, als wäre jemand mit dem Rasenmäher drangewesen. Steht kein einziger Baum mehr. Überall große Löcher. Wieso sind die Leute in diesen ganzen richtigen Kriegen nicht einfach durchgedreht – oder abgehauen?«

»Die Leute sind komisch«, sagte ich.

»Finde ich manchmal aber gar nicht«, sagte Earl.

Eine weitere große Granate ging los, dann zwei kleine – richtig schnell.

»Hast du die Sammlung dieser russischen Kompanie gesehen?« sagte Earl.

»Hab' davon gehört«, sagte ich.

»Die haben fast hundert Schädel«, sagte Earl. »Nebeneinander auf einem Regal wie Honigmelonen.«

»Irre«, sagte ich.

»Ja, wie kann man nur Schädel sammeln«, sagte Earl. »Aber es läßt sich kaum ver*mei*den, daß sie sie sammeln. Ich meine, sie können kaum in irgendeine Richtung graben und *keine* Schädel und alles finden. Da drüben muß irgendwas Großes passiert sein.«

»Hier ist überall was Großes passiert«, sagte ich ihm. »Hier ist ein sehr berühmtes Schlachtfeld aus dem Weltkrieg. Hier haben die Amerikaner die Deutschen vernichtend geschlagen. Hat mir Poritsky gesagt.«

»Zwei der Schädel sind mit Schrapnell drin«, sagte Earl. »Hast du *die* gesehen?«

»Nein«, sagte ich.

»Wenn man sie schüttelt, kann man innen das Schrapnell klötern hören«, sagte Earl. »Man kann die Löcher sehen, wo das Schrapnell reingegangen ist.«

»Weißt du, was man mit den armen Schädeln machen sollte?« fragte ich ihn. »Man sollte einen ganzen Schwung Feldgeistliche kommen lassen, von jeder Religion, die es gibt. Dann sollte man den armen Schädeln eine anständige Beerdigung spendieren und sie irgendwo vergraben, wo sie *end*gültig in Ruhe gelassen werden.«

»Es ist, als wären sie gar keine Menschen mehr«, sagte Earl.

»Es ist, als wären sie nie Menschen ge*wesen*«, sagte ich. »Sie haben ihr Leben aufgegeben, damit unsere Väter und unsere Großväter und unsere Urgroßväter leben konnten. Das mindeste, was wir tun können, ist, daß wir ihre armen Knochen anständig behandeln.«

»Ja, aber haben nicht einige von denen versucht, unsere Ururgroßväter oder wen *um*zubringen?« sagte Earl.

»Die Deutschen *dachten*, sie tun was Gutes«, sagte ich. »Alle *dachten*, sie tun was Gutes. Sie hatten das Herz auf dem rechten Fleck«, sagte ich. »Entscheidend ist, was man ge*dacht* hat.«

Der Leinenvorhang oben am Tunnel ging auf, und Hauptmann Poritsky kam von draußen herunter. Er ließ sich Zeit, als wäre da draußen nichts Schlimmeres als ein warmer Nieselregen.

»Ist es nicht gefährlich, da hinauszugehen, Sir?« fragte ich ihn. Er *mußte* da ja gar nicht hin. Überall führten Tunnel von überall nach überall, und niemand brauchte nach draußen zu gehen, während das Sperrfeuer lief.

»Ist es nicht ein ziemlich gefährlicher Beruf, den wir uns da mit unserem eigenen freien Willen ausgesucht haben, Soldat?« fragte er mich. Er hielt mir seinen Handrükken unter die Nase, und ich sah eine lange Schnittwunde einmal quer drüber. »Schrapnell!« sagte er. Er grinste, und dann steckte er sich die Schnittwunde in den Mund und lutschte daran.

Dann, nachdem er genug Blut getrunken hatte, daß er es wieder ein bißchen aushielt, sah er mich und Earl genauer an. »Soldat«, sagte er zu mir, »wo ist Ihr Bajonett?«

Ich griff nach meinem Gürtel. Ich hatte mein Bajonett vergessen.

»Soldat, was wäre, wenn ganz plötzlich der Feind kommt?« Poritsky hatte einen Tanz hingelegt, als wollte er im Mai Nüsse sammeln. »›Tut mir leid, Jungs –, Augenblick, ich geh' schnell mein Bajonett holen.‹ Würden Sie *das* sagen, Soldat?« fragte er mich.

Ich schüttelte den Kopf.

»Wenn es hart auf hart kommt, ist das Bajonett der beste Freund des Soldaten«, sagte Poritsky. »Dann ist ein Berufssoldat am glücklichsten, weil er dann nämlich dem Feind am nächsten kommt. Etwa nicht?«

»Doch, Sir«, sagte ich.

»Sammeln Sie Schädel, Soldat?« sagte Poritsky.

»Nein, Sir«, sagte ich.

»Würde Ihnen nichts schaden, eine kleine Sammlung anzulegen«, sagte Poritsky.

»Nein, Sir«, sagte ich.

»Es gibt einen Grund, weshalb jeder einzelne von denen gestorben ist, Soldat«, sagte Poritsky. »Sie waren keine guten Soldaten! Sie waren keine Profis! Sie haben Fehler gemacht! Sie haben ihre Lektionen nicht gut genug gelernt!«

»Wahrscheinlich nicht, Sir«, sagte ich.

»Vielleicht finden Sie Manöver zu hart, Soldat, aber sie sind längst nicht hart genug«, sagte Poritsky. »Wenn ich hier den Oberbefehl hätte, wären alle da draußen im Stahlgewitter. Eine professionelle Truppe kriegt man nur, wenn sie beblutet wird.«

»Beblutet, Sir?« sagte ich.

»Ein paar Männer müssen fallen, damit die anderen lernen können!« sagte Poritsky. »Teufel auch –, das ist doch gar keine Armee! Hier gibt es so viele Sicherheitsvorschriften und Ärzte, daß ich in sechs Jahren nicht mal einen eingewachsenen Fingernagel gesehen habe. So werdet ihr nie Profis.«

»Nein, Sir«, sagte ich.

»Der Profi hat alles gesehen, und nichts kann ihn überraschen«, sagte Poritsky. »Na, morgen, Soldat, werden Sie echten Dienst an der Waffe zu sehen kriegen, wie er seit hundert Jahren nicht mehr zu sehen war. Gas! Sperrfeuerwalzen! Feuergefechte! Duelle mit dem Bajonett! Nahkampf! Sind Sie nicht glücklich, Soldat?«

»Bin ich nicht *was*, Sir?« fragte ich.

»Sind Sie nicht *glücklich*?« sagte Poritsky.

Ich sah Earl an, dann wieder den Hauptmann. »O doch, Sir«, sagte ich. Ich schüttelte richtig langsam und schwer den Kopf. »Doch, Sir«, sagte ich. »Überglücklich.«

Wenn man bei den Weltstreitkräften ist, mit den ganzen schicken neuen Waffen, gibt es nur eins. Man muß glauben, was einem die Offiziere erzählen, auch wenn es keinen Sinn ergibt. Und die Offiziere müssen glauben, was ihnen die Wissenschaftler erzählen.

Der einfache Mann kapierte es längst nicht mehr, und vielleicht war das schon immer so gewesen. Wenn ein Feldgeistlicher uns gemeine Soldaten anbrüllte, wir sollten fest im Glauben sein, einem Glauben, der keine Fragen stellt, dann trug er Eulen nach Athen oder wohin.

Als Poritsky uns schließlich sagte, wir würden mit Hilfe einer Zeitmaschine angreifen, fiel einem gewöhnlichen Soldaten wie mir *gar* nichts mehr ein. Ich saß einfach da wie ein Stück Holz und sah die Bajonetthalterung an meiner Flinte an. Ich beugte mich vor, so daß ich vorne mit dem Helm gegen die Mündung gestützt war, und sah diese Bajonetthalterung an, als wäre sie ein Weltwunder.

Die gesamten zweihundert Mann unserer Zeitschild-Kompanie waren in einem großen Unterstand und hörten Poritsky zu. Niemand sah ihn an. Er freute sich einfach *zu* sehr auf das, was passieren sollte, und betastete sich ständig, als hoffte er, daß er das alles nicht nur träumt.

»Männer«, sagte dieser wahnsinnige Hauptmann, »um nullfünfhundert Uhr wird die Artillerie zwei Reihen Leuchtfeuermarkierungen absetzen, Zwischenraum zweihundert Meter. Diese Markierungen werden die Ränder des Strahls der Zeitmaschine anzeigen. Wir werden zwischen den Markierungen angreifen.«

»Männer«, sagte Poritsky, »zwischen den markierten Reihen wird es heute sein und der 18. Juli 1918, beides gleichzeitig.«

Ich küßte meine Bajonetthalterung. Ich mag den Geschmack von Öl und Eisen in kleinen Mengen, würde mir das Zeug aber nicht in Flaschen kaufen.

»Männer«, sagte Poritsky, »Sie werden dort draußen ein paar Dinge zu sehen kriegen, bei deren Anblick die Haare eines Zivilisten schlohweiß würden. Sie werden den amerikanischen Gegenangriff auf die Deutschen sehen, der zu alten Zeiten in Château-Thierry stattgefunden hat.« Er freute sich wie ein Schneekönig. »Männer«, sagte er, »es wird wie im Schlachthof sein. Im Schlachthof in der Hölle.«

Ich bewegte den Kopf auf und ab, so daß mein Helm wie eine Pumpe machte. Ich pumpte mir Luft über die Stirn. In einem solchen Augenblick können gerade die kleinen Dinge superschön sein.

»Männer«, sagte Poritsky, »ich sage Soldaten nicht gern, sie sollen keine Angst haben. Ich sage ihnen nicht gern, daß es nichts gibt, wovor sie Angst haben *könnten*. Es ist eine Beleidigung für jeden Soldaten. Aber die Wissenschaftler sagen mir, 1918 kann uns nichts anhaben und wir können 1918 nichts anhaben. Für die werden wir Gespenster sein, und sie werden Gespenster für uns sein. Wir werden durch sie hindurchmarschieren, und sie werden durch uns hindurchmarschieren, als wären wir alle aus Rauch.«

Ich blies über die Mündung meiner Flinte. Es kam keine Melodie raus. Ein Glück, denn das wäre das Ende des Appells gewesen.

»Männer«, sagte Poritsky, »es wäre mir lieber, wenn ihr damals im Jahre neunzehnachtzehn tat*säch*lich was riskieren müßtet, tat*säch*lich mit dem Schlimmsten beworfen würdet, was es gibt. Die, die das überlebt hätten, wären Soldaten im besten Sinne des Wortes.« Keiner hatte einen Einwand.

»Männer«, sagte der große Militärwissenschaftler, »ich glaube, Sie können sich die Wirkung auf unseren Feind vorstellen, wenn er auf dem Schlachtfeld die ganzen Gespenster von neunzehnachtzehn herumkriechen sieht. Er wird nicht wissen, auf *was* er schießen soll.« Poritsky brach in Gelächter aus und brauchte etwas, bis er sich wieder unter Kontrolle hatte. »Männer«, sagte er, »wir werden durch diese Gespenster hindurchkriechen. Wenn wir zum Feind vorstoßen, sorgt dafür, daß er sich bei Gott wünscht, wir wären tatsächlich Gespenster –, sorgt dafür, daß es ihm leid tut, je geboren worden zu sein.«

Dieser Feind, von dem er sprach, war nichts als eine Reihe Bambusstangen mit Lumpen dran, etwa eine halbe

Meile entfernt. Man sollte nicht glauben, daß ein Mann Bambus mit Lumpen so hassen konnte wie Poritsky.

»Männer«, sagte Poritsky, »wenn einer von Ihnen mit dem Gedanken an unerlaubte Entfernung von der Truppe spielt, hier ist Ihre einmalige Gelegenheit. Sie müssen nur eine der beiden Leuchtfeuermarkierungslinien überschreiten, einfach den Zeitmaschinenstrahl verlassen. Sie werden real im Jahre 1918 verschwinden –, ganz und gar ungespenstisch. Und der Feldjäger ist noch nicht geboren, der so wahnsinnig ist, daß er Sie dahin verfolgt, weil nämlich niemand, der diese Linie überschreitet, mehr zurück kann.«

Ich stocherte mir mit dem Korn von Kimme und Korn meiner Flinte zwischen den Schneidezähnen herum. Ich kam von ganz alleine darauf, daß ein Profisoldat am glücklichsten ist, wenn er jemanden beißen kann. Ich wußte, daß ich es nie so weit bringen würde.

»Männer«, sagte Poritsky, »der Auftrag dieser Zeitschild-Kompanie ist nicht anders als der Auftrag jeder Kompanie seit Anbeginn der Zeit. Der Auftrag dieser Zeitschild-Kompanie lautet: Töten! Noch Fragen?«

Wir hatten uns alle die Berufspflichten der Soldaten vorlesen lassen. Wir wußten alle, daß vernünftige Fragen stellen schlimmer ist, als wenn man die eigene Mutter mit der Axt umbringt. Es gab also keine Fragen. Glaube nicht, daß es je welche gegeben hat.

»Durchladen«, sagte Poritsky.

Wir luden durch.

»Bajonett aufpflanzen«, sagte Poritsky.

Wir pflanzten die Bajonette auf.

»Gehen wir, Mädels?«

Oh, der Mann kannte seine Psychologie rückwärts und vorwärts. Das ist, glaube ich, der große Unterschied zwischen Offizieren und einfachen Soldaten. Daß er uns Mädels genannt hat statt Jungs, wo wir doch in Wirklichkeit Jungs waren, machte uns so wütend, daß wir kaum geradeaus kucken konnten.

Wir wollten nur noch hinaus und Bambus mit Lumpen vernichten, bis es jahrhundertelang weder Angelruten noch Flickenteppiche mehr gab.

Im Strahl dieser Zeitmaschine war es, als hätte man Grippe, als hätte man eine bifokale Brille von jemandem auf, der nicht gut sah, und als wäre man im Innern einer Gitarre. Solang sie die nicht verbessern, wird sie weder betriebssicher noch beliebt.

Zuerst sahen wir niemanden von neunzehnachtzehn. Wir haben nur ihre Löcher und ihren Stacheldraht gesehen, wo keine Löcher und kein Stacheldraht mehr waren. Wir konnten über diese Löcher gehen, als wäre ein Glasdach drauf. Wir konnten durch diesen Stacheldraht gehen, ohne uns die Hosen zu zerreißen. Die Löcher und der Stacheldraht gehörten nicht zu uns –, sie gehörten zu neunzehnachtzehn.

Tausende von Soldaten beobachteten uns, Leute aus jedem Land, das es gibt.

Die Show, die wir ihnen boten, war jämmerlich.

Dieser Zeitmaschinenstrahl machte uns kotzübel und halb blind. Wir sollten ordentlich auf die Pauke hauen und grölen, um zu zeigen, was für Profis wir sind. Aber wir kamen da hinaus, zwischen die Leuchtfeuermarkierungen, und machten kaum pieps, weil wir Angst hatten, daß dann alle brechen müssen. Wir sollten aggressiv vorrücken, wir konnten nur nicht unterscheiden, was zu uns gehörte und was zu neunzehnachtzehn. Wir gingen um Sachen herum, die es nicht gab, und fielen über Sachen, die es gab.

Wenn ich ein Beobachter gewesen wäre, hätte ich gesagt, wir wären komisch.

Ich war der erste Mann im ersten Kommando des ersten Zugs dieser Zeitschild-Kompanie, und nur ein Mann war vor mir. Das war unser edler Hauptmann.

Er hatte seiner furchtlosen Truppe etwas hingebrüllt, und das hat er, glaube ich, gebrüllt, um uns noch blutrünstiger zu machen, als wir bereits waren. »Bis dann, ihr Pfadfinder!« hatte er gebrüllt. »Schreibt regelmäßig der Mutti nach Hause, und putzt euch die Nase, wenn sie läuft!«

Dann beugte er sich vor und rannte, so schnell er konnte, durch das Niemandsland.

Ich tat mein Bestes, um ihm auf den Fersen zu bleiben, zum Ruhm der gemeinen Soldaten. Wir fielen beide hin und standen wieder auf wie besoffen und machten uns auf diesem Schlachtfeld richtiggehend kaputt.

Nie sah er sich um, um zu sehen, wie ich und die anderen zurechtkamen. Ich dachte, er wollte nicht, daß jemand sieht, wie grün er im Gesicht ist. Ich wollte ihm immer wieder sagen, daß wir alle weit abgehängt hatten, aber für das Wettrennen brauchte ich meinen gesamten Atem.

Als er nach einer Seite abbog, zu der einen Linie aus Leuchtfeuermarkierungen, dachte ich mir, es zieht ihn zum Rauch, wo die Leute ihn nicht sehen konnten, damit ihm privat schlecht werden kann.

Gerade war ich hinter ihm in den Rauch gefallen, als ein Sperrfeuer von neunzehnachtzehn einschlug.

Diese arme alte Welt, sie rockte und rollte, sie spuckte und fetzte, sie siedete und sengelte. Dreck und Stahl von neunzehnachtzehn flogen aber wirklich aus *jeder* Richtung durch Poritsky und mich. »Aufstehen!« brüllte Poritsky mich an. »Das ist neunzehnachtzehn! Ist überhaupt nicht gefährlich!«

»Wäre es aber, wenn es könnte!« brüllte ich zurück.

Er tat, als wolle er mir gegen den Kopf treten. »Stehen Sie auf, Soldat!«

Ich stand auf.

»Gehen Sie zurück zu den anderen Pfadfindern«, sagte er. Er zeigte durch ein Loch im Rauch, zeigte dorthin zurück, wo wir hergekommen waren. Ich hatte gesehen, wie die gesamte Kompanie den Tausenden von Beobachtern zeigte, wie es aussieht, wenn Experten sich hinlegen und bibbern. »Da gehören *Sie* hin«, sagte Poritsky. »Das hier ist meine Show, und die ist ein Solo.«

»Wie bitte?« sagte ich. Ich wandte den Kopf, um einem Neunzehnachtzehner-Felsbrocken nachzusehen, der gerade durch seinen *und* meinen Kopf geflogen war.

»Sehen Sie mich an!« brüllte er.

Ich sah ihn an.

»Hier trennen wir die Männer von den Knaben, Soldat«, sagte er.

»Jawoll, Sir«, sagte ich. »Kann kaum jemand so schnell rennen wie Sie.«

»Ich rede nicht von Rennen«, sagte er. »Ich rede von Kämpfen!« Ja, es war eine irre Konversation. Leuchtspurmunition von neunzehnachtzehn hatte begonnen, durch uns hindurchzuflitzen.

Ich dachte, er redet über das Bekämpfen von Bambus mit Lumpen. »Geht keinem sehr gut, Herr Hauptmann, aber ich nehme an, daß wir siegen werden«, sagte ich.

»Ich meine, daß ich durch diese Markierungen hier in neunzehnachtzehn einrücken werde!« brüllte er. »Sonst ist doch niemand Manns genug, um das zu tun. Und jetzt machen Sie verdammtnochmal einen Abgang!«

Ich merkte, daß es ihm total ernst war. Er dachte tatsächlich, es wäre ganz toll, wenn er eine Fahne schwenken und eine Kugel im Fluge aufhalten konnte, auch wenn das in einem Krieg passierte, der seit hundert Jahren oder noch länger vorbei war. Er wollte was davon abhaben, selbst wenn die Tinte auf den Friedensverträgen so verblaßt war, daß man sie kaum noch lesen konnte.

»Herr Hauptmann«, sagte ich, »ich bin nur ein gemeiner Soldat, und gemeine Soldaten dürfen nicht mal Andeutungen machen. Aber, Herr Hauptmann«, sagte ich, »ich glaube nicht, daß das viel Sinn hat.«

»Ich wurde geboren, um zu *kämpfen*!« brüllte er. »Ich verroste doch innerlich!«

»Herr Hauptmann«, sagte ich, »alles, was es zu kämpfen *gibt*, wurde bereits gewonnen. Wir haben Frieden, wir haben Freiheit, überall ist jeder jedem sein Bruder, jeder hat ein schönes Häuschen und sonntags ein Huhn im Topf.«

Er hörte mich nicht. Er ging in Richtung Leuchtfeuermarkierungslinie, zum Rand des Zeitmaschinenstrahls, wo der Rauch von den Markierungen am dicksten war.

Kurz bevor er ins Neunzehnachtzehn ging, blieb er stehen. Er sah auf etwas hinunter, und ich dachte, vielleicht hat er ein Vogelnest oder ein Gänseblümchen im Niemandsland gefunden.

Was er gefunden hatte, war keins von beiden. Ich ging zu ihm und sah, daß er über einem Neunzehnachtzehner-Granattrichter stand, als hinge er einfach in der Luft.

In diesem traurigen Loch waren zwei tote Männer, zwei lebendige Männer und Matsch. Ich wußte, daß zwei tot waren, weil der eine keinen Kopf hatte und der andere in zwei Hälften geplatzt war.

Wenn man ein Herz hat und in dickem Rauch auf so was stößt, wird in diesem Universum nichts mehr wirklich sein. Es gab keine Weltstreitkräfte mehr; es gab keinen immerwährenden Frieden mehr; es gab kein LuVerne, Indiana, mehr; es gab keine Zeitmaschine mehr.

Da waren nur Poritsky und ich und das Loch.

Wenn ich je ein Kind haben sollte, würde ich ihm dies sagen: »Kind«, würde ich sagen, »laß bloß die Zeit zufrieden. Laß Jetzt jetzt und Dann dann. Und wenn du dich je in dickem Rauch verirrst, Kind, sitz still, bis er sich klärt. Sitz still, bis du siehst, wo du bist und wo du warst und wohin du gehst, Kind.«

Ich würde dieses Kind schütteln. »Kind, hörst du?« würde ich sagen. »Hör auf das, was dein Daddy sagt. Er *weiß*, wovon er spricht.«

So ein süßes eigenes Kind werde ich nie zu sehen kriegen, nehme ich an. Ich habe aber vor, eins zu fühlen, eins zu riechen und eins zu hören. Wehe, wenn nicht.

Man konnte sehen, wo die vier Neunzehnachtzehner-Seelen in diesem Loch herum- und herumgekrochen waren, wie Schnecken im Goldfischglas. Jeder hatte eine Spur hinter sich hergezogen –, die lebendigen *und* die toten.

Eine Granate zündete in dem Loch und explodierte.

Als der Matsch wieder zu Boden fiel, war nur noch ein Mann in dem Loch am Leben.

Er drehte sich vom Bauch auf den Rücken und ließ die Arme seitlich sinken. Es war, als hätte er Neunzehnachtzehn seine Weichteile angeboten, damit es ihn leichter umbringen konnte, wenn es ihn so dringend umbringen wollte.

Und dann hat *er uns* gesehen.

Er war nicht überrascht, wie wir da über ihm in der Luft hingen. Es gab nichts, was *ihn* noch überraschen konnte. Richtig langsam und schwerfällig grub er seine Flinte aus dem Matsch und zielte damit auf uns. Er lächelte, als wüßte er, wer wir sind, als wüßte er, daß er uns gar nicht verwunden konnte, als wäre das alles nur ein Riesenwitz.

Nie und nimmer hätte eine Kugel es durch diesen Flintenlauf geschafft, er war viel zu sehr mit Matsch verstopft. Die Flinte explodierte.

Auch das überraschte ihn nicht, schien ihm nicht einmal weh zu tun. Dies Lächeln, mit dem er uns anstrahlte, das Lächeln über den Witz, war immer noch da, als er zurückfiel und starb.

Das Neunzehnachtzehn-Sperrfeuer hörte auf.

Jemand pfiff in großer Entfernung auf einer Pfeife.

»Weshalb weinen Sie, Soldat?« sagte Poritsky.

»Ich habe nicht gewußt, daß ich weine, Herr Hauptmann«, sagte ich. Meine Haut fühlte sich superstraff an, und meine Augen waren heiß, aber ich merkte nicht, daß ich weinte.

»Sie haben geweint, und Sie weinen jetzt«, sagte er.

Dann weinte ich wirklich. Ich wußte ganz sicher, daß ich erst sechzehn war, wußte, daß ich der reinste Säugling war. Ich setzte mich hin, und ich schwor, ich würde nicht wieder aufstehen, nicht einmal, wenn mir der Hauptmann den Kopf wegtrat.

»Da sind sie!« brüllte Poritsky, richtig außer sich. »Sehen Sie hin, Soldat! Sehen Sie sich das an! Amerikaner!« Er feuerte seine Pistole ab, als hätten wir den 4. Juli. »Sehen Sie hin!«

Ich sah hin.

Sah aus wie eine Million Männer, die den Strahl der Zeitmaschine überquerten. Sie kamen auf der einen Seite aus dem Nichts und schmolzen zu nichts auf der anderen Seite. Ihre Augen waren tot. Sie stellten einen Fuß vor den anderen, als hätte sie jemand aufgezogen.

Ganz plötzlich zerrte Hauptmann Poritsky mich hoch, als hätte ich keinerlei Gewicht. »Kommen Sie, Soldat –, wir gehen mit ihnen!« brüllte er.

Dieser Wahnsinnige zerrte mich direkt durch diese Leuchtfeuermarkierungslinie.

Ich habe geschrien und ich habe geweint und ich habe ihn gebissen. Aber es war zu spät.

Es gab keine Leuchtfeuermarkierungen mehr.

Es gab nur noch auf allen Seiten neunzehnachtzehn.

Ich war in neunzehnachtzehn. Endgültig.

Und dann schlug wieder Sperrfeuer ein. Und es war aus Stahl und Höchstleistungssprengstoff, und ich war aus

Fleisch, und dann war dann, und Stahl und Fleisch waren völlig zusammengeklumpt.

Hier wachte ich auf.

»Welches Jahr ist jetzt?« fragte ich sie.

»Neunzehnachtzehn, Soldat«, sagten sie.

»Wo bin ich?« fragte ich sie.

Sie sagten mir, ich wäre in einer Kathedrale, die zum Lazarett umgewandelt worden war. Ich würde sie gerne sehen. An den Echos höre ich, wie hoch und großartig sie ist.

Ich bin kein Held.

Wo ich hier von lauter Helden umgeben bin, brauche ich meine Akte nicht auszuschmücken. Ich habe nie jemanden mit dem Bajonett abgestochen und nie jemanden erschossen, nie eine Granate geworfen, nie einen Deutschen gesehen, außer das in dem schrecklichen Loch waren Deutsche.

Es sollte Spezial-Lazarette für Helden geben, damit Helden nicht neben Leuten wie mir liegen müssen.

Wenn jemand Neues vorbeikommt, um mich reden zu hören, sage ich ihm immer gleich, daß ich nur zehn Sekunden lang im Krieg war, bevor ich getroffen wurde. »Ich habe nie was getan, um die Welt reif für die Demokratie zu machen«, sage ich ihm. »Als ich getroffen wurde, habe ich geweint wie ein Baby und versucht, meinen eigenen Hauptmann umzubringen. Wenn ihn nicht eine Kugel umgebracht hätte, hätte ich das gemacht, und er war ein amerikanischer Mitbürger.«

Hätte ich wirklich.

Und ich sage ihm, daß ich außerdem ins Jahr zweitausendsiebenunddreißig zurückdesertieren würde, sobald sich auch nur die kleinste Möglichkeit böte.

Da hätten wir schon zwei Fälle für das Kriegsgericht.

Aber den vielen Helden hier scheint das nichts auszumachen. »Das geht dann schon in Ordnung, Kumpel«, sagen sie, »rede du nur weiter. Wenn jemand versucht, dich vors Kriegsgericht zu stellen, werden wir alle schwören, daß wir gesehen haben, wie du mit bloßen Händen Deutsche umgebracht hast und dir dabei Feuer aus den Ohren gekommen ist.«

Sie hören mich gern reden.

So liege ich hier, blind wie eine Fledermaus, und erzähle ihnen, wie ich hierhergekommen bin. Ich erzähle ihnen all die Sachen, die ich so deutlich innen in meinem Kopf sehe –, die Weltstreitkräfte, alle Menschen überall wie Brüder, immerwährender Friede, keiner hungert, keiner hat Angst.

Auf die Weise bin ich zu meinem Spitznamen gekommen. Im Lazarett weiß kaum jemand, wie ich wirklich heiße. Ich weiß nicht, wer zuerst darauf gekommen ist, aber alle nennen mich Verheißung.

DARWIN
HAT KRIEG UND
VÖLKERMORD
DAS GÜTESIEGEL
DER WISSENSCHAFT
VERPASST.

Kanonen statt Butter

I.

Man nimmt nämlich ein Hühnchen zum Braten, zerkleinert es und bräunt es mit zerlassener Butter und Olivenöl in einer heißen Pfanne«, sagte der Gefreite Donnini. »In einer bereits genügend erhitzten Bratpfanne«, fügte er gedankenschwer hinzu.

»Augenblick mal«, sagte der Gefreite Coleman, der wie wild in ein kleines Notizbuch schrieb. »Wie groß ist das Huhn?«

»Etwa vier Pfund.«

»Für wie viele Personen?« fragte der Gefreite Kniptash scharf.

»Genug für vier«, sagte Donnini.

»Vergiß nicht, daß ein Huhn aus ziemlich viel Knochen besteht«, sagte Kniptash argwöhnisch.

Donnini war Gourmet; oftmals war ihm die Redensart »Perlen vor die Säue« eingefallen, während er Kniptash beschrieb, wie man dies oder jenes Gericht zubereitete. Kniptash waren Geschmack oder Aroma egal –, für ihn zählte nur die schiere Nahrhaftigkeit, die flächendeckende Kalorienbombe. Indem er in seinem Notizbuch Rezepte aufzeichnete, war Kniptash geneigt, die Portionen als knauserig zu betrachten und alle betreffenden Mengenangaben zu verdoppeln.

»Von mir aus kannst du alles selbst fressen«, sagte Donnini gelassen.

»Okay, okay, also was macht man als nächstes?« sagte Coleman, den Bleistift bereit.

»Man bräunt es etwa fünf Minuten lang von jeder Seite an, gibt Sellerie, Zwiebeln und Karotten hinzu, alles fein gehackt, und würzt nach Belieben.« Donnini schürzte die Lippen, als koste er. »Dann, während es schmort, eine Mischung aus Sherry und Tomatenmark hinzufügen. Deckel drauf. Etwa dreißig Minuten lang köcheln lassen und –« Er hielt inne. Coleman und Kniptash schrieben nicht mehr mit, hatten sich gegen die Mauer zurückgelehnt, die Augen geschlossen – und lauschten.

»Das ist gut«, sagte Kniptash träumerisch, »aber wißt ihr, was ich als allererstes kriege, wenn ich wieder in den Staaten bin?«

Donnini ächzte innerlich. Er wußte es. Er hatte es hundertmal gehört. Kniptash war sicher, daß es kein Gericht auf der Welt gab, welches seinen Hunger stillen konnte, deshalb hatte er eins erfunden, ein kulinarisches Monster.

»Zuerst«, sagte Kniptash heftig, »werde ich mir ein Dutzend Pfannkuchen bestellen. ›Genau das habe ich gesagt, Fräulein‹«, wandte er sich nun an eine imaginäre Kellnerin, »›zwölf!‹ Die müssen sie dann mit Spiegeleiern dazwischen aufstapeln. Wißt ihr, was ich dann machen werde?«

»Honig drübergießen!« sagte Coleman. Er teilte Kniptashs viehischen Appetit.

»Aber jede Wette!« sagte Kniptash mit leuchtenden Augen.

»*Phooey*«, sagte Stabsunteroffizier Kleinhans, ihr kahler deutscher Bewacher, lustlos. Donnini schätzte, daß der alte Mann etwa fünfundsechzig Jahre alt war. Kleinhans neigte dazu, geistesabwesend, gedankenverloren zu sein. In der Wüste Nazideutschlands war er eine Oase des Mitgefühls und der Inkompetenz. Er sagte, er habe sein passables Englisch vier Jahre lang als Kellner in Liverpool gelernt. Mehr wollte er nicht über seine Erfahrungen in England sagen, stellte lediglich die Überlegung an, die Briten nähmen weit mehr Nahrung zu sich, als ihrer Rasse zuträglich sei.

Kleinhans zwirbelte seinen Kaiser-Wilhelm-Schnurrbart und stand mit Hilfe seiner antiken, einen Meter achtzig langen Flinte auf. »Ihr sprecht zuviel über Essen. Deshalb werden die Amerikaner den Krieg verlieren –, ihr seid alle verweichlicht.« Er sah Kniptash gezielt an, der immer noch bis zu den Nasenlöchern in eingebildeten Pfannkuchen, Eiern und Honig schwelgte. »Na los, zurück an die Arbeit.« Es war ein Vorschlag.

Die drei amerikanischen Soldaten blieben innerhalb des unüberdachten Gehäuses eines Gebäudes inmitten zerschmetterten Mauerwerks und Bauholzes in Dresden,

Deutschland, sitzen. Es war Anfang März 1945. Kniptash, Donnini und Coleman waren Kriegsgefangene. Stabsunteroffizier Kleinhans war ihr Bewacher. Er sollte sie dazu anhalten, die Milliarde Tonnen von Schutt zu ordentlichen Steinpyramiden aufzuhäufen, Stein auf Stein, um dem nicht existierenden Verkehr Platz zu machen. Eigentlich wurden die drei Amerikaner für kleinere Verstöße gegen die Lagerdisziplin bestraft, aber ihr Geschick war, wenn sie jeden Morgen unter den traurigen blauen Augen des desinteressierten Kleinhans zur Arbeit auf den Straßen ausrückten, weder besser noch schlechter als das ihrer Kameraden hinter Stacheldraht, die größeres Wohlverhalten an den Tag gelegt hatten. Kleinhans verlangte nur, daß sie beschäftigt wirkten, wenn Offiziere vorbeikamen.

Nahrung war das einzige, was die Kriegsgefangenen auf ihrer schmalen Existenzebene begeistern konnte. Patton war hundert Meilen entfernt. Wenn man Kniptash, Donnini und Coleman über die herannahende Dritte Armee reden hörte, konnte man meinen, ihre Angriffsspitze bestünde nicht aus Infanterie und Panzern, sondern aus einer Phalanx von Küchenbullen und Gulaschkanonen.

»Los, los«, sagte Stabsunteroffizier Kleinhans wieder. Er bürstete sich Mörtelstaub von der schlechtsitzenden Uniform, dem dünnen, billigen Grau des Volkssturms, der mitleiderregenden Armee alter Männer. Er sah auf die Uhr. Ihre Stunde zum Essenfassen, die aus dreißig Minuten ohne Essen bestanden hatte, war vorbei.

Donnini blätterte eine weitere Minute lang sehnsüchtig in seinem Notizbuch, bevor er es in die Brusttasche zurücksteckte und mühsam auf die Beine kam.

Der Notizbuchfimmel hatte angefangen, als Donnini Coleman sagte, wie man Pizza bäckt. Coleman hatte sich das in einem von mehreren Notizbüchern aufgeschrieben, die er sich in einem ausgebombten Papierwarenladen besorgt hatte. Dies Erlebnis befriedigte ihn so sehr, daß alle bald davon besessen waren, ihre Notizbücher mit Rezepten zu füllen. Dadurch, daß sie die Symbole für Nahrung schriftlich niederlegten, fühlten sie sich irgendwie viel näher an der wahren Sache dran.

Jeder hatte sein Büchlein in Abteilungen gegliedert. Kniptash hatte zum Beispiel vier Hauptabteilungen: »Nachtisch, den ich probieren werde«, »Wie man Fleisch gut hinkriegt«, »Kleinigkeiten« und »Diess & Dass«.

Coleman schrieb weiter mißmutig Druckbuchstaben in sein Notizbuch. »Wieviel Sherry?«

»Trockenen Sherry –, er muß *trocken* sein«, sagte Donnini. »Etwa eine Dreivierteltasse.« Er sah, daß Kniptash in seinem Notizbuch etwas ausradierte. »Was ist los? Änderst du es in eine Gallone Sherry um?«

»Nein. Daran habe ich gar nicht gearbeitet. Ich habe etwas anderes geändert. Ich habe meine Meinung geändert, was ich zuerst haben will.«

»Was?« fragte Coleman fasziniert.

Donnini zuckte zusammen. Kleinhans ebenfalls. Die Notizbücher hatten den spirituellen Konflikt zwischen Donnini und Kniptash verstärkt, hatten ihn in Schwarz und Weiß definiert. Die Rezepte, die Kniptash beisteuerte, waren üppig, prächtig, sie verdankten sich dem Augenblick. Donninis waren kompromißlos authentisch, künstlerisch. Coleman war dazwischen gefangen. Es war Gourmet gegen Gourmand, Feinschmecker gegen Vielfraß,

Künstler gegen Materialist, die Schönheit gegen das Biest. Donnini war für einen Verbündeten dankbar, selbst für Stabsunteroffizier Kleinhans.

»Noch nichts sagen«, sagte Coleman blätternd. »Erst wenn ich die erste Seite gesehen habe.« Der wichtigste Teil jedes Notizbuchs war, bei weitem, die erste Seite. Man hatte sich darauf geeinigt, sie dem Gericht zu widmen, auf welches sich jeder am meisten freute. Auf seiner ersten Seite hatte Donnini liebevoll die Formel für *Anitra al Cognac* niedergeschrieben –, Ente in Cognac. Kniptash hatte den Ehrenplatz seinem Pfannkuchen-Horror vorbehalten. Coleman hatte sich schwankend für Schinken mit kandierten Süßkartoffeln entschieden, war aber umgestimmt worden. Innerlich zerrissen, hatte er sowohl Kniptashs als auch Donninis Wahl auf seine erste Seite geschrieben und eine endgültige Entscheidung einstweilen zurückgestellt. Jetzt quälte Kniptash ihn mit einer Modifizierung seiner Greueltat. Donnini seufzte. Coleman war schwach. Vielleicht würde Kniptashs neue Verfeinerung ihn betören, und die *Anitra al Cognac* würde seiner vollends verlustig gehen.

»Der Honig kommt raus«, sagte Kniptash fest. »Ich wußte sowieso nicht so recht. Jetzt weiß ich, daß er völlig falsch ist. Honig paßt nicht zu Eiern paßt er nämlich nicht.«

Coleman radierte. »Ja, und nun?« sagte er erwartungsvoll.

»Heißer Sirup obendrauf«, sagte Kniptash. »Einen großen Klecks heißen Sirup –, einfach drauf und langsam runterlaufen lassen.«

»Mmmmmmmmmmm«, sagte Coleman.

»Essen, Essen, Essen«, maulte Stabsunteroffizier Kleinhans. »Jeden Tag, jeden Tag, alles, was ich höre, ist Essen. Steht auf. An die Arbeit! Ihr mit euern verdammten blöden Notizbüchern. Noch dazu geplündert. Dafür kann ich euch erschießen.« Er schloß die Augen und seufzte. »Essen«, sagte er, milder gestimmt. »Was hat es für einen Sinn, darüber zu reden, darüber zu schreiben? Redet über Mädchen. Redet über Musik. Redet über Schnaps.« Mit ausgebreiteten Armen rief er den Himmel zum Zeugen an. »Was für Soldaten sind das, die den ganzen Tag mit dem Austauschen von Rezepten zubringen?«

»Sie haben doch auch Hunger, stimmt's?« sagte Kniptash. »Was haben Sie gegen Essen?«

»Ich kriege völlig ausreichend zu essen«, sagte Kleinhans leichthin.

»Sechs Scheiben Schwarzbrot und drei Napf Suppe pro Tag –, das soll ausreichend sein?« sagte Coleman.

»Das ist viel«, behauptete Kleinhans. »Es geht mir besser. Vor dem Krieg hatte ich Übergewicht. Jetzt bin ich wieder so flott wie als junger Mann. Vor dem Krieg hatten alle Übergewicht. Die Leute lebten, um zu essen, anstatt zu essen, um zu leben.« Er lächelte matt. »Deutschland war nie gesünder.«

»Ja, aber haben Sie keinen Hunger?« ließ Kniptash nicht locker.

»Essen ist nicht das einzige in meinem Leben, nicht das Wichtigste«, sagte Kleinhans. »Los jetzt, aufstehen!«

Kniptash und Coleman erhoben sich widerstrebend. »Sie haben Mörtel oder so was in der Mündung Ihres Gewehrlaufs, Väterchen«, sagte Coleman. Sie schlurften langsam zurück auf die mit Schutt übersäte Straße, wobei

Kleinhans die Nachhut übernahm, mit einem Streichholz Mörtel aus der Mündung seines Flintenlaufs polkte und gleichzeitig die Notizbücher brandmarkte.

Donnini suchte sich unter Millionen einen kleinen Stein aus, trug ihn zum Fahrbahnrand und legte ihn Kleinhans zu Füßen. Er hielt kurz inne, die Hände in die Hüften gestemmt. »Heiß«, sagte er.

»Gerade richtig zum Arbeiten«, sagte Kleinhans. Er setzte sich auf den Kantstein. »Was waren Sie im Zivilleben? Koch?« sagte er nach langem Schweigen.

»Ich habe meinem Vater in seinem italienischen Restaurant in New York geholfen.«

»Ich hatte mal eins in Breslau«, sagte Kleinhans. »Das ist lange her.« Er seufzte. »Kommt einem jetzt idiotisch vor, wieviel Zeit und Energie die Deutschen darauf verwandt haben, sich mit fettem Essen vollzustopfen. Was für eine idiotische Verschwendung.« Er sah an Donnini vorbei, und sein Blick verfinsterte sich. Er drohte Coleman und Kniptash mit dem Finger. Sie standen mitten auf der Straße, jeder in der einen Hand einen Stein von der Größe eines Baseballs, ein Notizbuch in der anderen.

»Meiner Ansicht nach war das mit saurer Sahne«, sagte Coleman gerade.

»Packt diese Bücher weg!« befahl Kleinhans. »Habt ihr denn kein Mädchen? Sprecht über euer Mädchen!«

»Natürlich habe ich ein Mädchen«, sagte Coleman gereizt. »Heißt Mary.«

»Ist das *alles*, was man über sie wissen muß?« sagte Kleinhans.

Coleman blickte verwirrt drein. »Mit Nachnamen Fiske –, Mary Fiske.«

»Na, und ist diese Mary Fiske hübsch? Was treibt sie so?«

Coleman verengte nachdenklich die Augen. »Einmal habe ich unten auf sie gewartet und ihrer alten Dame zugesehen, wie sie Zitronenbaisers gemacht hat«, sagte er. »Sie hat ein bißchen Zucker und etwas Stärkemehl und eine Prise Salz genommen und mit ein paar Tassen Was –«

»Bitte. Laßt uns über Musik sprechen. Mögt ihr Musik?« sagte Kleinhans.

»Und was hat sie dann gemacht?« fragte Kniptash. Er hatte seinen Stein wieder hingelegt und schrieb jetzt in sein Notizbuch. »Sie hat Eier verwendet, stimmt's?«

»Bitte, Jungs, nicht«, ersuchte sie Kleinhans.

»Klar hat sie Eier verwendet«, sagte Coleman. »Butter ebenfalls. Jede Menge Butter und Eier.«

II.

Es geschah vier Tage später, daß Kniptash die Buntstifte in einem Keller fand –, am selben Tag, an dem Kleinhans darum gebettelt hatte, von seinem Posten als Bewacher der Strafeinheit abgezogen zu werden, welche inständige Bitte abschlägig beschieden wurde.

Als sie sich an jenem Morgen aufgemacht hatten, war Kleinhans entsetzlicher Laune gewesen und hatte seine drei Schützlinge beschimpft, weil sie nicht im Gleichschritt und außerdem mit den Händen in den Hosentaschen marschierten. »Los, redet, redet, redet nur, redet über Essen, ihr Weiber«, hatte er sie verhöhnt. »Ich brauche mir das nicht mehr anzuhören!« Triumphierend hatte er zwei Wattebäusche aus seiner Patronentasche gezogen und sich in die Ohren gestopft. »Jetzt kann ich meinen eigenen Gedanken nachhängen. Ha!«

Um zwölf stahl sich Kniptash in den Keller eines ausgebombten Hauses und hoffte, ein Regal mit vollen Einweckgläsern zu finden, wie es sie, wußte er, im Keller daheim gab. Schmutzig und entmutigt kam er wieder hoch, zur Probe an einem grünen Buntstift nagend.

»Wie sieht's aus?« fragte Coleman hoffnungsfroh und sah den gelben, den lila, den rosa und den orangefarbenen Buntstift in Kniptashs linker Hand an.

»Wunderbar. Welchen Geschmack möchtest du? Zitrone? Traube? Erdbeere?« Er warf die Buntstifte auf den Boden und spuckte den grünen hinterher. Es war wieder Mittagspause, die Stunde zum Essenfassen, Kleinhans saß mit dem Rücken zu seinen Mündeln und starrte nachdenklich auf Dresdens zersplitterte Silhouette hinaus. Zwei weiße Büschel ragten aus seinen Ohren.

»Wißt ihr, was jetzt gut wäre?« sagte Donnini.

»Ein Eisbecher mit heißer Schokolade drüber, und da noch geraspelte Nüsse und Marshmallow-Stückchen drauf«, sagte Coleman prompt.

»Und Kirschen«, sagte Kniptash.

»Spiedini alla romana!« flüsterte Donnini mit geschlossenen Augen.

Kniptash und Coleman zogen blitzschnell ihre Notizbücher hervor.

Donnini küßte sich die Fingerspitzen. »Hackbällchen am Spieß, römische Art«, sagte er. »Man nehme ein Pfund Hack vom Rind, zwei Eier, drei Eßlöffel Romano-Käse und –«

»Für wie viele Personen?« erkundigte sich Kniptash.

»Sechs normale menschliche Wesen oder eine halbe Sau.«

»Wie sieht das Zeug aus?« fragte Coleman.

»Also, es ist ziemlich viel Zeug, an einem Spieß aufgereiht.« Donnini sah, wie Kleinhans sich einen Ohrstöpsel herauszog und fast augenblicks wieder zurücksteckte. »Es ist ein bißchen schwer zu beschreiben.« Er kratzte sich am Kopf, und sein Blick fiel auf die Bunststifte. Er nahm den gelben und begann zu skizzieren. Das Projekt weckte sein Interesse, und mit den anderen Buntstiften fügte er die subtileren Schraffuren und Glanzlichter hinzu sowie, zum Schluß, als Hintergrund, ein kariertes Tischtuch. Er überreichte Coleman das Notizbuch.

»Mmmmmmmmmmm«, sagte Coleman, schüttelte den Kopf und leckte sich die Lippen.

»Junge!« sagte Kniptash bewundernd. »Die kleinen Schweinehunde springen einen ja praktisch an, stimmt's?«

Coleman hielt ihm beflissen sein Notizbuch entgegen. Die aufgeschlagene Seite trug die freimütige Überschrift »KUCHEN«. »Könntest du einen Lady-Baltimore-Kuchen zeichnen? Weißt du, weiß, mit Kirschen obendrauf?«

Entgegenkommend versuchte und schaffte Donnini es – mit ermutigendem Erfolg. Es war ein gutaussehender Kuchen, und als zusätzlichen Schnörkel fügte er oben noch einen Schriftzug in rosa Zuckerguß hinzu: »Willkommen daheim, Gefreiter Coleman!«

»Zeichne mir einen Stapel Pfannkuchen –, zwölf von der Sorte«, bat Kniptash dringlich. »›Genau das habe ich gesagt, Fräulein –, zwölf!‹« Donnini schüttelte mißbilligend den Kopf, machte sich aber an einen Rohentwurf des Konstrukts.

»*Meine* Zeichnung werd' ich Kleinhans zeigen«, sagte Coleman glücklich und hielt seinen Lady-Baltimore-Kuchen auf Armeslänge.

»Jetzt den Sirup obendrauf«, sagte Kniptash, der Donnini heiß gegen den Nacken atmete.

»**Ach, Mensch**!« heulte Stabsunteroffizier Kleinhans, und Colemans Notizbuch flatterte wie ein verletztes Vögelein in das Gewirr von Trümmern nebenan. »Die Mittagspause ist vorbei!« Er schritt zu Donnini und Kniptash und schnappte sich die Notizbücher. Er stopfte sich die Bücher in die Brusttasche. »Jetzt zeichnen wir schöne Bilder! Zurück an die Arbeit, verstanden?« Mit großer Gebärde befestigte er ein Bajonett von phantastischer Länge an seiner Flinte. »Auf geht's! **Los**!«

»Was ist denn in den gefahren?« sagte Kniptash.

»Ich habe ihm nur das Bild eines Kuchens gezeigt, und schon geht er in die Luft«, beschwerte sich Coleman. »Nazi«, sagte er lautlos.

Donnini ließ die Buntstifte in seine Tasche gleiten und suchte Kleinhans' entsetzlichem flinken Schwert zu entkommen.

»Die Artikel der Genfer Konvention besagen, daß Gefreite für ihren Lebensunterhalt arbeiten müssen. Arbeiten!« sagte Stabsunteroffizier Kleinhans. Er hielt sie den ganzen Nachmittag lang am Schwitzen und Grunzen. Sobald einer der drei eine Neigung zum Sprechen zeigte, bellte er einen Befehl. »Sie da! Donnini! Hier, heben Sie den tiefen Teller mit Spaghetti auf«, sagte er, indem er mit der Zehenspitze auf einen großen Felsbrocken deutete. Schwungvoll ging er zu zwei unförmigen Dachsparren hinüber, die auf der anderen Straßenseite lagen. »Kniptash und Coleman, meine Lieben«, säuselte er und klatschte in die Hände, »hier sind die Schokoladen-Eclairs, von denen Sie geträumt haben. Für jeden eins.« Er näherte sein Gesicht dem Gesicht Colemans bis auf einen knappen Zoll. »Mit Schlagsahne«, flüsterte er.

Es war eine rechtschaffen niedergeschlagene Mannschaft, die an jenem Abend in die Einfriedung des Gefangenenlagers latschte. Vorher hatten Donnini, Kniptash und Coleman peinlich genau darauf geachtet, praktisch hinkend einzurücken, als wären sie von unerträglich harter Zwangsarbeit und nie nachlassender Disziplin geschlaucht. Kleinhans, seinerseits, war dadurch angenehm aufgefallen, daß er sie anblaffte wie ein schlechtgelaunter Hütehund, während sie zum Tor hereintaumelten. Jetzt wirkten sie wieder wie vorher, aber die Tragödie, die sie zu verkörpern suchten, war real.

Kleinhans riß die Barackentür auf und hieß sie mit gebieterischer Gebärde eintreten.

»Achtung!« schrie eine hohe Stimme aus dem Innern. Donnini, Coleman und Kniptash blieben stehen, und zwar krumm, die Hacken mehr oder weniger nah beieinander. Mit einem Knarren von Leder und einem Knallen der Hacken rammte Stabsunteroffizier Kleinhans seinen Flintenkolben auf den Fußboden, stand so gerade, wie sein alter Rücken es zuließ, und zitterte leicht. Die unangemeldete Inspektion eines deutschen Offiziers war gerade im Gange. Einmal im Monat war damit zu rechnen. Ein kleiner Oberst in Mantel mit Pelzkragen und schwarzen Stiefeln stand, die Füße weit gespreizt, vor einer Reihe Kriegsgefangener. Neben ihm war der dicke Wachfeldwebel. Alle starrten Stabsunteroffizier Kleinhans und die ihm Anvertrauten an.

»Nun«, sagte der Oberst auf deutsch, »was haben wir denn da?«

Der Feldwebel erläuterte gestenreich und eilig, wobei seine braunen Augen um Billigung flehten.

Der Oberst spazierte langsam über den Zementfußboden, die Hände auf dem Rücken verschränkt. Vor Kniptash blieb er stehen. »Ein pöser Pube kefesen, wie?«

»Jawoll, Sir, stimmt genau«, sagte Kniptash schlicht.

»Und jetzt tut es Ihnen leid?«

»Jawoll, Sir, ganz bestimmt.«

»Gut.« Der Oberst umkreiste die kleine Gruppe mehrmals, summte vor sich hin und blieb einmal stehen, um Donninis Hemdstoff zu befingern. »Ssie verstehen mich, fenn ich Enklisch spreche?«

»Jawoll, Sir, es ist sehr deutlich«, sagte Donnini.

»Nach felchem Teil von Amerika klinkt mein Agzent?« fragte er eifrig.

»Milwaukee, Sir. Ich hätte schwören können, daß Sie aus Milwaukee stammen.«

»Ich könnte als Spion in Milvaukee arbeiten«, sagte er stolz zum Feldwebel. Plötzlich fiel sein Blick auf Stabsunteroffizier Kleinhans, dessen Brustkorb sich kurz unterhalb seiner Augenhöhe befand. Seine gute Laune verflog. Er schlich zu Kleinhans hinüber, um sich direkt vor ihm aufzubauen. »Stabsunteroffizier! Die Brusttasche Ihrer Feldbluse ist nicht zugeknöpft!« sagte er auf deutsch.

Kleinhans' Augen waren weit aufgerissen, als er nach der anstößigen Brusttasche griff. Fieberhaft versuchte er, das Oberteil zum Knopf herunterzuziehen. Es reichte nicht, die Tasche war zu prall gefüllt.

»Sie haben etwas in Ihrer Tasche!« sagte der Oberst, und sein Gesicht rötete sich. »*Da*ran liegt es. Raus damit!«

Kleinhans zog hastig zwei Notizbücher aus der Brusttasche und knöpfte sie zu. Er seufzte vor Erleichterung.

»Und was steht in Ihren Notizbüchern, na? Eine Liste von Gefangenen? Vielleicht Minuspunkte im persönlichen Führungszeugnis? Zeigen Sie her.« Der Oberst entriß sie den kraftlosen Fingern. Kleinhans rollte die Augen.

»Was ist das?« sagte der Oberst ungläubig, und seine Stimme wurde noch höher, Kleinhans setzte zum Sprechen an. »Ruhe, Stabsunteroffizier!« Der Oberst lüpfte die Augenbrauen und hielt das eine Notizbuch so, daß auch der Feldwebel etwas zu sehen bekam. »Fass ich zuallererst essen ferte, fenn ich nach Hause komme«, las er langsam.

Er schüttelte den Kopf. »Ach! ›Zfölf Pfannkuchen und dazfischen je ein Spiekelei!‹ Oh! ›Und mit heißem Ssirup opentrauf!‹« Er wandte sich an Kleinhans. »Ist es das, was Sie sich wünschen, Sie armer Junge?« sagte er auf deutsch. »Und dazu so ein schönes Bildchen gezeichnet. Mmmm.« Er griff nach Kleinhans' Schultern. »Stabsunteroffiziere müssen immer an den Krieg denken. Gefreite dürfen an alles denken, was sie wollen – Mädchen, Essen, lauter so gute Sachen –, solang sie tun, was ihnen die Stabsunteroffiziere sagen.« Geschickt, als hätte er dergleichen schon oft getan, ergriff der Oberst Kleinhans' Schulterstücke. Schlapp prallten sie an der am weitesten entfernten Barackenwand ab. »Gefreite haben es gut.«

Erneut räusperte sich Kleinhans, wollte um Sprecherlaubnis bitten.

»Schnauze, Gefreiter!« Der kleine Oberst stolzierte aus der Baracke und zerfetzte im Gehen die Notizbücher.

III.

Donnini fühlte sich mies, und ebenso mies fühlten sich, das wußte er, Kniptash und Coleman. Es war der Morgen nach Kleinhans' Degradierung. Äußerlich ließ Kleinhans sich nichts anmerken. Er schritt so rüstig aus wie immer, und er schien immer noch fähig, aus der frischen Luft sowie den Frühlingsboten, die sich aus den Ruinen bohrten, Vergnügen zu ziehen.

Als sie in ihrer Straße ankamen, die immer noch unpassierbar war, sogar für Fahrräder, trotz drei Wochen Strafeinsatz, setzte Kleinhans sie nicht unter Druck wie noch am Nachmittag zuvor. Er befahl ihnen auch nicht, beschäftigt zu tun, wie er das all die Tage getan hatte. Statt dessen führte er sie direkt zu der Ruine, in der sie ihre Mittagspausen verbracht hatten, und bedeutete ihnen, sie sollten Platz nehmen. Kleinhans schien zu schlafen. So saßen sie schweigend dort, und an den Amerikanern nagte die Reue.

»Es tut uns leid, daß Sie unseretwegen Ihre Schulterstücke verloren haben«, sagte Donnini schließlich.

»Gefreite haben es gut«, sagte Kleinhans düster. »Zwei Kriege habe ich mitgemacht, um Stabsunteroffizier zu werden. Jetzt«, er schnipste mit den Fingern, »paff. Kochbücher sind **verboten**.«

»Hier«, sagte Kniptash mit bebender Stimme. »Möchten Sie was zu rauchen? Ich habe eine ungarische Zigarette.« Er hielt ihm die kostbare Zigarette hin.

Kleinhans lächelte matt. »Lassen wir sie herumgehen.« Er zündete sie an, nahm einen Zug und gab sie an Donnini weiter.

»Woher hast du eine ungarische Zigarette?« fragte Coleman.

»Von einem Ungarn«, sagte Kniptash. Er zog die Hosenbeine hoch. »Hab meine Socken dafür eingetauscht.«

Sie rauchten die Zigarette fertig und lehnten sich gegen das Mauerwerk. Immer noch hatte Kleinhans nichts über Arbeit gesagt. Wieder schien er weit entfernt, in Gedanken verloren.

»Sprecht ihr Jungens gar nicht mehr über Ernährung?« sagte Kleinhans endlich, nach weiterem langem Schweigen.

»Seitdem Sie Ihre Schulterstücke verloren haben, nicht mehr«, sagte Kniptash ernst.

Kleinhans nickte. »Das geht schon in Ordnung. Wie gewonnen, so zerronnen.« Er leckte sich die Lippen. »Ziemlich bald wird dies aus und vorbei sein.« Er machte es sich bequem und reckte sich. »Und wißt ihr, was ich an dem Tag machen werde, an dem endgültig Schluß ist, Jungens?« Der Gefreite Kleinhans schloß die Augen. »Ich werde drei Pfund Rinderschulter besorgen und sie mit Speckstreifen spicken. Dann werde ich sie mit Knoblauch einreiben, pfeffern und salzen und mit Weißwein und Wasser in einen Topf aus Steingut legen, sowie natürlich auch mit –«, seine Stimme wurde durchdringend, »– Zwiebeln und Lorbeerblättern und Zucker –«, er stand auf,

»– und Pfefferkörnern! In zehn Tagen, Jungens, ist er dann soweit!«

»Was ist soweit?« sagte Coleman aufgeregt und griff an die Stelle, an der sein Notizbuch gewesen war.

»Der Sauerbraten!« schrie Kleinhans.

»Für wie viele Personen?« fragte Kniptash.

»Nur für zwei, mein Junge. Tut mir leid.« Kleinhans legte Donnini die Hand auf die Schulter. »Genug Sauerbraten für zwei hungrige Künstler –, was, Donnini?« Er blinzelte Kniptash zu. »Für Sie und Coleman werde ich etwas sehr Sättigendes anrichten. Wie wär's mit zwölf Pfannkuchen, und dazwischen je eine Scheibe Oberst, und obendrauf kommt ein dicker Klecks heißer Sirup, was?«

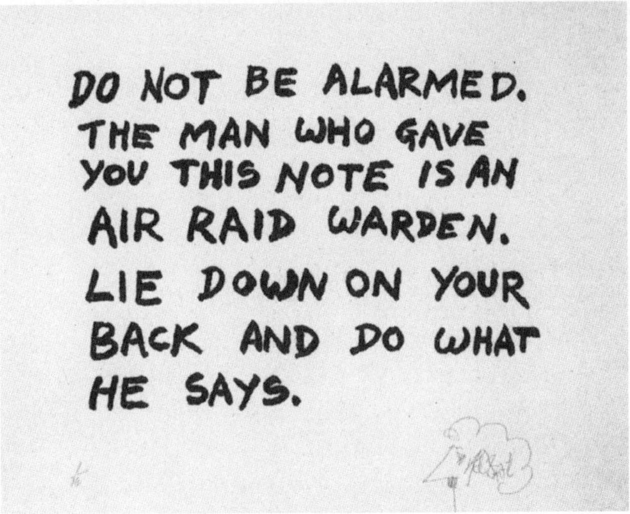

SEIEN SIE NICHT BEUNRUHIGT.
DER MANN, DER IHNEN DIESEN
ZETTEL GEGEBEN HAT, IST
LUFTSCHUTZWART. LEGEN SIE
SICH AUF DEN RÜCKEN UND
FOLGEN SIE SEINEN ANWEISUNGEN.

Herzlichen Glückwunsch zum Geburtstag, 1951

Sommer ist eine schöne Zeit für einen Geburtstag«, sagte der alte Mann. »Was also spricht, da du sowieso die Wahl hast, gegen einen Sommertag?« Er befeuchtete seinen Daumen mit der Zunge und blätterte das Bündel Dokumente durch, welches auszufüllen ihm die Soldaten befohlen hatten. Kein Dokument konnte ohne Geburtsdatum vollständig sein, also mußte man dem Jungen ein Geburtsdatum aussuchen.

»Heute kann dein Geburtstag sein, wenn du möchtest«, sagte der alte Mann.

»Heute morgen hat es geregnet«, sagte der Junge.

»Na gut, dann eben morgen. Die Wolken wehen nach

Süden. Da müßte morgen den ganzen Tag die Sonne scheinen.«

Am Morgen hatten sich die Soldaten wegen des Regens untergestellt und das Versteck gefunden, in dem, Wunder der Wunder, der alte Mann und der Junge seit sieben Jahren ohne Dokumente gelebt hatten, also praktisch ohne offizielle Lebenserlaubnis. Die Soldaten sagten, niemand könne ohne Dokumente Nahrung oder Unterkunft oder Kleidung bekommen. Aber der alte Mann und der Junge hatten alles drei durch einfaches Buddeln in den Kellerkatakomben unter der zertrümmerten Stadt gefunden, und nachts durch Klauen.

»Warum zitterst du?« sagte der Junge.

»Weil ich alt bin. Weil Soldaten alten Männern angst machen.«

»Mir machen sie keine Angst«, sagte der Junge. Das plötzliche Eindringen in ihre Untergrundwelt hatte ihn aufgeregt. Er hielt etwas Glänzendes, Goldenes in den schmalen Lichtstrahl aus dem Kellerfenster. »Siehst du? Einer hat mir einen Messingknopf gegeben.«

An den Soldaten war nichts Beängstigendes gewesen. Der Mann war so alt, und das Kind war so jung, und deshalb nahm das Militär dies seltsame Paar eher belustigt zur Kenntnis. Die zwei hatten sich als einzige Menschen in der Stadt seit Kriegsende nirgends vermerken lassen, waren gegen nichts geimpft worden, hatten niemandem Gefolgschaft geschworen oder aufgekündigt, sich für nichts entschuldigt, nichts gewählt und waren für nichts marschiert.

»Ich habe es nicht böse gemeint«, hatte der alte Mann den Soldaten gesagt und dabei ein bißchen Senilität vorgeschützt. »Ich habe es nicht gewußt.« Er erzählte ihnen, wie ihm eine Flüchtlingsfrau am Tag des Kriegsendes einen Säugling in die Arme gedrückt hatte und nie zurückgekehrt war. So hatte er den Jungen bekommen. Staatsangehörigkeit des Kindes? Name? Geburtsdatum? Er wußte es nicht.

Der alte Mann rollte mit einem Stock Kartoffeln vom Feuer des Holzofens und klopfte die Glut von der geschwärzten Pelle. »Ich war kein sehr guter Vater. Habe dich so lange ohne Geburtstage auskommen lassen«, sagte er. »Du hast nämlich Anspruch auf einen Geburtstag pro Jahr, und ich habe sechs Jahre ohne Geburtstag verstreichen lassen. Und ohne Geschenke. Man muß nämlich Geschenke kriegen.« Vorsichtig hob er eine Kartoffel auf und warf sie dem Jungen zu, der sie auffing und lachte. »Du hast also beschlossen, daß er morgen stattfinden soll?«

»Ja, ich glaube schon.«

»In Ordnung. Da habe ich zwar nicht viel Zeit, dir ein Geschenk zu besorgen, aber es wird etwas da sein.«

»Was denn?«

»Geburtstagsgeschenke sind besser, wenn sie eine Überraschung sind.« Er dachte an die Räder, die er auf einem Haufen Schutt ein paar Ruinen weiter gesehen hatte. Wenn der Junge einschlief, konnte er ihm irgendeine Art Wagen basteln.

»Hör mal!« sagte der Junge.

Wie immer bei Sonnenuntergang drang das Geräusch von Marschtritten aus einer entfernten Straße durch die Trümmer herüber.

»Hör nicht hin«, sagte der alte Mann. Er hob den Zeigefinger und bat um Aufmerksamkeit. »Und weißt du, was wir an deinem Geburtstag machen werden?«

»In der Bäckerei Kuchen klauen?«

»Vielleicht, aber ich habe an etwas anderes gedacht. Weißt du, was ich morgen gern machen würde? Ich würde dich gern wohin mitnehmen, wo du in deinem ganzen Leben noch nie gewesen bist – und wo ich seit Jahren nicht mehr war.« Der Gedanke regte den alten Mann auf und machte ihn froh. Dies würde *das* Geschenk werden. Der Wagen wäre nichts dagegen. »Morgen gehe ich mit dir weg vom Krieg.«

Er sah nicht, daß der Junge verwirrt aussah, und ein bißchen enttäuscht.

Es war der Geburtstag, den der Junge sich ausgesucht hatte, und der Himmel, wie der alte Mann versprochen hatte, war klar. Im Zwielicht ihres Kellers frühstückten sie. Der Wagen, den der alte Mann spätnachts gebaut hatte, stand auf dem Tisch. Der Junge aß mit einer Hand, die andere Hand lag auf dem Wagen. Gelegentlich hörte er auf zu essen, um den Wagen auf und ab zu schieben und das Geräusch eines Motors zu imitieren.

»Das ist ein schöner Lastwagen, den Sie da haben, mein Herr«, sagte der alte Mann. »Sie bringen wohl Tiere auf den Markt?«

»Brummmm, brummmm. Platz da! Brummmm. Platz da, hier kommt mein Panzer.«

»Tut mir leid«, seufzte der alte Mann, »dachte, Sie wären ein Lastwagen. Immerhin gefällt er dir, und das ist die Hauptsache.« Er ließ seinen Blechteller in den Eimer Wasser fallen, der auf dem Ofen köchelte. »Und dies ist erst der Anfang, erst der Anfang«, sagte er mitteilsam. »Das Beste kommt erst noch.«

»Noch ein Geschenk?«

»Könnte man sagen. Weißt du noch, was ich dir versprochen habe? Heute gehen wir vom Krieg weg. Wir gehen in die Wälder.«

»Brummmm, brummmm. Kann ich meinen Panzer mitnehmen?«

»Wenn er ein Lastwagen sein darf. Nur heute mal.«

Der Junge zuckte die Achseln. »Ich lasse ihn hier und spiele mit ihm, wenn ich zurückkomme.«

Im hellen Morgen blinzelnd, gingen die beiden ihre verlassene, leere Straße entlang und bogen auf einen belebten Boulevard ein, der mit tapferen neuen Fassaden gesäumt war. Es war, als wäre die Welt plötzlich frisch und sauber und heil geworden. Die Menschen schienen nicht zu wissen, daß die Verwüstung links und rechts von dem schikken Boulevard begann und sich meilenweit erstreckte. Die beiden, mit Mittagessen unter dem Arm, gingen in Richtung der kiefernbestandenen Hügel nach Süden, wohin der Boulevard sanft anstieg.

Vier junge Soldaten kamen Seite an Seite auf dem Bürgersteig heran. Der alte Mann trat auf die Fahrbahn, um ihnen Platz zu machen. Der Junge salutierte und blieb, wo er war. Die Soldaten lächelten, erwiderten seine militärische Ehrenbezeigung und machten ihm Platz, um ihn durchzulassen.

»Panzergrenadiere«, sagte der Junge zum alten Mann.

»Hmmmm?« sagte der alte Mann abwesend, den Blick auf die grünen Hügel gerichtet. »Wirklich? Woran hast du das gemerkt?«

»Hast du die grüne Tresse nicht gesehen?«

»Doch, aber solche Dinge ändern sich. Ich weiß noch, wie Panzergrenadiere schwarzrot waren, und grün war …« Er brach den Satz ab. »Alles Quatsch«, sagte er fast scharf. »Alles ohne Bedeutung, und heute werden wir überhaupt nicht dran denken. Ausgerechnet an deinem Geburtstag solltest du nicht an so was …«

»Schwarzrot sind die Pioniere«, unterbrach ihn der Junge ernsthaft. »Nur schwarz ist Militärpolizei, und rot ist die Artillerie, und blaurot sind die Sanitäter, und schwarzorange ist …«

Der Kiefernwald war sehr still. Der jahrhundertealte Teppich aus Nadeln und das grüne Dach dämpften die Geräusche, die von der Stadt herauftrieben. Unendliche Kolonnaden dicker brauner Stämme umringten den alten Mann und den Jungen. Die Sonne, direkt über ihnen, zeigte sich nur als Bündel heller Punkte durch die dicke, dichte Decke aus Nadeln und Ästen.

»Hier?« sagte der Junge.

Der alte Mann sah sich um. »Nein –, noch ein bißchen weiter.« Er zeigte. »Da –, siehst du da hinten durch? Von hier aus können wir die Kirche sehen.« Das schwarze Skelett eines verbrannten Kirchturms war zwischen zwei Baumstämmen am Rande des Waldes vor das blaue Quadrat des Himmels gerahmt. »Aber hör zu … Hörst du das? Wasser. Da oben ist ein Bach, und wir können hinunter in das kleine Bachtal und nichts als Baumwipfel und Himmel sehen.«

»Na gut«, sagte der Junge. »Ja …, ganz schön hier, aber … Na gut.« Er sah den Kirchturm an, dann den alten Mann und zog fragend die Augenbrauen hoch.

»Du wirst sehen … Du wirst sehen, wieviel schöner es da ist«, sagte der alte Mann.

Als sie die Hügelkuppe erreichten, fuchtelte er froh zu dem Bach hinunter. »Da! Und wie gefällt es dir hier? Eden! Wie es zu Anfang war –, Bäume, Himmel und Wasser. Dies ist die Welt, die du hättest haben sollen, und zumindest heute kannst du sie haben.«

»Und sieh mal!« sagte der Junge und zeigte auf eine andere Hügelkuppe.

Ein großer Panzer, zur Farbe abgefallener Kiefernnadeln verrostet, hockte auf zerschmetterten Ketten auf dem Hügelsaum, Korrosionsgrind um das schwarze Loch, wo einst sein Geschütz gewesen war.

»Wie können wir über das Wasser, um dahin zu kommen?« sagte der Junge.

»Wir wollen gar nicht dahin«, sagte der alte Mann reizbar. Fest hielt er die Hand des Jungen. »Nicht heute. Wir können an einem anderen Tag wiederkommen, vielleicht. Aber nicht heute.«

Der Junge war geknickt. Seine kleine Hand wurde in der Hand des alten Mannes schlaff.

»Da vorn ist eine Biegung, und dahinter finden wir genau, was wir wollen.«

Der Junge sagte nichts. Er schnappte sich einen großen Stein und warf ihn auf den Panzer. Als das kleine Wurfgeschoß sein Ziel traf, straffte er sich, als werde gleich die ganze Welt explodieren. Ein schwaches Klicken war vom Geschützturm zu hören, und er entspannte sich, irgendwie befriedigt. Brav folgte er dem alten Mann.

Hinter der Biegung fanden sie, was der alte Mann gesucht hatte: eine glatte, trockene Felsplatte, beim Bach, von hohen Ufern eingeschlossen. Der alte Mann streckte sich auf dem Moos aus und klopfte liebevoll auf die Stelle neben sich, wo der Junge sich hinsetzen sollte. Er wickelte sein Mittagessen aus.

Nach dem Essen zappelte der Junge. »Es ist sehr still«, sagte er schließlich.

»So soll es auch sein«, sagte der alte Mann. »*Ein* Eckchen der Welt mal so, wie es sein soll.«

»Es ist einsam.«

»Das ist ja das Schöne.«

»Mir gefällt es in der Stadt besser, mit den Soldaten und ...«

Der alte Mann packte grob seinen Arm und drückte ihn heftig. »Nein, in der Stadt gefällt es dir nicht besser. Das weißt du nur nicht. Du bist zu jung, zu jung, um zu wissen, was dies hier ist, was ich dir zu schenken versuche. Aber wenn du älter bist, wirst du dich daran erinnern und hierher zurückkommen wollen –, wenn dein kleiner Wagen längst kaputt ist.«

»Ich will nicht, daß mein Wagen kaputtgeht«, sagte der Junge.

»Er geht schon nicht kaputt, er geht schon nicht kaputt. Aber leg dich einfach hierher, mach die Augen zu und vergiß das alles. Soviel kann ich dir immerhin schenken –, ein paar Stunden weg vom Krieg.« Er schloß die Augen.

Der Junge legte sich neben ihn und machte ebenfalls gehorsam die Augen zu.

Die Sonne stand niedrig am Himmel, als der alte Mann erwachte. Ihm tat alles weh, und von seinem langen Nickerchen am Bach kam er sich feucht vor. Er gähnte und reckte sich. »Zeit zu gehen«, sagte er, die Augen immer noch geschlossen. »Unser Tag des Friedens ist vorbei.« Und dann sah er, daß der Junge weg war. Zuerst rief er den Namen des Jungen unbekümmert; dann, als nur der Wind antwortete, stand er auf und schrie.

Panik wallte in ihm auf. Der Junge war noch nie im Wald gewesen, konnte sich leicht verirren, wenn er nach Norden wanderte, weiter in die Hügel und den Hochwald. Er stieg auf eine Anhöhe und rief wieder. Keine Antwort.

Vielleicht war der Junge wieder hinunter zu dem Panzer gegangen und hatte versucht, den Bach zu durchqueren. Er konnte nicht schwimmen. Der alte Mann eilte bachabwärts, um die Biegung, dorthin, wo er den Panzer sehen konnte. Das häßliche Überbleibsel gaffte ihn von jenseits der Abkürzung böse an. Nichts bewegte sich, und nur Wind und Wasser waren zu hören.

»Peng!« schrie eine kleine Stimme.

Der Junge hob triumphierend den Kopf aus dem Geschützturm. »Du bist tot!« sagte er.

GESEGNET SIND
DIE UNBEKÜMMERTEN
MÄDELS UND JUNGS.

Nun lach doch mal!

Es gab eine Zeit, da ich mit meinem Vater eins war, daß man, wenn man ein ehrfurchtsvoller, tapferer, vertrauenswürdiger und höflicher *Eagle*-Pfadfinder mit 21 Medaillen für herausragende Verdienste wird, das Fundament für ein ersprießliches Leben legt. Ich habe jedoch seitdem Gelegenheit gehabt, realistischer über das Verbiegen von Zweigen zum Zwecke der Nachrichtenübermittlung nachzudenken, und frage mich nun, ob Hell's Kitchen nicht eine solidere Vorbereitung auf das Leben ist als das Fähnlein Fieselschweif. Ich kann mich des Gefühls nicht erwehren, daß mein Freund Louis Gigliano, der Zigarren rauchte, seit er zwölf war, viel besser darauf vorbereitet war, im Chaos zu blühen und zu gedeihen, als ich, der ich geübt war, Widrigkeiten mit einem Taschenmesser samt Dosenöffner und Gürtellochstanzer zu begegnen.

Das Examen in der mannhaften Kunst des Überlebens, an das ich denke, fand in einem Kriegsgefangenenlager in Dresden statt. Ich, ein schnörkelloser amerikanischer Bubi, und Louis, ein zügelloser kleiner Schluri, dessen Beschäftigung im Zivilleben das Verticken von Haschisch an Schulmädchen mit weißen Söckchen gewesen war, waren gemeinsam dem Leben ausgesetzt. Ich erinnere mich jetzt an Louis, weil ich total pleite bin und weil ich weiß, daß Louis irgendwo auf dieser Welt, die er nur allzu gut versteht, wie ein Fürst lebt. So war es auch schon in Deutschland.

Nach den demokratischen Bestimmungen der Genfer Konvention waren wir, als Gefreite und gemeine Soldaten, verpflichtet, für unseren Lebensunterhalt zu arbeiten. Deshalb arbeiteten wir alle, das heißt, alle bis auf Louis. Seine erste Tat hinter Stacheldraht war, einem englischsprechenden Nazi-Aufpasser zu melden, er persönlich wolle mit diesem Krieg nichts zu tun haben, den er als Bruderkrieg und Machwerk Roosevelts und des internationalen Bankjudentums ansehe. Ich fragte ihn, ob er das wirklich meine.

»Ich bin müde, um Himmels willen nochmal«, sagte er. »Ich habe sie sechs Monate lang bekämpft, und jetzt bin ich müde. Ich brauche Ruhe, und ich esse so gern wie wir alle. Nun lach doch mal!«

»Lieber nicht, vielen Dank«, sagte ich eisig.

Ich wurde mit einem Spitzhacke-und-Schaufel-Spezialkommando ausgeschickt; Louis blieb als Ordonnanz, Bursche oder Putzfleck des deutschen Feldwebels im Lager. Louis bekam Sonderrationen dafür, daß er den Feldwebel dreimal täglich mit dem Wedel abstaubte. Ich bekam einen Leistenbruch, weil ich hinter der amerikanischen Luftwaffe saubermachte.

»Kollaborateur!« raunte ich ihm nach einem besonders erschöpfenden Tag auf den Straßen zu. Er stand neben einem Aufpasser beim Gefängnistor, wie aus dem Ei gepellt und munter, und nickte seinen Bekannten in der staubigen, ermüdeten Arbeitskolonne zu. Als Reaktion auf meine höhnische Bemerkung begleitete er mich in die Unterkünfte.

Er legte mir die Hand auf die Schulter. »Und nun kannst du es mal *so* betrachten, Kleiner«, sagte er. »Da hilfst du dem Kraut und räumst ihm seine Straßen frei, damit er wieder mit Panzern und Lastern drauf fahren kann. So was nenne ich Kollaboration. Ich, Kollaborateur? Du hast es genau falschrum kapiert. Alles, was ich mache, um dem Kraut zum Sieg zu verhelfen, ist, daß ich seine Zigaretten rauche und ihn um noch mehr Essen anhaue. Ganz schön verwerflich, was?«

Ich sackte auf meine Koje. Louis nahm auf einem nahen Strohsack Platz. Mein Arm hing von der Koje herab, und Louis interessierte sich für meine Armbanduhr, ein Geschenk meiner Mutter.

»Hübsch, sehr hübsche Uhr, Kleiner«, sagte er. Und dann: »Hungrig nach der vielen Arbeit, möcht' ich wetten.«

Ich hatte einen Bärenhunger. Ersatzkaffee, ein Teller Wassersuppe und drei Scheiben trocken Brot sind nicht die Sorte Kost, die das Herz eines Spitzhackenschwingers nach neun Stunden Zwangsarbeit höher schlagen läßt. Louis hatte Mitgefühl. Er mochte mich; er wollte helfen. »Du bist ein netter Junge«, sagte er. »Ich werd' dir sagen, was ich machen werde. Ich mach' mit dir ein schnelles Tauschgeschäft. Hat doch keinen Sinn, Kohldampf zu schieben. Diese Uhr ist zwei Laib Brot wert, aber mindestens. Ist das ein gutes Geschäft, oder ist das kein gutes Geschäft?«

Zu jenem Zeitpunkt waren zwei Laib Brot ein blendender Köder. Es war eine unglaubliche Menge Nahrung für einen einzelnen Menschen. Ich versuchte, den Preis hochzutreiben. »Sieh mal, Freund«, sagte er, »dies ist ein Sonderpreis für dich, und es ist ein Spitzenpreis. Ich versuche, dir einen Gefallen zu tun, verstehst du? Alles, was ich von dir verlange, ist, daß du Stillschweigen bewahrst, sonst kommen alle an und wollen zwei Laib Brot für eine Uhr. Versprochen?«

Ich schwor bei allem, was heilig ist, daß ich nie Louis', meines besten Freundes, Großherzigkeit preisgeben würde. Nach einer Stunde war er wieder da. Er warf einen verstohlenen Blick in die Runde, zog einen langen Laib Brot aus einer zusammengerollten Feldjacke und stopfte ihn unter meine Matratze. Ich wartete auf die zweite Einzahlung. Sie erfolgte nicht. »Ich weiß kaum, was ich dir sagen soll, Kleiner. Der Wachhabende, mit dem ich geschäftlich zu tun habe, hat mir gesagt, der gesamte Uhrenmarkt ist ins Bodenlose abgestürzt, seitdem all die Jungs von der Ardennenoffensive reingekommen sind. Zu viele Uhren zum selben Termin, das ist der Grund. Tut mir leid, aber ich möchte, daß du weißt: Louis hat dir das Maximum für diese Uhr herausgeholt.« Er machte einen Ausfall in

Richtung des Brotes unter der Matratze. »Wenn du meinst, ich hab' dich übers Ohr gehauen, brauchst du nur das Wort zu sagen, dann nehm' ich dies wieder mit, und du kriegst deine Uhr zurück.«

Mein Magen knurrte. »Ach, Hölle, Louis«, seufzte ich, »laß es hier.«

Als ich am nächsten Morgen erwachte, sah ich auf meine Uhr, um zu sehen, wie spät es war. Und dann fiel mir ein, daß ich keine Uhr mehr besaß. Der Mann in der Koje über mir war ebenfalls bereits munter. Ich fragte ihn nach der Uhrzeit. Er steckte den Kopf über den Kojenrand, und ich sah, daß er den Rachen voller Brot hatte; als er sprach, überschüttete er mich mit Krumen. Er sagte, er habe keine Uhr mehr. Er kaute und schluckte, bis eine größere Portion des riesigen Brotklumpens aus seinem Munde entfernt war und er sich verständlich machen konnte. »Ich soll mich für Uhrzeit interessieren, wenn Louis mir zwei Brote und zehn Zigaretten für eine Uhr gibt, die neu nicht mal zwanzig Dollar wert war?« fragte er.

Louis hatte ein Monopol auf herzliches Einvernehmen mit den Aufpassern. Sein bekundeter Einklang mit Nazi-Prinzipien überzeugte unsere Hüter, daß er der einzig Gewitzte von uns war, und wir alle mußten unsere Schwarzmarktgeschäfte über diesen Oberflächen-Judas abwickeln. Sechs Monate nach unserer Einquartierung in Dresden hatte außer Louis und den Aufpassern niemand mehr die Möglichkeit herauszufinden, wie spät es war. Zwei Wochen danach hatte Louis jedem Ehemann seinen Ehering mit diesem Argument abgeschwatzt: »Okay, nur zu, sei sentimental, nur zu, stirb Hungers. Liebe ist was Wunderbares, habe ich mir sagen lassen.«

Seine Profite waren enorm. Ich fand später heraus, daß zum Beispiel meine Uhr einen Preis von einhundert Zigaretten und sechs Laib Brot erzielt hatte. Jeder, der mit dem Hungertod vertraut ist, wird zugeben müssen, daß dies ein gutaussehender Preis war. Louis wandelte den größten Teil seines Wohlstands in die übertragbarste aller Sicherheiten um, in Zigaretten. Und dann dauerte es nicht mehr lang, bis ihm die Möglichkeiten als Kredithai dämmerten. Einmal alle vierzehn Tage wurden uns zwanzig Zigaretten zugeteilt. Sklaven der Tabakgewohnheit vertilgten die Ration in einem bis zwei Tagen und waren in einem Zustand der Raserei, bis die nächste Ration kam. Louis, der inzwischen gern als »der Freund des Volkes« oder »der lautere Louis« bezeichnet wurde, gab bekannt, man könne Zigaretten bei ihm bis zur nächsten Ration zu einem maßvollen Zinssatz von fünfzig Prozent borgen. Bald hatte er seinen Wohlstand verliehen und vergrößerte ihn alle vierzehn Tage um die Hälfte. Ich stand tief in seiner Schuld, mit nichts als zusätzlicher Sicherheit als meiner Seele. Ich nahm ihn wegen seiner Habgier ins Gebet. »Christus vertrieb die Wechsler aus dem Tempel«, mahnte ich ihn.

»Die haben aber Geld verliehen, mein Junge«, erwiderte er. »Ich bettel' doch nicht, daß du meine Zigaretten ausborgst, oder? Du bettelst mich an, daß ich dir welche leihe. Zigaretten sind Luxusgüter, mein Freund. Man braucht nicht zu rauchen, um am Leben zu bleiben. Du würdest wahrscheinlich, ohne zu rauchen, länger leben. Warum gibst du diese schmutzige Angewohnheit nicht sowieso auf?«

»Wie viele kann ich bis nächsten Dienstag kriegen?« fragte ich.

Als der Wucher seinen Schatz auf den höchsten Stand aller Zeiten hatte anschwellen lassen, bewirkte eine Katastrophe, die er ungeduldig erwartet hatte, daß der Wert seiner Zigaretten in die Höhe schoß. Die US-Luftwaffe fegte über die schwächlichen Dresdner Verteidigungsanlagen hinweg, um, unter anderem, die größeren Zigarettenfabriken zu demolieren. Als Folge wurden nicht nur die Rationen der Kriegsgefangenen, sondern auch die der Bewacher und der Zivilbevölkerung komplett gestrichen. Louis war eine beherrschende Gestalt der dortigen Finanzwelt. Die Aufpasser sahen sich ohne Tabakwaren und begannen, Louis unsere Ringe und Uhren zu einem geringeren Preis zurückzuverkaufen, als sie ihm gezahlt hatten. Manche schätzten seinen Wohlstand auf einhundert Armbanduhren. Louis' eigene Schätzung dagegen belief sich auf bescheidene dreiundfünfzig Uhren, siebzehn Eheringe, sieben Ringe mit Schulwappen und eine ererbte Uhrtasche. »Einige der Uhren erfordern noch elend viel Reparaturarbeiten«, sagte er mir.

Wenn ich sage, daß die US-Luftwaffe unter anderem die Zigarettenfabriken plattgemacht hat, meine ich, daß auch eine Anzahl menschlicher Wesen in die Luft gejagt wurde –, so etwa 200000. Unsere Aktivitäten bekamen etwas Schauriges. Wir mußten die Toten aus ihren unzähligen Krypten exhumieren. Viele trugen Schmuck, und die meisten hatten ihre Wertsachen mit in den Luftschutzkeller genommen. Zuerst scheuten wir die Grabbeigaben. Erstens fanden einige von uns das Plündern von Leichen widerwärtig, und zweitens bedeutete es den sicheren Tod, wenn man erwischt wurde. Es bedurfte eines Louis, um uns zur Vernunft zu bringen. »Ja, Gottchen, Kleiner, du könntest in fünfzehn Minuten genug verdienen, um dich zur Ruhe zu setzen. Wenn sie mich nur mal einen Tag lang mit euch Jungs raus ließen!« Er leckte sich die Lippen und fuhr fort: »Ich werd' dir was sagen. Ich mache es so, daß du wirklich was davon hast. Du besorgst mir einen guten Diamantring, und dafür kriegst du von mir genügend Rauch und Happahappa, solang wir in diesem Loch sind.«

Am nächsten Abend brachte ich ihm seinen Ring, in den Hosenaufschlag gesteckt. Das, stellte sich heraus, taten alle. Als ich ihm den Diamanten zeigte, schüttelte er den Kopf. »Ach, was für eine Affenschande«, sagte er. Er hielt den Stein gegen das Licht einer Lampe: »Da hat der arme Junge sein Leben für einen Zirkon riskiert!« Jeder hatte, wie eine gründliche Untersuchung ergab, entweder einen Zirkon, einen Granat oder einen Simili mitgebracht. Außerdem wies Louis uns darauf hin, daß selbst der geringe Wert, den dieser Tand haben mochte, durch einen verstopften Markt zunichte gemacht wurde. Ich stieß mein Plündergut für vier Zigaretten ab; andere bekamen ein Stück Käse, ein paar hundert Gramm Brot oder zwanzig Kartoffeln. Manche hielten an ihren Prachtstücken fest. Von Zeit zu Zeit plauderte Louis mit ihnen über die Gefahren, die es barg, wenn man mit Beute erwischt wurde. »Den armen Teufel drüben im Britenlager hat es heute erwischt«, sagte er dann. »Sie haben ihn mit einer Perlenkette geschnappt. Hatte er sich ins Hemd genäht. Haben nur zwei Stunden für Prozeß und Erschießung gebraucht.« Früher oder später wurde jeder mit Louis handelseins.

Nachdem auch der letzte von uns aller Wertsachen ledig war, filzte die SS unangemeldet unsere Unterkünfte. Louis' Koje blieb als einzige unangetastet. »Er verläßt nie das Gelände und ist ein perfekter Gefangener«, beeilte sich ein Aufpasser den Inspektoren zu erläutern. Als ich an jenem Abend zurückkam, war meine Matratze aufgeschlitzt, und das Stroh war über den Fußboden verstreut.

Aber selbst Louis lachte das Glück nicht durchgehend, denn in den letzten Kampfwochen wurden unsere Bewacher weggeschickt, um die russische Flut zum Stillstand zu bringen, und eine Kompanie lahmer alter Männer wurde herangeschafft, um über uns zu wachen. Der neue Feldwebel hatte keinen Bedarf an einer Ordonnanz, einem Burschen oder Putzfleck, und Louis sank in die Anonymität unserer Gruppe. Der demütigendste Aspekt seiner neuen Lage war, daß er mit dem gemeinen Volk zum Arbeitseinsatz mußte. Das verbitterte ihn, und er verlangte ein klärendes Gespräch mit dem neuen Feldwebel. Er bekam das Gespräch und war etwa eine Stunde lang weg.

Als er zurückkam, fragte ich ihn: »Na, wieviel verlangt Hitler für Berchtesgaden?«

Louis trug ein in Handtücher eingewickeltes Paket. Er öffnete es und enthüllte zwei Scheren, ein paar Haarschneidemaschinen und ein Rasiermesser. »Ich bin der Lagerfriseur«, sagte er an. »Laut Befehl des Lagerkommandanten soll ich euch Herren präsentabel machen.«

»Und wenn ich mir von dir nicht die Haare schneiden lassen will?« fragte ich.

»Dann werden deine Rationen halbiert. Auch das auf Befehl des Lagerkommandanten.«

»Würde es dir etwas ausmachen, uns zu sagen, wie du diesen Auftrag bekommen hast?« fragte ich.

»Ganz und gar nicht, ganz und gar nicht«, sagte Louis. »Ich habe ihm nur gesagt, wie sehr ich mich schäme, mit einem Haufen ungepflegt wirkender Männer in Zusammenhang gebracht zu werden, die wie Gangster aussehen, und daß er sich schämen sollte, so einen gräßlichen Haufen in seinem Gefangenenlager zu haben. Wir beide, der Herr Kommandant und ich, werden etwas dagegen unternehmen.« Er stellte einen Hocker mitten auf den Fußboden und dirigierte mich dorthin. »Du bist als erster dran, Kleiner«, sagte er. »Dem Kommandanten sind deine langen Locken aufgefallen, und er hat mir gesagt, ich soll dafür sorgen, daß sie runterkommen.«

Ich setzte mich auf den Hocker, und er band mir mit Schwung ein Handtuch um den Hals. Es gab keinen Spiegel, in dem ich ihn beim Schneiden beobachten konnte, aber sein Vorgehen schien mir ausreichend professionell. Ich machte eine Bemerkung über sein unvermutetes Können als Friseur.

»Ach, das ist nichts«, sagte er. »Manchmal überrasche ich mich selbst.« Zum Schluß ging er noch mit der Haarschneidemaschine drüber. »Das macht dann zwei Zigaretten, oder den Gegenwert«, sagte er. Ich zahlte ihn in Saccharintabletten aus. Außer Louis hatte niemand Zigaretten.

»Möchtest dich mal betrachten?« Er überreichte mir eine Spiegelscherbe. »Nicht schlecht, was? Und das Beste daran ist, daß dies wahrscheinlich der lausigste Job ist, den ich je machen werde, denn mit der Zeit werde ich zwangsläufig immer besser.«

»Heiliger Strohsack!« kreischte ich. Meine Kopfhaut sah aus wie der Rücken eines räudigen Airedaleterriers –, Flecken nackten Skalps wechselten sich mit wilden Haarbüscheln ab, und aus einem Dutzend winziger Schnittwunden quoll das Blut.

»Willst du damit sagen, daß du für diesen Pfusch den ganzen Tag im Camp bleiben darfst?« grölte ich.

»Na komm, Kleiner, reg dich ab«, sagte Louis. »Ich finde, du siehst ganz prima aus.«

Eigentlich war die Situation gar nicht so neu. Für ihn war es der normale Betrieb. Wir arbeiteten uns weiter den ganzen Tag dumm und krumm, und wenn wir abends völlig fertig zurückkamen, wurden wir von Louis Gigliano über den Löffel balbiert.

IN DEN U.S.A.
SPIELEN DIE SIEGER
GEGEN
DIE VERLIERER,
UND DIE KARTEN
SIND GEZINKT.

Die Einhornfalle

Im Jahre *Anno* des Herrn *Domini* 1067 baumelten achtzehn tote Männer im Weiler Stow-am-Wald, England, an den achtzehn Dorfgalgen mal hier-, mal dorthin. Gehängt von Robert-dem-Schrecklichen, einem Freund Wilhelms-des-Eroberers, gingen sie fischäugig alle Kompaßpunkte der Reihe nach durch. Norden, Osten, Süden, Westen und wieder Norden, nirgends war Hoffnung für die Sanftmütigen, die Armen und die Nachdenklichen.

Gegenüber von den Galgen lebte Elmer-der-Holzschnitzer mit seinem Weibe Ivy und Ethelbert, seinem zehn Jahre alten Sohn.

Hinter Elmers Hütte war der Wald.

Elmer schloß die Tür seiner Hütte, machte die Augen zu, leckte sich die Lippen und schmeckte Reue. Er setzte sich zu Ethelbert an den Tisch. Ihre Hafergrütze war während des unerwarteten Besuchs des Knappen von Robert-dem-Schrecklichen kalt geworden.

Ivy drückte sich mit dem Rücken gegen die Wand, als wäre Gott gerade vorübergekommen. Ihre Augen glänzten, ihr Atem ging flach.

Ethelbert starrte seine kalte Hafergrütze trost- und ausdruckslos an, sein junger Geist hatte die Pfütze der Familientragödie gierig aufgesaugt.

»Hat Robert-der-Schreckliche etwa nicht klasse ausgesehen, wie er da draußen auf seinem Pferd gesessen hat?« sagte Ivy. »Soviel Eisen und Farbe und Federn, und so todschicke Vorhänge auf seinem Pferd.« Sie wedelte mit ihren Lumpen und warf den Kopf in den Nacken wie eine Kaiserin, als das Hufgetrappel der normannischen Pferde sich entfernte.

»›Klasse‹ ist das richtige Wort«, sagte Elmer. Er war ein kleiner Mann mit hochgewölbtem Kopf. Seine blauen Augen waren unstet von unglücklicher Intelligenz. Sein kleiner Körperbau war mit dürren Seilen aus Muskelwerk verschnürt, den Fesseln eines denkenden Mannes, den man zu körperlicher Arbeit zwingt. »Klasse ist er, Klasse hat er«, sagte er.

»Du kannst über die Normannen sagen, was du willst«, sagte Ivy, »sie *haben* Klasse nach England gebracht.«

»Wir zahlen dafür«, sagte Elmer. »Es gibt keinen kostenlosen Mittagstisch.« Er vergrub seine Finger im flachsfarbenen Reet von Ethelberts Haar, bog den Kopf des Jungen zurück und suchte dessen Augen nach einem Zeichen ab, daß das Leben lebenswert sei. Er sah nur ein Spiegelbild seiner eigenen geplagten Seele.

»Alle Nachbarn müssen das Gedränge gesehen haben, das Robert-der-Schreckliche vor unserer Haustür verursacht hat, so was von erhaben«, sagte Ivy stolz. »Warte, bis sie hören, daß er seinen Knappen hereingeschickt hat, um dich zum neuen Steuereintreiber zu ernennen.«

Elmer schüttelte den Kopf, wobei seine Lippen schlaff wabbelten. Er hatte gelebt, um für seine Weisheit und Harmlosigkeit geliebt zu werden. Nun hatte man ihm befohlen, die Habgier Roberts-des-Schrecklichen zu repräsentieren – oder eines entsetzlichen Todes zu sterben.

»Ich würde mir gern ein Kleid aus dem machen lassen, was sein Pferd anhatte«, sagte Ivy. »Blau, und durchgehend mit diesen kleinen Goldkreuzen durchschossen.« Sie war zum erstenmal in ihrem Leben glücklich. »Ich würde es irgendwie lässig aussehen lassen«, sagte sie, »alles irgendwie hinten hochgerüscht und mit Schleppe –, nur, daß es gar nicht lässig wäre. Und vielleicht, wenn ich ein paar anständige Klamotten habe, könnte ich auch ein bißchen Französisch aufschnappen und mit den normannischen Damen Parlewu machen, richtig elegant und alles.«

Elmer seufzte und umfaßte die Hände seines Sohnes mit seinen Händen. Ethelberts Hände waren rauh. Die Handflächen waren zerkratzt, und Erde hatte sich in die Poren und unter die Fingernägel gearbeitet. Elmer folgte einem Kratzer mit der Fingerspitze. »Wie hast du dir den zugezogen?« sagte er.

»Ich habe an der Falle gearbeitet«, sagte Ethelbert. Er wurde lebendig, strahlte vor eigener Intelligenz. »Ich habe

Dornbäume über das Loch gelegt«, sagte er eifrig, »damit, wenn das Einhorn reinfällt, die Dornbäume auf es drauffallen.«

»Dann sitzt es fest«, sagte Elmer zärtlich. »Nicht allzu viele Familien in England können sich auf Einhorn zum Abendessen freuen.«

»Wenn du doch mal mit in den Wald kommen und dir die Falle ansehen könntest«, sagte Ethelbert. »Ich will doch wissen, ob ich alles richtig gemacht habe.«

»Ich bin sicher, daß es eine schöne Falle ist, und ich *will* sie sehen«, sagte Elmer. Der Traum, ein Einhorn zu fangen, zog sich durch das grobe, graue Gewebe des Lebens von Vater und Sohn wie ein goldener Faden.

Beide wußten, daß es keine Einhörner in England gab. Aber sie hatten sich auf den Wahnsinn geeinigt –, darauf, so zu leben, als gäbe es überall welche; als stünde Ethelbert kurz davor, eins zu fangen; als würde sich die magere Familie bald mit Fleisch vollstopfen, das wertvolle Horn für ein Vermögen verkaufen, und, wenn sie nicht gestorben wäre, bis in die ferne Zukunft glücklich und zufrieden leben.

»Das sagst du jetzt schon seit einem Jahr, daß du mal mitkommst und kuckst«, sagte Ethelbert.

»Ich hatte zu tun«, sagte Elmer. Er wollte die Falle nicht inspizieren, nicht sehen, was sie wirklich war –, eine Handvoll Zweige über einem Kratzer im Boden, durch die Phantasie des Jungen zu einer ungeheuren Phantasiemaschine vergrößert. Auch Elmer wollte weiter daran wie an etwas Schönes und Vielversprechendes denken. Nirgends sonst war Hoffnung.

Elmer küßte die Hände seines Sohnes und schnüffelte

an den vermischten Gerüchen von Fleisch und Erde. »Bald komme ich und sehe sie mir an«, sagte er.

»Und von den Pferdevorhängen hätte ich dann ganz leicht genug übrig, um für dich und den kleinen Ethelbert Unterhosen zu machen«, sagte Ivy immer noch verzaubert. »Wäre das nichts, ihr beiden mit blauen Unterhosen, durchgehend mit diesen kleinen Goldkreuzen durchschossen?«

»Ivy«, sagte Elmer geduldig, »nun kapiere doch bitte endlich, daß Robert tatsächlich schrecklich *ist*. Er wird dir nicht die Schabracke seines Pferdes schenken. Er hat noch nie jemandem was geschenkt.«

»Ich kann doch wohl träumen, wenn ich möchte«, sagte Ivy. »Das ist doch wohl das Vorrecht einer Frau.«

»Wovon träumen?« sagte Elmer.

»Wenn du deine Arbeit gut machst, schenkt er mir aber doch *vielleicht* die Vorhänge von seinem Pferd, wenn sie abgenutzt sind«, sagte Ivy. »Und vielleicht, wenn du so viele Steuern eintreibst, daß es kaum zu glauben ist, werden wir vielleicht mal auf das Schloß eingeladen.« Sie schritt kokett durch die Hütte und achtete darauf, daß der Saum einer imaginären Schleppe nicht den Fußboden aus festgetretenem Schmutz streifte. *»Bong schur, Mosjeh, Madam«,* sagte sie. »Ich hoffe doch, Euer Gnaden und Gnadin befinden sich wohl?«

»Ist das der beste Traum, den du hast?« sagte Elmer geschockt.

»Und dir würden sie einen vornehmen Namen verpassen wie Elmer-der-Blutige oder Elmer-der-Wahnsinnige«, sagte Ivy, »und du und ich und Ethelbert würden am Sonntag in die Kirche reiten, geschniegelt wie sonstwas, und wenn uns irgendein oller Leibeigener rotzig kommt, parieren wir das Pferd und …«

»Ivy!« schrie Elmer. »Wir *sind* Leibeigene.«

Ivy stieß mit dem Fuß auf und wiegte den Kopf nach links und rechts. »Hat Robert-der-Schreckliche uns nicht gerade die Möglichkeit gegeben, uns zu verbessern?«

»Damit wir so schlimm werden wie *er*?« sagte Elmer. »Das soll eine Verbesserung sein?«

Ivy setzte sich an den Tisch und legte die Füße auf die Tischplatte. »Wenn jemand ohne eigene Schuld in die herrschende Klasse gerät«, sagte sie, »muß er herrschen, oder die Leute verlieren jeden Respekt vor der Regierung.« Sie kratzte sich zierlich. »Die Leute müssen regiert werden.«

»Zu ihrem Kummer«, sagte Elmer.

»Die Leute müssen beschützt werden«, sagte Ivy, »und Rüstungen und Burgen kommen nicht gerade billig.«

Elmer rieb sich die Augen. »Ivy, kannst du mir sagen, wovor wir beschützt werden, was so viel schlimmer ist als das, was wir haben?« sagte er. »Ich würde es mir gern ansehen und dann entscheiden, was mir am meisten angst macht.«

Ivy hörte ihm nicht zu. Sie erbebte, weil sich Hufgetrappel näherte. Robert-der-Schreckliche ritt mit seinem Gefolge auf dem Rückweg zum Schloß an der Hütte vorbei, und die Hütte zitterte vor Macht und vor Herrlichkeit.

Ivy rannte zur Tür und riß sie auf.

Elmer und Ethelbert senkten den Kopf.

Von den Normannen waren Rufe freudiger Überraschung zu hören.

»Hien!«

»Regardez!«

»Donnez la chasse, mes braves!«

Die Pferde der Normannen bäumten sich auf, fuhren herum und galoppierten in den Wald.

»Was ist denn Erfreuliches passiert?« sagte Elmer. »Haben sie was zerquetscht?«

»Sie haben einen Hirsch gesehen!« sagte Ivy. »Sie setzen ihm nach, und Robert-der-Schreckliche immer voran.« Sie legte die Hand aufs Herz. »Ist er nicht wirklich sportlich?«

»Zutiefst«, sagte Elmer. »Möge Gott seinen rechten Arm stark machen.« Er sah zu Ethelbert, suchte ein sardonisches Lächeln als Antwort.

Ethelberts dünnes Gesicht war weiß. Seine Augen quollen hervor. »Die Falle … Sie reiten dahin, wo die Falle ist!« sagte er.

»Wenn sie die Falle auch nur mit dem Finger anrühren«, sagte Elmer, »werde ich …« Die Sehnen an seinem Hals spannten sich, und seine Hände wurden zu Klauen. Natürlich würde Robert-der-Schreckliche die liebevolle Arbeit des Jungen in Stücke hacken, wenn er sie sah. *»Pour le sport, pour le sport«,* sagte er bitter.

Elmer versuchte tagzuträumen, wie er Robert-den-Schrecklichen ermordete, aber der Traum war so frustrierend wie das Leben –, eine Suche nach Schwächen, wo es keine Schwächen gab. Der Traum endete wahrheitsgetreu, mit Robert und seinen Männern auf Pferden, so groß wie Kathedralen, mit Robert und seinen Männern in eisernen Hülsen, hinter den Stäben ihrer Visiere lachend, wie sie mit Muße aus ihren Sammlungen von Spießen, Ketten,

Hämmern und Fleischeräxten auswählten, die Methoden auswählten, nach denen mit einem zornigen Holzschnitzer in Lumpen zu verfahren war.

Elmers Hände wurden schlaff. »Wenn sie die Falle kaputtmachen«, sagte er schlapp, »bauen wir eine neue, besser als je zuvor.«

Aus Scham für seine Schwäche wurde Elmer übel. Die Übelkeit verschlimmerte sich. Er legte den Kopf auf die verschränkten Arme. Als er den Kopf wieder hob, hob er ihn, um mit einem Totenkopfgrinsen um sich zu blicken. Er war am Ende seiner Kraft.

»Vater! Geht es dir gut?« sagte Ethelbert aufgeschreckt. Elmer stand unsicher auf. »Prima«, sagte er, »ganz prima.« »Du siehst so anders aus«, sagte Ethelbert.

»Ich *bin* anders«, sagte Elmer. »Ich habe keine Angst mehr.« Er packte die Tischplatte und rief: »Ich habe keine Angst!«

»Sei still!« sagte Ivy. »Sie werden dich hören!«

»Ich werde *nicht* still sein!« sagte Elmer leidenschaftlich.

»Sei lieber doch still«, sagte Ivy. »Du weißt, was Robert-der-Schreckliche mit Leuten macht, die nicht still sein wollen.«

»Ja«, sagte Elmer, »er nagelt ihnen den Hut am Kopf fest. Aber wenn das der Preis ist, den ich zahlen muß, werde ich ihn zahlen.« Er rollte die Augen. »Als ich daran dachte, wie Robert-der-Schreckliche die Falle des Jungen kaputtmacht, kam die gesamte *Geschichte des Lebens* über mich wie ein Blitz, der mich blendete!«

»Vater, hör zu …«, sagte Ethelbert, »ich habe keine Angst, daß er die Falle kaputtmacht. Ich habe Angst, daß er …«

»Ein Blitz, der mich blendete!« schrie Elmer.

»Och, das darf doch wohl nicht wahr sein«, sagte Ivy ungeduldig und schloß die Tür. »Na gut, na gut, na gut«, sagte sie mit einem Seufzer, »dann erzähl uns halt die Geschichte des Lebens in einem Blitz, der dich blendete.«

Ethelbert zupfte seinen Vater am Ärmel. »Wenn ich das doch selbst sage«, sagte er. »Diese Falle ist ...«

»Die Kaputtmacher gegen die Erbauer!« sagte Elmer. »Das ist die gesamte Geschichte des Lebens!«

Ethelbert schüttelte den Kopf und sprach mit sich selbst. »Wenn dieses Pferd je auf das Seil tritt, das an dem jungen Baum festgemacht ist, und der ist festgemacht am ...« Er biß sich auf die Lippe.

»Bist du schon fertig, Elmer?« sagte Ivy. »War's das?« Der Eifer, mit dem sie zurück an die Tür wollte, um die Normannen zu beobachten, war empörend offenkundig. Er fingerte am Türknauf.

»Nein, Ivy«, sagte Elmer angespannt. »Ich bin *nicht* fertig.« Er schlug ihre Hand, weg vom Türknauf.

»Du hast mich gehauen«, sagte Ivy verblüfft.

»Den ganzen Tag hast du diese Tür offen!« sagte Elmer. »Ich wünschte, wir hätten keine! Den ganzen Tag sitzt du nur vor der Tür, siehst dir Hinrichtungen an und wartest, daß die Normannen vorbeikommen.« Er wedelte mit den Händen vor ihrem Gesicht. »Kein Wunder, daß dein Hirn völlig vernebelt ist von Herrlichkeit und Gewalt!«

Ivy schauderte jämmerlich zusammen. »Ich kuck' doch nur«, sagte sie. »Man fühlt sich einsam, und dann hilft es, daß die Zeit vergeht.«

»Du hast zu lange gekuckt!« sagte Elmer. »Und ich habe eine weitere Mitteilung für dich.«

»Ja?« piepste Ivy.

Elmer straffte seine schmalen Schultern. »Ivy«, sagte er, »ich werde kein Steuereintreiber für Robert-den-Schrecklichen werden.«

Ivy rang nach Luft.

»Ich werde den Kaputtmachern nicht helfen«, sagte Elmer. »Mein Sohn und ich sind Erbauer.«

»Er wird dich hängen, wenn du das nicht machst«, sagte Ivy. »Das hat er versprochen.«

»Ich weiß«, sagte Elmer. »Ich weiß.« Die Angst war noch nicht zu ihm gekommen. Der Schmerz war nicht dorthin gekommen, wohin der Schmerz kommen würde. Da war nur das Gefühl, endlich etwas Vollkommenes gemacht zu haben –, der Geschmack, wenn man aus einer kalten, reinen Quelle trinkt.

Elmer öffnete die Tür. Der Wind hatte aufgefrischt, und die Ketten, an denen die toten Männer hingen, sangen einen Kehrreim aus langsamen, rostigen Kreischern. Der Wind kam über den Wald herüber, und er trug die Schreie der sportlichen Normannen an Elmers Ohren.

Die Schreie klangen seltsam beunruhigt, unsicher. Elmer nahm an, das war so, weil sie so weit entfernt waren.

»Robert? Allô, allô? Robert? Hien! Allô, allô?«

»Allô? Allô? Hien! Robert –, dites quelque chose, s'il vous plaît. Hien! Hien! Allô?«

»Allô, allô, allô? Robert? Robert l'Horrible? Hien! Allô, allô, allô?«

Ivy legte von hinten die Arme um Elmer und drückte ihre Backe gegen seinen Rücken. »Elmer, Schatz«, sagte sie, »ich will nicht, daß du gehängt wirst. Ich liebe dich doch, Schatz.«

Elmer tätschelte ihr die Hände. »Und ich liebe dich, Ivy«, sagte er. »Du wirst mir fehlen.«

»Du willst das also wirklich durchziehen«, sagte Ivy.

»Es ist Zeit, für das zu sterben, woran ich glaube«, sagte Elmer. »Und selbst wenn nicht, müßte ich es trotzdem tun.«

»Warum, warum?« sagte Ivy.

»Weil ich vor meinem Sohn gesagt habe, daß ich es tue«, sagte Elmer. Ethelbert kam zu ihm, und er legte die Arme um den Jungen.

Die kleine Familie war nun durch ein Gewirr von Armen verbunden. Die drei Ineinanderverschlungenen wiegten sich im Sonnenuntergang –, gewiegt von einem Rhythmus, den sie in den Knochen spürten.

Ivy schniefte Elmer an den Rücken. »Du bringst Ethelbert nur bei, wie *er* auch gehängt wird«, sagte sie. »Er ist jetzt immer so frech zu den Normannen; ein Wunder, daß sie ihn noch nicht in die Oubliette geworfen haben.«

»Ich hoffe nur, daß Ethelbert, bevor er stirbt, einen Sohn hat, wie ich einen habe.«

»Alles schien so klasse zu laufen«, sagte Ivy. Sie brach in Tränen aus. »Da wurde dir so ein schöner Posten angeboten, mit der Aussicht auf Beförderung«, sagte sie gebrochen. »Und ich dachte, vielleicht, wenn die Pferdevorhänge von Robert-dem-Schrecklichen alt und abgetragen sind, könntest du ihn möglicherweise bitten …«

»Ivy!« sagte Elmer. »Mach es nicht noch schlimmer. Tröste mich.«

»Es wäre ein bißchen leichter, wenn ich wüßte, was du damit bezweckst«, sagte Ivy.

Zwei Normannen kamen aus dem Wald, unglücklich

und ratlos. Sie sahen einander an, breiteten die Arme aus und zuckten die Achseln.

Einer stieß mit seinem breiten Schwert einen Strauch beiseite und sah mitleiderregend darunter nach. *»Allô, allô?«* sagte er. *»Robert?«*

»Il est disparu!« sagte der andere.

»Il s'est évanoui!«

»Le cheval, l'armement, les plumes –, tout d'un coup!«

»Pouf!«

»Hélas!«

Sie sahen Elmer und seine Familie. *»Hien!«* rief einer Elmer zu. »Avez-vous vu Robert?«

»Robert-den-Schrecklichen?« sagte Elmer.

»Oui.«

»Tut mir leid«, sagte Elmer. »Weder Haut noch Haar.«

»Eh?«

»Je n'ai vu ni peau ni cheveux de lui«, sagte Elmer.

Wieder sahen die Normannen einander an, trostlos jetzt.

»Hélas!«

»Zut!«

Sie gingen langsam in den Wald zurück.

»Allô, allô, allô?«

»Hien! Robert? Allô?«

»Vater! Hör zu!« sagte Ethelbert wild.

»Pschscht«, sagte Elmer sanft. »Ich spreche jetzt mit deiner Mutter.«

»Genau wie diese dumme Einhornfalle«, sagte Ivy. »Das habe ich auch nicht verstanden. Bei der Falle war ich echt geduldig. Ich habe nie ein Wort gesagt. Aber jetzt werde ich meine Meinung sagen.«

»Sag sie«, sagte Elmer.

»Diese Falle hat nichts mit irgendwas zu tun«, sagte Ivy.

Tränen bildeten sich an den Rändern von Elmers Augen. Das Bild von den Zweigen, dem Kratzer in der Erde und die Phantasie des Jungen sagten alles, was über das Leben zu sagen war –, das Leben, das nun enden sollte.

»Hier gibt es gar keine Einhörner«, sagte Ivy, stolz auf ihr Wissen.

»Ich weiß«, sagte Elmer. »Ethelbert und ich wissen das.«

»Und wenn du dich hängen läßt, macht das auch nichts besser«, sagte Ivy.

»Ich weiß. Ethelbert und ich wissen auch das«, sagte Elmer.

»Vielleicht bin *ich* die Dumme«, sagte Ivy.

Plötzlich spürte Elmer den Schrecken und die Einsamkeit und die bevorstehenden Schmerzen, die der Preis für das Vollkommene waren, was er gerade machte –, der Preis für einen Schluck aus einer kalten, reinen Quelle. Sie waren viel schlimmer, als Schande je sein konnte.

Elmer schluckte. Sein Hals tat weh, wo die Schlinge beißen würde. »Ivy, Liebste«, sagte er, »ich hoffe *sehr*, daß du das bist.«

An jenem Abend betete Elmer um einen neuen Mann für Ivy, um ein starkes Herz für Ethelbert und um einen gnädigen Tod und das Paradies für sich selbst am folgenden Tag.

»Amen«, sagte Elmer.

»Vielleicht könntest du nur so *tun*, als wenn du Steuereintreiber wärst«, sagte Ivy.

»Und wo würde ich die Steuern her kriegen, die nur so *tun*, als wären sie Steuern?« sagte Elmer.

»Vielleicht könntest du nur kurze Zeit lang Steuereintreiber sein«, sagte Ivy.

»Nur lange genug, um aus gutem Grund gehaßt zu werden«, sagte Elmer. »Dann könnte ich hängen.«

»Irgendwas ist immer«, sagte Ivy. Ihre Nase wurde rot.

»Ivy …«, sagte Elmer.

»Hmmm?«

»Ivy –, ich verstehe das mit dem blauen Kleid, durchgehend mit kleinen Goldkreuzen durchschossen«, sagte Elmer. »Das wünsche ich mir auch. Für dich.«

»Und die Unterhosen für dich und Ethelbert«, sagte Ivy. »Der Stoff sollte ja nicht nur für mich sein.«

»Ivy«, sagte Elmer, »was ich mache –, das ist wichtiger als diese Schabracken.«

»Das ist meine Schwierigkeit«, sagte Ivy. »Ich kann mir einfach nichts vorstellen, was mehr Klasse hat.«

»Ich mir auch nicht«, sagte Elmer. »Aber es gibt solche Sachen. *Muß* es geben.« Er lächelte traurig. »Was sie auch sein mögen«, sagte er, »für sie werde ich tanzen, wenn ich morgen auf Luft tanze.«

»Ich wünschte, Ethelbert würde zurückkommen«, sagte Ivy. »Wir sollten alle zusammen sein.«

»Er mußte seine Falle überprüfen«, sagte Elmer. »Das Leben geht weiter.«

»Ich bin froh, daß die ollen Normannen endlich wieder zu Hause sind«, sagte Ivy. »Das war ja nicht auszuhalten mit dem ständigen *allô* und *hien* und *hélas* und *zut* und *pouf*, bis ich dachte, ich verliere fast den Verstand. Ich glaube, sie haben Robert-den-Schrecklichen gefunden.«

»Und damit mein Schicksal besiegelt«, sagte Elmer. Er seufzte. »Ich werde Ethelbert suchen gehen«, sagte er.

»Wie könnte ein Mann seine letzte Nacht auf Erden besser verbringen, als indem er seinen Sohn aus dem Wald nach Hause bringt?«

Elmer ging in eine blaßblaue Nachtwelt unter einem Halbmond hinaus. Er folgte dem Pfad, den Ethelberts Füße getreten hatten –, folgte ihm bis zur hohen, schwarzen Mauer des Waldes.

»Ethelbert!« rief er.

Es war keine Antwort zu hören.

Elmer drängte in den Wald. Äste peitschten sein Gesicht, und Dornenranken grabschten nach seinen Beinen.

»Ethelbert!«

Nur die Galgen antworteten. Die Ketten kreischten, und ein Gerippe fiel klappernd auf die Erde. Nun waren nur noch siebzehn Ausstellungsstücke an den achtzehn Querstreben. Es war wieder Platz.

Elmers Angst um Ethelbert wuchs. Sie trieb ihn an, immer tiefer in den Wald. Er kam auf eine Lichtung, blieb stehen, keuchte, und Schweiß stach ihm in die Augen.

»Ethelbert!«

»Vater?« sagte Ethelbert vor ihm im Dickicht. »Komm her und hilf mir.«

Elmer ging blind ins Dickicht, die Hände tastend ausgestreckt.

Ethelbert fing die Hand seines Vaters in der vollkommenen Dunkelheit ein. »Vorsichtig!« sagte Ethelbert. »Noch einen Schritt, und du bist in der Falle.«

»Oh«, sagte Elmer. »Na, *das* war ja knapp.« Spielerisch, damit der Junge sich wohl fühlte, füllte er seine Stimme mit Furcht. »Oha! *Meine* Güte!«

Ethelbert zog seine Hand herunter und drückte sie gegen etwas, was auf dem Boden lag.

Elmer war verblüfft, die Form eines großen, toten Hirschs zu fühlen. Er kniete sich neben ihn. »Ein Hirsch!« sagte er.

Seine Stimme kam zu ihm zurück, wie es schien, aus den Eingeweiden der Erde. *»Hirsch, Hirsch, Hirsch.«*

»Ich habe eine Stunde gebraucht, um ihn aus der Falle rauszukriegen«, sagte Ethelbert.

»Kriegen, kriegen, kriegen«, sagte das Echo.

»Wirklich?« sagte Elmer. »Allmächtiger! Ich hatte ja keine Ahnung, daß die Falle so gut ist!«

»Gut ist, gut ist, gut ist«, sagte das Echo.

»Und du weißt noch nicht mal die Hälfte«, sagte Ethelbert.

»Hälfte, Hälfte, Hälfte«, sagte das Echo.

»Woher kommt denn dieses Echo?« sagte Elmer.

»Echo, Echo, Echo«, sagte das Echo.

»Es ist direkt vor dir«, sagte Ethelbert. »Es kommt aus der Falle.«

Elmer warf sich zurück, als Ethelberts Stimme aus dem Loch vor ihm kam, aus der Erde kam wie von den Toren der Hölle selbst.

»Falle, Falle, Falle.«

»Hast du sie *gegraben*?« sagte Elmer entgeistert.

»Gott hat sie gegraben«, sagte Ethelbert. »Sie ist der Kamin einer Höhle.«

Elmer streckte sich schlaff auf dem Boden aus. Er legte den Kopf auf die abkühlende, starr werdende Keule des Hirschs. Es gab nur eine Lücke im grünen Dach des Dickichts. Durch diese Lücke kam das Licht eines hellen

Sterns. Elmer sah den Stern als einen Regenbogen durch die Prismen dankbarer Tränen.

»Ich habe nichts weiter vom Leben zu erbitten«, sagte Elmer. »Heute nacht wurde mir alles gegeben – und mehr, und noch mehr, und noch viel mehr. Mit Gottes Hilfe hat mein Sohn ein Einhorn gefangen.« Er berührte Ethelberts Fuß und streichelte seinen Spann. »Wenn Gott sogar die Gebete eines Holzschnitzers und seines Sohnes erhört«, sagte er, »was *kann* die Welt dann nicht alles werden?«

Fast glitt Elmer in den Schlaf, so sehr war er eins mit dem Plan der Dinge.

Ethelbert weckte ihn. »Sollen wir den Hirsch zu Mammi bringen?« sagte Ethelbert. »Als Mitternachtsfestmahl?«

»Nicht das ganze Tier«, sagte Elmer. »Zu riskant. Wir schneiden uns ein paar Filetstücke heraus und lassen alles übrige hier versteckt zurück.«

»Hast du ein Messer?« sagte Ethelbert.

»Nein«, sagte Elmer. »Das verstößt bekanntlich gegen das Gesetz.«

»Ich hole etwas zum Schneiden«, sagte Ethelbert.

Elmer, immer noch im Liegen, hörte, wie sein Sohn den Kamin der Höhle hinabstieg; hörte, wie er immer tiefer in der Erde Halt suchte und fand; hörte, wie er auf dem Grund der Höhle grunzte und mit Baumstämmen rang.

Als Ethelbert zurückkehrte, trug er etwas Langes, welches das Glänzen des einen hellen Sterns einfing. »Damit müßte es gehen«, sagte er.

Er gab Elmer den scharfen Bihänder Roberts-des-Schrecklichen.

Es war Mitternacht.

Die kleine Familie hatte sich mit Wildbret überfressen.

Elmer stocherte sich mit dem Dolch Roberts-des-Schrecklichen in den Zähnen herum. Ethelbert, auf Wache an der Tür, wischte sich die Lippen mit den Federn eines Helmbuschs ab.

Ivy zupfte zufrieden an der Schabracke, mit der sie sich geschmückt hatte. »Wenn ich gewußt hätte, daß ihr was fangt«, sagte sie, »hätte ich die Falle nicht für so eine dumme Idee gehalten.«

»So ist das mit Fallen«, sagte Elmer. Er lehnte sich zurück und versuchte, Hochstimmung zu empfinden, weil er am nächsten Tag nicht gehängt werden sollte, jetzt, da Robert-der-Schreckliche tot war. Aber er fand die Begnadigung eine eher langweilige Angelegenheit, verglichen mit den anderen Gedanken, die im stattlichen Gewölbe seines Schädels ein Gelage abhielten.

»Ich habe nur noch eine Frage«, sagte Ivy.

»Stelle sie«, sagte Elmer redselig.

»Es wäre schön, wenn ihr euch nicht mehr über mich lustig machen wolltet und sagt, das wäre Einhornfleisch«, sagte Ivy. »Ihr denkt, ich glaube alles, was ihr mir sagt.«

»Es *ist* Einhornfleisch«, sagte Elmer. »Und ich sage dir noch etwas, was du glauben kannst.« Er zog sich Roberts-des-Schrecklichen eisernen Fehdehandschuh an und hieb damit auf den Tisch. »Ivy –, es kommt ein großer Tag für die kleinen Leute.«

Ivy sah ihn bewundernd an. »Wie nett von dir und Ethelbert«, sagte sie, »daß ihr losgeht und mir dafür das passende Kleid besorgt.«

In der Ferne war Hufgetrappel zu hören. »Versteckt alles!« sagte Ethelbert.

In einem Augenblick war jede Spur von Robert-dem-Schrecklichen und dem Hirsch außer Sichtweite.

Normannische Krieger, bis an die Zähne bewaffnet, donnerten an Elmers-des-Holzschnitzers bescheidener Hütte vorbei.

Sie riefen furchtsam, den formlosen Dämonen in der Nacht zum Trotz: *»Hien! Hien! Courage, mes braves!«*

Das Hufgetrappel entfernte sich.

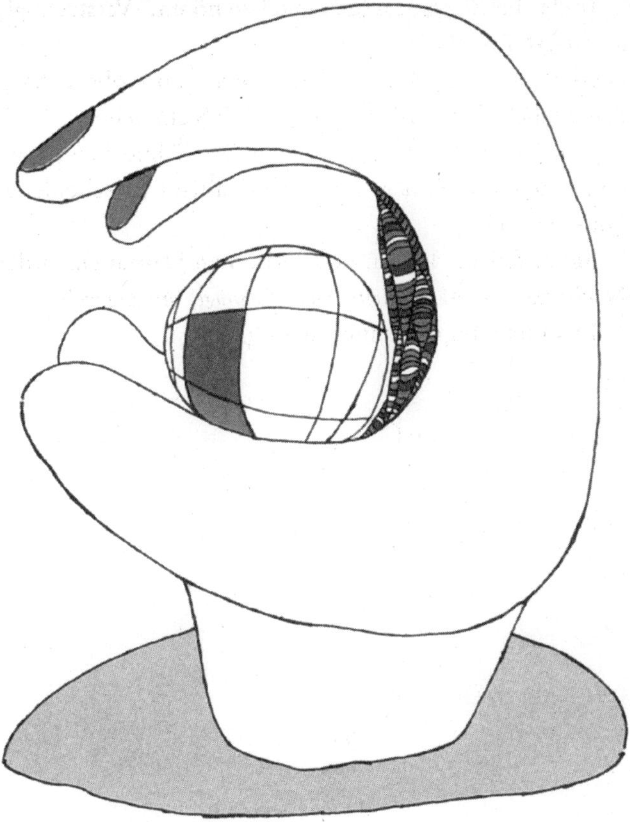

Unbekannter Soldat

Es war natürlich völliger Unsinn, als sie sagten, unser Baby sei das erste, das in New York City in das dritte Millennium der christlichen Ära hineingeboren werde –, um zehn Sekunden nach Mitternacht am 1. Januar 2000. Es fing schon mal damit an, daß das dritte Millennium, wie zahllose Menschen betont hatten, nicht vor dem 1. Januar 2001 beginnen konnte. Planetarisch gesehen, war das neue Jahr bereits sechs Stunden alt, als unser Kind geboren wurde, weil es bereits vor dieser Zeitspanne am Königlichen Observatorium in Greenwich, England, begonnen hatte, wo die Zeit beginnt. Egal auch, daß die Numerierung von Jahren seit Christi

Geburt nur Annäherungswerte ergeben kann. Das Datum war so obskur. Und wer kann schon sagen, in welcher Minute ein Kind geboren wurde? Als sein Kopf erschien? Als es vollständig den Mutterleib verlassen hatte? Als die Nabelschnur durchtrennt wurde? Da dem ersten New Yorker Baby des Jahres 2000 und seinen Eltern und dem diensthabenden Oberarzt so viele wertvolle Preise winkten, einigte man sich bereits lange vor dem Wettrennen darauf, daß das Durchtrennen der Nabelschnur nicht zählen konnte, weil dieser Zeitpunkt bis nach der alles entscheidenden Mitternacht verschoben werden konnte. In der ganzen Stadt mochte es Ärzte geben, die Augen auf der Uhr und die Schere gezückt, und natürlich Zeugen, die Schere und Uhr beobachteten. Der siegreiche Arzt sollte einen vollinklusiven Ferienaufenthalt auf einer der wenigen Inseln antreten, auf denen sich ein Tourist noch einigermaßen sicher fühlen konnte, und das war Bermuda. Dort war ein Bataillon britischer Fallschirmjäger stationiert. Verständlicherweise mochten Ärzte versucht sein, den Zeitpunkt der Geburt nach eigenem Gutdünken festzulegen, wenn man sie ließ.

Welche Kriterien man auch berücksichtigte, so war der Moment der Geburt doch viel weniger kontrovers als die Entscheidung, wann ein befruchtetes Ei im Mutterschoß ein menschliches Wesen ist. Für den Wettbewerb sollte entscheidend sein, daß der Zeitpunkt der Geburt der Zeitpunkt war, zu dem die Augen oder Augenlider des Babys zum erstenmal im Lichte der Außenwelt gebadet wurden, der Zeitpunkt, zu dem sie – Augen oder Lider – zum erstenmal von Zeugen gesehen werden konnten. Das Baby konnte sich also, wie es bei unserem Baby auch der Fall war, noch teilweise innerhalb der Mutter befinden. Wäre unsere Tochter allerdings eine Steißlage gewesen, hätten die Augen sich so ziemlich als letztes gezeigt. Und jetzt kommt der unsinnigste Aspekt des Wettbewerbs, den wir gewonnen haben: Wäre sie eine Steißgeburt gewesen oder hätte Down-Syndrom oder einen nicht geschlossenen Wirbelbogen gehabt oder wäre ein Crack- oder Aids-Baby oder sonstwas gewesen, wäre sie bestimmt wegen irgendeiner Formalie disqualifiziert worden, die eher mit Timing zu tun gehabt hätte als, hätten die Preisrichter zumindest gesagt, mit ihren Abweichungen von sogenannten Normen. Sie sollte schließlich symbolisieren, wie gesund und wunderbar die nächsten tausend Jahre werden sollten. Immerhin garantierten die Richter, daß Rasse und Religion und nationale Herkunft der Eltern nicht in ihre Überlegungen hineinspielen würden. Und es stimmt, daß ich gebürtiger Afro-Amerikaner bin, und meine Frau, obschon als Weiße eingestuft, wurde in Kuba geboren. Aber es hat auf jeden Fall nicht geschadet, daß ich Dekan der Soziologischen Fakultät der Columbia University oder meine Frau Physiotherapeutin am New York Hospital war. Ich bin sicher, daß unser Baby mehrere andere Kandidaten, darunter einen neugeborenen Jungen, der in einem Mülleimer in Brooklyn gefunden wurde, abgehängt hat, weil wir Mittelschichtler waren.

Wir bekamen einen Ford Kombi und drei lebenslängliche Eintrittskarten für Disney World und eine Audio-Video-Konsole mit 1,80-m-Bildschirm und ein VCR und ein Beschallungssystem, das jede Art von Platte oder

Band abspielen konnte, und die Ausrüstung für eine Heimturnhalle und so weiter. Und das Baby bekam festverzinsliche Regierungsanlagen in Höhe von fünfzigtausend Dollar, zahlbar bei Erreichen der Volljährigkeit, und einen Kinderwagen und einen Sportkinderwagen und einen kostenlosen Windeldienst und so fort. Aber als sie starb, war sie erst sechs Wochen alt. Der Arzt, der ihr auf die Welt geholfen hatte, war zu der Zeit auf den Bermudas und erfuhr dort nichts von ihrem Tod. Ihr Tod hatte dort, geschweige sonstwo außerhalb von New York City, keinen größeren Nachrichtenwert, als ihre Geburt gehabt hatte. Hier hatte er auch keinen, weil niemand außer den Promotern des idiotischen Wettbewerbs und den Geschäftsleuten, die die Preise gestiftet hatten, das ganze Brimborium um sie auch nur im mindesten ernst genommen hatte, das Geschwätz, daß sie soviel Wunderbares repräsentiere, die Vermischung der Rassen in Schönheit und Glück, die Wiedergeburt des Geistes, der einst New York in der großartigsten Nation der Welt zur großartigsten Stadt der Welt hatte werden lassen, und ganz einfach Frieden und was nicht alles. Jetzt kommt es mir so vor, daß sie wie ein unbekannter Soldat auf einem Kriegerdenkmal war, ein kleines bißchen Fleisch und Knochen und Haar, welches bis zum Irrsinn gepriesen wurde. Zufällig kam kaum jemand zu ihrer Beerdigung. Der Fernsehsender, dessen Idee der Wettbewerb gewesen war, schickte einen niederen leitenden Angestellten, nicht einmal jemanden, dessen Gesicht man kannte, und schon gar kein Kamerateam. Wer will schon die Beisetzung der nächsten tausend Jahre sehen? Wenn das Fernsehen sich weigert, etwas anzusehen, ist es, als wäre es nie geschehen. Es kann alles löschen, sogar ganze Kontinente, wie Afrika, jetzt eine große Wüste, wo Millionen um Millionen von Babys, vor denen nagelneue tausend Jahre Geschichte aufragen, Hungers sterben. Unsere Tochter, heißt es, starb den plötzlichen Kindstod. Dies ist ein genetischer Defekt, der bisher, wenn überhaupt je, nicht durch Amnioskopie zu entdecken ist. Sie war unser erstes Kind. Ach ja.

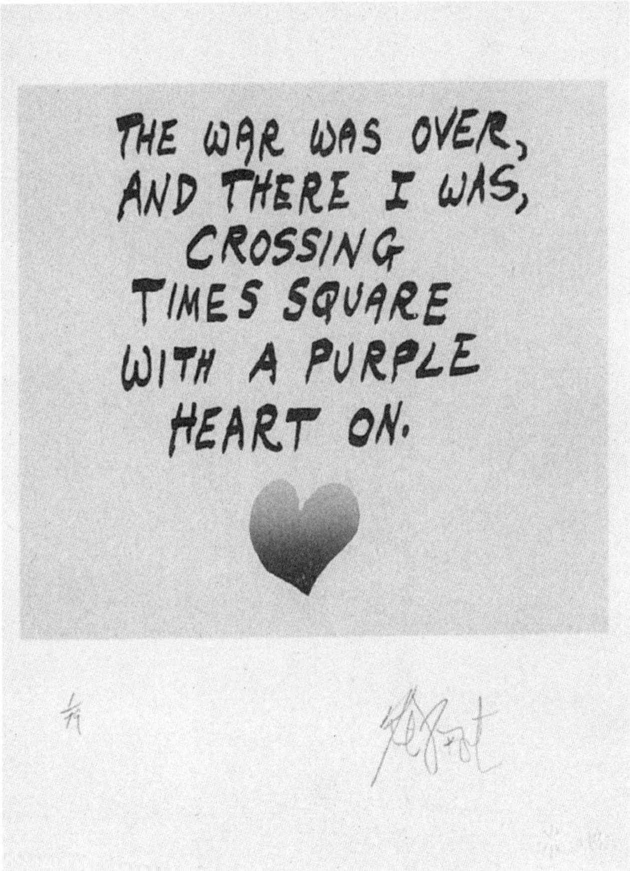

DER KRIEG WAR AUS,
UND DA WAR ICH,
ÜBERQUERTE DEN TIMES SQUARE
MIT EINEM LILA HERZEN.*

* Das Purple Heart ist das Verwundetenabzeichen.

Beute

Wenn Gott beim Jüngsten Gericht Paul fragen sollte, welches der beiden korrekterweise seine ewige Heimstatt sein sollte, Himmel oder Hölle, würde Paul wahrscheinlich vorschlagen, daß, nach seinen eigenen und nach kosmischen Maßstäben, die Hölle sein Schicksal wäre –, weil ihm seine Freveltat einfallen würde. Der Allmächtige würde in all Seiner Weisheit anerkennen, daß Pauls Leben im Ganzen harmlos verlaufen war und daß sein zartes Gewissen ihn bereits mächtig gefoltert hatte –, wegen ebenjener Freveltat.

Pauls grelle Abenteuer als Kriegsgefangener im Sudetenland verloren im Morast der Vergangenheit ihre Schrekken, aber ein klägliches Bild wollte nicht aus seinem Bewußtsein versinken. Das spielerische Geplänkel seines Weibes beim Abendessen erinnerte ihn an das, was er zu vergessen trachtete. Sue hatte den Nachmittag mit Mrs. Ward verbracht, mit Mrs. Ward von nebenan, und Mrs. Ward hatte ihr ein exquisites Silberbesteck für vierundzwanzig Personen gezeigt, welches, wie Sue zu ihrem Erstaunen erfuhr, Mr. Ward befreit und aus dem Krieg in Europa mit nach Hause gebracht hatte.

»Schatz«, schalt Sue ihn, »hättest du nicht eine Kleinigkeit mit nach Hause bringen können, die ein bißchen mehr hermacht?«

Es war nicht wahrscheinlich, daß die Deutschen Pauls Plündern beklagten, denn ein rostiger und böse verbogener Luftwaffensäbel war seine ganze Beute. Seine Gefährten in der russischen Zone, in der Nachkriegs-Anarchie, dem voll entwickelten freien Unternehmertum schlechthin, welches wochenlang herrschte, kehrten wie spanische Galeonen mit Schätzen beladen heim, während Paul mit seinem törichten Überbleibsel zufrieden war. Obwohl er Wochen zum Aussuchen und Rauben hatte, blieben seine ersten Stunden als verwegener Eroberer auch seine letzten. Das, was seinen Übermut und seinen Haß zerbrach, begann an einem ruhmreichen Frühlingsmorgen in den Bergen, am 8. Mai 1945.

Paul und die anderen Kriegsgefangenen in Hellendorf im Sudetenland brauchten einige Zeit, um sich an die Abwesenheit ihrer Bewacher zu gewöhnen, die sich in der Nacht zuvor umsichtig in die Wälder und auf die Hügel abgesetzt hatten. Er und zwei weitere Amerikaner wanderten unsicher die von Menschen wimmelnde Landstraße in Richtung Peterswald entlang, einem von vielen stillen Bauerndörfern entgegen, von fünfhundert durch den Krieg verwirrten Seelen bewohnt. Menschheit bewegte sich in jammernden Strömen, die sich in beide Richtungen mit einer einstimmigen Klage wälzten: »Die Russen kommen!« Nach vier öden Kilometern in diesem Milieu ließen sich die drei an einem Bächlein nieder, welches Peterswald teilte, fragten sich, wie sie die amerikanischen Linien erreichen mochten, und fragten sich, ob die Russen jeden umbrachten, der ihnen begegnete, wie manche sagten. Nahebei, in einem von einer Scheune geschützten Stall, saß ein weißes Kaninchen und lauschte dem ungewohnten Lärm dort draußen.

Das Trio empfand sich nicht als Teil des Schreckens, der durch das Dorf wogte, empfand kein Mitleid. »Die eingebildeten Dummköpfe haben es weißgott nicht anders gewollt«, sagte Paul, und die anderen nickten amüsiert. »Nach allem, was ihnen die Deutschen angetan haben, kann man den Russen keinen Vorwurf machen, egal, was sie tun«, sagte Paul, und wieder nickten seine Gefährten. Sie saßen schweigend da und sahen zu, wie rasende Mütter sich mit ihren Jungen in Kellern versteckten, während andere die Hügel hinauf und in die Wälder hasteten oder ihre Häuser verließen, um mit ein paar kostbaren Paketen auf der Landstraße zu fliehen.

Ein britischer Obergefreiter mit großen Augen machte lange Schritte und rief ihnen von der Straße zu: »Setzt euch mal in Bewegung, ihr Burschen, sie sind schon in Hellendorf!«

Eine Staubwolke im Westen, das Gebrumm von Lastwagen, das Gewimmel verängstigter Flüchtlinge, und die

Russen drangen ins Dorf ein, wobei sie den erstaunten Bürgern Zigaretten zuwarfen und allen, die sich zu zeigen wagten, nasse, begeisterte Küsse gaben. Paul tollte zwischen ihren Lastwagen herum, lachte und rief und fing die Brotlaibe und Fleischbrocken auf, die ihm von denjenigen Befreiern zugeworfen wurden, die sein »American! American!« durch die wilde Akkordeonmusik hindurch hören konnten, die von den rotbesternten Lastwagen erklang. Glücklich und aufgeregt kehrten er und seine Freunde, die Arme voll Nahrungsmittel, zum Bächlein zurück und begannen sich unverzüglich vollzustopfen.

Aber während sie aßen, kamen die anderen – Tschechen, Polen, Jugoslawen, Russen, eine furchterregende Horde erniedrigter deutscher Sklaven im Gefolge der russischen Armee –, um aus schierer Lust zu zertrümmern und zu plündern und Feuer zu legen. Systematisch gingen sie in zielstrebigen Grüppchen von dreien bis fünfen von Haus zu Haus, traten Türen ein, bedrohten die Bewohner und nahmen mit, was ihnen gefiel. Es war nicht wahrscheinlich, daß sie Plündergut übersehen hatten, denn Peterswald war in eine enge Senke gebaut, zu beiden Seiten der Straße nur jeweils ein Haus tief. Paul dachte, daß Tausende jedes Haus vom Keller zum Speicher erkundet haben mußten, bevor der mondbeschienene Abend kam.

Er und seine Freunde beobachteten die ernsten Plünderer bei der Arbeit und lächelten ihnen matt zu, wenn eine Gruppe vorüberzog. Ein schottisches Paar in Hochstimmung hatte sich mit einem solchen Trupp angefreundet und hielt im frohen Beutezug inne, um mit den Amerikanern zu sprechen. Jeder hatte ein hübsches Fahrrad, zahlreiche Ringe und Uhren, Feldstecher, Kameras und andere bewundernswerte Schmuckstücke.

»Schließlich«, erklärte einer der beiden, »möchte man an einem Tag wie diesem doch nicht untätig herumsitzen. So eine Gelegenheit kriegt man nie wieder. Ihr seid doch die Sieger, ihr habt doch verdammtnochmal das Recht, alles zu tun, was ihr verdammtnochmal wollt.«

Die drei Amerikaner sprachen dies untereinander durch, allen voran Paul, und überzeugten sich gegenseitig davon, daß es vollkommen berechtigt wäre, die Häuser des Feindes zu plündern. Gemeinsam fielen sie ins nächststehende Haus ein, ein Haus, das bereits vor ihrer Ankunft in Peterswald leer gestanden hatte. Es war bereits weidlich ausgeschlachtet worden; kein Glas war in den Fenstern verblieben; jede Schublade war hingeschmissen, jedes Kleidungsstück aus dem Schrank gezerrt worden; Geschirrschränke waren leergeräumt, und Kissen und Matratzen waren von Stöberern aufgeschlitzt worden. Jeder der Marodeure vor Paul und seinen Freunden hatte die Haufen untersucht, die sein Vorgänger hinterlassen hatte, und nichts als Tuchfetzen und ein paar Töpfe waren übriggeblieben.

Es war fast Abend, als sie die traurige Stätte übernahmen, und sie fanden nichts von Interesse. Paul merkte an, daß in dem Haus wahrscheinlich noch nie viel zu holen gewesen war; wer dort auch gewohnt hatte, war arm gewesen. Die Möbel waren schäbig, die Wände blätterten ab, und außen mußte gestrichen und gerichtet werden. Aber als Paul die Treppe zum winzigen ersten Stock hochstieg, fand er ein erstaunliches Zimmer, das nicht in das Armutsmuster paßte. Es war ein Schlafzimmer, in fröhlichen Farben dekoriert, mit wunderschön geschnitzten Möbeln,

Märchenlandbildern an bonbonfarben gestreiften Wänden und frisch gestrichenen Holzteilen. Weggeworfene Beute, ein verlorenes Häufchen Spielsachen, war mitten auf dem Fußboden. Die einzigen Gegenstände im ganzen Haus, die nicht durcheinandergebracht worden waren, standen an der Wand beim Kopfende des Bettes, sie waren ein Paar »ich werd' verrückt, Kinderkrücken«.

Die Amerikaner einigten sich, nachdem sie nichts von Wert gefunden hatten, darauf, daß der Tag für die Schatzsuche schon zu weit fortgeschritten war, und schlugen vor, sich an die Bereitung eines Abendessens zu machen. Sie hatten noch reichlich von dem Essen übrig, das die Russen ihnen geschenkt hatten, fanden aber, daß an diesem Tag der Tage das Abendessen etwas Besonderes sein sollte, mit Huhn, Milch und Eiern und vielleicht sogar einem Kaninchen. Auf der Suche nach derartigen Delikatessen brach das Trio auf, um die benachbarten Scheunen und Bauernhöfe zu durchkämmen.

Paul spähte in die kleine Scheune hinter dem Haus, das sie auszurauben gehofft hatten. Was es dort auch an Nahrung oder Viehbestand gegeben haben mochte, war vor Stunden weggekarrt worden, überlegte er. Auf dem festgetretenen Lehmfußboden bei der Tür lagen ein paar Kartoffeln, die er aufhob, aber sonst nichts. Während er sich die Kartoffeln in die Taschen stopfte und weiter wollte, hörte er aus einer Ecke ein leises Rascheln. Das sanfte Geräusch wurde wiederholt. Als sich seine Augen an die Dunkelheit gewöhnt hatten, konnte er einen Kaninchenstall sehen, in dem ein dickes weißes Kaninchen saß, das mit seiner rosa Nase zuckte und schnell atmete. Das war ein sensationeller Glücksfall, die *pièce de résistance* für das

Bankett. Paul öffnete das Türchen und zog das Tier heraus, welches keinerlei Protest einlegte, indem er es an den Ohren hielt. Weil er noch nie mit bloßen Händen ein Kaninchen getötet hatte, war er nicht sicher, wie er dabei vorgehen sollte. Schließlich legte er den Kopf des Kaninchens auf einen Hackklotz und zerschmetterte ihn mit dem stumpfen Ende einer Axt. Es zappelte schwächlich ein paar Sekunden mit den Beinen und starb.

Zufrieden mit sich, machte Paul sich ans Abhäuten und Ausnehmen des Kaninchens und schnitt eine Pfote als Glücksbringer für die sicher zu erwartenden besseren Zeiten ab. Als er es geschafft hatte, stand er vor dem Scheunentor und betrachtete den Frieden, den Sonnenuntergang und den Strom betretener deutscher Soldaten, die sich aus dem letzten Widerstandsnest nach Hause schleppten. Mit ihnen zogen die matten Zivilisten, die morgens auf derselben Straße geflohen waren und dann vom russischen Vormarsch zurückgeschickt worden waren.

Plötzlich wurde sich Paul dreier Gestalten bewußt, die sich von der trübseligen Prozession absetzten und auf ihn zukamen. Vor dem lädierten Haus blieben sie stehen. Eine Woge von Reue und Kummer blähte sich in Pauls Brust: »Dies müssen ihr kleines Haus und ihre Scheune sein«, dachte er. »Sie müssen dem alten Mann und der alten Frau und dem verkrüppelten Jungen gehören.« Die Frau weinte, und der Mann schüttelte den Kopf. Der Junge versuchte, ihre Aufmerksamkeit zu erregen, er sagte etwas und gestikulierte in Richtung Scheune. Paul stand im Schatten des Hauses, so daß sie ihn nicht sehen konnten, und er lief mit dem Kaninchen weg, als sie ins Haus gingen.

Er brachte seinen Beitrag dorthin, wo die anderen ein Feuer gemacht hatten, auf einen kleinen Hügel, von dem Paul die Scheune sehen konnte, die er durch eine Lücke in einem Windschutz aus Pappeln verlassen hatte. Das Kaninchen wurde mit der übrigen Beute auf ein über den Boden gebreitetes Tuch gelegt.

Während die anderen mit den Essensvorbereitungen beschäftigt waren, beobachtete er die Scheune, denn der kleine Junge war aus seinem Haus gekommen und ging so schnell zur Scheune, wie seine Krücken ihn tragen wollten. Er verschwand quälend lange in der Scheune. Paul hörte seinen schwachen Schrei und sah ihn zur Tür kommen. Er trug das weiche weiße Fell bei sich. Er strich es gegen die Wange und sank dann auf die Türschwelle, um sein Gesicht im Pelz zu vergraben und sich das Herz aus dem Leibe zu schluchzen.

Paul wandte sich ab und sah nicht wieder hin. Die beiden anderen sahen das Kind nicht, und Paul erwähnte es nicht. Als die drei sich zum Abendessen niederließen, sprach einer der Jungs das Tischgebet: »Lieber Herr Jesus, sei unser Gast, und segne, was Du uns …«

Auf dem Weg zu den amerikanischen Linien, lässig von einem Dorf zum anderen schweifend, sammelten Pauls Gefährten einen ansehnlichen Schatz aus deutschen Wertgegenständen an. Aus irgendeinem Grunde war alles, was Paul nach Hause brachte, ein einzelner rostiger und böse verbogener Luftwaffensäbel.

»VERTRAUT MIR.«

Nur du und ich, Sammy

1.

In dieser Geschichte geht es um Soldaten, aber es ist nicht direkt eine Kriegsgeschichte. Der Krieg war vorbei, als es alles passierte, deshalb nehme ich an, daß es eine Mordgeschichte ist. Keine Kriminalgeschichte, nur eine über Mord.

Ich heiße Sam Kleinhans. Das ist ein deutscher Name, und ich muß leider sagen, daß mein Vater vor dem Krieg eine Zeitlang mit dem *German-American Bund* zu tun hatte. Als er herausfand, worum es dabei ging, trat er ganz schnell aus. Aber viele Leute in unserer Nachbarschaft fanden den *Bund* ungeheuer toll. Ein paar Familien in unserer Straße, erinnere ich mich, fanden das, was Hitler im Vaterland machte, so aufregend, daß sie alles verkauften, was sie hatten, und zurück nach Deutschland gingen, um dort zu leben.

Einige ihrer Kinder waren etwa in meinem Alter, und als die USA in den Krieg eintraten und ich als Schütze nach Übersee ging, fragte ich mich, ob ich irgendwann auf alte Spielkameraden schießen würde. Ich glaube nicht, daß ich das getan habe. Später fand ich heraus, daß die meisten *Bund*-Jungs, die die deutsche Staatsbürgerschaft angenommen hatten, als Schützen an der russischen Front endeten. Ein paar verrichteten kleinere Spionagearbeiten, versuchten, sich unter die amerikanischen Truppen zu mischen, ohne aufzufallen, aber nicht viele. Die Deutschen trauten ihnen sowieso nicht über den Weg; zumindest schrieb das einer unserer früheren Nachbarn meinem Vater in einem Brief, in dem er ihn um ein CARE-Paket bat. Derselbe Mann sagte, er würde alles tun, um in die Staaten zurückzukommen, und ich stelle mir vor, daß es allen so geht.

Daß ich diesen Burschen und dem ganzen *Bund*-Quatsch so nahe war, machte mich ziemlich befangen, was meine deutschen Vorfahren betraf, als ich schließlich in den Krieg zog. Ich muß vielen wie ein ausgemachter Blödmann vorgekommen sein, wie ich mich so über Loyalität, den Kampf für die gute Sache und dergleichen ausließ. Nicht daß die anderen Jungs in der Army nicht an diese Dinge geglaubt hätten –, es war nur nicht modern, darüber zu sprechen. Nicht im Zweiten Weltkrieg.

Wenn ich jetzt darüber nachdenke, *weiß* ich, daß ich verkitscht war. Ich erinnere mich zum Beispiel noch daran, was ich am Morgen des 8. Mai sagte, am Tag, an dem der Krieg mit Deutschland zu Ende ging. »Ist es nicht geradezu großartig?« habe ich gesagt.

»Ist *was* nicht geradezu großartig?« sagte der Gefreite George Fisher und hob eine Augenbraue, als hätte er etwas ganz schön Tiefsinniges gesagt. Er kratzte sich den Rücken an einem Strang Stacheldraht und dachte, glaube ich, an etwas anderes. Essen und Zigaretten wahrscheinlich, und vielleicht sogar an Frauen.

Es war nicht mehr sehr klug, beim Gespräch mit George gesehen zu werden. Er hatte im Lager keine Freunde mehr, und jeder, der versuchte, sein Kumpel zu sein, lief Gefahr, so zu vereinsamen wie er. Wir latschten alle ziellos herum, und George und ich trafen rein zufällig – dachte ich damals – beim Tor aufeinander.

Die Deutschen hatten ihn zum Oberamerikaner in unserem Kriegsgefangenenlager ernannt. Sie sagten, es wäre, weil er Deutsch könne. Auf jeden Fall machte er das Beste draus. Er war viel dicker als wir anderen –; deshalb dachte er wahrscheinlich an Frauen. Niemand hatte seit etwa einem Monat nach unserer Gefangennahme dieses Thema erwähnt. Alle außer George hatten seit acht Monaten von Kartoffeln gelebt, und deshalb war, wie ich bereits sagte, das Thema Frauen etwa so beliebt wie die Themen Orchideenzucht oder Zitherspiel.

Wenn damals Betty Grable aufgetaucht wäre und gesagt hätte, sie sei ganz die meine, hätte ich ihr gesagt, sie soll mir eine Stulle mit Erdnußbutter und Marmelade schmieren. Nur daß an jenem Tag nicht Betty auf dem Weg zu George und mir war, sondern die russische Armee. Wir zwei standen auf dem Seitenstreifen der Straße vor dem Tor zum Lager und lauschten den Panzern, die im Tal jaulten, bevor sie sich an die Steigung machten, die dorthin führte, wo wir waren.

Die großen Kanonen in nördlicher Richtung, die eine Woche lang unsere Fensterscheiben hatten erklirren lassen, waren jetzt still, und unsere Bewacher waren über Nacht verschwunden. Vorher hatte der einzige Verkehr auf der Straße aus ein paar Bauernfuhrwerken bestanden.

Jetzt war sie von drängelnden, schreienden Menschen verstopft; sie schubsten, stolperten, fluchten und versuchten, über die Hügel nach Prag zu kommen, bevor die Russen sie einholten.

Eine solche Furcht kann sich auch auf Menschen ausbreiten, die gar nichts zu befürchten haben. Nicht alle, die vor den Russen wegrannten, waren Deutsche. Ich erinnere mich an einen britischen Obergefreiten, den George und ich gen Prag stratzen sahen, als wäre der Teufel hinter ihm her.

»Macht euch lieber auf die Socken, Yanks!« keuchte er. »Die Russkis sind nur noch ein paar Meilen entfernt. Wollt euch doch wohl nicht mit denen anlegen, oder?«

Ein Gutes hat es, wenn man halb verhungert ist, was, nehme ich an, der Obergefreite nicht war: daß es nämlich schwer ist, sich über irgendwas Sorgen zu machen, was nicht damit zu tun hat, daß man halb verhungert ist. »Du hast da was mißverstanden, Mac«, rief ich zurück. »Wir sind, soweit ich weiß, auf ihrer Seite.«

»Die fragen nicht, woher du bist, Yank. Die knallen jeden ab, den sie treffen können, aus reiner Liebe zur Sache.« Und schon war er um die Ecke verschwunden.

Ich lachte, aber als ich mich wieder zu George umdrehte, erlebte ich eine Überraschung. Er kämmte sich mit den dicken Fingern durch den roten Wuschelkopf, und sein fettes Mondgesicht war weiß, als er die Straße betrachtete, auf der bald die Russen kommen sollten. Das war etwas, was keiner von uns je gesehen hatte: George hatte Schiß.

Bis dahin hatte er jede Situation unter Kontrolle gehabt, bei uns wie bei den Deutschen. Er hatte eine dicke Haut und konnte sich aus allem rausmogeln oder -schmeicheln.

Alvin York hätten einige seiner Kampfgeschichten beeindruckt. Wir waren alle aus derselben Division, außer George. Er war ganz allein reingebracht worden und sagte, er sei seit der Invasion in der Normandie immer ganz vorne dabeigewesen. Wir anderen waren feucht hinter den Ohren, bei einem Durchbruch gefangengenommen worden, bevor wir nur eine Woche im Feuer gestanden hatten. George war ein echtes Frontschwein und hatte Anspruch auf jede Menge Respekt. Er bekam ihn auch, widerwillig, aber doch –, bis Jerry umkam.

»Nenn mich noch mal einen Spitzel, und ich zerschmetter' dir dein häßliches Gesicht«, hörte ich ihn zu einem Typ sagen, dessen Getuschel er zufällig mitgekriegt hatte. »Du weißt verdammt gut, daß du dasselbe tun würdest, wenn du könntest. Ich verarsche die Aufpasser doch nur. Sie glauben, ich bin auf ihrer Seite, und behandeln mich ziemlich gut. Euch schade ich damit nicht, also kümmer dich um deinen eigenen Scheiß!«

Das war ein paar Tage nach dem Ausbruchsversuch, nachdem Jerry Sullivan umgekommen war. Jemand hatte den Bewachern einen Tip gegeben, oder zumindest sah es so aus. Sie warteten draußen vor dem Zaun, am anderen

Ende des Tunnels, als Jerry, der als erster durch war, herausgekrabbelt kam. Sie hätten ihn nicht erschießen müssen, aber sie haben es trotzdem getan. Vielleicht hatte George es ihnen nicht gesagt –, aber das glaubte niemand, wenn er außer Hörweite war.

Niemand sagte ihm etwas ins Gesicht. Er war groß und gesund, wollen wir nicht vergessen, und er wurde immer fleischiger und schlechter gelaunt, während wir übrigen uns in dösige Vogelscheuchen verwandelten.

Aber jetzt, da die Russen unterwegs waren, schien George mit den Nerven fertig. »Komm, wir hauen nach Prag ab, Sammy. Nur du und ich, damit wir schneller vorankommen.«

»Was zum Teufel ist los mit dir?« fragte ich. »Wir müssen vor niemandem wegrennen, George. Wir haben soeben einen Krieg gewonnen, und du benimmst dich, als hätten wir einen verloren. Prag ist sechzig Meilen weit weg, verdammt. Die Russen werden in etwa einer Stunde hier sein, und sie schicken wahrscheinlich Lastwagen, die uns zu unseren Linien zurückbringen. Immer mit der Ruhe, George, oder hörst du etwa Schüsse? Ich nicht.«

»Sie werden uns erschießen, Sammy, so sicher wie die Hölle. Du siehst nicht mal aus wie ein amerikanischer Soldat. Das sind Wilde, Sammy. Komm, wir hauen ab, solang's noch geht.«

Was meine Klamotten betraf, hatte er recht. Sie waren zerfetzt und fleckig und geflickt, und ich sah eher aus, als residierte ich auf der schiefen Bahn, denn wie ein amerikanischer Soldat. Aber George sah, wie zu erwarten, noch ziemlich schick aus. Die Wachen versorgten ihn ebenso mit Essen wie mit Zigaretten, und die konnte er im Lager gegen so gut wie alles tauschen, was er wollte. Auf diese Weise hat er sich mehrere Garnituren Klamotten zum Wechseln besorgt, und die Wachen ließen ihn ein Bügeleisen benutzen, das sie in ihrer Hütte hatten, weshalb er im Camp die wandelnde Modebeilage war.

Jetzt war das Spiel aus. Niemand mußte mehr mit ihm tauschen, und die Männer, die so gut für ihn gesorgt hatten, waren weg. Vielleicht hatte er deshalb Schiß und nicht vor den Russen. »Los, wir hauen ab, Sammy«, sagte er. Er flehte mich praktisch an, mich, für den er acht Monate lang auf engstem Raum kein freundliches Wort gehabt hatte.

»Nur zu, wenn du unbedingt willst«, sagte ich. »Du brauchst mich doch nicht um Erlaubnis zu fragen, George. Nur zu. Ich bleibe mit den Jungs hier.«

Er regte sich nicht. »Du und ich, Sammy, wir bleiben zusammen.« Er grinste und legte mir den Arm um die Schultern.

Ich entwand mich ihm und ging über den Gefängnishof. Alles, was wir gemeinsam hatten, war rotes Haar. Er beunruhigte mich: Ich kapierte nicht, was er damit bezweckte, daß er plötzlich mein bester Kumpel wurde. Und George war die Art Typ, die immer was bezweckte.

Er folgte mir über den Hof und legte mir wieder seinen dicken Arm um die Schultern. »Okay, Sammy, wir bleiben hier und warten.«

»Was du machst, ist mir völlig wurscht.«

»Okay, okay«, lachte er. »Ich wollte nur vorschlagen, weil wir noch etwa eine Stunde zu warten haben, können wir beide doch ein bißchen die Straße entlanggehen und sehen, ob wir uns nicht was zu rauchen und ein paar Souvenirs besorgen können, oder? Da wir beide Deutsch sprechen, sollten wir prima zurechtkommen, du und ich.«

Ich starb schier vor Verlangen nach einer Zigarette, und er wußte es. Ein paar Monate zuvor hatte ich bei ihm meine Handschuhe gegen zwei Zigaretten getauscht – und da war es noch ganz schön kalt gewesen – und seitdem keine mehr geraucht. Wegen George begann ich darüber nachzudenken, wie dieser erste Lungenzug sein würde. Im nächsten Dorf, Peterswald, zwei Meilen bergauf, mußte es Zigaretten geben.

»Was meinst du, Sammy?«

Ich zuckte die Achseln. »Was soll's. Gehen wir.«

»So ist's recht.«

»Wohin geht ihr?« schrie einer der Jungs auf dem Hof.

»Wollen uns nur schnell ein bißchen umsehen«, antwortete George.

»Sind in einer Stunde wieder da«, fügte ich hinzu.

»Braucht ihr noch Gesellschaft?« schrie der Typ.

George ging weiter und antwortete nicht. »Bloß keine Rudelbildung. Die vermasseln einem nur alles«, sagte er zwinkernd. »Zwei sind gerade richtig.«

Ich sah ihn an. Er hatte ein Lächeln auf seinem Gesicht befestigt, aber ich sah trotzdem, daß er immer noch ziemliche Angst hatte.

»Wovor hast du Angst, George?«

»Der alte Georgie und Angst? Das wäre ja wohl noch schöner.«

Wir mischten uns unter die lärmende Menge und begannen den sanften Aufstieg nach Peterswald.

II.

Manchmal, wenn ich darüber nachdenke, was in Peterswald geschehen ist, suche ich nach Entschuldigungen für mich –, ich war betrunken, ich war ein bißchen verrückt, nachdem ich so lange eingesperrt und hungrig gewesen war. Es ist nur leider Quatsch, weil ich nicht dazu gezwungen wurde, das zu tun, was ich tat. Es war nicht so, daß ich keine andere Wahl hatte. Ich tat es, weil ich es tun wollte.

Peterswald hatte ich mir anders vorgestellt. Ich hatte gehofft, daß es mindestens zwei Läden gäbe, wo wir ein paar Zigaretten und was zu essen kaufen oder stehlen konnten. Das Dorf bestand aus zwei Dutzend Bauernhöfen, jeder mit einer Mauer und einem drei Meter hohen Tor. Sie waren dicht an dicht auf einem grünen Hügel mit Blick auf die Felder, so daß sie eine massive Festung bildeten. Für die Panzer und die Artillerie jedoch, die jetzt im Anmarsch waren, war Peterswald ganz leicht umzupusten, und es sah nicht aus, als hätte irgend jemand Lust, die Russen zu einem Kampf um Peterswald herauszufordern.

Hie und da flatterte eine weiße Fahne – ein Bettlaken an einem Besenstiel – aus einem Fenster im ersten Stock. Jedes Tor stand offen –, bedingungslose Kapitulation.

»Versuchen wir's mit diesem«, sagte George. Er packte mich am Arm, lenkte mich aus der Menge heraus, durch das Tor und auf den festgetretenen Hof des ersten Bauernhauses, das wir erreichten.

Der Hof war auf drei Seiten vom Haus und den Scheunen und Ställen begrenzt, auf der vierten von

Mauer und Tor. Ich sah durch die offenen Tore in die leeren Scheunen und durch die Fenster in das stille Haus. Zum erstenmal fühlte ich mich wie das, was ich in Wirklichkeit war –, ein beunruhigter Fremder. Bis dahin hatte ich mich benommen, als wäre ich ein Sonderfall, ein Amerikaner, der irgendwie nichts mit diesem europäischen Durcheinander zu tun hatte und vor nichts Angst zu haben brauchte. Diese Geisterstadt änderte meine Einstellung …

… oder vielleicht fing ich an, Angst vor George zu haben. Hinterher ist man immer schlauer; ich weiß es nicht mit Sicherheit. Vielleicht, tiefinnerst, regten sich erste Zweifel. Seine Augen waren zu groß und zu interessiert, wenn ich etwas sagte, und er konnte die Hände nicht von mir lassen, er befummelte, betätschelte und bepatschte mich, und immer, wenn er sagte, was er als nächstes tun wollte, sagte er: »Du und ich, Sammy …«

»Hallo!« rief er. Er bekam ein rasches Echo von den Mauern ringsum, und dann war Stille. Er hielt mich immer noch am Arm, und er drückte ihn ordentlich. »Ist das nicht gemütlich, Sammy? Sieht aus, als hätten wir die ganze Bude für uns allein.« Er schob das große Tor zu und legte den dicken Riegelbalken vor. Ich glaube nicht, daß ich dem Tor damals auch nur einen Stups hätte versetzen können, aber George hantierte damit, ohne auch nur den Gesichtsausdruck zu wechseln. Er kam wieder zu mir, staubte sich die Hände ab und grinste.

»Was bezweckst du, George?«

»Die Beute geht an den Sieger –, stimmt's?« Er trat die Haustür auf. »Tritt ein, Kleiner. Bedien dich. Georgie hat alles so gedeichselt, daß niemand uns belästigen wird, bevor wir die freie Auswahl hatten. Such dir was richtig Schönes für deine Mutter und deine Freundin aus, ja?«

»Ich will nur was zu rauchen«, sagte ich. »Meinetwegen kannst du das blöde Tor gern wieder aufmachen.«

George holte eine Schachtel Zigaretten aus seiner Feldjacke. »So ein Kumpel bin ich nämlich«, lachte er. »Nimm eine.«

»Weshalb mußte ich wegen einer Zigarette den ganzen Weg nach Peterswald latschen, wenn du eine ganze Pakkung hattest?«

Er ging ins Haus. »Ich mag deine Gesellschaft, Sammy. Du solltest dich geschmeichelt fühlen. Rothaarige müssen zusammenhalten.«

»Hauen wir hier ab, George.«

»Das Tor ist zu. Brauchst vor nichts Angst zu haben, Sammy, genau, wie du gesagt hast. Sei doch mal ein bißchen froh. Geh rauf in die Küche und besorg dir was zu essen. Das ist das einzige, was du brauchst. Das wirst du dir doch nie verzeihen, wenn du so eine Gelegenheit sausen läßt.« Er kehrte mir den Rücken, zog Schubladen heraus, leerte sie auf eine Tischplatte aus und kramte im Inhalt. Dazu pfiff er eine alte Tanzmelodie, die ich seit den späten dreißiger Jahren nicht mehr gehört hatte.

Ich stand mitten im Zimmer, und die ersten tiefen Züge von der Zigarette verschafften mir einen schwindligen, verträumten Auftrieb. Ich schloß die Augen, und als ich sie wieder öffnete, beunruhigte George mich nicht mehr. Es gab nichts Beängstigendes mehr; das wachsende Albtraumgefühl war weg. Ich entspannte mich.

»Wer hier gewohnt hat, ist eilig abgehauen«, sagte George, mir immer noch den Rücken zuwendend. Er hielt eine kleine Flasche hoch. »Haben ihre Herztropfen vergessen. Meine alte Dame hatte dies Zeug auch im Hause, wegen ihrem Herzen.« Er legte sie in die Schublade zurück. »Auf deutsch dasselbe wie auf englisch. Das ist das Komische an Strychnin, Sammy –, in kleinen Dosen kann es Leben retten.« Er ließ ein Paar Ohrringe in seine sich bereits wölbende Tasche fallen. »Die werden ein kleines Mädchen sehr glücklich machen«, sagte er.

»Besonders, wenn es Ramschware schätzt.«

»Freu dich doch mal, Sammy! Willst du deinem Kumpel den Spaß verderben? Geh in die Küche und hol dir was zu essen, Mensch. Gleich bin ich bei dir.«

Was nun das Siegersein und Beuteeinstreichen betraf, machte ich mich auf meine Weise gar nicht schlecht –; drei Scheiben Schwarzbrot und einen Keil Käse, die hinten im Haus auf dem Küchentisch auf mich warteten. Ich suchte in einer Küchenschrankschublade nach einem Messer, mit dem ich den Käse schneiden konnte, und bekam eine kleine Überraschung. Ein Messer gab es, aber auch eine Pistole, nicht viel größer als meine Faust, und daneben einen vollen Ladestreifen. Ich spielte damit herum, fand heraus, wie sie funktionierte, und schob den Ladestreifen ein, um zu sehen, ob er wirklich zu der Waffe gehörte. Sie war ein hübsches Stück, ein schönes Souvenir. Ich zuckte die Achseln und wollte sie wieder zurücklegen. Es wäre glatter Selbstmord gewesen, von den Russen mit einer Pistole erwischt zu werden.

»Sammy! Wo zum Teufel bist du?« rief George.

Ich ließ die Pistole in meine Hosentasche gleiten. »Hier in der Küche, George. Was hast du gefunden, die Kronjuwelen?«

»Was viel Besseres, Sammy.« Sein Gesicht war strahlend rosa, und er atmete schwer, als er in die Küche kam. Er sah dicker aus, als er in Wirklichkeit war, so vollgestopft war seine Feldjacke mit dem Plunder, den er in den anderen Räumen gefunden hatte. Er knallte eine Flasche Weinbrand auf den Tisch. »Na, wie sieht das aus, Sammy? Jetzt können wir uns eine kleine Siegesfeier gönnen, was? Nun erzähle bloß zu Hause in Jersey nicht überall herum, der alte Georgie hätte dir nie was gegönnt.« Er haute mir auf den Rücken. »Sie war voll, als ich sie fand, und jetzt ist sie schon halb hinüber, Sammy –, also halte dich ran, wenn du mit der Party Schritt halten willst.«

»Ich bleibe lieber, wie ich bin, George. Vielen Dank, aber das würde mich wahrscheinlich umbringen, in meinem gegenwärtigen Zustand.«

Er setzte sich auf den Stuhl mir gegenüber, ein großes, loses Grinsen auf dem Gesicht. »Iß deine Stulle auf, dann bist du gerüstet. Der Krieg ist vorbei, Junge! Ist das was zum Anstoßen, oder *ist* das was zum Anstoßen?«

»Vielleicht später.«

Selbst trank er nichts mehr. Still saß er eine Zeitlang da, dachte angestrengt über etwas nach, und ich mampfte schweigend vor mich hin.

»Was ist denn mit deinem Appetit?« fragte ich schließlich.

»Nichts. Gut wie immer. Ich habe heute morgen gegessen.«

»Danke, daß du mir was davon angeboten hast. Was war es denn, ein Abschiedsgeschenk von unseren Bewachern?«

Er lächelte, als hätte ich ihm gerade Tribut für die aalglatten Geschäfte gezollt, die er abgewickelt hatte. »Was ist denn los, Sammy –, kannst du mich nicht leiden oder was?«

»Habe ich was gesagt?«

»Du brauchst nichts zu sagen, Kleiner. Du bist wie alle anderen.« Er lehnte sich auf seinem Stuhl zurück und breitete die Arme aus. »Ich höre, einige von den Jungs wollen mich als Kollaborateur anschwärzen, wenn wir zurück in die Staaten kommen. Hast du das auch vor, Sammy?« Er war vollkommen ruhig, gähnte sogar. Er sprach sofort weiter, ohne mich antworten zu lassen. »Der arme, alte Georgie hat keinen einzigen Freund auf der ganzen Welt, oder? Jetzt steht er ganz alleine da, stimmt's? Ich nehme an, ihr Jungs werdet alle direkt nach Hause geflogen, aber die Army, stelle ich mir vor, wird mit Georgie Fisher noch eine kleine Unterredung haben wollen, was?«

»Du bist besoffen, George. Vergiß es. Niemand wird dich ...«

Er stand auf, fand mit der Hand Halt auf dem Tisch. »Nein, Sammy, ich habe das genau überlegt. Kollaboration –, das ist Verrat, oder? Dafür können sie einen hängen, stimmt's?«

»Nun mal langsam, George. Niemand wird dich aufhängen wollen.« Ich stand langsam auf.

»Ich sagte, ich habe es genau überlegt, Sammy. Georgie Fisher ist niemand, der man sein möchte, was also meinst du, werde ich machen?« Er fummelte an seinem Kragen, zog seine Hundemarke heraus, zog sie sich über den Kopf und warf sie auf den Fußboden. »Ich werde jemand anderes sein, Sammy. Ich würde sagen, das ist richtig schlau, meinst du nicht?«

Inzwischen summte das Geschirr in den Küchenschränken vom Lärm der Panzer. Ich ging zur Tür. »Ist mir doch so wurscht, was du machst, George. Ich werde dich nicht anschwärzen. Ich will nur heil nach Hause, und eben jetzt gehe ich zurück ins Lager.«

George trat zwischen mich und die Tür und legte mir die Hand auf die Schulter. Er zwinkerte und grinste. »Augenblick, Kleiner. Du hast noch nicht alles gehört. Willst du nicht erfahren, was dein Kumpel George als nächstes machen wird? Es wird dich brennend interessieren.«

»Wiedersehen, George.«

Er machte nicht Platz. »Setz dich lieber hin und trink was, Sammy. Beruhige deine Nerven. Du und ich, Kleiner, von uns geht keiner zurück ins Lager. Die Jungs da wissen, wie Georgie Fisher aussieht, und das würde doch alles verderben, oder? Ich glaube, es wäre klug, ein paar Tage zu warten und mich dann in Prag zu melden, wo niemand mich kennt.«

»Ich habe gesagt, ich werde nichts sagen, George, und ich werde nichts sagen.«

»Ich habe gesagt, setz dich, Sammy. Trink was.«

Ich war benommen und matt, und von dem schweren Schwarzbrot in meinem Magen wurde mir übel. Ich setzte mich.

»Schon viel besser, Kumpel«, sagte er. »Es wird nicht lange dauern, wenn du die Sache auch so siehst wie ich, Sammy. Ich habe gesagt, ich werde nicht mehr Georgie Fisher sein und jemand anderes werden.«

»Gut, prima, George.«

»Dafür brauche ich allerdings einen neuen Namen und eine passende Hundemarke. Deine gefällt mir. Wieviel nimmst du dafür?« Er hörte auf zu lächeln. Er machte keine Witze –, er schlug mir ein Geschäft vor. Er beugte sich über den Tisch, und, das fette, rosa, verschwitzte Gesicht nur einen Dezimeter von meinem entfernt, flüsterte er: »Was meinst du, Sammy? Zweihundert Dollar in bar und diese Uhr für die Hundemarke. Dafür kriegst du schon fast einen neuen LaSalle, stimmt's? Sieh dir die Uhr an, Sammy –, in New York tausend Dollar wert –, läutet zur vollen Stunde, zeigt das Datum an …«

Komisch, George hatte vergessen, daß LaSalle pleitegegangen war. Er zog eine Rolle Banknoten aus der Gesäßtasche. Die Deutschen hatten uns bei unserer Gefangennahme alles Geld abgenommen, aber einige der Jungs hatten versteckte Scheine im Futter ihrer Klamotten. George war es mit seinem Zigarettenmonopol gelungen, so ziemlich jeden Cent an sich zu bringen, der den Deutschen entgangen war. Angebot und Nachfrage –, fünf Dollar pro Zichte.

Aber die Uhr war eine Überraschung. George hatte sie bisher geheimgehalten –, aus sehr guten Gründen. Die Uhr hatte Jerry Sullivan gehört, dem Jungen, der beim Ausbruchsversuch erschossen worden war.

»Wo hast du Jerrys Uhr her, George?«

George zuckte die Achseln. »Eine Schönheit, was? Hab' Jerry hundert Zigaretten dafür gegeben. Danach war ich blank.«

»Wann, George?«

Er schenkte mir nicht mehr sein breites, vertrauliches Grinsen. Er war gemein und mürrisch. »Was meinst du mit *wann*? Kurz bevor sie ihn abgeknallt haben, wenn du's wissen willst.« Er fuhr sich mit den Händen durchs Haar.

»Okay, los, sag schon, es ist meine Schuld, daß er tot ist. Das denkst du doch, also sag es auch.«

»Das habe ich nicht gedacht, George. Ich habe nur gedacht, was für ein Glück du hattest, daß du diesen Handel abgeschlossen hast. Jerry hat mir gesagt, die Uhr gehört seinem Großvater und er würde sie für nichts auf der Welt verkaufen. Das ist alles. Ich war nur irgendwie überrascht, daß er sich auf den Tausch eingelassen hat«, sagte ich leise.

»Was soll's?« sagte er ärgerlich. »Wie kann ich beweisen, daß ich nichts damit zu tun hatte? Ihr Jungs habt mir das angehängt, weil es mir gutging und euch nicht. Ich habe Jerry korrekt bezahlt, und ich bringe jeden um, der was anderes sagt. Und jetzt werde ich dich korrekt bezahlen, Sammy. Willst du die Kohle und die Uhr oder nicht?«

Ich dachte zurück an die Nacht des Ausbruchs, daran, was Jerry kurz bevor er in den Tunnel kroch, gesagt hatte. »Mann, wenn ich jetzt eine Zigarette hätte«, hatte er gesagt.

Der Lärm von den Panzern war jetzt fast ein Gebrüll. Sie mußten schon am Lager vorbei sein und sich die letzte steile Meile nach Peterswald heraufquälen, dachte ich. Nicht mehr viel Zeit, um auf Zeit zu spielen. »Klar, George, das ist ein gutes Geschäft. Prima, aber was soll ich machen, während du angeblich ich bist?«

»Fast nichts, Kleiner. Du vergißt einfach eine Zeitlang, wer du bist. Melde dich in Prag und sag ihnen, du hättest das Gedächtnis verloren. Halte sie nur lange genug hin, bis ich wieder in den Staaten bin. Zehn Tage, Sammy –, länger nicht. Das funktioniert, Kleiner, wo wir doch beide rote Haare haben und gleich groß sind.«

»Und was passiert, wenn sie herauskriegen, daß *ich* Sam Kleinhans bin?«

»Dann bin ich in den Staaten über alle Berge. Die finden mich nie.« Er wurde ungeduldig. »Los, Sammy, sind wir im Geschäft?«

Es war ein hirnrissiger Plan, der nie funktionieren konnte. Ich sah Sammy in die Augen und glaubte, daß er das ebenfalls wußte. Vielleicht, etwas angesoffen, dachte er, er könnte funktionieren –, aber jetzt schien er seine Meinung zu ändern. Ich sah die Uhr auf dem Tisch an und dachte daran, wie Jerry Sullivan tot ins Lager zurückgetragen worden war. George hatte beim Tragen geholfen, erinnerte ich mich.

Ich dachte an die Pistole in meiner Tasche. »Fahr zur Hölle, George«, sagte ich.

Er sah nicht überrascht aus. Er schob mir die Flasche hin. »Trink was und denk drüber nach«, sagte er gelassen. »Du machst es uns beiden doch nur schwer.« Ich schob die Flasche zurück. »Sehr schwer«, sagte George. »Ich bin richtig scharf auf die Hundemarke, Sammy.«

Ich bereitete mich auf einen Kampf vor, aber nichts geschah. Er war ein größerer Feigling, als ich dachte.

George hielt mir die Uhr hin und drückte mit dem Daumen auf das Aufziehrädchen. »Hör mal, Sammy –, sie sagt die Stunden an.«

Ich hörte das Läutwerk nicht. Draußen brach die Hölle los –, das betäubende Klirren und Donnern der Panzer, Fehlzündungen und wilder, froher Gesang, und über allem kreischten die Akkordeons.

»Sie sind hier!« schrie ich. Der Krieg war wirklich vorbei! Jetzt konnte ich es glauben. Ich vergaß George, Jerry, die Uhr –, alles bis auf den wunderbaren Krach. Ich rannte ans Fenster. Große Rauch- und Staubschwaden wogten über die Mauer herüber, und es wurde gegen das Tor gehämmert. »Es ist soweit!« lachte ich.

George riß mich vom Fenster zurück und stieß mich gegen die Wand. »Stimmt, es ist soweit!« sagte er. Sein Gesicht war schreckverzerrt. Er hielt mir eine Pistole vor die Brust. George packte die Kette meiner Hundemarke und riß sie mit schnellem Ruck ab.

Es entstand ein scharfes, splitterndes Geräusch, ein metallisches Stöhnen, und das Tor sprang auf. Ein Panzer stand in der Öffnung, ließ den Motor aufdröhnen, die großen Ketten auf dem zerschmetterten Tor. George drehte sich zum Krach um, als gerade zwei russische Soldaten an Stangen vom Geschützturm herunterrutschten, die Maschinenpistolen erhoben. Sie sahen schnell von Fenster zu Fenster und schrien etwas, was ich nicht verstand.

»Die bringen uns um, wenn sie die Pistole sehen!« schrie ich.

George nickte. Er schien benommen, in einem Traum. »Ja«, sagte er und warf die Pistole quer durch den Raum. Sie schlidderte über die gebleichten Fußbodenbretter und blieb in einer dunklen Ecke liegen. »Nimm die Hände hoch, Sammy«, sagte er. Er streckte die Arme über den Kopf, kehrte mir den Rücken zu, sah zum Flur, über den die Russen angepoltert kamen. »Ich muß mich um den Verstand gesoffen haben, Sammy. Ich war nicht bei Sinnen«, flüsterte er.

»Klar, George –, warst du nicht.«

»Wir müssen das zusammen durchstehen, Sammy, verstanden?«

»Was durchstehen?« Ich ließ meine Hände, wo sie waren. »He, Russki, wo zum Teufel bist du?« rief ich.

Die beiden Russen, knallhart aussehende Teenager, stolzierten in den Raum, ihre Maschinenpistolen im Anschlag. Keiner lächelte. »Hände hoch!« befahl einer auf deutsch.

»Amerikaner«, sagte ich schwach und nahm die Hände hoch.

Die beiden sahen überrascht aus und begannen sich im Flüsterton zu beraten, wobei sie uns nicht aus den Augen ließen. Zuerst sahen sie uns böse an, wurden aber, je länger sie redeten, immer jovialer, und zum Schluß strahlten sie uns richtiggehend an. Ich glaube, sie mußten einander darüber beruhigen, daß es mit der Parteilinie in Einklang war, nett zu Amis zu sein.

»Es ist ein großer Tag für das Volk«, sagte der eine, der Deutsch konnte, gewichtig.

»Ein großer Tag«, stimmte ich zu. »George, gib den Jungs was zu trinken.«

Sie sahen froh die Flasche an, wippten auf den Füßen, nickten und kicherten. Sie bestanden höflich darauf, daß George den ersten Schluck auf den großen Tag für das Volk trank. George grinste nervös. Die Flasche war schon fast an seinen Lippen, bevor sie ihm aus den Fingern glitt, auf den Fußboden knallte und uns ihren Inhalt über die Füße goß.

»Gott, das tut mir aber leid«, sagte George.

Ich bückte mich, um sie aufzuheben, aber die Russen ließen mich nicht. »Wodka ist besser als dies deutsche Gift«, sagte der Russe mit den Deutschkenntnissen feierlich und zog eine lange Flasche aus seiner Bluse. »Roosevelt!« sagte er, nahm einen großen Schluck und gab die Flasche an George weiter.

Die Flasche machte viermal die Runde: zu Ehren von Roosevelt, Stalin und Churchill sowie darauf, daß Hitler in der Hölle briet. Der letzte Trinkspruch war meine Idee. »Auf kleiner Flamme«, fügte ich hinzu. Die Russen fanden das ziemlich großartig, aber ihr Gelächter erstarb sofort, als ein Offizier beim Tor erschien, um nach ihnen zu brüllen. Sie salutierten schnell vor uns, schnappten sich die Flasche und rannten aus dem Haus.

Wir beobachteten, wie sie auf den Panzer kletterten, welcher rückwärts aus der Toreinfahrt fuhr und weiter über die Straße rumpelte. Die beiden winkten.

Vom Wodka war mir anders, heiß und wunderbar zumute –, und ich war, wie sich herausstellte, aufsässig und blutrünstig geworden. George war fast volltrunken und schwankte.

»Ich hab' nicht mehr gewußt, was ich tat, Sammy. Ich habe …« Der Satz verlor sich. Er strebte zur Ecke, in der seine Pistole lag –, verdrießlich, in Schlangenlinien, mit Silberblick.

Ich stellte mich ihm in den Weg und zog die winzige Pistole aus meiner Hosentasche. »Sieh mal, was ich gefunden habe, Georgie.«

Er blieb stehen und blinzelte sie an. »Sieht aus wie ein hübsches Stück, Sammy.« Er streckte die Hand aus. »Zeig mal her.«

Ich entsicherte das hübsche Stück. »Setz dich, Georgie, alter Freund.«

Er sank auf den Stuhl, auf dem ich zu Tisch gesessen hatte. »Ich kapier' es nicht«, murmelte er. »Du würdest doch wohl deinen alten Kumpel nicht abknallen, Sammy?« Er sah mich flehentlich an. »Ich habe dir einen korrekten Handel vorgeschlagen, stimmt's? Bin ich nicht immer überaus …«

»Du bist doch zu intelligent, um zu glauben, daß ich dir die Hundemarken-Nummer durchgehen lasse, oder? Ich bin nicht dein Kumpel, und das weißt du auch, oder etwa nicht, Georgie? Das hätte nur geklappt, wenn ich tot wäre. Hast du dir das etwa nicht auch so ausbaldowert?«

»Alle hacken sie auf dem ollen George herum, seitdem Jerry dran glauben mußte. Ich schwöre bei Gott, Sammy, ich hatte nie etwas damit zu tun, daß er …« Er beendete den Satz nicht. George schüttelte den Kopf und seufzte.

»Der arme, alte Georgie hat es wirklich nicht leicht … Nicht mal genug Mumm, mich abzuknallen, als du die Gelegenheit hattest.« Ich hob die Flasche auf, die George hatten fallen lassen, und stellte sie vor ihn. »Was du brauchst, ist tüchtig was zu trinken. Siehst du, George? Noch drei gute Schluck übrig. Bist du nicht froh, daß nicht alles verschüttet wurde?«

»Will nichts mehr, Sammy.« Er schloß die Augen. »Steck die Pistole weg, ja? Ich hab's mit dir doch nie böse gemeint.«

»Trink was, habe ich gesagt.« Er regte sich nicht. Ich setzte mich ihm gegenüber und hielt ihn immer noch mit der Pistole in Schach. »Gib mir die Uhr, George.«

Er schien ganz plötzlich aufzuwachen. »Dahinter bist du her? Klar, Sammy, hier ist sie, wenn wir damit wieder quitt sind. Wie kann ich erklären, wie ich werde, wenn ich besoffen bin? Ich verliere einfach die Kontrolle über mich, Kleiner.« Er gab mir Jerrys Uhr. »Hier, Sammy. Nach allem, was du wegen dem ollen Georgie durchmachen mußtest, hast du dir sie weißgott verdient.«

Ich stellte die Zeiger der Uhr auf 12 Uhr und drückte auf das Aufziehrädchen. Die winzigen Glöckchen klingelten zwölfmal, jede Sekunde zweimal.

»In New York tausend Dollar wert, Sammy«, sagte George mit schwerer Zunge, während die Glöckchen klingelten.

»So lange hast du, um aus dieser Flasche zu trinken, George«, sagte ich, »wie die Uhr braucht, um zwölf zu schlagen.«

»Das kapier' ich nicht. Was soll das?«

Ich legte die Uhr auf den Tisch. »Wie du sagtest, George, das ist das Komische an Strychnin –, in kleinen Dosen kann es Leben retten.« Wieder drückte ich auf das Aufziehrädchen. »Trink aufs Wohl von Jerry Sullivan, Kumpel.«

Wieder klimperten die Glöckchen. Acht … neun … zehn … elf … zwölf. Der Raum war still.

»Okay, ich habe nicht getrunken«, sagte George grinsend. »Und was passiert jetzt, du Pfadfinder?«

III.

Als ich mit dieser Geschichte anfing, habe ich gesagt, es wäre eine Mordgeschichte. Ich bin mir nicht so sicher.

Ich schaffte es heil bis zu den amerikanischen Linien und meldete dort, daß George sich aus Versehen mit einer Pistole umgebracht hat, die er in einem Graben gefunden hatte. Ich unterschrieb eine eidesstattliche Versicherung, in welcher ich schwor, daß es sich so zugetragen hatte.

Was zum Teufel, er war tot und damit Ende, oder? Wem hätte es genutzt, wenn ich ihnen gesagt hätte, daß ich George erschossen habe? Meiner Seele? Vielleicht seiner?

Nun, der Militärische Geheimdienst roch schon bald, daß an der Geschichte etwas faul war. In Camp Lucky Strike, bei Le Havre, Frankreich, wo alle repatriierten Kriegsgefangenen auf ihre Schiffspassage in die Heimat warteten, wurde ich in ein Zelt gerufen, in dem der Geheimdienst sein Büro hatte. Ich war seit zwei Wochen im Camp und sollte mich am nächsten Nachmittag einschiffen.

Ein grauhaariger Major stellte die Fragen. Vor ihm lag die eidesstattliche Erklärung, und er überging die Geschichte mit der Pistole im Graben, ohne viel Interesse zu zeigen. Er befragte mich ziemlich lange darüber, wie George sich im Kriegsgefangenenlager benommen hatte, und er wollte genau wissen, wie George aussah. Er machte sich Notizen über das, was ich ihm sagte.

»Sind Sie sicher, daß Sie den Namen korrekt angegeben haben?« fragte er.

»Ja, Sir, und die fortlaufende Nummer ebenfalls. Hier ist eine seiner Hundemarken, Sir. Die andere habe ich an der Leiche belassen. Tut mir leid, Sir, ich hatte sie eigentlich schon vorher abgeben wollen.«

Der Major studierte die Marke, befestigte sie schließlich an der eidesstattlichen Erklärung und ließ beides in einen dicken Aktendeckel gleiten. Ich sah, daß Georges Name außen drauf stand. »Ich weiß nicht genau, was ich als nächstes damit machen soll«, sagte er und spielte mit dem Bindfaden, der den Aktendeckel zusammenhielt. »Eine ziemliche Marke, dieser George Fisher.« Er bot mir eine Zigarette an. Ich nahm sie, zündete sie aber noch nicht an.

Das war's. Gott weiß, wie, aber irgendwie haben sie die gesamte Geschichte herausgefunden, dachte ich. Ich wollte ganz laut schreien, aber ich lächelte weiter und hielt die Zähne zusammengebissen.

Der Major ließ sich beim Formulieren des nächsten Satzes Zeit. »Die Marke ist gefälscht«, sagte er schließlich und lächelte ein bißchen. »Bei der US Army wird niemand dieses Namens vermißt.« Er beugte sich vor, um mir Feuer zu geben. »Vielleicht sollten wir diesen Aktenordner den Deutschen übergeben, damit sie seine nächsten Verwandten benachrichtigen können.«

Ich hatte George Fisher noch nie gesehen, bevor er acht Monate vor jenem Tag allein ins Lager gebracht wurde, aber ich hätte den Typ kennen sollen. Ich bin mit einigen Jungens aufgewachsen, die so waren wie er. Er muß ein guter Nazi gewesen sein, um seinen Job bei der deutschen Abwehr zu kriegen, denn, wie ich schon sagte, ich weiß nicht, wie viele von ihnen es zurück in die USA geschafft haben, aber mein Kumpel George Fisher war verdammt nah dran.

FÜR MICH IST DAS IDEALBILD EINES MANNES
EIN TYP,
DER BEIM SCHIESSEN
ALLE SICHERHEITSVORSCHRIFTEN
BEACHTET.

Der Schreibtisch des Kommandanten

Ich saß vor dem Fenster meiner kleinen Möbelschreinerei in der tschechoslowakischen Stadt Beda. Meine verwitwete Tochter Marta hatte für mich den Vorhang zurückgezogen, hielt ihn fest und beobachtete durch eine Ecke des Fensters die Amerikaner, wobei sie darauf achtete, mir mit ihrem Kopf nicht die Aussicht zu versperren.

»Er soll sich doch mal umdrehen, damit wir sein Gesicht sehen können«, sagte ich ungeduldig. »Marta, zieh den Vorhang weiter zurück.«

»Ist das ein General?« sagte Marta.

»Ein General als Kommandant für Beda?« lachte ich. »Vielleicht ein Stabsunteroffizier. Wie wohlgenährt sie alle aussehen, was? Aaaaaah, sie essen –, und *wie* sie essen!« Ich strich mit der Hand über den Rücken meiner schwarzen Katze. »Jetzt, Mieze, brauchst du nur noch die Straße zu überqueren, um zum erstenmal in deinem Leben amerikanische Sahne zu schmecken.« Ich streckte die Arme über den Kopf. »Marta! Spürst du es, *spürst* du es? Die Russen sind weg, Marta, sie sind weg!«

Und jetzt versuchten wir, das Gesicht des amerikanischen Kommandanten zu sehen, der in das Gebäude gegenüber einzog –, wo noch ein paar Wochen zuvor der russische Kommandant gewesen war. Die Amerikaner gingen hinein, indem sie sich tretend einen Weg durch Müll und zersplitterte Möbel bahnten. Eine Zeitlang gab es nichts durch mein Fenster zu sehen. Ich lehnte mich auf meinem Stuhl zurück und schloß die Augen.

»Es ist vorbei, das Morden ist endlich vorbei«, sagte ich, »und wir sind am Leben. Hättest du das für möglich gehalten? Hätte irgend jemand, der bei Sinnen ist, erwartet, noch am Leben zu sein, wenn das vorbei ist?«

»Ich komme mir fast so vor, als müßte ich mich schämen, weil ich noch lebe«, sagte sie.

»Der Welt wird es wahrscheinlich lange, lange so vorkommen. Du kannst wenigstens Gott dafür danken, daß du alles mit sehr wenig Schuld an all dem Morden überstanden hast. Mittendrin hilflos gewesen zu sein, hat diesen Vorteil. Denk an die Schuld auf den Schultern der Amerikaner –, einhunderttausend Tote bei den Bombardements von Moskau, fünfzigtausend in Kiew …«

»Was ist mit der Schuld der Russen?« sagte sie leidenschaftlich.

»Nein –, nicht die Russen. Das ist eine der Freuden,

wenn man einen Krieg verliert. Man übergibt seine Schuld zusammen mit seiner Hauptstadt und reiht sich bei den unschuldigen kleinen Leuten ein.«

Die Katze rieb ihre Flanken gegen mein Holzbein und schnurrte. Ich vermute, die meisten Männer mit Holzbein verbergen diese Tatsache, so gut sie können. Ich habe mein linkes Bein als österreichischer Infanterist 1916 verloren und trage ein Hosenbein kürzer als das andere, um mit dem schicken hölzernen Pflock anzugeben, den ich mir nach dem Ersten Weltkrieg gedrechselt habe. In den Pflock geschnitzt sind die Abbilder von Georges Clemenceau, David Lloyd George und Woodrow Wilson, die der tschechischen Republik 1919 geholfen haben, sich aus den Trümmern des österreichisch-ungarischen Imperiums zu erheben, als ich fünfundzwanzig war. Und unter diesen Abbildern sind zwei weitere, beide in einem Kranz: Tomáš Masaryk und Edvard Beneš, die ersten Führer der Republik. Es wären noch mehr Gesichter hinzuzufügen, und nun, da wieder Friede mit uns ist, werde ich sie vielleicht schnitzen. Die einzige Schnitzerei, die ich in den letzten dreißig Jahren vorgenommen habe, ist roh und obskur und vielleicht barbarisch –, drei tiefe Kerben nahe der eisernen Spitze, für die drei deutschen Offiziere, deren Auto ich eines Nachts im Jahre 1943, während der Nazi-Besatzung, einen Berg hinunterschickte.

Diese Männer gegenüber waren nicht die ersten Amerikaner, die ich je gesehen habe. Zu Zeiten der Republik besaß ich eine Möbelfabrik in Prag und machte oft Geschäfte mit Einkäufern für amerikanische Warenhäuser. Als die Nazis kamen, verlor ich meine Fabrik und zog nach Beda, dieser stillen Stadt in den Gebirgsausläufern des Sudetenlandes. Meine Frau starb kurz darauf an der seltensten aller Ursachen heutzutage, an Altersschwäche. Da blieb mir nur noch meine Tochter Marta.

Jetzt, Gott sei gelobt, sah ich wieder Amerikaner –, nach den Nazis, nach der Russischen Armee des Zweiten Weltkriegs, nach den tschechischen Kommunisten und wieder nach den Russen. Ich wußte, daß dieser Tag kommen würde, und das hat mich am Leben erhalten. Unter den Dielenbrettern meiner Werkstatt war eine Flasche Scotch versteckt, die beständig meine Willenskraft auf die Probe gestellt hatte. Aber ich habe sie in ihrem Versteck gelassen. Sie sollte mein Geschenk an die Amerikaner sein, wenn sie endlich kamen.

»Sie kommen raus«, sagte Marta.

Ich öffnete die Augen und sah einen stämmigen rothaarigen amerikanischen Major, der mich von der anderen Straßenseite anstarrte, die Hände auf den Hüften. Er sah müde und verärgert aus. Ein weiterer junger Mann, ein Hauptmann, groß, massiv und langsam und bis auf die Statur sehr italienisch aussehend, schritt aus dem Gebäude, um sich ihm anzuschließen.

Dummerweise, vielleicht, sah ich sie blinzelnd ebenfalls an. »Sie kommen herüber!« sagte ich aufgeregt und hilflos.

Der Major und der Hauptmann traten ein, beide in eine blaue Broschüre vertieft, die, nahm ich an, tschechische Redensarten enthielt. Der große Hauptmann schien gehemmt, und ich spürte, daß der rothaarige Major ein bißchen streitlustig war.

Der Hauptmann fuhr mit dem Finger am Rand einer Seite entlang und schüttelte entmutigt den Kopf. »›Maschinenpistole, Mörser, Motorrad … Panzerjäger, Panzerkanone, Panzerkette.‹ Nichts über Aktenschränke, Schreibtische oder Stühle.«

»Was zum Teufel erwarten Sie denn?« sagte der Major. »Das ist ein Buch für Soldaten, nicht für Schreibstubenschwuchteln.« Er bleckte die Broschüre an, sagte etwas komplett Unverständliches und sah erwartungsvoll zu mir auf. »Das ist ja wirklich mal ein Klasse-Buch«, sagte er. »Hier steht, so bittet man um einen Dolmetscher, und der alte Mann tut, als wäre es Lyrik vom Ubangi.«

»Meine Herren, ich spreche Englisch«, sagte ich, »und meine Tochter Marta ebenfalls.«

»Gottchen, tatsächlich«, sagte der Major. »Wie schön für Sie, Opa.« Ich kam mir vor wie ein kleiner Hund, der ihm klug – besonders für so einen kleinen Hund – sein Gummibällchen zurückgebracht hatte.

Ich hielt dem Major meine Hand hin und sagte ihm, wie ich hieß. Er sah hochmütig auf meine Hand herab und ließ seine Hände in den Hosentaschen. Ich merkte, wie ich rot wurde.

»Ich heiße Captain Paul Donnini«, sagte der andere Mann schnell, »und dies ist Major Lawson Evans.« Er drückte mir die Hand. »Sir«, sagte er zu mir, und seine Stimme war väterlich und tief, »die Russen …«

Der Major gebrauchte ein Epitheton. Mir blieb die Spucke weg, und Marta, die mit Landsknechtsjargon praktisch aufgewachsen ist, war erstaunt.

Hauptmann Donnini war peinlich berührt. »Sie haben uns kein einziges unbeschädigtes Möbelstück hinterlassen«, fuhr er fort, »und ich wüßte gern, ob Sie uns irgendein Stück aus Ihrer Werkstatt überlassen könnten.«

»Das wollte ich Ihnen ohnehin anbieten«, sagte ich. »Es ist eine Tragödie, daß sie alles zerschmettert haben. Sie haben die schönsten Möbel von Beda beschlagnahmt.« Ich lächelte und schüttelte den Kopf. »Aaaaah, diese Feinde des Kapitalismus –, sie hatten ihre Unterkunft möbliert wie ein kleines Versailles.«

»Wir haben die Trümmer gesehen«, sagte der Hauptmann.

»Und dann, als sie die Schätze nicht mehr haben konnten, sollte niemand sie kriegen.« Ich machte eine Bewegung wie ein Mann, der eine Axt schwingt. »Und schon wird die Welt ein wenig langweiliger für uns alle, weil sie weniger Schätze birgt. Bourgeoise Schätze, vielleicht, aber wer sich keine schönen Dinge leisten kann, der liebt doch die Gewißheit, daß es irgendwo solch schöne Dinge gibt.«

Der Hauptmann nickte freundlich, aber zu meiner Überraschung sah ich, daß meine Worte Major Evans irgendwie irritiert hatten.

»Nun, wie dem auch sei«, sagte ich, »ich möchte, daß Sie alles nehmen, was Sie brauchen. Es wird mir eine Ehre sein, Ihnen helfen zu können.« Ich fragte mich, ob jetzt der gegebene Zeitpunkt war, den Scotch anzubieten. Es lief nicht genauso, wie ich es erwartet hatte.

»Opa ist ja ein ganz Schlauer«, sagte der Major ätzend.

Plötzlich wurde mir klar, was der Major angedeutet hatte. Es war ein Schock. Er sagte mir, daß ich zum Feind gehörte. Er fand, daß ich kooperieren sollte, weil ich Angst hatte; er wollte, daß ich Angst hatte.

Einen Augenblick lang war mir körperlich schlecht. Einst, als viel jüngerer und christlicherer Mann, sagte ich gern, daß Männer, die sich auf Angst verließen, um sich durchzusetzen, krank und mitleiderregend und bedauernswert einsam waren. Später, nachdem ich ganze Armeen solcher Männer in Aktion gesehen hatte, sah ich, daß eher ich die Sorte war, die einsam war – und vielleicht auch krank und bemitleidenswert, aber ich hätte mich eher umgebracht als das zugegeben.

Ich mußte bei dem neuen Kommandanten unrecht haben. Ich sagte mir, daß ich zu lange argwöhnisch und – jetzt, da ich alt bin, kann ich es zugeben – verängstigt gewesen bin. Aber auch Marta spürte die Bedrohung, die Angst in der Luft, das merkte ich. Sie verbarg ihre Wärme, wie sie sie jahrelang versteckt hatte, hinter einer langweiligen, sittsamen Maske.

»Ja«, sagte ich, »nehmen Sie gern alles, was Sie gebrauchen können.«

Der Major stieß die Tür zum Hinterzimmer auf, in dem ich schlafe und arbeite. Als Gastgeber wurde ich nicht mehr gebraucht. Ich sank auf meinen Stuhl beim Fenster zurück. Hauptmann Donnini fühlte sich unbehaglich und blieb bei Marta und mir.

»Es ist sehr schön hier in den Bergen«, sagte er lahm.

Wir versanken in unbehaglicher Stille, die von Zeit zu Zeit durch das Herumstöbern des Majors im Hinterzimmer unterbrochen wurde. Ich sah mir den Hauptmann gut an und war überrascht, wieviel jungenhafter als der Major er doch wirkte, obwohl es durchaus möglich war, daß sie gleichaltrig waren. Man konnte sich ihn nur schwer auf einem Schlachtfeld vorstellen, und man konnte sich den Major nur schwer woanders vorstellen.

Ich hörte, wie Major Evans einen leisen Pfiff ausstieß,

und ich wußte, daß er den Schreibtisch des Kommandanten gefunden hatte.

»Der Major muß ein sehr tapferer Mann gewesen sein. Er hat so viele Orden und Ehrenzeichen«, sagte Marta schließlich.

Hauptmann Donnini schien dankbar für eine Gelegenheit, seinen Vorgesetzten zu erläutern. »Er war und ist ein äußerst tapferer Mann«, sagte er mit Wärme. Er sagte, daß der Major und die meisten gemeinen Soldaten in Beda von einer offenbar berühmten Panzerdivision gekommen seien, welche, deutete der Hauptmann an, nie mutlos und nie müde war und nichts so sehr genieße wie einen schönen Kampf.

Ich schnalzte voller Staunen mit der Zunge, wie ich das immer tue, wenn ich von so einer Division höre. Ich habe von amerikanischen Offizieren, deutschen Offizieren und russischen Offizieren von solchen Divisionen gehört, und meine Offiziere im Ersten Weltkrieg erklärten feierlich, daß ich zu so einer Division gehörte. Wenn ich von einem gemeinen Soldaten von einer Division höre, die aus Kriegsfreunden besteht, glaube ich es vielleicht, vorausgesetzt, der Mann ist nüchtern und wurde schon mal angeschossen. Falls es solche Divisionen gibt, sollten sie vielleicht zwischen den Kriegen in Trockeneis konserviert werden.

»Und was ist mit Ihnen?« sagte Marta, indem sie in Major Evans' Mord-und-Totschlag-Biographie hineinplatzte.

Er lächelte. »Ich bin so neu in Europa, daß ich hier – wenn Sie den Ausdruck bitte entschuldigen – meinen Podex noch nicht wiederfinden würde. Die Luft von Fort Benning, Georgia, ist immer noch in meinen Lungen.

Der Major –, er ist der Held, kämpft nun schon ohne Pause seit drei Jahren.«

»Und ich hätte nicht gedacht, daß ich hier als Mischung aus Schutzmann, Landrat und Klagemauer ende«, sagte Major Evans, der in der Tür zum Hinterzimmer stand. »Opa, ich möchte diesen Schreibtisch. Haben ihn für sich gebaut, was?«

»Was hätte ich mit so einem Schreibtisch angefangen? Ich habe ihn für den russischen Kommandanten getischlert.«

»Einer Ihrer Freunde, wie?«

Ich versuchte zu lächeln, nicht überzeugend, stelle ich mir vor. »Ich wäre jetzt nicht hier, um mit Ihnen zu reden, wenn ich mich geweigert hätte. Und ich wäre nicht hier gewesen, um mit ihm zu reden, wenn ich kein Bett für den Nazikommandanten gemacht hätte –, mit einer Girlande aus Hakenkreuzen und der ersten Strophe des Horst-Wessel-Liedes am Kopfende.«

Der Hauptmann lächelte mit mir, der Major nicht. »Der hier ist anders«, sagte der Major. »Der kommt gleich an und sagt, daß er Kollaborateur war.«

»Das habe ich nicht gesagt«, sagte ich gleichmütig.

»Machen Sie's nicht kaputt, machen Sie's nicht kaputt«, sagte Major Evans. »Das ist eine erfrischende Abwechslung.«

Marta mußte plötzlich eilig in den ersten Stock. »Ich war kein Kollaborateur«, sagte ich.

»Klar, klar –, Sie haben sie bis aufs Blut bekämpft, wo Sie gingen und standen. Jede Wette. Ich weiß, ich weiß. Kommen Sie mal kurz her? Ich möchte mit Ihnen über meinen Schreibtisch reden.«

Er setzte sich auf den unfertigen Schreibtisch, ein enormes und, für mich, grauenhaftes Stück Möbel. Ich hatte ihn als private Satire auf den schlechten Geschmack des russischen Kommandanten und seine Heuchelei, was Symbole des Wohlstands betraf, entworfen. Ich hatte ihn so prunkvoll und protzig wie möglich gebaut, als den Traum eines russischen Bauern vom Schreibtisch eines Wall-Street-Bankiers. Er funkelte, weil ich farbige Glasstücke wie Juwelen in das Holz eingelassen hatte, und er hatte Glanzlichter, weil ich ihn teilweise mit Heizkörperfarbe angestrichen hatte, die ein bißchen aussah wie Vergoldung. Jetzt schien es, als müßte die Satire privat bleiben, denn der amerikanische Kommandant war von dem Tisch so angetan, wie der russische es gewesen war.

»So was nenne ich ein Möbelstück«, sagte Major Evans.

»Sehr hübsch«, sagte Hauptmann Donnini abwesend. Er sah die Treppe hinauf, wo Marta hingeflohen war.

»Hat nur einen Fehler, Opa.«

»Hammer und Sichel, ich weiß. Ich wollte sie bereits …«

»Sie haben ja so recht«, sagte der Major. Er holte mit dem Stiefel aus und versetzte dem massiven Wappen einen wilden Tritt gegen den Rand. Das runde Stück brach ab, kullerte trunken in eine Ecke und blieb mit einem Rrrobbeldirrrobbeldirrrobbeldi-Klack! liegen. Die Katze inspizierte es und ging argwöhnisch rückwärts wieder weg.

»Da kommt ein Adler hin, Opa.« Er nahm die Mütze ab, um mir den Adler an der Mütze zu zeigen. »So einer.«

»Kein schlichtes Design. Wird ein bißchen dauern«, sagte ich.

»Nicht so schlicht wie ein Hakenkreuz oder Hammer und Sichel, was?«

Ich hatte wochenlang davon geträumt, daß ich den Witz des Schreibtischs mit den Amerikanern teile, daß ich ihnen von der geheimen Schublade berichte, die ich für den russischen Kommandanten eingebaut hatte, dem köstlichsten Witz von allen. Jetzt waren die Amerikaner hier, und ich fühlte mich ein bißchen anders als zuvor –, mies und verloren und einsam. Ich hatte keine Lust mehr, irgendwas zu teilen, außer mit Marta.

»Nein«, sagte ich in Beantwortung der vergifteten Frage des Majors. »Nein, Sir.« Was hätte ich sonst sagen sollen?

Die amerikanische Garnison in Beda umfaßte etwa hundert Mann, fast alle – außer Hauptmann Donnini – Veteranen, die jahrelang in derselben Panzerdivision gekämpft hatten, aus der Major Evans stammte. Sie benahmen sich wie Eroberer, und Major Evans ermunterte sie dazu, sich haargenau so zu benehmen. Ich hatte mir viel von der Ankunft der Amerikaner erwartet –, eine Wiedergeburt von Stolz und Würde für Marta und mich, ein bißchen Wohlstand und gut zu essen, sowie, für Marta, daß ihr Leben endlich lebenswert würde. Statt dessen gab es das tyrannische Mißtrauen von Major Evans, dem neuen Kommandanten, in Gestalt seiner Männer mit 100 multipliziert.

Im Albtraum einer kriegführenden Welt erfordert es eigentümliche Fertigkeiten, um zurechtzukommen. Eine ist das Verständnis der Psyche von Besatzungstruppen. Die Russen waren nicht wie die Nazis, und die Amerikaner waren sowohl ganz anders als die Nazis als auch ganz anders als die Russen. Die physische Gewalt der Russen und der Nazis gab es nicht, Gott sei Dank –, keine Erschießungen oder Folterungen. Besonders interessant war, daß die Amerikaner sich betrinken mußten, bevor sie richtig Ärger machen konnten. Bedauerlicherweise für Beda ließ Major Evans sie sich betrinken, sooft sie wollten. Waren sie dann betrunken, stahlen sie – im Namen der Souvenirjagd – liebend gern, fuhren liebend gern mit ihren Jeeps in halsbrecherischem Tempo durch die Gassen, schossen liebend gern in die Luft, grölten liebend gern Obszönitäten, suchten liebend gern Streit und zerschmetterten liebend gern Fensterscheiben.

Die Leute von Beda hatten sich so sehr daran gewöhnt, still und unsichtbar zu sein, egal, was passierte, daß wir eine ganze Zeit brauchten, um den wirklich grundlegenden Unterschied zwischen den Amerikanern und den anderen herauszufinden. Die Härte der Amerikaner, ihre Gefühllosigkeit, war sehr oberflächlich, und darunter waren sie zutiefst besorgt. Wir entdeckten, daß sie leicht von Frauen oder älteren Männern in Verlegenheit gebracht werden konnten, die sich ihnen gegenüber wie Eltern behaupteten und sie gehörig ausschimpften. Dies machte die meisten von ihnen so schnell nüchtern wie eimerweise kaltes Wasser.

Dieser Einblick in die Seelen unserer Eroberer machte uns alles ein bißchen erträglicher, aber nicht sehr. Es blieb die niederschmetternde Erkenntnis, daß wir als der Feind betrachtet wurden, nur wenig anders als die Russen, und daß der Major uns bestraft sehen wollte. Die Anwohner wurden zu Arbeitsbataillonen zusammengefaßt und mußten unter bewaffneter Bewachung schuften wie Kriegsgefangene. Was die Zwangsarbeit besonders entsetzlich machte, war, daß es weniger darum ging, Kriegsschäden zu reparieren, als darum, die amerikanische Garnison behaglicher zu gestalten und ein großes und häßliches Denkmal zu Ehren der Amerikaner zu errichten, die in der Schlacht um Beda gefallen waren. Vier waren gefallen. Major Evans machte die Atmosphäre der Stadt zu einer Gefängnisatmosphäre. Schmach lautete der Tagesbefehl, und knospender Stolz, knospende Hoffnung wurden prompt abgeknipst. Wir hatten kein Recht auf solche Gefühle.

Einen Lichtblick gab es aber doch, einen Amerikaner, der noch unglücklicher war als jeder einzelne von uns, Hauptmann Donnini. Er mußte die Befehle des Majors ausführen, und wenn er sich betrank, was er mehrfach versuchte, hatte das auf ihn nicht die Wirkung wie auf die anderen. Er führte die Befehle mit einem Widerstreben aus, für das er, da bin ich sicher, vor das Kriegsgericht hätte gestellt werden können. Darüber hinaus verbrachte er soviel Zeit mit Marta und mir wie mit dem Major, und das meiste von dem, was er sagte, war eine zurückhaltende Entschuldigung für das, was er tun mußte. Seltsamerweise mußten Marta und ich diesen traurigen, dunklen Riesen trösten, statt umgekehrt.

Ich dachte über den Major nach, als ich im Hinterzimmer an meiner Werkbank stand und den amerikanischen Adler für den Schreibtisch des neuen Kommandanten fertigmachte. Marta lag auf meinem Feldbett und starrte die Zimmerdecke an. Ihre Schuhe waren weiß von Steinstaub. Sie hatte den ganzen Tag an dem Denkmal gearbeitet.

»Tja«, sagte ich düster, »wenn ich drei Jahre gekämpft hätte, weiß ich auch nicht, wie nett ich jetzt wäre. Machen wir uns nichts vor –, ob alle von uns das wollten oder nicht, wir haben Männer und Material bereitgestellt, und das hat dazu beigetragen, daß Hunderttausende von Amerikanern den Tod fanden.« Ich gestikulierte zu den Bergen im Westen hinüber. »Du siehst ja, woher die Russen ihr Uran bekommen haben.«

»Auge um Auge, Zahn um Zahn«, sagte Marta. »Wie lang soll das weitergehen?«

Ich seufzte und schüttelte den Kopf. »Die Tschechen haben weißgott mit Zinsen bezahlt. Hand um Hand, Fuß um Fuß, Verbrennung um Verbrennung, Wunde um Wunde, Hieb um Hieb.« Wir hatten die meisten unserer jungen Männer, auch Martas Mann, in Selbstmordwellen vor russischen Offensiven verloren; und unsere größten Städte waren nur noch wenig mehr als Schotter und Rauch.

»Und nachdem wir bezahlt haben, kriegen wir einen neuen Kommissar. Die sind auch nicht anders als die anderen«, sagte sie bitter. »Es war kindisch, irgendwas anderes zu erwarten.«

Ihre schreckliche Enttäuschung, für die ich sie aufgebaut hatte, ihre Apathie und Hoffnungslosigkeit –, lieber Gott im Himmel, ich ertrug sie nicht! Und es würde keine weiteren Befreier geben. Die einzige Kraft, die es noch irgendwo auf der Welt gab, war in Amerika, und die Amerikaner waren in Beda.

Stumpf ging ich wieder an die Arbeit mit dem amerikanischen Adler. Der Hauptmann hatte mir einen Dollarschein als Vorlage für die Insignien gegeben. »Mal sehen –, neun, zehn, elf, zwölf, dreizehn Pfeile in der Kralle.«

Zaghaft wurde an die Tür geklopft, und Hauptmann Donnini kam herein. »Verzeihen Sie mir bitte«, sagte er.

»Das werden wir wohl müssen«, sagte ich. »Ihre Seite hat den Krieg gewonnen.«

»Ich fürchte, damit hatte ich nicht viel zu tun.«

»Der Major hat dem Herrn Hauptmann niemanden zum Totschießen übriggelassen«, sagte Marta.

»Was ist mit Ihrem Fenster passiert?« sagte der Hauptmann.

Überall auf dem Fußboden lagen Glasscherben, und ein großes Stück Pappe hielt jetzt das Wetter davon ab, zum Fenster hereinzukommen. »Es wurde gestern nacht durch eine Bierflasche befreit«, sagte ich. »Ich habe dem Major eine Beschwerde geschrieben –, für die ich wahrscheinlich enthauptet werde.«

»Woran arbeiten Sie da?«

»An einem Adler mit dreizehn Pfeilen in der einen Kralle und einem Olivenzweig in der anderen.«

»Da haben Sie es gut. Sie könnten auch Steine weißeln. Sie sind nicht auf die Liste gekommen, damit Sie den Schreibtisch vollenden können.«

»Ja, ich habe die Steinetüncher gesehen«, sagte ich. »Mit den geweißelten Steinen sieht Beda besser aus als vor dem Krieg. Niemand würde annehmen, daß es je bombardiert wurde.« Der Major hatte befohlen, daß eine aufrüttelnde Botschaft in Form von weißgetünchten Felsbrocken auf seinen Rasen geschrieben wurde: *1402 MP Company, Major Lawson Evans Commanding*. Die Blumenbeete und Gehwege waren ebenfalls in Stein gesäumt.

»Ach, er ist kein übler Mann«, sagte der Hauptmann. »Es ist ein Wunder, daß er alles so gut überstanden hat, wie er es überstanden hat.«

»Es ist ein Wunder, daß überhaupt jemand von uns alles so gut überstanden hat.«

»Ja, das ist mir klar. Ich weiß –, Sie haben Schreckliches durchgemacht. Aber, na ja, das hat der Major auch. Er hat seine Familie bei den Bombardements von Chicago verloren, seine Frau und drei Kinder.«

»Ich habe meinen Mann im Krieg verloren«, sagte Marta.

»Sie versuchen uns also zu sagen –, daß wir alle für den Tod der Familie des Majors Buße tun? Glaubt er denn, wir hätten gewollt, daß sie umgebracht wird?« sagte ich.

Er stützte sich auf die Werkbank und schloß die Augen. »Ach, verdammt, ich weiß es nicht, ich weiß es nicht. Ich dachte, es würde Ihnen helfen, ihn zu verstehen –, ihn nicht zu hassen. Nichts scheint jedoch einen Sinn zu ergeben –, nichts scheint zu helfen.«

»Dachten Sie, Sie könnten helfen, Herr Hauptmann?« sagte Marta.

»Bevor ich hierherkam –, ja, da habe ich das gedacht. Jetzt weiß ich, daß ich nicht gebraucht werde, und ich weiß nicht, was gebraucht wird. Ich sympathisiere mit jedem, verdammtnochmal, und verstehe, warum jeder so ist, wie er ist –, Sie beide, alle Menschen in der Stadt, der Major, die gemeinen Soldaten. Vielleicht, wenn ich mal angeschossen worden wäre oder mit einem Flammenwerfer angesengelt würde, dann wäre ich vielleicht, vielleicht Manns genug.«

»Und würden alle hassen«, sagte Marta.

»Ja –, und wäre deshalb so selbstsicher, wie alle anderen zu sein scheinen.«

»Nicht selbstsicher –, *abgestumpft*«, sagte ich.

»Abgestumpft«, wiederholte er, »jeder hat Gründe, abgestumpft zu sein.«

»Das ist die letzte Verteidigung«, sagte Marta. »Abstumpfung oder Selbstmord.«

»Marta!« sagte ich.

»Du weißt, daß es stimmt«, sagte sie knapp. »Wenn an europäischen Straßenecken Gaskammern aufgestellt würden, wären davor längere Schlangen als vor Bäckereien. Wann hört all der Haß auf? Nie.«

»Marta, um der Liebe des Himmels willen, ich möchte nicht, daß du so sprichst«, sagte ich.

»Major Evans spricht auch so«, sagte Hauptmann Donnini. »Aber er sagt, er will weiterkämpfen. Ein- oder zweimal, als er besoffen war, hat er gesagt, er wäre gern getötet worden –, es gäbe nichts, wohin er nach Hause könne. Er ist im Kampf phantastische Risiken eingegangen und hat nie einen Kratzer abgekriegt.«

»Armer Mann«, sagte Marta. »Kein Krieg mehr.«

»Na, es gibt immer noch Guerilla-Aktivitäten –, besonders um Leningrad herum. Er hat seine Versetzung dorthin beantragt, damit er noch was abkriegt.« Er sah zu Boden und breitete die Finger über seinen Knien aus. »Aber egal. Eigentlich bin ich hergekommen, um Ihnen zu sagen, daß der Major morgen seinen Schreibtisch haben will.«

Die Tür sprang auf, und der Major schritt in die Werkstatt. »Hauptmann, wo zum Teufel haben Sie gesteckt? Sie sollten was ausrichten; das hätte fünf Minuten gedauert, und jetzt sind Sie schon dreißig Minuten weg.«

Hauptmann Donnini machte Habtacht. »Tut mir leid, Sir.«

»Sie wissen, was ich davon halte, wenn meine Männer mit dem Feind fraternisieren.«

»Jawoll, Sir.«

Dann war ich dran. »Und was war das mit Ihrem Fenster?«

»Einer Ihrer Männer hat es letzte Nacht zerbrochen.«

»Na, ist das nicht wirklich zu und zu schade?« Dies war wieder eine seiner unbeantwortbaren Fragen. »Ich habe gesagt: Ist das nicht wirklich zu und zu schade, Opa?«

»Doch, Sir.«

»Opa, ich werde Ihnen etwas sagen, und ich möchte, daß Sie sich das durch den Kopf gehen lassen. Und dann möchte ich, daß Sie dafür sorgen, daß es jeder in dieser Stadt versteht.«

»Ja, Sir.«

»Ihr habt einen Krieg verloren. Haben Sie das kapiert? Und ich bin nicht hier, um mir von Ihnen oder sonstwem die Schulter naßweinen zu lassen. Ich bin hier, um dafür zu sorgen, daß jeder verdammt kapiert, daß er einen Krieg verloren hat, und um dafür zu sorgen, daß keiner Ärger macht. Für nichts sonst bin ich hier. Und der nächste, der mir erzählt, er war ein Kumpel von den Russen, weil er mußte, kriegt die Zähne eingetreten. Und das gilt ebenso für den nächsten, der mir erzählt, er hätte es schwer. Sie haben es noch lange nicht auch nur annähernd schwer genug.«

»Ja, Sir.«

»Es ist Ihr Europa«, sagte Marta.

Er drehte sich zornig zu ihr um. »Wenn es meins wäre, junge Dame, würde ich das gesamte ekelhafte Durcheinander von den Pionieren plattwalzen lassen. Weit und breit nichts als klötenlose Wunderknaben, die dem ersten verdammten Diktator nachrennen, der vorbeikommt.« Wieder war ich, wie am ersten Tag, beeindruckt, wie entsetzlich müde und außer sich er zu sein schien.

»Sir …«, sagte der Hauptmann.

»Seien Sie still. Ich habe mich nicht bis hierher durchgekämpft, damit Einundzwanziger-Pfadfinder das Kommando übernehmen. Also, wo ist mein Schreibtisch?«

»Ich mache gerade den Adler fertig.«

»Dann wollen wir doch mal sehen.« Ich überreichte ihm die Scheibe. Er fluchte leise und berührte die Insignien an seiner Mütze. »So«, sagte er. »Genauso will ich ihn.«

Ich blinzelte die Insignien an seiner Mütze an. »Er ist aber genauso. Ich habe ihn genau von einer Dollarnote kopiert.«

»Die Pfeile, Opa! In welcher Klaue sind die Pfeile?«

»Oh –, an Ihrer Mütze sind sie in der rechten Klaue, auf dem Geldschein sind sie in der linken.«

»Und das ist ein gewaltiger Unterschied, Opa: Eins ist die Armee, das andere ist für Zivilisten.« Er hob das Knie und zerbrach die Schnitzerei darauf. »Zweiter Versuch. Sie waren so eifrig darauf bedacht, den russischen Kommandanten zu erfreuen. Jetzt erfreuen Sie mich!«

»Könnte ich etwas sagen?« sagte ich.

»Nein. Alles, was ich von Ihnen hören will, ist, daß ich den Tisch morgen früh kriege.«

»Aber für das Schnitzen brauche ich Tage.«

»Bleiben Sie die ganze Nacht auf.«

»Ja, Sir.«

Er ging hinaus, und der Hauptmann folgte ihm auf dem Fuße.

»Was wolltest du ihm sagen?« sagte Marta mit trockenem Lächeln.

»Ich wollte ihm sagen, daß die Tschechen so hart und lange gegen das Europa gekämpft haben, das er haßt, wie er. Ich wollte ihm sagen … Ach, was soll's.«

»Sprich weiter.«

»Du hast es tausendmal gehört, Marta. Es ist, glaube ich, eine ermüdende Geschichte. Ich wollte ihm sagen, wie ich gegen die Habsburger und die Nazis gekämpft habe, und dann gegen die tschechischen Kommunisten und dann gegen die Russen –, auf meine eigene kleine Weise mit meinen eigenen bescheidenen Mitteln gekämpft. Kein einziges Mal habe ich für einen Diktator Partei ergriffen, und das werde ich auch nie tun.«

»Mach dich lieber an die Arbeit mit dem Adler. Nicht vergessen, Pfeile in die rechte Hand.«

»Marta, du hast noch nie Scotch gekostet, stimmt's?« Ich grub die Nagelklaue eines Hammers in eine Ritze im Fußboden und stemmte das Brett hoch. Dort lag die staubige Flasche Scotch, die ich für den großen Tag meiner Träume aufbewahrt hatte.

Sie war köstlich, und wir betranken uns ziemlich. Während ich arbeitete, ließen wir die alten Zeiten wieder aufleben, Marta und ich, und zwischendurch schien es fast, als wäre ihre Mutter wieder am Leben und Marta wäre wieder ein junges, hübsches und sorgloses Mädchen und wir hätten wieder unser Zuhause und unsere Freunde in Prag und … Ach Gott, eine kurze Zeit lang war es richtig schön.

Marta schlief auf dem Feldbett ein, und ich summte mir etwas vor, während ich bis spät in die Nacht hinein den amerikanischen Adler herausmeißelte. Es war eine krude, schludrige Arbeit, und ich verdeckte ihre Makel mit Kitt und der falschen Goldfarbe.

Ein paar Stunden vor Sonnenaufgang leimte ich das Emblem an den Schreibtisch, brachte Schraubzwingen an und fiel in tiefen Schlaf. Der Schreibtisch für den neuen Kommandanten war fertig, genauso, wie ich ihn, bis auf das Emblem, für den russischen Kommandanten entworfen hatte.

Früh am nächsten Morgen kamen sie, um den Schreibtisch abzuholen, ein halbes Dutzend Soldaten und der Hauptmann. Der Schreibtisch sah aus wie der Totenschrein für einen orientalischen Potentaten, als sie ihn wie Sargträger über die Straße schleppten. Der Major erwartete sie an der Tür und schrie Warnungen, sobald sie drohten, mit dem Schatz gegen den Türrahmen zu schrammen. Die Tür schloß sich, der Wachposten bezog wieder Stellung davor, und es gab nichts mehr zu sehen.

Ich ging in meine Werkstatt, säuberte die Werkbank von den Holzspänen und begann einen Brief an Major Lawson Evans, 1402. Kompanie, Beda, Tschechoslowakei.

Sehr geehrter Herr, schrieb ich, *es gibt an dem Schreibtisch eine Einzelheit, die ich Ihnen gegenüber zu erwähnen versäumt habe. Wenn Sie direkt unter dem Adler nachsehen, werden Sie bemerken …*

Ich brachte den Brief nicht gleich über die Straße, obwohl ich das vorgehabt hatte. Ich empfand ein bißchen Übelkeit, als ich ihn noch einmal las –, was ihm nicht gelungen wäre, wenn er an den russischen Kommandanten gerichtet gewesen wäre, dem ich ihn eigentlich zugedacht hatte. Ich dachte an den Brief, und das verdarb mir den Appetit aufs Mittagessen, obwohl ich seit Jahren nicht genug zu essen bekommen hatte. Marta war in ihrer eigenen Depression zu verloren, um es zu bemerken, obwohl sie mich ausschilt, wenn ich nicht auf mich achtgebe. Ohne ein Wort räumte sie meinen unberührten Teller ab.

Spät am Nachmittag trank ich den Scotch aus und ging über die Straße. Ich händigte dem Wachposten den Umschlag aus.

»Noch mal was wegen der Fensterscheibe, Opa?« sagte der Posten. Offenbar war die Fenster-Episode ein Scherz, der weite Verbreitung genoß.

»Nein, es geht um etwas anderes –, um den Schreibtisch.«

»Okay, Opa.«

»Danke.«

Ich ging zurück in meine Werkstatt und legte mich zum Warten auf das Feldbett. Es gelang mir sogar, ein Nickerchen zu machen.

Es war Marta, die mich weckte.

»In Ordnung, ich bin bereit«, murmelte ich.

»Bereit wofür?«

»Die Soldaten.«

»Nicht die Soldaten –, den Major. Er verläßt uns.«

»Er verläßt was?« Ich warf die Beine über den Rand des Feldbetts.

»Er steigt mit seiner gesamten Ausrüstung in einen Jeep. Major Evans verläßt Beda!«

Ich lief ans Vorderfenster und zog die Pappe beiseite. Major Evans saß hinten im Jeep, inmitten von Matchbeuteln, einer zusammengerollten Bettdecke und weiteren Ausstattungsgegenständen. Er wirkte, als tobe im Weichbild von Beda eine Schlacht. Er blickte finster unter einem Stahlhelm hervor, hatte einen Karabiner neben sich und einen Patronengurt mit Messer und Pistole um die Hüften.

»Er hat seine Versetzung bekommen«, sagte ich staunend.

»Er wird die Guerillakämpfer bekriegen«, lachte Marta. »Gott steh' ihnen bei.«

Der Jeep fuhr an. Major Evans winkte und holperte in die Ferne davon. Das letzte, was ich von dem bemerkenswerten Mann sah, geschah, als der Jeep eine Hügelkuppe am Stadtrand erreichte. Er drehte sich um, machte eine lange Nase und geriet im jenseitigen Tal außer Sicht.

Hauptmann Donnini war auf der anderen Straßenseite meinem Blick gefolgt und nickte mir zu.

»Wer ist der neue Kommandant?« rief ich.

Er klapste sich auf die Brust.

»Was ist ein Einundzwanziger-Pfadfinder?« flüsterte Marta.

»So, wie es der Major ausgesprochen hat, etwas sehr Unsoldatisches, Naives und Weichherziges. Pscht! Hier kommt er schon.«

Hauptmann Donnini war von seiner neuen Wichtigkeit halb feierlich, halb amüsiert gestimmt.

Er zündete sich nachdenklich eine Zigarette an und sah aus, als versuche er, im Geiste etwas zu formulieren. »Sie haben gefragt, wann das Ende des Hasses kommen würde«, sagte er schließlich. »Es kommt eben jetzt. Keine Arbeitsbataillone mehr, kein Diebstahl, kein Vandalismus.

Ich habe nicht genug erlebt, um zu hassen.« Er paffte an der Zigarette und dachte noch ein bißchen mehr. »Aber ich bin sicher, daß ich die Menschen von Beda so erbittert hassen kann wie Major Evans, wenn sie nicht morgen damit anfangen, diese Stadt zu einem anständigen Ort für die Kinder wiederaufzubauen.«

Er wandte sich schnell ab und ging zurück über die Straße.

»Herr Hauptmann«, rief ich, »ich habe Major Evans einen Brief geschrieben …«

»Er hat ihn an mich weitergegeben. Ich habe ihn noch nicht gelesen.«

»Könnte ich ihn zurückhaben?«

Er sah mich fragend an. »Gut, in Ordnung. Er liegt auf meinem Schreibtisch.«

»In dem Brief geht es um den Schreibtisch. Da ist noch etwas, was ich in Ordnung bringen muß.«

»Die Schubladen funktionieren prächtig.«

»Es gibt da noch eine Spezialschublade, von der Sie nichts wissen.«

Er zuckte die Achseln. »Kommen Sie mit.«

Ich warf ein paar Werkzeuge in eine Tasche und lief zu seinem Büro. Der Schreibtisch stand in prunkvoller Einsamkeit mitten im ansonsten spartanischen Raum. Mein Brief lag auf der Tischplatte.

»Sie können ihn lesen, wenn Sie mögen«, sagte ich. Er öffnete den Brief und las vor:

»Sehr geehrter Herr, es gibt an dem Schreibtisch eine Einzelheit, die ich Ihnen gegenüber zu erwähnen verabsäumt habe. Wenn Sie direkt unter dem Adler nachsehen, werden Sie bemerken, daß sich das Eichenblatt in der Ornamentierung eindrücken

und drehen läßt. Drehen Sie es, bis der Stengel auf die linke Klaue des Adlers deutet. Drücken Sie dann auf die Eichel unmittelbar über dem Adler, und …«

Während er las, befolgte ich meine eigene Gebrauchsanweisung. Ich drückte auf das Blatt und drehte es, und es machte klick. Ich drückte mit dem Daumen auf die Eichel, und das Vorderteil einer kleinen Schublade sprang knapp einen Zentimeter weit heraus, gerade genug, damit man sie anfassen und vollends herausziehen konnte.

»Scheint zu klemmen«, sagte ich. Ich griff unter den Schreibtisch und kappte eine Klaviersaite, die an der Rückseite der Schublade befestigt war. »Da!« Ich zog die Schublade ganz heraus. »Sehen Sie?«

Hauptmann Donnini lachte. »Major Evans hätte es geliebt. Wunderbar!« Anerkennend machte er die Schublade mehrmals auf und zu und staunte, wie perfekt sich ihre Vorderseite in die Ornamentierung einfügte. »Da wünscht man sich doch, daß man Geheimnisse hätte.«

»In Europa gibt es nicht viele Menschen ohne welche«, sagte ich. Er drehte mir kurz den Rücken. Ich griff unter das Schreibmöbel des Kommandanten, ließ einen Sicherungsbolzen in die Zündkapsel gleiten und entfernte die Bombe.

NIE WIEDER

BLAUER

MONTAG

Armageddon im Rückblick

Lieber Freund:

Würden Sie mir eine Minute Ihrer Zeit überlassen? Wir sind uns nie begegnet, aber ich nehme mir die Freiheit, Ihnen zu schreiben, weil ein gemeinsamer Freund Sie als weit über dem Durchschnitt rühmte, was Intellekt und Sorge um Ihre Mitmenschen betrifft.

Da jeden Tag eine derartige Flut neuer Informationen auf uns einstürmt, ist es sehr leicht für uns, bedeutsame Ereignisse, die nur wenige Tage zurückliegen, rasch zu vergessen. Lassen Sie mich also Ihre Erinnerung an ein Ereignis auffrischen, welches die Welt vor fünf kurzen Jahren erschütterte und nun – außer bei wenigen von uns – so gut wie vergessen ist. Damit meine ich das, was, aus guten biblischen Gründen, als *Armageddon* bekannt wurde.

Sie erinnern sich vielleicht an die hektischen Anfänge im Pine-Institut. Ich gestehe, daß ich die Arbeit als Institutsverwalter mit einem Gefühl der Scham und Torheit anging, und dies ausschließlich des Geldes wegen. Ich hatte viele andere Angebote, aber der Personalchef des Instituts bot mir zweimal soviel Bezahlung wie die besten Mitbewerber. Nach drei Jahren der Armut als Hochschulabsolvent war ich verschuldet, nahm den Job an und redete mir ein, ich würde ein Jahr bleiben, meine Schulden abzahlen, ein bißchen was ansparen, mir einen respektablen Job besorgen und fortan leugnen, Verdigris, Oklahoma, je näher als hundert Meilen gekommen zu sein.

Dank dieser moralischen Verfehlung kam ich mit einer der wahrhaft heroischen Gestalten unserer Zeit in Berührung, mit Dr. Gorman Tarbell.

Das Kapital, welches ich ins Pine-Institut einbrachte, war eher allgemeiner Natur, es bestand hauptsächlich aus den Fertigkeiten, die man bei einem Doktor in BWL erwarten kann. Ich hätte dies Kapital genausogut als Geschäftsführer einer Dreiradfabrik oder eines Themenparks einsetzen können. Ich war in keiner Weise Schöpfer der Theorien, die uns bis Armageddon und weiter gebracht haben. Ich erschien erst ziemlich spät am Schauplatz, als viel Wichtiges bereits gedacht worden war.

Sowohl spirituell als auch, was Opferbereitschaft anlangt, gehört der Name von Dr. Tarbell ganz oben auf die Liste derjenigen, die wahrhaft zu Kampagne und Sieg beigetragen haben.

Chronologisch sollte die Liste wahrscheinlich mit dem verstorbenen Dr. Selig Schildknecht aus Dresden, Deutschland, beginnen, der die letzte Hälfte seines Lebens und Erbes, im großen und ganzen fruchtlos, damit ver- bzw. durchgebracht hat, irgend jemanden für seine Theorien über Geisteskrankheit zu interessieren. Was Schildknecht sagte, läuft im Effekt darauf hinaus, daß die einzige vereinheitlichte Theorie über die Geisteskrankheit, die auf sämtliche Fakten zuzutreffen schien, auch gleichzeitig die älteste, nie widerlegte, war. Er glaubte, daß Geisteskranke vom Teufel besessen seien.

Dies sagte er in einem Buch nach dem anderen, alle auf eigene Kosten gedruckt, weil kein Verleger etwas mit ihnen zu tun haben wollte, und er drang darauf, daß Forschungsanstrengungen unternommen würden, um soviel wie möglich über den Teufel, seine Erscheinungsformen, seine Gewohnheiten, seine starken Seiten, seine Schwächen herauszufinden.

Der nächste auf der Liste ist Amerikaner, mein früherer Chef, Jessie L. Pine aus Verdigris. Vor vielen Jahren bestellte Pine, ein Ölmillionär, 66 laufende Meter Bücher für seine Bibliothek. Der Buchhändler sah eine Gelegenheit, neben anderen Prachtstücken die gesammelten Werke Dr. Selig Schildknechts loszuwerden. Pine nahm an, daß die Schildknecht-Bände, da sie fremdsprachig waren, Passagen enthielten, die zu gewagt waren, um auf englisch gedruckt zu werden. Also stellte er den Dekan der Germanistischen Fakultät der Universität von Oklahoma dazu an, sie ihm vorzulesen.

Weit entfernt davon, angesichts der Auswahl des Buchhändlers fuchsteufelswild zu werden, war Pine überglücklich. Sein ganzes Leben lang hatte er sich seines Mangels an Bildung wegen gedemütigt gefühlt, und hier hatte er einen Mann mit fünf akademischen Titeln gefunden, dessen fundamentale Philosophie mit seiner eigenen übereinstimmte, nämlich: »Das einzigste auf der Welt, was mit den Leuten nicht stimmt, ist, daß der Teufel sich ein paar von ihnen geschnappt hat.«

Wenn es Schildknecht gelungen wäre, ein bißchen länger am Leben zu bleiben, wäre er nicht völlig verarmt gestorben. Doch so verpaßte er die Gründung des Jessie-L.-Pine-Instituts um nur zwei Jahre. Vom Augenblick der Gründung an war jeder Spritzer aus der Hälfte der Ölquellen von Oklahoma ein Nagel zum Sarge des Teufels. Und es verging kaum ein Tag, an dem nicht der eine oder andere Opportunist einen Zug in Richtung der marmornen Hallen von Verdigris bestieg.

Die Liste würde, wenn ich sie vervollständigen wollte, ziemlich lang, denn Tausende von Männern und Frauen, wenige davon intelligent und ehrsam, begannen die Pfade der Forschung zu erkunden, wie Schildknecht sie vorgegeben hatte, während Pine ihnen beharrlich mit Brotbeuteln voll frischer Barmittel überallhin folgte. Aber die meisten dieser Männer und Frauen verfügten lediglich über eine riesenhafte Kuchengabel, um ein möglichst großes Stück von einem der größten Kuchen der Geschichte abzukriegen, und waren ansonsten inkompetent und eifersüchtig. Ihre Experimente, meist schaurig teuer, waren in erster Linie Satiren auf die Ignoranz und Gutgläubigkeit ihres Wohltäters Jessie L. Pine.

All diese Millionen wären nutzlos verschleudert worden, und ich zum Beispiel hätte meine erstaunliche Gehaltsüberweisung bezogen, ohne auch nur den Versuch unternommen zu haben, sie einigermaßen redlich zu verdienen, wenn nicht der lebendige Märtyrer Armageddons gewesen wäre, Dr. Gorman Tarbell.

Er war das älteste Mitglied des Instituts, und das seriöseste –, etwa sechzig, schwer, klein, leidenschaftlich, mit langem weißem Haar, mit Kleidern, in denen er aussah, als verbringe er seine Nächte unter Brücken. Er hatte sich nach einer erfolgreichen Karriere als Physiker in einem großen Industrieforschungslabor an der Ostküste in der Nähe von Verdigris zur Ruhe gesetzt. Er schaute eines Nachmittags beim Einkaufen im Institut vorbei, um herauszufinden, was denn nun eigentlich in diesen eindrucksvollen Gebäuden vorging.

Ich war derjenige, der ihn zuerst sah, und da ich ihn als einen Mann von außerordentlicher Intelligenz wahrnahm, nahm ich es etwas verlegen auf mich, ihm zu sagen, was das Institut beabsichtigte. Meine Herangehensweise vermittelte sinngemäß etwa den Satz: »Unter uns zwei hochgebildeten Menschen, und wenn Sie es nicht weitersagen, ist all dies großer Quatsch.«

Er schloß sich jedoch meinem herablassenden Belächeln des Projekts nicht an, sondern bat statt dessen darum, etwas von Dr. Schildknechts Schriften sehen zu dürfen. Ich brachte ihm den Hauptband, in dem zusammengefaßt ist, was in allen anderen steht, stand neben Dr. Tarbell und kicherte wissend, während er ihn überflog.

»Haben Sie noch Laboratorien übrig?« sagte er schließlich.

»Nun, ja, die, äh, haben wir«, sagte ich.

»Wo?«

»Nun, der ganze zweite Stock ist noch unbelegt. Die Anstreicher machen ihn gerade fertig.«

»Welchen Raum kann ich haben?«

»Sie meinen, Sie wollen einen Job?«

»Ich will Frieden und Ruhe und viel Platz zum Arbeiten.«

»Ihnen ist aber klar, Sir, daß die einzige Arbeit, die hier geleistet werden kann, mit Dämonologie zu tun haben muß?«

»Ein zutiefst erbaulicher Gedanke.«

Ich spähte den Korridor entlang, um sicherzugehen, daß Pine nicht in der Nähe war, und flüsterte dann: »Sie denken wirklich, da könnte was dran sein?«

»Welches Recht habe ich, etwas anderes zu denken? Können Sie mir beweisen, daß der Teufel nicht existiert?«

»Nun, ich meine ... Um des lieben Himmels willen, niemand, der einigermaßen gebildet ist, glaubt an ...«

Krach! Sein Krückstock knallte auf meinen nierenförmigen Schreibtisch. »Bis wir bewiesen haben, daß der Teufel nicht existiert, ist er so real wie dieser Schreibtisch.«

»Ja, Sir.«

»Schämen Sie sich nicht Ihres Jobs, Junge! In dem, was hier geschieht, liegt so viel Hoffnung wie in allem, was in irgendeinem Kernforschungslaboratorium geschieht. ›Glaubt an den Teufel!‹ sage ich, und wir werden weiter an ihn glauben, bis wir bessere Gründe dafür haben, nicht an ihn zu glauben, als bisher. *Das* ist Naturwissenschaft!«

»Ja, Sir.«

Und er ging davon, den Flur entlang, um die anderen aufzurütteln, und dann hinauf in den zweiten Stock, um sein Labor zu erwählen und den Anstreichern zu sagen, sie sollten sich darauf konzentrieren, am nächsten Morgen müsse es fertig sein.

Ich verfolgte ihn mit einem Bewerbungsformular nach oben. »Sir«, sagte ich, »würde es Ihnen etwas ausmachen, dies auszufüllen, bitte?«

Er nahm es, ohne es anzusehen, und knüllte es in seine Brusttasche, die sich, wie ich sah, bereits wie eine Satteltasche von zerknitterten Dokumenten der einen und anderen Art wölbte. Er füllte die Bewerbung nie aus, schuf aber bereits durch seinen bloßen Einzug einen verwaltungstechnischen Albtraum.

»Jetzt, Sir, wegen des Gehalts«, sagte ich, »wieviel hätten Sie denn gern?«

Er wischte die Frage ungeduldig beiseite. »Ich bin hier, um Forschung zu treiben, nicht um Bücher zu führen.«

Ein Jahr später wurde *Der erste Jahresbericht des Pine-Instituts* veröffentlicht. Die größte Leistung schien darin zu bestehen, daß $ 6000000,– von Pines Geld wieder in Umlauf gebracht worden waren. Die Presse der westlichen Welt nannte den *Bericht* das komischste Buch des Jahres und druckte Auszüge nach, die dies bewiesen. Die kommunistische Presse nannte ihn das düsterste Buch des Jahres und widmete ihre Spalten der Mär vom amerikanischen Milliardär, der versuchte, direkten Kontakt mit dem Teufel aufzunehmen, um seine Profite zu vergrößern.

Dr. Tarbell focht das nicht an. »Wir stehen jetzt an dem Punkt, an dem die Physik einst stand, als es um die Struktur des Atoms ging«, sagte er vergnügt. »Wir haben ein paar Ideen, die wenig mehr sind als Glaubensfragen. Vielleicht sind sie lachhaft, aber es ist ignorant und unwissenschaftlich zu lachen, bevor wir genug Zeit zum Experimentieren hatten.«

Irgendwo auf den vielen Seiten voller Unsinn im Bericht verloren sich drei Hypothesen, von Dr. Tarbell aufgestellt:

Daß, da viele Fälle von Geisteskrankheit durch Elektroschockbehandlung geheilt wurden, der Teufel vielleicht was gegen Strom hat; daß, da viele milde Fälle von Geisteskrankheit durch langwierige Erörterungen persönlicher Vergangenheiten geheilt wurden, der Teufel vielleicht von endlosen Gesprächen über Sex und Kindheit abgestoßen wird; daß der Teufel, falls er existiert, offenbar von Personen unterschiedlicher Beharrlichkeit Besitz ergreift –, konnte er doch aus manchen Patienten herausgeredet, aus anderen herausgeschockt, aus wieder anderen gar nicht vertrieben werden, ohne daß die Patienten bei diesem Prozeß den Tod fanden.

Ich war zugegen, als ein Zeitungsreporter Tarbell über diese Hypothesen ausfragte. »Sie machen wohl Witze?« sagte der Reporter.

»Wenn Sie meinen, daß ich diese Ideen in spielerischem Geiste zur Diskussion stelle –, ja.«

»Also halten Sie sie für Mumpitz?«

»Bleiben Sie bei dem Wort ›spielerisch‹«, sagte Dr. Tarbell. »Und, falls Sie die Geschichte der Naturwissenschaft recherchieren, mein lieber Junge, werden Sie feststellen, daß die meisten wirklich großen Ideen einer spielerischen Intelligenz entstammen. All die nüchterne, dünnlippige Konzentration ist in Wahrheit nur ein Aufräumen an den Rändern der großen Ideen.«

Aber die Welt zog das Wort »Mumpitz« vor. Und alsbald gab es lachhafte Bilder zu den lachhaften Geschichten aus Verdigris. Auf einem sah man einen Mann mit Kopfhörern, die schwachen elektrischen Strom durch seinen Kopf schickten, wodurch dieser zum ungemütlichen Ruheplatz für den Teufel werden sollte. Angeblich war der Strom nicht wahrnehmbar, aber ich probierte so ein Paar Kopfhörer auf und fand das Gefühl äußerst unangenehm. Ein weiteres photogenes Experiment, entsinne ich mich, fand mit einer milde gestörten Person statt, die über ihre Vergangenheit redete, während sie sich unter einer großen Glasglocke befand, welche, so hoffte man, irgendeine feststellbare Substanz vom Teufel einfing, der theoretisch nach und nach zur Räumung gezwungen wurde. Und so ging das mit den im Bilde festgehaltenen Möglichkeiten immer weiter, jede, so schien es, noch absurder und teurer als die vorangegangene.

Und dann kam das, was ich *Operation Rattenloch* nannte. Ihretwegen war Pine gezwungen, zum erstenmal seit Jahren einen Blick auf seinen Kontostand zu werfen. Und was er sah, veranlaßte ihn zur sofortigen Suche nach neuen Ölfeldern. Wegen der schrecklichen Kosten lehnte ich die Operation ab. Aber Dr. Tarbell überging meine Einwände und überzeugte Pine, daß man Teufelstheorien nur testen konnte, wenn man an einer großen Zahl von Probanden experimentierte. Die Operation Rattenloch war ein Versuch, die Bezirke Nowata, Craig, Ottawa, Delaware, Adair, Cherokee, Wagoner und Rogers teufelsfrei zu machen. Zum Vergleich sollte der Bezirk Mayes, inmitten der anderen, ungeschützt bleiben.

In den ersten vier Bezirken wurden 97000 Paar Kopfhörer ausgegeben, die, gegen einen kleinen Anerkennungsbetrag, Tag und Nacht getragen werden sollten. In den letzten vieren wurden Zentren eingerichtet, in denen, gegen einen kleinen Anerkennungsbetrag, die Versuchspersonen mindestens zweimal pro Woche ihr Herz über ihre Vergangenheit ausschütten sollten. Ich übertrug die Geschäftsführung dieser Zentren einem Assistenten. Ich konnte sie nicht ausstehen; die Luft dort war ständig mit Selbstmitleid und den langweiligsten Wehklagen angefüllt, die man sich nur vorstellen konnte.

Drei Jahre später überreichte Dr. Tarbell Jessie L. Pine einen vertraulichen Fortschrittsbericht über die Experimente und begab sich danach wegen akuter Erschöpfung ins Krankenhaus. Er hatte einen vorläufigen Bericht erstellt, hatte Pine beschworen, ihn niemandem zu zeigen, bevor weitere – viele weitere – Arbeiten abgeschlossen seien.

Es war für Tarbell ein schrecklicher Schock, als er im Radio in seinem Krankenzimmer einen Ansager hörte, der Pine in einer von Küste zu Küste ausgestrahlten Sendung ankündigte, und dann hörte er, wie Pine nach einer unzusammenhängenden Einleitung sagte:

»In diesen acht Bezirken, die wir beschützt haben, war niemand vom Teufel besessen. Viele alte Fälle, aber keine neuen, außer fünf, die nix gesagt haben, und siebzehn, bei denen die Batterie alle war. Und die ganze Zeit haben wir die Leute im Bezirk Mayes patsch peng mittendrin sich, so gut sie konnten, selbst überlassen, und die sind so normal wie immer zur Hölle gefahren …

… weil nämlich der ganze Ärger mit der Welt ist und war, daß es den Teufel gibt«, schloß Pine. »Also, wir haben ihn aus Nordost-Oklahoma weggejagt, außer aus dem Bezirk Mayes, und ich stelle mir vor, von da können wir ihn auch verjagen und dann das Antlitz der Erde von ihm säubern. Die Bibel sagt, es kommt nach und nach zur großen Schlacht zwischen Gut und Böse. Soweit ich daraus schlau werde, ist sie das hier.«

»Der alte Narr!« schrie Tarbell. »Mein Gott, was wird *jetzt* geschehen?«

Pine hätte sich keinen besseren Moment in der Geschichte aussuchen können, um seine Ankündigung explosiver wirken zu lassen. Bedenken Sie die Zeitumstände: die Welt war, wie durch irgendeinen bösartigen Zauber, in zwei Hälften geteilt, die einander spinnefeind waren und mit einer Serie von Übergriffen und Gegenübergriffen begonnen hatten, die, wie es schien, nur in einer Katastrophe enden konnten. Niemand wußte, was zu tun war. Das Geschick der Menschheit schien der Kontrolle durch Menschen entglitten zu sein. Jeder Tag war mit verzweifelter Hilflosigkeit erfüllt, und die Nachrichten des Tages waren schlimmer als die Nachrichten des Vortages.

Dann kam aus Verdigris, Oklahoma, die Ansage, der Ärger mit der Welt komme daher, daß der Teufel frei herumlaufe. Und zu der Ansage gehörte eine Offerte, nämlich die, daß man einen Beweis liefern würde, plus ein Lösungsvorschlag!

Der Seufzer der Erleichterung, der sich von der Erde erhob, muß in anderen Milchstraßensystemen zu hören gewesen sein. Der Ärger mit der Welt waren nicht die Russen oder die Amerikaner oder die Chinesen oder die Briten oder die Naturwissenschaftler oder die Generäle oder die Finanzheinis oder die Politiker oder, Gott sei gepriesen, die Menschenwesen allüberall, die armen Schweine. Mit den Menschen war alles in Ordnung, und sie waren anständig und unschuldig und schlau, und es war der Teufel, der ihnen ihre gutherzigen Unternehmungen vergällte. Die Selbstachtung jedes Menschen wuchs ums Tausendfache, und niemand, außer dem Teufel, verlor das Gesicht.

Politiker aller Länder eilten an die Mikrofone, um Erklärungen gegen den Teufel abzugeben. Leitartikler überall bezogen dieselbe unerschrockene Stellung –, gegen den Teufel. Für ihn war niemand.

In den Vereinten Nationen brachten die kleinen Nationen einen Antrag ein, welcher besagte, daß die großen Nationen sich alle bei der Hand fassen sollten wie die liebevollen Kinderchen, die sie im Herzen doch waren, und ihren einzigen Feind, den Teufel, für immer von der Erde verjagen.

Noch viele Monate nach Pines Ansage war es fast nötig, eine Großmutter zu kochen oder mit einer Streitaxt im Waisenhaus Amok zu laufen, um in der Zeitung auf die erste Seite zu kommen. Alle Nachrichten drehten sich um Armageddon. Männer, die ihre Leser mit schnurrigen Berichten von den Aktivitäten in Verdigris unterhalten hatten, wurden über Nacht zu nüchternen Spezialisten für Angelegenheiten wie Teufelsgongs aus Bratpur, die Wirksamkeit von Kreuzen an Schuhsohlen, die Schwarze Messe und verwandte Überlieferungen. Die Post war adventsmäßig mit Briefen an die Vereinten Nationen, Kabinettsmitglieder und das Pine-Institut verstopft. Fast jeder hatte offenbar schon immer gewußt, daß bei allem der Teufel dahintersteckte. Viele sagten, sie hätten ihn gesehen, und fast alle wußten ziemlich genau, wie man ihn loswerden konnte.

Wer all das für verrückt hielt, fand sich in der Rolle eines Sterbekassenakquisiteurs auf der Geburtstagsparty wieder, und die meisten zuckten die Achseln und hielten den Mund. Wer nicht den Mund hielt, wurde ohnehin nicht gehört.

Zu den Zweiflern gehörte Dr. Gorman Tarbell. »Himmel auch«, sagte er reuig, »wir wissen nicht, was wir mit den Experimenten bewiesen haben. Sie waren doch nur ein Anfang. Es ist noch viele Jahre zu früh, um zu sagen, ob wir über den Teufel gearbeitet haben oder was. Jetzt hat Pine so auf die Pauke gehauen, daß alle glauben, man müsse sich nur irgendeinen Schnokus oder sonstwas auf den Kopf setzen, und die Erde wird wieder Eden.« Niemand hörte zu.

Pine, der ohnehin bankrott war, übergab das Institut an die UNO, und UNDICO, das Dämonologische Untersuchungskommittee der Vereinten Nationen, wurde gebildet. Dr. Tarbell und ich wurden zu den amerikanischen Delegierten bei dem Kommittee ernannt, welches sein erstes Treffen in Verdigris abhielt. Ich wurde zum Vorsitzenden gewählt, und, wie Sie wohl bereits erwartet haben, zum Opfer vieler flauer Witzchen darüber, daß ich wegen meines Namens der perfekte Mann für den Job wäre.

Es war sehr deprimierend für das Kommittee, daß von ihm so viel erwartet – ja, verlangt – worden war und daß es so wenig Kenntnisse hatte, mit denen es arbeiten konnte. Unser Auftrag vom Volk der Welt war nicht die Verhütung von Geisteskrankheiten, sondern die Ausschaltung des Teufels. Nach und nach und unter schrecklichem Druck fertigten wir jedoch einen Plan an, entworfen zum größten Teil von Dr. Tarbell.

»Wir können überhaupt nichts versprechen«, sagte er. »Alles, was wir tun können, ist, diese Gelegenheit zur Durchführung weltweiter Experimente wahrnehmen. Es geht hier ausschließlich um Annahmen, kann also gar nichts schaden, wenn wir noch ein bißchen was annehmen. Nehmen wir zum Beispiel an, daß der Teufel wie eine Epidemie ist, und gehen wir entsprechend gegen ihn vor. Wenn wir es ihm unmöglich machen, in irgendwem irgendwo ein behagliches Plätzchen zu finden, verschwindet oder stirbt er vielleicht, oder er verzieht sich auf einen anderen Planeten, oder was der Teufel sonst so macht, falls es einen Teufel gibt.«

Wir schätzten, daß es etwa $ 20000000000,– kosten würde, jeden Mann, jede Frau und jedes Kind mit einem Paar dieser elektrischen Kopfhörer auszustatten, zuzüglich weiterer $ 70000000000,– pro Jahr für Batterien. Für moderne Kriegführung war der Preis durchaus angemessen. Wir fanden aber bald heraus, daß die Menschen nicht gewillt waren, so viel Geld auszugeben, wenn dabei für sie kein Blutvergießen heraussprang.

Deshalb schien uns die Turmbau-zu-Babel-Technik praktikabler. Reden ist Silber bzw. kostet nichts bzw. ist weit billiger als Elektrogeräte. Deshalb lautete UNDICOs erste Empfehlung, daß auf der ganzen Welt Zentren eingerichtet und überall die Menschen entsprechend ihren überlieferten Zwangsmethoden – ein leichtverdienter Dollar oder ein Bajonett oder die Angst vor ewiger Verdammnis – dazu ermuntert werden sollten, regelmäßig diese Zentren aufzusuchen, um ihr Herz über Kindheit und Sex auszuschütten.

Die Reaktionen auf diese erste Empfehlung, dies erste Zeichen, daß das UNDICO tatsächlich vorhatte, dem Teufel ernsthaft Beine zu machen, enthüllten eine tiefe Unterströmung von Beklommenheit im reißenden Fluß der Begeisterung. Viele Führer mauerten, und vage Einwände, schwammig formuliert, wurden laut. Die Zentren, hieß es zum Beispiel, »... sind mit unserem großartigen nationalen Erbe nicht in Einklang zu bringen. Dafür zogen unsere Ahnen nicht todesmutig in die Schlacht bei ...« Niemand war so unklug, als Fürsprech des Teufels gelten zu wollen, doch die Art Umsicht, wie sie höherenorts von vielen empfohlen wurde, war von vollständiger Untätigkeit nur schwer zu unterscheiden.

Zuerst dachte Dr. Tarbell, die Reaktionen ließen sich auf Angst zurückführen –, Angst vor der Vergeltung des Teufels wegen des Krieges, den wir gegen ihn führen wollten. Später, nachdem der Doktor Zeit gefunden hatte herauszufinden, aus wem die Opposition bestand und was sie zu sagen hatte, sagte er schadenfroh: »Menschenskind, sie glauben, wir haben eine Chance. Und sie haben sämtlich die Hosen voll, daß sie es nicht mal mehr bis zum Hundefänger bringen, wenn der Teufel nicht mehr frei in der Bevölkerung herumstreunt.«

Aber wir hatten wie gesagt das Gefühl, unsere Chancen, die Welt auch nur um ein Iota zu verbessern, stünden schlechter als eins zu einer Trillion. Dank einem Unfall und der Unterströmung der Opposition stand es bald ganz plötzlich eins zu einer Oktillion.

Kurz nach der ersten Empfehlung des Kommittees geschah der Unfall. »Jeder Narr kennt die schnelle und leichte Methode, den Teufel loszuwerden«, flüsterte ein amerikanischer Delegierter dem anderen in der UNO-Vollversammlung zu. »Ein Klacks. Man muß ihn einfach da zur Hölle bombardieren, wo er sein Hauptquartier hat, im Kreml.« Er hätte keinem größeren Irrtum aufsitzen können als dem, das Mikrofon vor ihm wäre nicht eingeschaltet.

Sein Kommentar erklang über die Lautsprecheranlage und wurde pflichtbewußt in vierzehn Sprachen übersetzt. Die russische Delegation verließ den Saal und telegrafierte um eine angemessene Reaktion nach Hause. Zwei Stunden später war die Delegation mit einer Erklärung wieder da:

»Das Volk der Union der Sozialistischen Sowjetrepubliken entzieht hiermit dem Dämonologischen Untersuchungskommittee der Vereinten Nationen, da dies eine interne Angelegenheit der Vereinigten Staaten von Amerika ist, seine gesamte Unterstützung. Sowjetische Naturwissenschaftler befinden sich in voller Übereinstimmung mit den Forschungsergebnissen des Pine-Instituts, was die Anwesenheit des Teufels in sämtlichen Vereinigten Staaten betrifft. Indem sie dieselben experimentellen Techniken anwandten, haben die sowjetischen Naturwissenschaftler keinerlei Anzeichen für teuflische Aktivitäten innerhalb der Grenzen der UdSSR gefunden und betrachten daher das Problem als ausschließlich amerikanisch. Das Volk der UdSSR wünscht dem Volk der Vereinigten Staaten von Amerika Erfolg bei seinem schwierigen Unterfangen, so daß es umso früher als Vollmitglied der Familie friedliebender Nationen begüßt werden kann.«

In Amerika lautete die sofortige Reaktion, jede weitere Anstrengung von UNDICO in diesem Lande bedeute einen weiteren Propagandasieg für Rußland. Andere Nationen schlossen sich an, indem sie sich als bereits teufelfrei erklärten. Und das war's dann mit dem UNDICO. Ich war, ehrlich gesagt, erleichtert und entzückt. UNDICO begann, echt zum Problem zu werden.

Mit dem Pine-Institut war's das dann auch, denn Pine war unglaublich pleite und konnte in Verdigris nur noch den Laden dichtmachen. Als die Schließung bekanntgegeben wurde, stürmten die Scharlatane, die in Verdigris Wohlstand und Entspannung gefunden hatten, zu Hunderten mein Büro, und ich floh zu Dr. Tarbell in sein Labor.

Er zündete sich seine Zigarre mit einem Lötkolben an, als ich eintrat. Er nickte und plierte durch den Zigarrenrauch auf die enteigneten Dämonologen, die unten auf dem Hof wimmelten. »Wurde auch allmählich Zeit, das Personal loszuwerden, damit man endlich zum Arbeiten kommt.«

»Sie wissen, daß wir ebenfalls gefeuert sind?«

»Im Augenblick brauche ich kein Geld«, sagte Tarbell. »Ich brauche Strom.«

»Dann beeilen Sie sich –, der letzte Scheck, den ich dem Elektrizitätswerk geschickt habe, wird gleich mit lautem Knall platzen. Woran arbeiten Sie eigentlich gerade?«

Er schweißte ein Verbindungsstück an die Kupfertrommel, die etwa einen Meter zwanzig hoch war und einen Durchmesser von einem Meter achtzig hatte. Obendrauf war ein Deckel. »Ich werde der erste Absolvent des renommierten Massachusetts Institute of Technology sein, der in einem Faß die Niagarafälle befährt. Meinen Sie, davon kann man leben?«

»Ernsthaft jetzt.«

»So ein nüchternes Bürschchen. Erst müssen Sie mir etwas vorlesen. Das Buch da –; sehen Sie das Lesezeichen?«

Das Buch war ein Klassiker im Bereich der Magie, *Der goldene Zweig* von Sir James George Frazer. Ich schlug es beim Lesezeichen auf und fand eine Passage unterstrichen, die Passage, welche die Messe von Saint-Sécaire, oder Schwarze Messe, beschreibt:

»›Die Messe von Saint-Sécaire darf nur in einer zerstörten oder verlassenen Kirche abgehalten werden, wo Eulen mürrisch pfeifen, wo Fledermäuse im Dämmer huschen, wo Zigeuner bei der Nacht hausen und wo Kröten unter dem entweihten Altar kauern. Dorthin kommt nächtens der arge Priester …, und wenn der erste Schlag des Elf-Uhr-Läutens ertönt, beginnt er die Messe rückwärts zu murmeln und hält erst inne, wenn die Uhren die Mitternachtsstunde melden … Die Hostie, die er segnet, ist schwarz und hat drei Spitzen; er weiht keinen Wein, sondern statt dessen trinkt er das Wasser eines Bronnens, in welchen der Leichnam eines ungetauften Säuglings geschleudert wurde. Er macht das Zeichen des Kreuzes, aber er macht es auf dem Boden und mit dem linken Fuß. Und viele andere Dinge tut er, welcher kein guter Christ innewerden könnte, ohne zugleich für all sein Lebetage blind und taub und stumm zu werden.‹ Hui!« sagte ich.

»Das ruft angeblich den Teufel wie der Feuermelder den Brandmeister«, sagte Dr. Tarbell.

»Sie glauben doch wohl nicht, daß das funktioniert?«

Er zuckte die Achseln. »Ich hab's noch nicht probiert.« Plötzlich gingen alle Lampen aus. »Das war's dann«, seufzte er und legte den Lötkolben beiseite. »Nun, hier können wir nichts mehr tun. Gehen wir aus und finden ein ungetauftes Wickelkind.«

»Wollen Sie mir nicht sagen, wofür die Trommel gut ist?«

»Das sieht man doch. Eine Teufelsfalle natürlich.«

»Selbstverständlich.« Ich lächelte unsicher und entfernte mich rückwärts von dem Gerät. »Und ködern werden Sie ihn mit Teufelskirschen.«

»Eine der Haupttheorien, die dem Pine-Institut entstammen, mein Junge, besagt, daß der Teufel Teufelskirschen völlig indifferent gegenübersteht. Wir sind jedoch sicher, daß er alles andere als indifferent ist, wenn es um elektrischen Strom geht, und wenn wir die Stromrechnung begleichen könnten, könnten wir Elektrizität durch Wände und Deckel dieser Trommel fließen lassen. Wir brauchen also nur, sobald der Teufel drin ist, den Hebel umzulegen, und dann haben wir ihn. Vielleicht. Wer weiß? Wer war je verrückt genug, es auszuprobieren? Doch zunächst, wie es im Rezept für Kaninchenragout so treffend heißt, fange man ein Kaninchen.«

Ich hatte gehofft, von Dämonologie erst mal verschont zu bleiben, und freute mich darauf, zu neuen Ufern vorzustoßen. Aber Dr. Tarbells Beharrlichkeit inspirierte mich, bei ihm zu bleiben, zu sehen, wohin seine »spielerische Intelligenz« als nächstes führen würde.

Und sechs Wochen später zogen Dr. Tarbell und ich die Kupfertrommel auf einem Leiterwagen hinter uns her, verlegten Draht von einer Spule auf meinem Rücken, bahnten uns nachts einen Weg hügelab bis auf die Talsohle des Mohawk Valley, in Sichtweite der Lichter von Schenectady.

Zwischen uns und dem Fluß, der das Abbild des Vollmondes einfing und uns vor Augen führte, war ein aufgegebenes Segment des alten Erie-Kanals, nunmehr nutzlos, ersetzt durch Kanäle, die in den Fluß gebaggert worden waren, mit stehendem, brackigem Wasser gefüllt. Nahebei standen die Grundmauern eines alten Hotels, wo einst die Frachtschiffer und Reisenden auf dem jetzt vergessenen Graben abgestiegen waren.

Und neben den Grundmauern stand das Gerippe einer Kirche ohne Dach.

Der alte Glockenturm hob sich gegen den Nachthimmel ab, entschlossen, unbezwingbar, in einem Kirchspiel voll Moder und Gespenster. Als wir eintraten, tutete irgendwo flußaufwärts ein Schlepper, der Frachtkähne zog, und die Stimme seiner Sirene drang zu uns, von der Architektur des Tales mit einem Echo versehen, traurig, ernst.

Eine Eule pfiff, und über uns huschte eine Fledermaus. Dr. Tarbell rollte die Trommel vor den Altar. Ich verband die Drähte, die ich mit einem Schalter verbunden hatte, und verband den Schalter durch sechs Meter zusätzliche Drähte mit der Trommel. Das andere Ende des Drahts war mit der Stromversorgung eines Bauernhofs auf der Hügelkuppe verbunden.

»Wieviel Uhr ist es?« flüsterte Dr. Tarbell.

»Fünf vor elf.«

»Gut«, sagte er schwach. Wir waren beide starr vor Angst. »Jetzt hören Sie zu. Ich glaube nicht, daß irgendwas passieren wird, aber falls doch – ich meine, uns –, habe ich auf dem Bauernhof einen Brief hinterlegt.«

»Das macht dann schon zwei Briefe«, sagte ich. Ich ergriff seinen Arm. »Wir können es doch noch abblasen«, flehte ich. »Wenn es wirklich einen Teufel gibt und wir ihn ständig in die Ecke zu treiben versuchen, wird er uns bestimmt angreifen, und beim Teufel weiß man nie!«

»Sie brauchen nicht zu bleiben«, sagte Tarbell. »Ich könnte, glaube ich, den Schalter ebensogut bedienen.«

»Sie wollen die Sache also durchziehen?«

»Sosehr mir davor graut«, sagte er.

Ich seufzte schwer. »Na gut. Gott steh' Ihnen bei. Ich werde Posten am Schalter beziehen.«

»Okay«, sagte er mit bläßlichem Lächeln, »setzen Sie Ihre Schutzkopfhörer auf, und los.«

Die Glocken in einem Glockenturm in Schenectady begannen, elf zu schlagen.

Dr. Tarbell schluckte, trat an den Altar, wischte eine kauernde Kröte beiseite und begann die grausige Zeremonie.

Er hatte wochenlang über seine Rolle nachgelesen und sie einstudiert, während ich mich auf der Suche nach einem angemessenen Ort und den grauenhaften Requisiten getummelt hatte. Ich hatte keinen Brunnen gefunden, in den ein ungetauftes Wickelkind geschleudert worden war, aber ich hatte andere Zutaten gefunden, die selbst in den Augen des verkommensten Dämons zufriedenstellenden Ersatz boten.

Jetzt legte Dr. Tarbell im Namen der Wissenschaft und der Menschheit sein ganzes Herz in die Abhaltung der Messe von Saint-Sécaire und tat, mit einem Ausdruck des

Abscheus im Gesicht, das, dessen kein guter Christ innewerden könnte, ohne zugleich blind und taub und stumm zu werden.

Irgendwie überlebte ich im Vollbesitz meiner Sinne und seufzte erleichtert, als die Turmuhr in Schenectady klagend zwölf schlug.

»Erscheine, Satan!« rief Dr. Tarbell, als die Uhr schlug. »Höre deine Diener, Herr der Nacht, und erscheine!«

Die Uhr schlug ein letztes Mal, und Dr. Tarbell taumelte erschöpft gegen den Altar. Nach einem Moment straffte er sich, zuckte die Achseln und lächelte. »Was soll's«, sagte er, »Probieren geht über Studieren.« Er nahm seine Kopfhörer ab.

Ich ergriff einen Schraubenzieher, um die Drähte wieder zu trennen. »Und damit, hoffe ich, sind UNDICO und Pine-Institut endgültig Geschichte«, sagte ich.

»Nun, ein paar Ideen habe ich noch«, sagte Dr. Tarbell. Und dann heulte er los.

Ich blickte auf und sah ihn, wie er mit weit aufgerissenen Augen heimtückisch grinste und am ganzen Körper zitterte. Er versuchte, etwas zu sagen, aber alles, was er herausbrachte, war ein ersticktes Gurgeln.

Dann begann der phantastischste Kampf, den je ein Mensch zu sehen bekommen wird. Dutzende von Künstlern haben versucht, das Bild zu malen, aber so hervorquellend, wie sie Tarbells Augen auch malen mögen, so rot sein Gesicht, so knotig seine Muskeln –, nie wird es ihnen gelingen, auch nur einen Splitter des Heldentums von Armageddon einzufangen.

Tarbell fiel auf die Knie, und als zerrte er an Ketten, von einem Riesen gehalten, begann er sich in Richtung der Kupfertrommel zu bewegen, mühsam, Zentimeter um Zentimeter. Schweiß tränkte seine Kleidung, und er konnte nur keuchen und grunzen. Immer wieder, während er innehielt, um zu verschnaufen, wurde er von unsichtbaren Mächten zurückgezerrt. Und wieder richtete er sich dann auf den Knien auf, machte verlorenen Boden gut und quälte sich mühsame Zentimeter vorwärts.

Schließlich erreichte er die Trommel, stand mit enormer Anstrengung auf, als höbe er Ziegelsteine, und kullerte in die Öffnung. Ich konnte ihn hören, wie er innen gegen die Isolierung kratzte, und der Laut seines Atmens wurde in der Kammer entsetzlich verstärkt.

Ich war benommen, unfähig, zu glauben oder zu verstehen, was ich gesehen hatte, oder zu wissen, was als nächstes zu tun war.

»Jetzt!« schrie Dr. Tarbell aus dem Innern der Trommel. Seine Hand erschien einen Moment lang, zog den Deckel vor, und wieder schrie er, weit entfernt und schwach: »Jetzt!«

Und dann verstand ich und begann zu beben, und eine Welle der Übelkeit überschwemmte mich. Ich verstand, was er von mir wollte, worum er mit dem letzten Bruchteil seiner Seele bat, die jetzt vom Teufel in ihm verschlungen wurde.

Deshalb verschloß ich den Deckel von außen, und ich legte den Schalter um.

Dem Himmel sei Dank, daß Schenectady nahebei war. Ich rief einen Elektroingenieur vom Union College an, und innerhalb einer Dreiviertelstunde hatte er eine primitive Luftschleuse erdacht und angebracht, durch die

Dr. Tarbell mit Luft und Wasser und Nahrung versorgt werden konnte, die aber immer eine elektrifizierte, teufelssichere Barriere zwischen ihm und der Außenwelt errichtete.

Gewiß ist der herzzerreißendste Aspekt des tragischen Sieges über den Teufel Dr. Tarbells geistiger Verfall. Nichts ist von diesem herrlichen Instrument übriggeblieben. Statt dessen ist da etwas, was seine Stimme und seinen Körper benutzt, etwas, was winselt und schmeichelt und versucht, dadurch Mitleid und Freiheit zu erlangen, daß es – neben anderen bitteren Lügen – ruft, Tarbell sei von mir in die Trommel gesperrt worden. Meine Rolle in dieser Sache war, wenn ich das so sagen darf, nicht ohne Schmerzen und Opfer.

Da die Affäre Tarbell, hélas, kontrovers ist, und da unser Land aus Gründen der Propaganda offiziell nicht zugeben kann, daß der Teufel hier gefangen wurde, muß die Tarbell-Schutzstiftung ohne öffentliche Mittel auskommen. Die Kosten für die Unterhaltung der Teufelsfalle und ihres Inhalts wurden bisher durch Spenden von Menschen aufgefangen, denen das Wohl des Volkes am Herzen liegt, wie Sie, lieber Freund, einer sind.

Die bisherigen und die beantragten Ausgaben der Stiftung sind im Verhältnis zum Nutzen, den die gesamte Menschheit daraus zieht, extrem bescheiden. Wir haben nicht mehr zur Verbesserung der bestehenden Anlage unternommen als unbedingt nötig. Die Kirche wurde mit einem neuen Dach und einem Anstrich und einer Isolierung und einer Umzäunung versehen, morsches Bauholz wurde durch gesundes ersetzt, eine Heizung und ein Hilfsgenerator wurden eingebaut. Sie werden mir beipflichten, daß all diese Posten von entscheidender Bedeutung sind.

Trotz den Beschränkungen jedoch, die wir unseren Ausgaben auferlegt haben, muß die Stiftung feststellen, daß ihre finanziellen Mittel durch das Wüten der Inflation ernstlich erschöpft sind. Was wir für kleine Verbesserungen beiseite gelegt hatten, wurde durch reine Instandhaltung aufgezehrt. Die Stiftung beschäftigt ein Rumpf-, nein, ein Skelett-Personal von drei bezahlten Hausmeistern, die in Schichten rund um die Uhr arbeiten, indem sie Dr. Tarbell füttern, sensationslüsterne Gaffer fernhalten und die lebenswichtigen elektrischen Apparaturen warten. Dies Personal kann nicht reduziert werden, ohne die unvergleichliche Katastrophe heraufzubeschwören, daß sich der Sieg von Armageddon in einem einzigen unbeobachteten Moment in eine Niederlage verwandelt. Die Direktoren der Stiftung, mich eingeschlossen, dienen ohne Entschädigung.

Weil mehr zu tun bleibt als schiere Wartungsarbeiten, müssen wir uns nach neuen Freunden umsehen. Deshalb schreibe ich Ihnen. Dr. Tarbells unmittelbare Unterkunft wurde seit jenen albtraumartigen Monaten in der Trommel vergrößert und besteht nun aus einer kupferverkleideten, isolierten Kammer von zwei Metern vierzig Durchmesser und einem Meter achtzig Höhe. Aber dies ist, werden Sie zugeben, eine armselige Heimstatt für das, was von Dr. Tarbell übrig ist. Wir hegen die Hoffnung, indem wir an große Herzen wie das Ihre und freigebige Hände wie die Ihren appellieren, sein Quartier um je ein kleines Arbeits-, Schlaf- und Badezimmer ergänzen zu können. Und neueste Forschungen geben der Hoffnung

Raum, daß es bald möglich sein wird, ihn mit einem unter Strom stehenden Aussichtsfenster zu beschenken, obwohl das sehr kostenintensiv sein wird.

Doch wie hoch die Kosten auch sein mögen –, nie werden unsere Opfer in ein Verhältnis zu dem zu setzen sein, was Dr. Tarbell für uns getan hat. Und falls die Spenden von neuen Freunden wie Ihnen hoch genug ausfallen sollten, hoffen wir, zusätzlich zu den Erweiterungsbauten an Dr. Tarbells Quartier noch ein passendes Denkmal vor der Kirche errichten zu können, welches seine Züge trägt und auf dessen Sockel die unsterblichen Worte stehen sollen, die er nur Stunden bevor er den Teufel bezwang, in einem Brief niederlegte:

»Falls ich heute nacht Erfolg habe, dann ist der Teufel nicht mehr unter den Menschen. Mehr kann ich nicht tun. Wenn nun andere die Erde von Eitelkeit, Unwissenheit und Not befreien, wird man dereinst von der Menschheit sagen können: ›Und wenn sie nicht gestorben ist, dann lebt sie heute noch.‹ Dr. Gorman Tarbell«

Kein Beitrag ist zu gering.

Mit vorzüglicher Hochachtung,
Dr. Lucifer J. Mephisto
Vorsitzender des Stiftungsrats

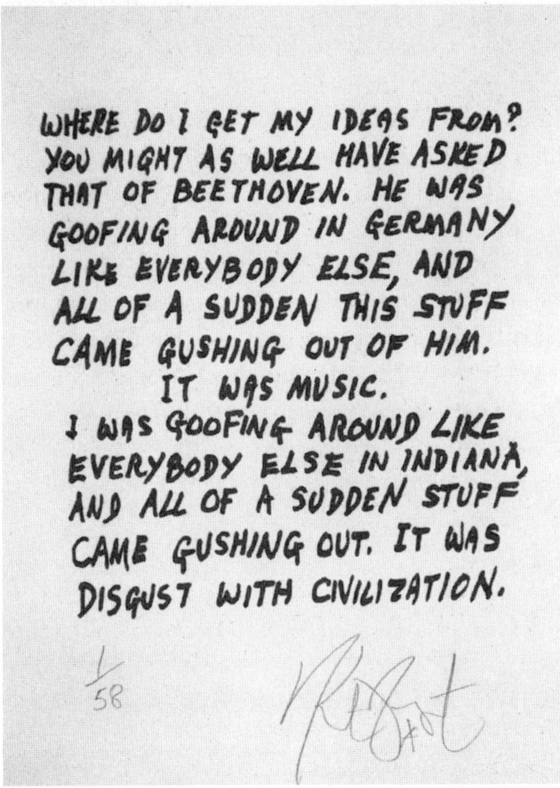

WOHER ICH MEINE IDEEN KRIEGE? DAS HÄTTEN SIE GENAUSOGUT BEETHOVEN FRAGEN KÖNNEN. ER MURKSTE IN DEUTSCHLAND HERUM WIE JEDER ANDERE AUCH, UND GANZ PLÖTZLICH KAM DIES ZEUG AUS IHM HERAUSGESPRUDELT.

ES WAR MUSIK.

ICH MURKSTE WIE JEDER ANDERE AUCH IN INDIANA HERUM, UND GANZ PLÖTZLICH KAM ZEUG AUS MIR HERAUSGESPRUDELT. ES WAR ZIVILISATIONSEKEL.

ZWEITER TEIL

Thanasphäre

Um zwölf Uhr mittags, am Mittwoch, dem 26. Juli, klirrten die Fensterscheiben der kleinen Gebirgsstadt Sevier County, Tennessee, von der Wucht und dem fernen Donner einer fernen Explosion, welche die nordwestlichen Hänge der Great Smoky Mountains herunterrollten. Die Explosion kam ungefähr aus der Richtung des scharf bewachten Experimentiergeländes im Wald zehn Meilen nordwestlich von Elkmont.

Sagte die Stelle für Öffentlichkeitsarbeit der Air Force: »Kein Kommentar.«

An jenem Abend meldeten Amateur-Astronomen in Omaha, Nebraska, und Glenwood, Iowa, unabhängig voneinander, um 21:57 Uhr habe ein Fleck das Antlitz des Vollmonds passiert. Die Drähte der Nachrichtenagenturen summten hektisch. Astronomen der führenden nordamerikanischen Observatorien bestritten, den Fleck gesehen zu haben.

Sie logen.

In Boston machte am Donnerstagvormittag, dem 27. Juli, ein umtriebiger Reporter Dr. Bernard Groszinger ausfindig, den jugendlichen Berater in Raketenfragen bei der Air Force. »Ist es möglich, daß das, was am Mond vorübergeflogen ist, ein Raumschiff war?« fragte der Reporter.

Dr. Groszinger lachte über die Frage. »Ich persönlich bin der Meinung, daß wir vor einer Neuauflage der Panikmache mit fliegenden Untertassen stehen«, sagte er. »Diesmal sieht jeder Raumschiffe zwischen uns und dem Mond. Sie können Ihren Lesern dies sagen, mein Freund: In den nächsten zwanzig Jahren wird kein Raumschiff mit Raketenantrieb die Erde verlassen.«

Er log.

Er wußte viel mehr, als er sagte, aber etwas weniger, als er selbst dachte. Er glaubte zum Beispiel nicht an Gespenster –, und von der Thanasphäre mußte er erst noch erfahren.

Dr. Groszinger legte die langen Beine auf seinen vollgemüllten Schreibtisch und beobachtete, wie seine Sekretärin dem enttäuschten Reporter die Tür aufschloß und ihn an den bewaffneten Wachen vorbeiführte. Er zündete sich eine Zigarette an und versuchte, sich zu entspannen, bevor er in abgestandene Luft und angespannte Atmosphäre der Funkzentrale zurückmußte. IST IHR SAFE

ABGESCHLOSSEN? fragte ein Schild an der Wand, von einem eifrigen Sicherheitsoffizier dort angebracht. Das Schild ärgerte ihn. Sicherheitsoffiziere, Sicherheitsvorkehrungen dienten nur dazu, seine Arbeit aufzuhalten, ihn über Dinge nachdenken zu lassen, über die nachzudenken er keine Zeit hatte.

Die geheimen Papiere im Safe waren keine Geheimnisse. Auf ihnen stand, was seit Jahrhunderten bekannt war: Wenn man die Gesetze der Physik zugrunde legt, folgt, daß ein Geschoß, welches mit einer Geschwindigkeit von *x* Meilen pro Stunde in Richtung *y* in den Raum geschossen wird, den Bogen *z* beschreiben wird. Dr. Groszinger modifizierte die Gleichung: Wenn man die Gesetze der Physik und eine Milliarde Dollar zugrunde legt.

Der bevorstehende Krieg hatte ihm die Möglichkeit für das Experiment geboten. Die Bedrohung durch den Krieg war eine Episode, das Militär um ihn herum verschlechterte seine Arbeitsbedingungen –, das *Experiment* war der Kern der Sache.

Es gab keine Unbekannten, überlegte er und fand Zufriedenheit in der Verläßlichkeit der physikalischen Welt. Der junge Dr. Groszinger lächelte und dachte an Christoph Kolumbus und seine Mannschaft, die nicht gewußt hatten, was vor ihnen lag, die vor Meeresungeheuern Bammel hatten, die nicht existierten. Vielleicht ging es dem heutigen Durchschnittsmenschen mit dem Weltraum genauso. Das Zeitalter des Aberglaubens hatte noch ein paar Jahre vor sich, bevor es vorbei war.

Aber der Mann in dem Raumschiff zweitausend Meilen von der Erde hatte keine Unbekannten zu fürchten. Der mürrische Major Allen Rice hätte nichts Überraschendes in seinen Funkmeldungen zu berichten gehabt. Er konnte nur bestätigen, was die Vernunft bereits über den Weltraum enthüllt hatte.

Die führenden amerikanischen Observatorien, die eng mit dem Projekt zusammenarbeiteten, meldeten, daß das Raumschiff sich jetzt mit der vorhergesagten Geschwindigkeit in der vorhergesagten Umlaufbahn bewegte. Bald, jederzeit jetzt, sollte zum erstenmal in der Geschichte eine Nachricht aus dem Weltraum in der Funkzentrale empfangen werden. Die Übertragung sollte im ultrahohen Frequenzbereich erfolgen, wo noch nie jemand Nachrichten gesendet oder empfangen hatte.

Die erste Nachricht war überfällig, aber nichts war schiefgegangen –, nichts *konnte* schiefgehen, beteuerte Dr. Groszinger abermals sich selbst gegenüber. Maschinen –, Maschinen, nicht Menschen führten den Flug durch. Der Mann an Bord war nur ein Beobachter, von unfehlbaren Elektronengehirnen, flinker als sein eigenes, an seinen einsamen Aussichtspunkt gelotst. Er hatte ein Kontrollpult in seinem Raumschiff, aber nur für den Sinkflug durch die Atmosphäre, wenn und falls sie ihn aus dem Weltraum zurückbrachten. Er war für einen mehrjährigen Aufenthalt ausgerüstet.

Sogar der Mann war so sehr eine Maschine wie möglich, dachte Dr. Groszinger befriedigt. Er war schnell, stark, leidenschaftslos. Psychiater hatten Major Rice aus hundert Freiwilligen ausgewählt und vorhergesagt, daß er so perfekt funktionieren würde wie die Raketenmotoren, der Metallrumpf und die elektronische Steuerung. Seine Beschreibung: stämmig, neunundzwanzig Jahre alt, im Zweiten Weltkrieg fünfundvierzig Missionen über Europa ohne ein Anzeichen von Ermüdung, kinderloser Witwer, melancholischer Einzelgänger, Karrieresoldat, Arbeitstier.

Die Mission des Majors? Einfach: Wetterbedingungen über Feindesland melden und die Genauigkeit ferngelenkter Atomraketen im Kriegsfall beobachten.

Major Rice war nun im Sonnensystem fixiert, zweitausend Meilen über der Erde – eigentlich ganz in der Nähe –, die Entfernung von New York nach Salt Lake City, nicht einmal weit genug weg, um viel von den Eiskappen der Pole zu sehen. Mit einem Fernrohr konnte sich Rice ohne Schwierigkeiten kleine Städte und das Kielwasser von Schiffen heraussuchen. Es würde atemberaubend sein, die enorme blau-grüne Kugel zu sehen, zu sehen, wie die Nacht um sie herumkroch und Wolken und Gewitter auf ihrem Antlitz wuchsen und wirbelten.

Dr. Groszinger drückte seine Zigarette aus, steckte sich abwesend fast sofort eine neue an und schlenderte durch den Flur zu dem kleinen Labor, in dem die Funkausrüstung aufgebaut war.

Generalleutnant Franklin Dane, Leiter des Projekts Cyclops, saß neben dem Funker, die Uniform zerknittert, den Kragen nicht zugeknöpft. Der General starrte erwartungsvoll den Lautsprecher an. Der Fußboden war mit Butterbrotpapier und Kippen bedeckt. Vor dem General und dem Funker und neben dem Klappstuhl, auf dem Groszinger wartend die Nacht verbracht hatte, standen Pappbecher mit Kaffee.

General Dane nickte Groszinger zu und wedelte ruhegebietend mit der Hand.

»Able Baker Fox, hier ist Dog Easy Charley. Able Baker Fox, hier ist Dog Easy Charley …«, leierte der Funker matt, indem er die chiffrierten Namen benutzte. »Können Sie mich hören, Able Baker Fox? Können Sie …«

Der Lautsprecher knackte, dröhnte dann, auf höchste Lautstärke gestellt: »Hier ist Able Baker Fox. Bitte kommen, Dog Easy Charley. Over.«

General Dane sprang auf und umarmte Groszinger. Sie lachten idiotisch und hauten einander auf den Rükken. Der General entriß dem Funker das Mikrofon. »Sie haben es geschafft, Able Baker Fox! Genau auf Kurs! Wie ist es, Junge? Was ist das für ein Gefühl? Over.« Groszinger, den Arm um die Schultern des Generals gelegt, beugte sich ungeduldig vor, näherte sein Ohr dem Lautsprecher auf wenige Zentimeter. Der Funker stellte etwas leiser, damit sie hören konnten, wie Major Rice' Stimme klang.

Wieder kam die Stimme durch, leise, zögernd. Der Ton störte Groszinger; er hatte sie klar, scharf, effizient gewollt.

»Diese Seite der Erde ist gerade dunkel, sehr dunkel. Und mir ist, als würde ich fallen –, genau, wie Sie gesagt haben. Over.«

»Ist irgendwas los?« fragte der General besorgt. »Sie hören sich an, als …«

Der Major unterbrach ihn, bevor er weitersprechen konnte. »Da! Haben Sie das gehört?«

»Able Baker Fox, wir können überhaupt nichts hören«, sagte der General und sah Groszinger verblüfft an. »Was ist das da? Haben Sie irgendwelche Nebengeräusche in Ihrem Empfänger? Over.«

»Ein Kind«, sagte der Major. »Ich höre ein Kind weinen. Und jetzt – hören Sie hin! – jetzt versucht ein alter Mann, es zu trösten.« Seine Stimme schien weiter entfernt, als spräche er nicht mehr direkt in sein Mikrofon.

»Das ist unmöglich, lachhaft!« sagte Groszinger. »Überprüfen Sie Ihr Sprechfunkgerät, Able Baker Fox, überprüfen Sie Ihr Sprechfunkgerät. Over.«

»Jetzt werden sie lauter. Die Stimmen werden lauter. Deshalb kann ich Sie nicht sehr gut hören, Dog Easy Charley. Es ist, als stünde ich mitten in einer Menschenmenge und alle versuchten, gleichzeitig mit mir zu sprechen. Es ist, als …« Die Stimme verlor sich. Sie konnten im Lautsprecher einen beruhigenden Laut hören. Der Major war noch auf Sendung.

»Können Sie mich hören, Able Baker Fox? Antworten Sie! Können Sie mich hören?« rief General Dane.

Der beruhigende Laut verstummte. Der General und Groszinger starrten dumm den Lautsprecher an.

»Able Baker Fox, hier ist Dog Easy Charley«, skandierte der Funker. »Able Baker Fox, hier ist Dog Easy Charley …«

Groszinger, die Augen mit einer Zeitung gegen das grelle Deckenlicht des Funkraums abgeschirmt, lag vollständig bekleidet auf dem Feldbett, das man ihm hereingebracht hatte. Alle paar Minuten fuhr er sich mit den langen, dünnen Fingern durch das verwuschelte Haar und fluchte. Seine Maschine hatte perfekt gearbeitet, *arbeitete* perfekt. Das eine, das er nicht entworfen hatte, der verdammte Mann in der Maschine, hatte versagt, hatte das ganze Experiment versaut.

Sie hatten sechs Stunden lang versucht, die Verbindung mit dem Irren, der aus seinem kleinen Stahlmond auf die Erde hernieder spähte und Stimmen hörte, wiederherzustellen.

»Er kommt wieder rein, Sir«, sagte der Funker. »Hier ist Dog Easy Charley. Able Baker Fox, bitte kommen. Over.«

»Hier ist Able Baker Fox. Klares Wetter über den Zonen sieben, elf, neunzehn und dreiundzwanzig. Zonen eins, zwei, drei, vier, fünf und sechs bedeckt. Mögliche Gewitterbildung über den Zonen acht und neun, Richtung Südsüdwest, Geschwindigkeit etwa achtzehn Meilen pro. Over.«

»Er hat sich wieder eingekriegt«, sagte der General erleichtert.

Groszinger blieb liegen wie niedergestreckt, den Kopf immer noch unter der Zeitung. »Fragen Sie ihn nach den Stimmen«, sagte er.

»Sie hören doch keine Stimmen mehr, *oder*, Able Baker Fox?«

»Was meinen Sie mit ›ich höre keine Stimmen mehr‹? Ich kann sie besser hören, als ich Sie höre, Dog Easy Charley. Over.«

»Er ist völlig übergeschnappt«, sagte Groszinger und setzte sich auf.

»Das habe ich gehört«, sagte Major Rice. »Vielleicht bin ich völlig übergeschnappt. Das sollte gar nicht schwer zu überprüfen sein. Sie müssen nur herausfinden, ob ein Andrew Tobin am 17. Februar 1927 in Evansville, Indiana, gestorben ist. Over.«

»Ich kann Ihnen nicht folgen, Able Baker Fox«, sagte der General. »Wer war Andrew Tobin? Over.«

»Er ist eine der Stimmen.« Unbehagliche Pause. Major Rice räusperte sich. »Behauptet, sein Bruder habe ihn ermordet. Over.«

Der Funker hatte sich langsam von seinem Hocker erhoben, das Gesicht kalkweiß. Groszinger schubste ihn zurück und nahm dem General das Mikrofon aus der nun schlaffen Hand.

»Entweder haben Sie den Verstand verloren, oder dies ist der blödeste Studentenulk der Menschheitsgeschichte, Able Baker Fox«, sagte Groszinger. »Sie sprechen mit *Groszinger*, und Sie sind dümmer, als ich glaube, wenn Sie meinen, daß ich mir das bieten lasse.« Er nickte. »Over.«

»Ich kann Sie nicht mehr sehr gut hören, Dog Easy Charley. Tut mir leid, aber die Stimmen werden lauter.«

»Rice! Nehmen Sie sich zusammen!« sagte Groszinger.

»Da … Das habe ich mitgekriegt: Mrs. Pamela Ritter möchte, daß ihr Mann wieder heiratet, wegen der Kinder. Er wohnt …«

»Hören Sie auf!«

»Er wohnt Damon Place 1577 in Scotia, New York. Over and out.«

General Dane schüttelte Groszinger sanft an der Schulter. »Sie haben fünf Stunden geschlafen«, sagte er. »Es ist Mitternacht.« Er gab ihm einen Becher Kaffee. »Wir haben ein paar weitere Meldungen. Interessiert?«

Groszinger nippte am Kaffee. »Spinnt er immer noch?«

»Er hört immer noch die Stimmen, falls Sie das meinen.« Der General ließ Groszinger zwei ungeöffnete Telegramme in den Schoß fallen. »Habe mir gedacht, Sie wollen die vielleicht mal aufmachen?«

Groszinger lachte. »Haben Scotia und Evansville überprüft, stimmt's? Gott stehe dieser Armee bei, wenn alle Generäle so abergläubisch sind wie Sie, mein Freund.«

»Okay, okay, Sie sind der Wissenschaftler, Sie sind der Mann mit dem Hirn. Deshalb möchte ich ja auch, daß Sie die Telegramme öffnen. Ich möchte, daß Sie mir sagen, was zum Teufel hier überhaupt los ist.«

Groszinger öffnete eines der Telegramme.

HARVEY RITTER GEMELDET DAMON PLACE 1577, SCOTIA. INGENIEUR BEI FIRMA GENERAL ELECTRIC. WITWER, ZWEI KINDER. VERSTORBENE EHEFRAU VORNAME PAMELA. BRAUCHEN WEITERE INFORMATIONEN? R.B. FAILEY, REVIERVORSTEHER POLIZEI SCOTIA

Er zuckte die Achseln, gab die Meldung an General Dane weiter und öffnete das andere Telegramm:

LAUT UNTERLAGEN STARB ANDREW TOBIN AM 17. FEBRUAR 1927 DURCH JAGDUNFALL. BRUDER PAUL FÜHRENDER GESCHÄFTSMANN. BESITZT VON ANDREW GEGRÜNDETE KOHLENHANDLUNG. KANN WEITERE EINZELHEITEN LIEFERN, FALLS GEWÜNSCHT. F.B. JOHNSON, REVIERLEITER SCHUTZPOLIZEI EVANSVILLE

»Ich bin nicht überrascht«, sagte Groszinger. »Ich habe so etwas erwartet. Ich nehme an, Sie sind jetzt fest davon überzeugt, daß unser Freund Major Rice das Weltall von Gespenstern bevölkert vorgefunden hat?«

»Nun, ich würde sagen, daß er es todsicher von irgendwas bevölkert vorgefunden hat«, sagte der General.

Groszinger zerknüllte das zweite Telegramm in der Faust, warf es quer durch den Raum und verfehlte den Papierkorb um dreißig Zentimeter. Er faltete die Hände und nahm die geduldige, priesterliche Haltung an, die er sich für Vorlesungen vor Physik-Erstsemestern angewöhnt hatte. »Zunächst, mein Freund, konnten wir zwei mögliche Schlüsse ziehen: Entweder ist Major Rice geistesgestört, oder er hat uns einen spektakulären Streich gespielt.« Er drehte Däumchen und wartete, bis der General diese Information verdaut hatte. »Nachdem wir nun wissen, daß es sich bei seinen Gespenstermeldungen um echte Menschen handelt, müssen wir schließen, daß er irgendeinen Streich ausgeheckt hat und jetzt ausführt. Er hat sich seine Namen und Adressen besorgt, bevor er losflog. Nur Gott weiß, was er damit zu erreichen hofft. Nur Gott weiß, was wir tun können, damit er wieder aufhört. Das ist Ihr Problem, würde ich sagen.«

Die Augen des Generals verengten sich. »Er versucht also, das Projekt zu sabotieren? Das werden wir ja sehen, bei Gott, das werden wir ja sehen.« Der Funker döste. Der General klopfte ihm auf den Rücken. »Ans Werk, Sergeant, ans Werk. Rufen Sie Rice, bis Sie ihn kriegen, verstanden?«

Der Funker mußte ihn nur einmal rufen.

»Hier ist Able Baker Fox. Bitte kommen, Dog Easy Charley.« Major Rice' Stimme war müde.

»Hier ist Dog Easy Charley«, sagte General Dane. »Wir haben genug von Ihren Stimmen, Able Baker Fox –, verstanden? Wir wollen nichts mehr davon hören. Wir sind Ihnen auf die Schliche gekommen. Ich weiß nicht, was Sie vorhaben, aber eins weiß ich: Ich werde Sie so schnell runterholen und auf einem Haufen Steine in Leavenworth aufprallen lassen, daß Ihre Zähne im All bleiben. Verstehen wir uns?« Der General biß wild die Spitze von einer frischen Zigarre ab. »Over.«

»Haben Sie diese Namen und Adressen überprüft? Over.«

Der General sah Groszinger an, der die Stirn runzelte und den Kopf schüttelte. »Klar haben wir das. Das beweist gar nichts. Also haben Sie da oben eine Liste mit Namen und Adressen. Und was beweist das? Over.«

»Sie sagen, diese Namen haben übereingestimmt? Over.«

»Ich sage Ihnen, Sie sollen es lassen, Rice. Genau jetzt. Vergessen Sie die Stimmen, verstanden? Geben Sie mir einen Wetterbericht. Over.«

»Stellenweise klare Sicht über den Zonen elf, fünfzehn und sechzehn. Eins, zwei und drei sehen massiv bedeckt aus. In allen anderen Zonen klare Sicht. Over.«

»Schon viel besser, Able Baker Fox«, sagte der General. »Vergessen wir die Stimmen, okay? Over.«

»Da ist eine alte Frau, die etwas mit deutschem Akzent ruft … Ist Dr. Groszinger da? Ich glaube, sie ruft seinen Namen. Sie bittet ihn, er soll sich über seine Arbeit nicht zu sehr aufregen … Er soll nicht …«

Groszinger beugte sich über die Schulter des Funkers vor und knipste den Schalter des Empfängers aus. »Wenn es jemals einen billigen, ekelhaften Trick gegeben hat, dann diesen«, sagte er.

»Hören wir uns doch an, was er zu sagen hat«, sagte der General. »Ich dachte, Sie sind Wissenschaftler.«

Groszinger sah ihn aufsässig an, knipste das Empfangsgerät wieder an und trat zurück, die Hände in die Hüften gestemmt.

»... sagt sie etwas auf deutsch«, fuhr die Stimme von Major Rice fort. »Kann es nicht verstehen. Vielleicht können Sie es verstehen. Ich wiederhole es mal so, wie es sich anhört: ›*Alles geben die Götter, die unendlichen, ihren Lieblingen ganz. Alle ...*‹«

Groszinger stellte leiser. »›*Alle Freuden, die unendlichen, alle Schmerzen, die unendlichen, ganz*‹«, sagte er schwach. »Das ist der Schluß.« Er setzte sich auf das Feldbett. »Es ist das Lieblingszitat meiner Mutter –, etwas von Goethe.«

»Ich kann ihn noch mal bedrohen«, sagte der General.

»Wozu?« Groszinger zuckte die Achseln und lächelte. »Der Weltraum *ist* voller Stimmen.« Er lachte nervös. »*Da*mit könnte man Physik-Lehrbücher aufpeppen.«

»Ein Omen, Sir –, es ist ein Omen«, platzte es aus dem Funker heraus.

»Was zum Teufel meinen Sie damit –, ein Omen?« sagte der General. »Dann ist der Weltraum eben voller Gespenster. Das überrascht mich nicht.«

»Dann überrascht Sie gar nichts mehr«, sagte Groszinger.

»Stimmt ganz genau. Was wäre ich für ein General, wenn ich mich überraschen ließe. Soweit ich weiß, ist der Mond aus grünem Käse. Na und. Alles, was ich will, ist einen Mann da draußen, der mir sagt, daß ich das treffe, worauf ich schieße. Es ist mir sterbenswurscht, was im Weltraum passiert.«

»Verstehen Sie das denn nicht, Sir?« sagte der Funker. »Verstehen Sie nicht? Es ist ein Omen. Wenn die Menschen von all den Geistern da draußen erfahren, vergessen sie den Krieg. Dann wollen sie nur noch an die Geister denken.«

»Entspannen Sie sich, Sergeant«, sagte der General. »Niemand wird etwas von ihnen erfahren, verstanden?«

»Eine solche Entdeckung können Sie nicht unterdrükken«, sagte Groszinger.

»Sie sind verrückt, wenn Sie glauben, daß ich das nicht kann«, sagte General Dane. »Wie wollen Sie denn irgend jemandem von diesem Kram berichten, ohne dazuzusagen, daß wir eine Weltraumrakete da draußen haben?«

»Die Menschen haben ein Recht, das zu wissen«, sagte der Funker.

»Wenn die Welt erfährt, daß wir da draußen ein Raumschiff haben, ist das der Anfang des Dritten Weltkriegs«, sagte der General. »Nun sagen Sie mir, daß Sie das wollen. Der Feind wird gar keine andere Wahl haben. Er wird sofort versuchen, uns in Grund und Boden zu bombardieren, bevor wir Major Rice sinnvoll einsetzen können. Und wir können nichts anderes machen als versuchen, sie zu*erst* in Grund und Boden zu bombardieren. Wollen Sie das?«

»Nein, Sir«, sagte der Funker. »Ich glaube nicht, Sir.«

»Wir können aber immerhin experimentieren«, sagte Groszinger. »Wir können soviel wie möglich über die Geister herausfinden. Wir können Rice in eine größere Umlaufbahn schicken, um herauszufinden, wie weit draußen er die Stimmen noch hören kann, und ob …«

»Aber nicht mit Mitteln der Air Force«, sagte General

Dane. »Dazu ist Rice nicht da draußen. Wir können uns nicht leisten, daß er irgendwo herumeiert. Wir brauchen ihn genau da, wo er ist.«

»In Ordnung, in Ordnung«, sagte Groszinger. »Dann hören wir uns an, was er zu sagen hat.«

»Holen Sie ihn rein, Sergeant«, sagte der General.

»Ja, Sir.« Der Funker fummelte an den Knöpfen. »Im Augenblick scheint er nicht zu senden, Sir.« Das Summen des Lautsprechers wurde vom besänftigenden Geräusch des Senders unterbrochen. »Ich glaube, er kommt wieder rein. Able Baker Fox, hier ist Dog Easy Charley …«

»King Zwo X-Ray William Love, hier ist William Fünf Zebra Zebra King in Dallas«, sagte der Lautsprecher. Die Stimme sprach mit weichem Singsang und klang höher als die von Major Rice.

Eine Baßstimme antwortete: »King Zwo X-Ray William Love in Albany. Bitte kommen, W5ZZK, ich kann dich gut hören. Wie hörst du mich? Over.«

»Du bist klar wie eine Glocke, K2XWL –, auf den Kopp genau fünfundzwanzigtausend Megacycles. Ich versuche, die Abweichungen einzuschränken, indem ich …«

Die Stimme von Major Rice unterbrach. »Ich kann Sie nicht klar hören, Dog Easy Charley. Die Stimmen sind jetzt ein anhaltendes Gebrüll. Ich kann Fetzen von dem, was sie sagen, aufschnappen. Grantland Whitman, der Hollywood-Schauspieler, schreit, daß sein Neffe Carl sein Testament verfälscht hat. Er sagt …«

»Bitte noch mal, K2XWL«, sagte die Stimme mit dem Singsang. »Ich muß da was mißverstanden haben. Over.«

»Ich habe gar nichts gesagt, W5ZZK. Was war das mit Grantland Whitman? Over.«

»Die Menge beruhigt sich etwas«, sagte Major Rice. »Jetzt ist da nur noch eine Stimme –, eine junge Frau, glaube ich. Sie ist so leise, daß ich nicht verstehen kann, was sie sagt.«

»Was ist da los, K2XWL? Kannst du mich hören, K2XWL?«

»Sie ruft meinen Namen. Hören Sie das? Sie ruft meinen Namen«, sagte Major Rice.

»Sperren Sie die Frequenz, verdammtnochmal!« schrie der General. »Grölen Sie, pfeifen Sie –, machen Sie *irgendwas!*«

Der morgendliche Verkehr an der Universität vorbei kam hupend und übelgelaunt zum Stehen, als Groszinger geistesabwesend bei Rot auf seinem Rückweg zu Büro und Funkraum die Fahrbahn überquerte. Er sah überrascht hoch, murmelte eine Entschuldigung und rannte zum Bürgersteig. Er hatte in einem 24-Stunden-Imbiß anderthalb Straßen vom Laborgebäude entfernt einsam gefrühstückt und dann einen langen Spaziergang gemacht. Durch ein paar Stunden Abwesenheit, hatte er gehofft, würde er den Kopf freibekommen –, aber das Gefühl von Verwirrung und Hoffnungslosigkeit hatte ihn nicht verlassen. Hatte die Welt ein Recht, das alles zu erfahren, oder nicht?

Von Major Rice waren keine weiteren Funksprüche gekommen. Auf Befehl des Generals war die Frequenz gesperrt worden. Auf 25 000 Megacycles konnte der unerwartete Lauscher nur noch ein beständiges Jaulen hören. General Dane hatte Washington das Dilemma kurz nach Mitternacht gemeldet. Vielleicht waren inzwischen Befehle durchgekommen, was mit Major Rice geschehen sollte.

Groszinger blieb auf den Stufen zum Laborgebäude an einem besonnten Fleckchen stehen und las noch einmal die Zeitungsnachricht auf der ersten Seite, eine phantasievolle Spalte unter der Überschrift »Enthüllt geheimnisvoller Funkspruch gefälschtes Testament von Hollywood-Star?« Die Geschichte erzählte von zwei Funkamateuren, die illegal auf dem mutmaßlich unbenutzten Ultrahochfrequenzband experimentierten und zu ihrem Erstaunen einen Mann hörten, der über Stimmen und ein Testament plapperte. Die Amateure hatten das Gesetz gebrochen, indem sie auf einer nicht zugelassenen Frequenz operierten, aber sie hatten über ihre Entdeckung getratscht. Jetzt würden sich Funkamateure in der ganzen Welt Empfänger bauen, mit denen sie auch was davon hatten.

»Morgen, Sir. Herrlicher Morgen, stimmt's?« sagte ein Pförtner, der gerade Feierabend hatte. Es war ein vergnügter Ire.

»Schöner Morgen, stimmt«, stimmte Groszinger ihm bei. »Bewölkt sich vielleicht ein bißchen im Westen.« Er fragte sich, was der Pförtner sagen würde, wenn er ihm sagte, was er wußte. Lachen würde er, wahrscheinlich.

Groszingers Sekretärin staubte seinen Schreibtisch ab, als er hereinkam. »Sie könnten etwas Schlaf gebrauchen, stimmt's?« sagte sie. »Warum ihr Männer nicht besser auf euch achtgebt, das ist mir echt schleierhaft. Wenn Sie eine Frau hätten, würde sie dafür sorgen, daß Sie …«

»Ist mir noch nie so gut gegangen wie jetzt«, sagte Groszinger. »Schon was von General Dane gehört?«

»Vor zehn Minuten hat er Sie gesucht. Jetzt ist er wieder im Funkraum. Er hat eine halbe Stunde lang mit Washington telefoniert.«

Sie hatte nur eine sehr vage Vorstellung davon, worum es bei dem Projekt ging. Wieder spürte Groszinger den Drang, von Major Rice und den Stimmen zu erzählen, zu sehen, welche Wirkung das auf jemand anderen hatte. Vielleicht würde seine Sekretärin reagieren wie er, mit einem Achselzucken. Vielleicht war dies der Geist des Atombomben-Zeitalters, des H-Bomben-Zeitalters, des Gott-weiß-was-als-nächstes-für – Bomben-Zeitalters –, daß man über gar nichts mehr staunte. Die Wissenschaft hatte der Menschheit genug Kräfte gegeben, um die Erde zu zerstören, und die Politik hatte der Menschheit die schöne Gewißheit verschafft, daß diese Kräfte auch genutzt wurden. Dieser Schrecken war nicht zu übertreffen. Aber der Beweis, daß es eine Geisterwelt gab, kam ihm vielleicht zumindest gleich. Vielleicht war das der Schock, den die Welt brauchte, vielleicht konnte die Nachricht von den Geistern den selbstmörderischen Verlauf der Geschichte ändern.

General Dane sah matt auf, als Groszinger in den Funkraum kam. »Sie bringen ihn runter«, sagte er. »Das ist unsere einzige Möglichkeit. Für uns ist er verbrannt.« Der Lautsprecher, leise gestellt, sang das monotone Gesumm des Sperrsignals. Der Funker schlief vor seinem Gerät, den Kopf auf den verschränkten Armen.

»Haben Sie noch einmal versucht, zu ihm durchzukommen?«

»Zweimal. Jetzt ist er eindeutig übergeschnappt. Habe versucht, ihm zu sagen, er soll eine andere Frequenz nehmen, er soll seine Funksprüche verschlüsseln, aber er hat einfach weitergequatscht, als könnte er mich gar nicht hören … Hat über die Stimme dieser Frau geredet.«

»Wer ist die Frau? Was hat er gesagt?«

Der General sah ihn seltsam an. »Sagt, es wäre seine Frau, Margaret. Da würde ja wohl jeder durchdrehen, meinen Sie nicht? Was waren wir doch brillant, daß wir jemanden ohne familiäre Bindungen raufgeschickt haben.« Er stand auf und reckte sich. »Ich gehe mal kurz raus. Lassen Sie bloß die Finger von dem Gerät.« Er knallte die Tür hinter sich zu.

Der Funker regte sich. »Sie bringen ihn runter.«

»Ich weiß«, sagte Groszinger.

»Das wird ihn umbringen, stimmt's?«

»Er hat eine Lenkung für Senk- und Gleitflug, sobald er in die Atmosphäre eintaucht.«

»Wenn er will.«

»Das stimmt –, wenn er will. Sie werden ihn mit Raketenantrieb aus seiner Umlaufbahn und in die Atmosphäre holen. Danach ist es an ihm, zu übernehmen und zu landen.«

Sie verstummten. Das einzige Geräusch war das gedämpfte Sperrgeräusch aus dem Lautsprecher.

»Er will nicht leben, wissen Sie das?« sagte der Funker plötzlich. »Würden Sie leben wollen?«

»Das weiß man wahrscheinlich nicht, bevor es soweit ist«, sagte Groszinger. Er versuchte, sich eine Welt der Zukunft vorzustellen –, eine Welt in ständigem Kontakt mit den Geistern, die Lebenden untrennbar von den Toten. Sie mußte kommen. Andere Männer, die das All erforschten, mußten es herausfinden. Würde es das Leben zum Himmel oder zur Hölle machen? Jeder Penner und jedes

Genie, Verbrecher und Held, Durchschnittsmensch und Wahnsinniger, jetzt und immerdar Teil der Menschheit –, beratend, zankend, intrigierend, besänftigend …

Der Funker sah verstohlen zur Tür. »Wollen Sie ihn noch mal hören?«

Groszinger schüttelte den Kopf. »Jetzt hören alle diese Frequenz. Da wären wir alle in einem schönen Schlamassel, wenn Sie die Frequenz nicht mehr sperren.« Mehr wollte er nicht hören. Er war verwirrt, unglücklich. Würde der unmaskierte Tod die Menschen in den Selbstmord treiben oder ihnen neue Hoffnung bringen? Würden sich die Lebendigen von ihren Führern abwenden und den Toten nachlaufen? Cäsar … Karl dem Großen … Napoleon … Bismarck … Lincoln … Roosevelt? Jesus Christus? Waren die Toten weiser als …

Bevor Groszinger ihn davon abhalten konnte, stellte der Sergeant den Oszillator ab, der die Frequenz sperrte.

Major Rice' Stimme kam sofort durch, hoch und überschwenglich: »Tausende, Tausende, alle um mich herum, sie stehen auf nichts, schimmern wie Nordlichter … Wunderschön, in Wellen durch den Weltraum, um die ganze Erde herum wie ein glühender Nebel. Ich kann sie sehen, hört ihr? Ich kann sie jetzt sehen. Ich kann Margaret sehen. Sie winkt und lächelt, verschwommen, himmlisch, wunderschön. Wenn ihr es nur sehen könntet, wenn …«

Der Funker haute das Sperrsignal rein. Auf dem Korridor waren Schritte zu hören.

General Dane pirschte in den Funkraum und sah auf seine Uhr. »In fünf Minuten fängt der Countdown an; dann holen sie ihn runter«, sagte er. Er versenkte die

Hände in den Hosentaschen und nahm niedergeschlagen eine krumme Haltung ein. »Diesmal haben wir versagt. Nächstes Mal, bei Gott, werden wir es schaffen. Der nächste Mann, den wir raufschicken, wird wissen, was ihm bevorsteht –, er wird dafür gerüstet sein.«

Er legte Groszinger die Hand auf die Schulter. »Der wichtigste Job, den Sie je zu machen haben werden, mein Freund, ist, daß Sie den Mund über diese Geister da draußen halten. Der Feind darf nicht erfahren, daß wir ein Raumschiff da draußen hatten, und er soll auch nicht wissen, was ihn erwartet, wenn er es selbst versucht. Die Sicherheit dieses Landes hängt davon ab, daß dies unser Geheimnis bleibt. Drücke ich mich klar aus?«

»Ja, Sir«, sagte Groszinger, dankbar, weil er nur die Wahl hatte zu schweigen. Er wollte nicht der sein, der es der Welt mitteilte. Er wünschte, er hätte nichts mit Rice' Weltraummission zu tun gehabt. Was die Entdeckung der Toten der Menschheit antun würde, wußte er nicht, aber die Wirkung wäre fürchterlich. Nun mußte er wie alle anderen auf die nächste wilde Wendung warten, die die Geschichte nehmen würde.

Der General sah wieder auf die Uhr. »Sie bringen ihn runter«, sagte er.

Um 13:39 Uhr am Freitag, dem 28. Juli, funkte das britische Linienschiff *Capricorn*, welches sich zweihundertachtzig Meilen von New York entfernt auf der Fahrt nach Liverpool befand, ein unidentifiziertes Objekt sei ins Meer gestürzt und habe am Horizont auf Steuerbord eine riesige Fontäne bewirkt. Mehrere Passagiere gaben an, etwas Glitzerndes gesehen zu haben, als das Ding vom Himmel fiel. Als die *Capricorn* die Stelle des Aufpralls erreichte, meldete sie tote Fische an der Wasseroberfläche und Turbulenzen darunter, aber keine Hinweise auf ein Wrack.

Die Zeitungen mutmaßten, die *Capricorn* habe den Aufprall einer Versuchsrakete gesehen, die im Rahmen eines Reichweitentests auf See gefeuert worden war. Der Verteidigungsminister bestritt prompt, daß solche Tests in irgendeiner Form über dem Atlantik durchgeführt worden seien.

In Boston sagte Dr. Bernard Groszinger, der jugendliche Berater in Raketenfragen bei der Air Force, Reportern, das, was die *Capricorn* gesehen habe, könne leicht ein Meteor gewesen sein.

»Das kommt mir sehr wahrscheinlich vor«, sagte er. »Wenn es ein Meteor war, sollte die Tatsache, daß er die Erdoberfläche erreicht hat, eine der wichtigsten wissenschaftlichen Nachrichtenmeldungen dieses Jahres sein. Normalerweise verbrennen Meteore ohne Rückstand, bevor sie die Stratosphäre auch nur durchquert haben.«

»Entschuldigen Sie, Sir«, unterbrach ein Reporter. »Gibt es da draußen irgend etwas jenseits der Stratosphäre –; ich meine, gibt es einen Namen dafür?«

»Nun, tatsächlich ist die Bezeichnung ›Stratosphäre‹ ein bißchen willkürlich gewählt. Sie ist die äußerste Hülse der Atmosphäre. Man kann nicht definitiv sagen, wo sie aufhört. Jenseits davon ist nur –, nun, toter Raum.«

»Toter Raum –, das wäre der passende Name dafür, was?« sagte der Reporter.

»Wenn Sie was Schickeres wollen, können wir es vielleicht ins Griechische übersetzen«, sagte Groszinger munter. »*Thanatos*, das ist ›Tod‹ auf griechisch, glaube ich. Vielleicht wäre Ihnen statt ›toter Raum‹ ›Thanasphäre‹ lieber. Klingt doch angenehm wissenschaftlich, meinen Sie nicht?«

Die Reporter lachten höflich.

»Sie lesen einfach zu viele Comics«, sagte Groszinger. »Kommen Sie in zwanzig Jahren wieder, und vielleicht habe ich dann eine Geschichte für Sie.«

Das Paket

»Was sagst du dazu!« sagte Earl Fenton. Er entwand sich dem Trageriemen seiner stereoskopischen Kamera, zog die Jacke aus und legte die Jacke und die Kamera auf die Fernseh-Radio-Plattenspieler-Konsole. »Da machen wir eine Rundreise einmal sauber um die Welt, und zwei Minuten nachdem wir in unser neues Heim zurückkommen, klingelt das Telefon. Das ist Zivilisation.«

»Für Sie, Mr. Fenton«, sagte das Dienstmädchen.

»Earl Fenton am Apparat … Wer …? Haben Sie den richtigen Fenton? Es gibt noch einen *Brudd* Fenton auf dem San Bonito Boulevard … Ja, das stimmt, war ich. Abschlußklasse von 1910 … Warten Sie! Nein! Aber klar!

Hör zu, sag dem Hotel, es soll sich zum Teufel scheren, Charley, du bist mein Gast … Ob wir Platz haben?«

Earl hielt die Hand über die Sprechmuschel und grinste seine Frau an. »Er will wissen, ob wir Platz haben!« Jetzt sprach er wieder ins Telefon. »Hör zu, Charley, wir haben Zimmer, in denen ich noch nie war. Ernsthaft. Wir sind gerade eingezogen –, vor fünf Minuten … Nein, es ist alles fertig. Der Innenarchitekt hat die Bude schon vor Wochen so schön wie nur was möbliert, und mit den Dienstboten läuft alles wie eine Aufziehuhr, wir sind also bereit. Nimm dir ein Taxi, hörst du …? Nein, die Fabrik habe ich letztes Jahr verkauft. Die Kinder sind erwachsen und selbständig und alles … Der kleinere Earl ist jetzt Arzt, hat ein großes Haus in Santa Monica, und Ted ist fertig mit Jura und arbeitet bei seinem Onkel George … Ja, und Maude und ich, wir haben einfach beschlossen, wir lehnen uns zurück und genießen unseren wohlverdienten … Aber das ist ja zu blöd, hier alles am Telefon zu bequatschen. Du kommst jetzt sofort zu uns raus. Junge! Haben wir viel nachzuholen!« Earl legte auf und schnalzte mit der Zunge.

Maude untersuchte eine Schalttafel auf dem Flur. »Ich weiß nicht, ob man mit diesem Dingsbums die Klimaanlage oder die Garagentüren oder die Fenster oder was bedient«, sagte sie.

»Lou Converse soll rauskommen und uns zeigen, wie alles funktioniert«, sagte Earl. Converse leitete die Firma, die während ihrer Auslandsreise die weitverzweigte, über mehrere Ebenen wuchernde »Wohnmaschine« hochgezogen hatte.

Earls Gesicht wurde nachdenklich, als er durch ein Aussichtsfenster auf die geflieste Terrasse mit dem Grill spähte, von kalifornischem Sonnenschein überflutet, und auf das Tor, dessen Flügel aus stilisierten Wagenrädern bestanden und das sich zur geschotterten Einfahrt hin öffnete, und weiterspähte, auf die Garage, komplett mit Schwalbenhaus, Wetterhahn und zwei Cadillacs. »Mensch, Maude«, sagte er, »ich habe gerade mit einem Gespenst gesprochen.«

»Hm?« sagte Maude. »Aha! Siehst du, das Aussichtsfenster geht rauf, und das Fliegengitter kommt runter. Gespenst? Mit wem denn bloß?«

»Freeman, Charley Freeman. Ein Name aus der Vergangenheit, Maude. Ich konnte es erst gar nicht glauben. Charley war Verbindungsbruder und so ziemlich der Größte in der Abschlußklasse von 1910. Lauf-As, Verbindungspräsident, Herausgeber der Zeitung, Phi Beta Kappa.«

»Meine Güte! Wieso kommt er dann ausgerechnet uns arme Leute besuchen?« sagte Maude.

Earl war gerade Zeuge eines beunruhigenden lebenden Gemäldes, das jahrelang in seinem Hinterkopf verstaut gewesen war: Charley Freeman, weltmännisch, geschmackvoll gekleidet, ließ sich von Earl, der eine Kellnerjacke trug, einen Teller servieren. Als er Charley eingeladen hatte, war Earls Begeisterung automatisch gewesen, der Reflex eines Mannes, der stolz darauf war, bei allem Erfolg ein einfacher, normaler, netter Kerl zu sein. Wenn er jetzt daran dachte, wie ihr Verhältnis auf dem College gewesen war, merkte Earl, daß ihm die Aussicht auf Charleys Ankunft Unbehagen bereitete. »Er war ein reiches Balg«, sagte Earl. »Einer dieser Jungs …«, und seine Stimme bekam einen Hauch von Bitterkeit, »... die alles hatten. Weißt du?«

»Na, Süßer«, sagte Maude, »du hast dich ja auch nicht gerade versteckt, als Aussehen und Hirn verteilt wurden.«

»Nein –, aber als das Geld verteilt wurde, habe ich eine Kellnerjacke und einen Mop gekriegt.« Sie sah ihn mitfühlend an, und er faßte Mut, sein Herz zu dem Thema auszuschütten. »Mensch, Maude, da geht was in einem vor, wenn man Jungs bedienen muß, die genauso alt sind wie man selbst, hinter ihnen saubermacht und sie mit schicken Klamotten und allem Geld der Welt sieht, und im Sommer fahren sie fürstlich in Ferien, während ich arbeiten gehen muß, um die Studiengebühren für das nächste Jahr zu bezahlen.« Earl war überrascht vom Gefühl in seiner Stimme. »Und die ganze Zeit blikken sie auf einen herab, als wäre was verkehrt mit Leuten, die ihr Geld nicht auf dem Silbertablett überreicht gekriegt haben.«

»Na, da werde ich aber doch sofort wütend!« sagte Maude und straffte entrüstet die Schultern, wie um Earl vor denen zu beschützen, die ihn auf dem College gedemütigt hatten. »Wenn dieser bedeutende Charley Freeman damals hochnäsig zu dir war, verstehe ich nicht, weshalb wir ihn jetzt im Haus haben müssen.«

»Ach, was soll's. Man muß vergeben und vergessen«, sagte Earl düster. »Bringt mich nicht mehr aus der Fassung. Er schien zu uns rauskommen zu wollen, und ich versuche, nett zu sein, egal, was war.«

»Und was macht der hochmögende Freeman jetzt?«

»Weiß ich nicht. Irgendwas Großes, nehme ich an. Er hat Medizin studiert, ich bin hierher zurückgekommen, und dann haben wir irgendwie den Kontakt verloren.« In Experimentierlaune drückte Earl auf einen Knopf an der Wand. Aus dem Keller kamen gedämpfte Surr- und Klickgeräusche, und Maschinen übernahmen die Kontrolle über Temperatur und Feuchtigkeit und Reinheit der Atmosphäre ringsum. »Aber ich nehme nicht an, daß Charley sich wesentlich mehr leisten kann als das hier.«

»Was hat er dir denn unter anderem angetan?« hakte Maude, immer noch entrüstet, nach.

Earl wischte das Thema mit der Hand beiseite. Es gab keine besonderen Vorfälle, von denen er Maude berichten konnte. Menschen wie Charley Freeman hatten Earl nicht schlankweg gedemütigt, während er sie bediente, aber er war trotzdem sicher, daß man auf ihn herabgeblickt hatte und daß hinter seinem Rücken über ihn geredet worden war und …

Er schüttelte den Kopf, um die verdrießliche Stimmung loszuwerden, und lächelte. »Na, Mutti, was meinst du, nehmen wir ein Gläschen mit was drin und machen dann eine Wanderung durch das Haus? Wenn ich es Charley zeigen will, muß ich erst mal herausfinden, wie dieser ganze Schwindel teilweise funktioniert, sonst glaubt er, ich bin in dieser Anlage so sehr zu Hause wie ein pensionierter Hausmeister oder Kellner oder was. Mensch, da klingelt schon wieder das Telefon! Das nenne ich aber wirklich Zivilisation.«

»Mr. Fenton«, sagte das Dienstmädchen, »es ist Mr. Converse.«

»Hallo, Lou, Sie alter Pferdedieb. Sehen uns gerade Ihre Laubsägearbeiten an. Maude und ich werden wieder aufs College müssen, um auf Elektroingenieur zu studieren, ha ha … Was? Wer …? Tatsache. Das wollen sie wirklich …? Na ja, mit so was hätte man wohl rechnen müssen. Wenn ihnen so viel dran liegt, okay. Maude und ich fahren einmal sauber um die ganze Welt, sind noch keine zwei Minuten zu Hause, und schon ist ein Betrieb wie auf dem Bahnsteig.«

Earl legte auf und kratzte sich mit gespielter Verblüffung und Mattigkeit den Kopf. In Wirklichkeit freute er sich über den Rummel, über den klingelnden Beweis, daß sein Leben, im Gegensatz zu Fabrikbesitz, Kinderaufzucht und Weltumrundung, kaum angefangen hatte.

»Was jetzt?« sagte Maude.

»Och, so eine dumme Einrichtungs-Illustrierte will was über das Haus machen, sagt Converse, und heute nachmittag wollen sie die Bilder knipsen.«

»Na toll!«

»Ja –, wahrscheinlich. Ich will nicht auf diesen ganzen Fotos herumstehen wie Graf Protz.« Um zu zeigen, wie egal ihm alles war, interessierte er sich für etwas anderes. »Wir haben ihr zwar genug dafür bezahlt, aber diese Innenarchitektin hat wirklich an alles gedacht.« Er hatte einen Schrank neben den Terrassentüren geöffnet und eine Schürze, eine Kochmütze und Asbest-Handschuhe gefunden. »Mensch, weißt du was, das hat es ja wirklich. Siehst du, was auf der Schürze steht, Maude?«

»Niedlich«, sagte Maude und las die Aufschrift vor: »›Schießen Sie nicht auf den Koch; er gibt sein Bestes.‹ Du siehst aus wie ein regelrechter Jean-Pierre vom Waldorf, Earl. Nun zeig mal, wie du mit der Mütze wirkst.«

Er grinste schüchtern und machte Umstände mit der

Mütze. »Weiß nicht genau, wierum man so eine Narrenkappe aufsetzt. Komme mir wie ein Marsmensch vor.«

»Also, für mich siehst du ganz toll aus, und ich würde dich gegen keine hundert hochgestochenen Charley Freemans eintauschen.«

Sie wanderten Arm in Arm über die geflieste Terrasse zum Grill, ein steinernes Gefüge, welches man von weitem für ein Kleinstadtpostamt halten konnte. Sie küßten sich, wie sie sich vor der Großen Pyramide, dem Kolosseum und dem Tadsch Mahal geküßt hatten.

»Weißt du was, Maude?« sagte Earl, in dessen Busen ein großes Gefühl anschwoll. »Weißt du, ich habe mir immer gewünscht, mein Alter wäre reich, damit du und ich genau so ein Haus – peng! – haben könnten, sobald wir aus dem College kamen und geheiratet haben. Aber weißt du was, dann könnten wir jetzt nicht diesen Moment haben und zurückblicken und wissen, wir haben, bei Gott, jeden Zoll dieses Wegs allein geschafft. Und wir verstehen den kleinen Mann, Maude, weil wir auch mal kleine Männer waren. Mensch, für niemanden, der mit einem silbernen Löffel im Mund geboren wurde, gibt es dies Verständnis zu kaufen. Viele auf der Kreuzfahrt wollten sich die ganze schreckliche Armut in Asien nicht ansehen, als hätten sie ein schlechtes Gewissen. Aber wir … Wir haben alles auf die harte Tour geschafft, und deshalb plagt uns, glaube ich, auch unser Gewissen nicht so sehr, und deshalb konnten wir uns diese armen Leute ansehen und sie irgendwie verstehen.«

»Ö-hö«, sagte Maude.

Earl wackelte mit den Fingern in den dicken Handschuhen. »Und heute abend werde ich dir und mir und

Charley ein Filetsteak braten, so dick wie das Telefonbuch von Manhattan, und jedes Gramm davon wird wohlverdient sein, wenn ich das selbst mal so sagen darf.«

»Wir haben noch nicht mal ausgepackt.«

»Na und? Ich bin nicht müde. Ich habe noch so viel zu leben, und je schneller ich damit anfange, desto mehr schaffe ich.«

Earl und Maude waren im Wohnzimmer, Earl immer noch als Meisterkoch verkleidet, als Charles Freeman vom Dienstmädchen hereingeführt wurde.

»Mensch!« sagte Earl. »Wenn das nicht Charley ist!«

Charley war so dünn und aufrecht wie einst, und sein hauptsächliches Altersmerkmal war das Grauerwerden seines dichten Haars. Sein Gesicht war zwar faltig, sah aber noch zuversichtlich und weise aus, war immer noch, fand Earl, milde spöttisch. Vom alten Charley war tatsächlich so viel übrig, daß die College-Zeit, vierzig Jahre tot, in Earls Erinnerung wieder auflebte. Er konnte nicht anders, Earl fühlte sich ärgerlich unterwürfig, fühlte sich ungehobelt und langsam. Seine einzige Verteidigung war die alte –, versteckter Groll, mit der Hoffnung, daß alles bald ganz anders werden würde.

»Lange her, was, Earl?« sagte Charley, die Stimme immer noch tief und männlich. »Du siehst gut aus.«

»Kann viel Wasser in vierzig Jahren unter der Brücke durchfließen«, sagte Earl. Er fuhr nervös mit dem Finger über das üppige Gewebe des Sofas. Und dann fiel ihm Maude ein, die steif und dünnlippig hinter ihm stand. »Oh, entschuldige, Charley, das ist meine Frau, Maude.«

»Dies ist ein Vergnügen, welches ich lange vor mir her schieben mußte«, sagte Charley. »Ich habe das Gefühl, Sie – ich darf doch ›du‹ sagen, Maude? – dich schon lange zu kennen, so viel hat Earl im College von dir gesprochen.«

»Wie geht's?« sagte Maude.

»Viel besser, als ich noch vor sechs Monaten zu erwarten Grund gehabt habe«, sagte Charley. »Was für ein schönes Haus!« Er legte die Hand auf die Fernseh-Radio-Plattenspieler-Konsole. »Also, wie zum Teufel nennt man so was denn?«

»Hä?« sagte Earl. »Fernseher. Glotze. TV. Nach was sieht es denn aus?«

»TV?« sagte Charley stirnrunzelnd. »*TV?* Ach –, Abkürzung für ›Television‹. Ist das so ein Gerät?«

»Du machst doch Witze, Charley?«

»Nein, wirklich. Es muß mehr als anderthalb Milliarden armer Seelen geben, die nie eins von den Dingern gesehen haben, und ich bin eine davon. Tut es weh, wenn man das Glasteil anfaßt?«

»Den Bildschirm?« Earl lachte unbehaglich. »Nie und nimmer –, nur zu.«

»Mr. Freeman hat wahrscheinlich einen Bildschirm zu Hause, der fünfmal so groß ist«, sagte Maude und lächelte kalt, »und jetzt macht er die ganze Zeit schon Witze, daß er den Fernseher nicht mal als solchen erkennt, weil er so klein ist.«

»Nun, Charley«, sagte Earl und unterbrach forsch das Schweigen, welches auf Maudes Kommentar gefolgt war, »und was verschafft uns die Ehre deines Besuchs?«

»Ich wollte die alten Zeiten hochleben lassen«, sagte

Charley. »Ich war gerade zufällig in der Stadt, und da fiel mir ein, daß …«

Bevor Charley das näher ausführen konnte, wurde er von einer Gesellschaft unterbrochen, die sich aus Lou Converse, einem Fotografen von *Home Beautiful* und einer jungen, hübschen Autorin zusammensetzte.

Der Fotograf, der sich schlicht als Slotkin vorstellte, übernahm das Kommando über den Haushalt und unterband während der Gesamtdauer seiner Visite jede Unterhaltung und Aktivität, die nicht unmittelbar mit der Aufnahme der Illustriertenfotos zu tun hatten. »So«, sagte Slotkin, »und der Gimmick ist der Peckitsch, ja?«

»Peckitsch?« sagte Earl.

»*Package*«, sagte die Autorin, »das Paket. Sehen Sie, wir wollen so an die Story herangehen, daß Sie von einer Kreuzfahrt um die Welt nach Hause kommen, und das Zuhause ist ein komplettes Lebens-Paket –, alles, was man sich für ein ausgefülltes Leben nur wünschen kann.«

»Oh.«

»Und komplett ist es«, sagte Lou Converse, »komplett bis hinunter zu einem voll bestückten Weinkeller und einer Speisekammer voller Gourmet-Spezialitäten. Nagelneue Autos, alles nagelneu bis auf den Wein.«

»Aha! Preisausschreiben gewonnen«, sagte Slotkin.

»Er hat seine Fabrik verkauft und sich zurückgezogen«, sagte Converse.

»Maude und ich haben gedacht, wir sind uns noch was schuldig«, sagte Earl. »All die Jahre haben wir uns zurückgehalten, haben das Geld wieder in die Firma gesteckt und alles, und dann, als die Kinder groß waren und das Angebot für die Fabrik kam, wurden wir ganz plötzlich sozusagen wahnsinnig und sagten uns: ›Warum nicht?‹ Und da haben wir einfach alles geordert, was wir uns immer schon gewünscht hatten.«

Earl warf einen Blick auf Charley Freeman, der sich beiseite und im Hintergrund hielt, mit einem halben Lächeln, und von der Szene fasziniert zu sein schien. »Angefangen haben wir, Maude und ich«, sagte Earl, »in einer Zweizimmerwohnung am Hafen. Schreiben Sie das rein.«

»Wir hatten unsere Liebe«, sagte Maude.

»Ja«, sagte Earl, »und ich will nicht, daß die Leute glauben, ich wäre so ein Graf Protz, der mit einem Batzen Geld geboren wurde und dem diese Bude so einfach zugeflogen ist. Aber nein! Dies ist das Ende eines langen, beschwerlichen Weges. Schreiben Sie das hin. Charley kennt mich noch aus den alten Zeiten, als ich mir das College verdienen mußte.«

»Schwere Zeiten für Earl«, sagte Charley.

Da er nun im Zentrum der Aufmerksamkeit stand, spürte Earl, wie sein Selbstvertrauen zurückkehrte, und er begann Charleys Rückkehr in sein Leben als großzügigen Akt des Schicksals zu sehen, eine schöne Gelegenheit, endgültig alte Rechnungen zu begleichen. »Es war nicht die Arbeit, die die Zeiten schwer machte«, sagte Earl spitz.

Charley schien Earls Vehemenz zu überraschen. »In Ordnung, dann war die Arbeit eben nicht schwer. Das ist jetzt so lange her, daß ich mich jetzt sowohl so als auch so daran erinnern kann.«

»Ich meine ja auch nur, daß es nicht leicht war, wenn die Leute auf einen herabsahen, weil man nicht mit einem silbernen Löffel im Mund geboren worden war«, sagte Earl.

»Earl!« sagte Charley und lächelte ungläubig. »Wir hatten zwar reichlich Blödiane in der Verbindung, aber keiner hat auch nur eine Minute lang auf dich herabge-«

»Fettig für die Fottos«, sagte Slotkin. »Fangen wir mit dem Grill an –, Brot, Salat und ein großes, blutiges Stück Fleisch.«

Das Dienstmädchen brachte eine Riesenscheibe Fleisch aus der Tiefkühltruhe an, und Earl hielt sie über den Grill. »Beeilen Sie sich«, sagte er. »Ich kann nicht den ganzen Tag eine Kuh am ausgestreckten Arm halten.« Hinter seinem Lächeln wurmte ihn jedoch, wie Charley seine College-Kümmernisse abgetan hatte.

»So bleiben!« sagte Slotkin. Die Blitzlichter blitzten. »Gut!«

Und die Gesellschaft zog ins Innere des Hauses. Dort posierten Earl und Maude in Zimmer um Zimmer, begossen eine Pflanze im Solarium, lasen das neueste Buch vor dem Kamin im Wohnzimmer, machten Fenster per Knopfdruck auf und zu, schwatzten über der Wäschetruhe mit dem Dienstmädchen, planten Speisenfolgen, nahmen einen Drink an der Bar im Spielzimmer, zersägten eine Planke in der Hobbywerkstatt, staubten Earls Pistolensammlung im Herrenzimmer ab.

Und immer war Charley Freeman am Schluß der Entourage, ließ sich nichts entgehen, amüsierte sich offensichtlich, während Maude und Earl das zum Paket geschnürte Wohlleben demonstrierten. Unter Charleys Blick wurde Earl bei seiner Vorführung immer unruhiger und gehemmter, und Slotkin machte ihm Vorhaltungen, weil er so ein gefälschtes Lächeln zur Schau trug.

»Mensch, Maude«, sagte Earl, der im großen Schlafzimmer transpirierte, »wenn ich jemals – dreimal auf Holz klopfen – wieder ins Berufsleben zurückmuß, kann ich beim Fernsehen als Verwandlungskünstler anfangen. Wehe, das ist nicht das letzte Foto. Ich fühle mich wie ein gottverdammter Wäscheständer.«

Aber das Gefühl bewahrte ihn nicht davor, sich auf Slotkins Befehl ein weiteres Mal zu verkleiden, diesmal mit einem Smoking. Slotkin wollte ein Foto vom Dîner bei Kerzenschein. Die Eßzimmervorhänge sollten zugezogen werden, elektrisch, um die Tatsache zu verbergen, daß draußen hellichter Nachmittag war.

»Na, ich glaube, Charley kriegt ordentlich was zu sehen«, sagte Earl, der gerade einen Kragenknopf an die dafür vorgesehene Stelle drückte, mit verzerrtem Gesicht. »Ich glaube, er ist ganz schön beeindruckt.« Seine Stimme klang nicht recht überzeugt, und er wandte sich zwecks Bestätigung an Maude.

Sie saß an ihrem Frisiertisch, starrte gnadenlos ihr Abbild im Spiegel an und probierte verschiedenes Geschmeide an sich aus. »Hmm?«

»Ich habe gesagt, Charley ist ganz schön beeindruckt.«

»Ach, *der*«, sagte sie klipp und klar. »Er ist ein bißchen *zu* glatt, wenn du mich fragst. Erst behandelt er dich hochnäsig, und dann kommt er her und strahlt und hat gute Manieren und alles.«

»Ja«, sagte Earl seufzend. »Verdammt, ich kam mir bei ihm immer klein und häßlich vor, und das gelingt ihm immer noch. Er sieht uns an, als wären wir Angeber, dabei versuchen wir nur, einer Illustrierten behilflich zu sein. Und hast du gehört, was er gesagt hat, als ich ihm einfach so gesagt habe, was mir am College nicht paßte?«

»Er hat getan, als hättest du dir das gerade ausgedacht, als wäre das alles reine Einbildung. Ein ganz gewiefter Kunde, aber mich bringt er nicht zur Weißglut, mich nicht«, sagte Maude. »Das fing heute als der schönste Tag unseres Lebens an, und so soll es bleiben. Und willst du noch was wissen?«

»Was denn?« Von Maude unterstützt, spürte Earl, wie seine Kampfmoral sich besserte. Er war sich nicht absolut sicher gewesen, daß Charley sich innerlich über ihn lustig machte, aber Maude war es, und Maude war sogar sauer deshalb.

Sie senkte die Stimme zu einem Flüstern. »Er tut wie sonstwas und macht sich über unseren Fernseher lustig und alles, aber ich glaube, so doll ist er gar nicht. Hast du seinen Anzug gesehen – aus der Nähe?«

»Bei Slotkin muß immer alles zackzack gehen, da habe ich ihn noch gar nicht genauer betrachtet.«

»Ich dafür umso genauer, Earl«, sagte Maude. »Völlig abgetragen und glänzend, und die Hosenaufschläge sind vielleicht ein Anblick! Ich würde vor Scham sterben, wenn du mit so einem Anzug herumlaufen müßtest.«

Earl schreckte auf. Er war so sehr in der Defensive gewesen, daß ihm gar nicht der Gedanke gekommen war, Charleys Geschick könnte sich seit College-Tagen gewendet haben. »Vielleicht ein alter Lieblingsanzug, den er nicht wegschmeißen möchte«, sagte er endlich. »Reiche Leute sind mit so was manchmal komisch.«

»Ein altes Lieblingshemd und alte Lieblingsschuhe trägt er auch.«

»Ich kann es nicht glauben«, murmelte Earl. Er zog einen Vorhang beiseite, um einen Blick in das Märchenland von Terrasse und Grill zu erhaschen, wo Charley Freeman stand und mit Slotkin und Converse und der Autorin plauderte. Charleys Hosenaufschläge, sah Earl mit Erstaunen, waren in der Tat ausgefranst, und die Absätze seiner Schuhe waren dünngetreten. Earl berührte einen Knopf, und ein Schlafzimmerfenster rutschte auf.

»Eine angenehme Stadt«, sagte Charley ihnen. »Ich könnte mich hier genausogut wie anderswo niederlassen, weil ich keine sehr starken Gründe habe, in einem bestimmten Teil des Landes zu leben.«

»So teuer!« sagte Slotkin.

»Ja«, sagte Charley, »es wäre wahrscheinlich schlau, ins Binnenland zu ziehen, wo mein Geld ein bißchen mehr wert ist. Gott, es ist unglaublich, wieviel heutzutage alles kostet!«

Maude legte Earl die Hand auf die Schulter. »Da ist doch was faul, oder?« flüsterte sie. »Vierzig Jahre lang hörst du nichts von ihm, und ganz plötzlich taucht er auf, völlig abgerissen, um uns endlich mal ganz groß zu besuchen. Was will er?«

»Er hat gesagt, er will die alten Zeiten hochleben lassen«, sagte Earl.

Maude schnüffelte. »Das glaubst du?«

Der Eßzimmertisch sah aus wie eine aufgeklappte Schatztruhe, und die Flammen der Kandelaber fingen sich in tausend perfekt bearbeiteten Oberflächen –, dem Silber, dem Porzellan, den Facetten des Kristalls, Maudes Rubinen und Maudes und Earls stolzen Augen. Das Dienstmädchen trug dampfende Suppe auf, eigens zum Wohle des Fotos gekocht.

»Perfekt!« sagte Slotkin. »So! Jetzt reden!«

»Worüber?« sagte Earl.

»Ganz egal«, sagte die Autorin. »Nur damit das Foto nicht gestellt wirkt. Sprechen Sie über Ihre Asienreise. Wie sieht die Lage in Asien aus?«

Es war eine Frage, über die Earl nicht leichthin zu plaudern geneigt war.

»Ihr wart in Asien?« sagte Charley.

Earl lächelte. »Indien, Burma, auf den Philippinen, Japan. Alles in allem müssen Maude und ich zwei Monate damit verbracht haben, uns ein Bild von der Lage zu machen.«

»Earl und ich haben so ziemlich jeden Ausflug ins Landesinnere mitgemacht«, sagte Maude. »Er mußte einfach mit eigenen Augen sehen, was los war.«

»Das Dumme am Außenministerium ist, daß die alle im Elfenbeinturm sitzen«, sagte Earl.

Jenseits der glitzernden Kameralinse und der Front von Blitzlichtreflektoren sah Earl Charley Freemans Augen. Fachmännisches Gerede war auf dem College eine von Charleys vielen Stärken gewesen, und Earl hatte immer nur lauschen und nicken und staunen können.

»Jawoll«, sagte Earl zusammenfassend, »die Lage sah für alle auf der Kreuzfahrt außer für Maude und mich ziemlich hoffnungslos aus, und es dauerte etwas, bis wir daraus schlau wurden, weshalb das so war. Dann wurde uns klar, daß wir so ziemlich die einzigen waren, die alles ohne fremde Hilfe geschafft hatten –, daß wir die einzigen waren, die wirklich verstanden, daß jemand, egal, von wie weit unten er kommt, wenn er das hat, worauf es ankommt, es sauber bis ganz nach oben schaffen kann.« Er hielt inne. »Asien fehlt nichts, was ein bißchen Mumm und gesunder Menschenverstand und Gewußtwie nicht kurieren könnten.«

»Freut mich, daß es so leicht ist«, sagte Charley. »Ich hatte befürchtet, die Dinge könnten etwas komplizierter sein.«

Earl, der sich zu Recht als einen derjenigen Männer ansah, mit denen man auf Erden am leichtesten auskam, sah sich in der ungewohnten Lage, wütend auf einen Mitmenschen zu sein. Charley Freeman, der offenbar versagt hatte, während Earl sich in der Welt nach oben bewegte, schmälerte offen eine von Earls stolzesten Errungenschaften, seine Asienkennerschaft. »Ich hab's gesehen, Charley!« sagte Earl. »Ich spreche nicht als einer der vielen verdammten Sesselstrategen, die noch nie die Grenzen ihrer Heimatstadt verlassen haben!«

Slotkin feuerte seine Blitzlichter ab. »Eins noch«, sagte er.

»Natürlich nicht, Earl«, sagte Charley. »Das war unhöflich von mir. Was du sagst, ist sehr wahr, auf seine Weise, aber es ist eine zu grobe Vereinfachung. Für sich genommen, ist das eine gefährliche Denkungsart. Ich hätte nicht unterbrechen sollen. Es ist einfach so, daß ich ein tiefes Interesse für dies Thema entwickelt habe.«

Earl fühlte, wie seine Wangen rot wurden, als Charley sich zur größeren Autorität über Asien als er selbst aufschwang. »Vielleicht habe ich auch das Recht auf die eine oder andere Meinung über Asien, Charley. Ich habe mich immerhin bei den Leuten da unten bewegt wie ein Fisch im Wasser und herausgefunden, wie sie im Kopf ticken und alles.«

»Sie hätten ihn sehen sollen, wie er mit den chinesischen Hotelburschen in Manila gequasselt hat«, sagte Maude und forderte Charley mit den Augen dazu heraus, *das* erst mal zu übertreffen.

»Also …«, sagte die Autorin und überprüfte eine Liste, »als letztes Foto wollen wir Sie beide, wie Sie mit den Koffern zur Haustür hereinkommen und überrascht kucken, als wären Sie gerade erst angekommen …«

Wieder im großen Schlafzimmer zogen sich Earl und Maude gehorsam die Sachen an, die sie getragen hatten, als sie angekommen waren. Earl studierte sein Gesicht in einem Spiegel, übte das Mienenspiel freudiger Überraschung ein und versuchte, sich von der Anwesenheit Charley Freemans nicht diesen Tag aller Tage verderben zu lassen.

»Er bleibt zum Abendessen und über Nacht?« fragte Maude.

»Ach Mensch, ich habe am Telefon nur versucht, ein netter Kerl zu sein. Habe nicht mal nachgedacht, als ich gesagt habe, er soll hier übernachten und nicht im Hotel. Ich könnte mir in den Hintern treten.«

»Gottchen. Vielleicht bleibt er eine Woche.«

»Wer weiß? Gegen Slotkin hatte ich keine Chance. Ich bin gar nicht dazu gekommen, Charley groß was zu fragen.«

Maude nickte nüchtern. »Earl, worauf läuft das alles hinaus?«

»Was alles?«

»Ich meine –, hast du mal versucht, dir alles zusammenzureimen –, die alten Klamotten, und daß er so blaß ist, und diese Bemerkung, daß es ihm jetzt bessergeht, als er vor sechs Monaten zu erwarten Grund gehabt hat, und die Bücher und den Fernseher? Hast du gehört, wie er Converse wegen der Bücher gefragt hat?«

»Ja, das hat mich auch verblüfft, weil Charley immer viel gelesen hat.«

»Alles Bestseller, und er hatte von keinem einzigen gehört! Und mit dem Fernseher hat er auch keinen Spaß gemacht. Er hatte wirklich noch keinen gesehen. Er war für einige Zeit aus dem Verkehr gezogen, soviel ist sicher.«

»Vielleicht krank«, sagte Earl.

»Oder im Gefängnis«, flüsterte Maude.

»Mensch! Du glaubst doch nicht …«

»Ich glaube, daß etwas faul ist im Staate Dänemark«, sagte Maude, »und ich möchte nicht, daß er noch sehr viel länger hier bleibt, tut mir leid. Ich versuche, mir zusammenzureimen, was er hier zu suchen hat, und das einzige, was Sinn hat, ist, daß er hier ist, um dir mit seinen schikken Manieren Geld zu entsteißen, so oder so.«

»Schon gut, schon gut«, sagte Earl und bedeutete ihr mit den Händen, sie möge die Stimme senken. »Bleiben wir so freundlich, wie wir können, und schaffen wir ihn uns auf nette Art vom Halse.«

»Wie?« sagte Maude, und dann heckten die beiden etwas aus, was sie für eine subtile Methode hielten, Charleys Besuch noch vor dem Abendessen zu beenden.

»Das, äh, das war's dann auch«, sagte der Fotograf. Er zwinkerte Earl und Maude mit Wärme zu, als kämen sie ihm gerade zum erstenmal wie menschliche Wesen vor.

»Danke schön. Schönes Peckitsch leben Sie.« Er hatte das letzte Bild aufgenommen. Er packte seine Ausrüstung zusammen, verbeugte sich und verließ mit Lou Converse und der Autorin das Haus.

Earl schob den Moment, in dem er sich mit Charley hinsetzen mußte, vor sich her und half dem Dienstmädchen und Maude bei der Jagd auf Blitzbirnen, die Slotkin überall hingeschmissen hatte. Als die letzte Birne gefunden war, mixte Earl Martinis und setzte sich auf eine Couch, die gegenüber einer zweiten Couch stand, auf welcher Charley saß.

»Tja, Charley, da sind wir also.«

»Und du hattest ebenfalls einen ziemlich weiten Weg, stimmt's, Earl?« sagte Charley und drehte die Handflächen nach oben, um das Wunder des Traumhauses darzustellen. »Ich sehe, du hast viel Science Fiction in deinen Regalen. Earl, dies Haus *ist* Science Fiction.«

»Wahrscheinlich«, sagte Earl. Die Schmeichelei fing an, baute sich zu etwas auf –, zu einem großen Anpumpen vermutlich. Earl war entschlossen, sich nicht vom aalglatten Charley in seinen Bann ziehen zu lassen. »Ja, geht so. Nicht übermäßig gut, nicht übermäßig schlecht –, etwa den Platzverhältnissen angemessen, wenn der Golfplatz Amerika ist. Und man keine Angst vor harter Arbeit hat.«

»Was für ein Golfplatz –, und was für ein Abschneiden, was?«

Earl sah seinen Gast genau an und versuchte zu ergründen, ob Charley wieder seine Leistungen schmälerte. »Wenn das ausgesehen hat, als hätte ich ein bißchen geprotzt, als die Leute von der dummen Illustrierten hier waren«, sagte er, »glaube ich, daß ich vielleicht ein bißchen was zum Protzen habe. Dies Haus ist viel mehr als ein Haus. Es ist meine Lebensgeschichte, Charley –, meine eigene persönliche Pyramide, irgendwie.«

Charley hob sein Glas zum Trinkspruch. »Möge es so lange stehen wie die Große Pyramide in Giseh.«

»Danke«, sagte Earl. Es war höchste Zeit, entschied er, Charley in die Defensive zu drängen. »Und du bist Arzt, Charley?«

»Ja. Hab 1916 meinen Doktor gemacht.«

»Soso. Wo hast du deine Praxis?«

»Bißchen alt, um wieder mit Praktizieren anzufangen, Earl. In den letzten Jahren hat sich auf medizinischem Gebiet in Amerika so viel geändert, daß ich, fürchte ich, ziemlich den Anschluß verloren habe.«

»Verstehe.« Earl ging im Geiste eine Liste von Dingen durch, die einen Arzt in Konflikt mit dem Gesetz bringen mochten. Sehr beiläufig fragte er: »Wie bist du plötzlich auf die Idee gekommen, mich zu besuchen?«

»Mein Schiff hat hier angelegt, und ich erinnerte mich, daß du hier wohnst«, sagte Charley. »Weil ich keinerlei Familie mehr habe und versuche, an der Westküste ganz von vorn anzufangen, habe ich gedacht, ich besuche ein paar von meinen alten Studienkollegen. Und weil das Schiff hier gelandet ist, warst du der erste.«

Das sollte also Charleys Geschichte sein, dachte Earl –, daß er lange außer Landes gewesen war. Als nächstes kam dann das Anpumpen. »Mir selbst ist die College-Bande eher egal«, sagte er, unfähig, sich einen kleinen Seitenhieb zu verkneifen. »So ein Haufen Snobs, daß ich froh war, sie los zu sein und zu vergessen.«

»Gott helfe ihnen, wenn sie den lachhaften gesellschaftlichen Maßstäben der College-Zeit nicht entwachsen sind«, sagte Charley.

Earl erschrak über die Schärfe in Charleys Stimme, und da er sie nicht verstand, wechselte er hastig das Thema. »In Übersee gewesen, was? Wo genau, Charley?«

»Earl!« rief Maude planmäßig aus dem Eßzimmer. »Das Allerschlimmste ist passiert.«

»Ja?«

Maude erschien in der Tür. »Angela …«, sie wandte sich erklärend an Charley, »… meine Schwester. Earl, Angela hat gerade angerufen, sie kommt mit Arthur und den Kindern vor dem Abendessen, und ob sie bei uns übernachten können.«

»Mensch«, sagte Earl, »ich weiß nicht, wie wir sie unterbringen sollen. Die sind zu fünft, und wir haben nur zwei Gästezimmer, und Charley …«

»Nein, nein«, sagte Charley. »Sagt ihnen, sie sollen kommen. Ich hatte sowieso vorgehabt, im Hotel zu übernachten, und ich muß auch noch ein paar Besorgungen erledigen. Deshalb könnte ich gar nicht hierbleiben.«

»Gut, wenn du meinst«, sagte Earl.

»Wenn er weg muß, muß er weg«, sagte Maude.

»Ja, nun, hab' viel zu tun. Tut mir leid.« Charley war auf dem Weg zur Tür, hatte sein Glas halbvoll stehengelassen. »Danke. Es war schön, euch zu sehen. Ich beneide euch um euer Paket.«

»Bleib sauber«, sagte Earl, und er schloß die Tür mit einem Erschaudern und einem Seufzer.

Während Earl noch auf dem Flur war und sich darüber wunderte, was in vierzig Jahren aus einem Mann werden konnte, klangen die Türglocken, tief und süß. Earl öffnete vorsichtig die Tür, und da stand Lou Converse, von der Baufirma. Auf der anderen Straßenseite stieg Charley Freeman in ein Taxi.

Lou winkte Charley zu und wandte sich dann an Earl. »Hallo! Nein, ich lade mich nicht zum Abendessen ein. Bin zurückgekommen, um meinen Hut zu holen. Habe ihn, glaube ich, im Solarium vergessen.«

»Kommen Sie rein«, sagte Earl und beobachtete, wie Charleys Taxi in Richtung Innenstadt verschwand. »Maude und ich machen uns gerade fertig zum Feiern. Warum bleiben Sie nicht einfach zum Abendessen und zeigen uns dabei, wie einige der schicken Apparaturen funktionieren?«

»Danke, aber ich werde zu Hause erwartet. Ich kann aber noch kurz hierbleiben und erklären, was Sie noch nicht so ganz verstehen. Zu schade aber auch, daß Sie Freeman nicht zum Bleiben überreden konnten.«

Maude zwinkerte Earl zu. »Wir haben ihn gebeten, aber er hatte noch viele Besorgungen zu erledigen.«

»Ja, eben schien er es richtig eilig zu haben. Wissen Sie«, sagte Converse nachdenklich, »Typen wie Freeman sind komisch. Bei ihnen kriegt man gleichzeitig ein gutes und ein schlechtes Gefühl.«

»Was hältst du davon, Maude?« sagte Earl. »Lou ging es bei Charley instinktiv genauso wie uns! Was meinen Sie genau damit, Lou, mit dem guten und dem schlechten Gefühl gleichzeitig?«

»Nun, gut, weil man froh ist, daß es immer noch solche Menschen gibt auf der Welt«, sagte Converse. »Und schlecht … Tja, wenn man so einem Mann begegnet, kann man nicht anders; man muß sich fragen, was man aus seinem eigenen Leben gemacht hat.«

»Ich verstehe Sie nicht«, sagte Earl.

Converse zuckte die Achseln. »Oh, Gott weiß, daß wir nicht alle unser Leben so aufopfernd verbringen können wie er. Können nicht alle Helden sein. Aber wenn ich an Freeman denke, finde ich, ich hätte ein bißchen mehr tun können, als ich getan habe.«

Earl tauschte Blicke mit Maude. »Was hat Charley Ihnen denn gesagt, was er getan hat, Lou?«

»Slotkin und ich hatten nicht viel von ihm. Wir hatten nur ein paar Minuten, während Sie und Maude sich umgezogen haben, und ich habe mir gedacht, irgendwann erzählen Sie mir die ganze Geschichte. Er hat uns nur gesagt, daß er die letzten dreißig Jahre in China war. Dann ist mir eingefallen, daß heute morgen etwas Großes über ihn in der Zeitung stand, ich hatte nur vergessen, wie er heißt. So habe ich erfahren, wie er sein ganzes Geld in ein Krankenhaus da drüben gesteckt und es geleitet hat, bis die Kommunisten ihn eingesperrt und schließlich rausgeschmissen haben. Eine ziemliche Geschichte.«

»Ja ...«, sagte Earl trostlos und beendete damit eine tödliche Stille, »eine ziemliche Geschichte, stimmt.« Er legte den Arm um Maud, die durch das Aussichtsfenster den Grill anstarrte. Er drückte sie sanft. »Ich sagte, daß das eine ziemliche Geschichte ist, stimmt's, Mutti?«

»Wir haben ihn wirklich gebeten zu bleiben«, sagte sie.

»Das sieht uns gar nicht ähnlich, Maude, und wenn es uns doch ähnlich sieht, möchte ich es nicht mehr. Komm, Süße, machen wir uns nichts vor.«

»Ruf ihn im Hotel an!« sagte Maude. »Genau. Das machen wir. Wir sagen ihm, das mit meiner Schwester war ein Irrtum, wir sagen ihm ...« Die Unmöglichkeit jeder Art von Wiedergutmachung ließ sie abbrechen. »Ach, Earl, Schatz, warum mußte er sich gerade heute aussuchen? Wir haben unser ganzes Leben lang für heute gearbeitet, und dann mußte er kommen und es verderben.«

»Er hat wirklich sein Bestes versucht, es zu vermeiden«, seufzte Earl. »Aber die Chancen standen zu schlecht.«

Converse sah die beiden voll Unverständnis und Mitgefühl an. »Tja, was soll's, wenn er Besorgungen hatte, hatte er Besorgungen«, sagte er. »Das sagt doch gar nichts über Ihre Gastfreundschaft aus. Meine Güte, im ganzen Land gibt es keinen Gastgeber, der besser zum Bewirten von Gästen ausgestattet wäre als Sie beide. Sie brauchen nur einen Hebel zu bedienen oder auf einen Knopf zu drücken, und schon hat man alles, was man sich nur wünschen kann.«

Earl ging über den dicken Teppich zu einer Ansammlung von Knöpfen neben der Bücherwand. Lustlos drückte er auf einen, und rings um das Haus herum gingen in Sträuchern und Buschwerk verborgene Flutlichtscheinwerfer an. »Das ist er nicht.« Er drückte auf einen anderen, und eine Garagentür rumpelte zu. »Nein.« Er drückte auf einen dritten, und das Dienstmädchen erschien in der Tür.

»Sie haben geläutet, Mr. Fenton?«

»Tut mir leid, ein Irrtum«, sagte Earl. »Das war nicht der gewünschte Knopf.«

Converse runzelte die Stirn. »Was suchen Sie denn, Earl?«

»Maude und ich würden gern wieder ganz von vorn anfangen«, sagte Earl. »Zeigen Sie uns, auf welchen Knopf man drückt, Lou.«

Maßgeschneiderte Braut

Ich bin Kundenberater für eine Investitionsberatungsfirma. Ich beginne, mir einen eigenen Kundenstamm aufzubauen und mich auf dem besten Wege zu sehen, den guten Rat, den ich verkaufe, auch selbst – in bescheidenem Maße – zu befolgen. Meine Uniform – grauer Anzug, Homburg und marineblauer Mantel – ist bezahlt, und nachdem ich mir noch ein halbes Dutzend weiße Hemden angeschafft habe, werde ich ein paar Aktien kaufen.

Wir in der Investitionsberatungsbranche haben eine Standardfrage, die so geht: »Mr. X, Sir, bevor wir unsere Analysen machen und Empfehlungen geben können, wüßten wir gern genau, was Sie von Ihrem Aktienpaket erwarten: Einkommen oder Wachstum?« Ein Aktienpaket ist ein Notgroschen in Form von Vermögensanleihen und festverzinslichen Wertpapieren. Die Frage zielt darauf ab, ob der Kunde seinen Notgroschen dorthin tun will, wo er wachsen wird, ohne zunächst viel Dividende abzuwerfen, oder möchte der Kunde, daß der Notgroschen in etwa so groß bleibt, wie er ist, aber schöne Dividende abwirft?

Die übliche Antwort lautet, daß der Kunde seinen Notgroschen wachsen *und* jede Menge Dividende abwerfen lassen will. Er will schnell reicher werden. Aber ich habe viele ungewöhnliche Antworten gehört, besonders von Kunden, die Geld wegen irgendeiner geistigen Blockade in abstrakter Form nicht ernst nehmen können. Wenn man sie fragt, was sie von ihrem Aktienpaket erwarten, nennen sie wahrscheinlich etwas, wofür sie liebend gern ihr Geld verpulvern wollen –, ein Auto, eine Reise, ein Boot, ein Haus.

Als ich einem Kunden namens Otto Krummbein die Frage stellte, sagte er, er wolle zwei Frauen glücklich machen: Kitty und Falloleen.

Otto Krummbein ist ein Genie, der Designer des Krummbein-Stuhls, des Krummbein-Dimodularbetts, der Karosserie des Marittima-Frascati-Sportwagens und der gesamten Linie von Mercury-Küchenaccessoires.

Er ist so sehr mit Schönheit befaßt, daß seine geistige Entwicklung in Gelddingen mit der einer Blaumeise zu vergleichen ist. Als ich ihm das erste Aktienpapier zeigte, das ich für sein Paket gekauft hatte, wollte er es gleich wieder verkaufen, weil ihn die Aufmachung abstieß.

»Ist es nicht völlig egal, wie das Papier aussieht, Otto?« sagte ich perplex. »Der Witz ist doch, daß die Firma dahinter gut geführt ist, wächst und große Reserven an Barmitteln hat.«

»Eine Firma«, sagte Otto, »die sich als Symbol eine solche Monstrosität erwählt und oben auf ihrem Aktienpapier anbringt, diese fette Medusa im Herrensitz auf einem Stück Abflußrohr und in Kabel gewickelt, ist ganz gewiß unsensibel, vulgär und dumm.«

Als Otto mein Kunde wurde, war er nicht in der Verfassung, ein Aktienpaket zu erwerben. Ich bekam ihn durch Hal Murphy, einen meiner Freunde.

»Vor zwei Tagen habe ich ihn zum erstenmal gesehen«, sagte Hal. »Er kam hier hereingewandert und sagte beiläufig nebulös, er glaube, er könne ein wenig Hilfe gebrauchen.« Hal lachte in sich hinein. »Alle sagen, dieser Krummbein ist ein Genie, ich aber sage, er gehört ins Männerwohnheim oder ins Witzfigurenkabinett. Er hat in den letzten sieben Jahren mehr als zweihundertfünfunddreißigtausend Dollar verdient und …«

»Dann ist er ein Genie«, sagte ich.

»… und jeden einzelnen Cent für Partys, Nachtklubs, sein Haus und Klamotten für seine Frau verpulvert«, sagte Hal.

»Hurra«, sagte ich. »Das ist genau die Investitionsberatung, die ich immer schon mal machen wollte, es hat nur niemand was dafür gezahlt.«

»Nun, Krummbein ist total zufrieden mit seinen Investitionen«, sagte Hal. »Was ihn auf die Idee brachte, er könnte vielleicht ein bißchen Hilfe gebrauchen, war ein Besuch vom Finanzamt.«

»Oha«, sagte ich. »Ich wette, er hat vergessen, eine Einkommensschätzung für nächstes Jahr zu erstellen.«

»Die Wette verlierst du«, sagte Hal. »Dies Genie hat keinen Cent Einkommenssteuer gezahlt –, und zwar noch nie! Er sagte, er hätte immer damit gerechnet, daß die ihm eine Rechnung schicken, hätten sie aber nie getan.« Hal ächzte. »Tja, Bruder, endlich sind sie doch noch dazu gekommen. Und was für eine Rechnung!«

»Was kann ich tun?« fragte ich.

»Er kriegt ständig haufenweise Geld – und besteht darauf, in Barschecks bezahlt zu werden«, sagte Hal. »Du kümmerst dich um ihn, während ich versuche, ihn aus dem Knast rauszuhalten. Ich habe ihm alles über dich erzählt, und er sagt, du sollst sofort zu ihm kommen.«

»Mit welcher Bank arbeitet er?« sagte ich.

»Er arbeitet mit keiner Bank, außer um die Schecks einzulösen, die er in einem Weidenkorb unter seinem Zeichentisch aufbewahrt«, sagte Hal. »Besorg mir diesen Weidenkorb!«

Ottos Heim und Arbeitsstätte liegt dreißig Meilen außerhalb der Stadt, in einer Wildnis mit Wasserfall. Es sieht ungefähr aus wie eine Streichholzschachtel auf einer Garnrolle, hat ringsum gläserne Wände, und das untere Geschoß, die Garnrolle, ist ein fensterloser Ziegelzylinder.

Auf dem Gästeparkplatz standen bereits vier Autos, als ich ankam. Eine kleine Cocktailparty war im Gange. Als ich das Haus umrundete und mich fragte, wie man wohl hineinkam, hörte ich, wie oben jemand gegen eine Glaswand klopfte. Ich blickte auf und sah die aufregendste und, auf bizarre Weise, eine der schönsten Frauen meines bewußten Lebens.

Sie war groß und schlank, und ihre subtil muskulöse Figur stak in einem Trikot mit Zebrastreifen. Ihr Haar war silbern gebleicht und hatte einen Stich ins Blaue, und das weiße und perfekte Oval ihres Gesichts umschloß Augen von glitzerndem Grün, gegen bemalte Augenbrauen abgesetzt, pechschwarz und gebogen. Sie trug einen Ohrring, einen barbarischen Goldreifen. Sie vollführte spiralenartige Bewegungen mit der Hand, und schließlich verstand ich, daß ich die Wendelrampe hochkommen sollte, die sich um den Ziegelzylinder wand.

Die Rampe brachte mich auf einen Laufsteg außerhalb der Glaswände. Ein ragender, kraftvoller Mann Anfang dreißig ließ eine Glasschiebetür beiseite gleiten und bat mich herein. Er trug einen lavendelfarbenen Nylon-Overall und Sandalen. Er war nervös, und seine tiefliegenden Augen sahen müde aus.

»Mr. Krummbein?« sagte ich.

»Wer sollte ich sonst sein?« sagte Otto. »Und Sie müssen der Zauberer der Hochfinanz sein. Wir können in mein Studio gehen, da ist es privater, und dann …«, er zeigte auf die Frau, »… können Sie mit uns was trinken.«

Sein Studio war in dem Ziegelzylinder, und er führte mich durch eine Tür und eine weitere Wendelrampe hinunter in dieses hinein. Es gab keine Fenster. Das gesamte Licht war künstlich.

»Ich glaube, dies ist das modernste Haus, in dem ich jemals gewesen bin«, sagte ich.

»Modern?« sagte Otto. »Es hinkt zwanzig Jahre hinter der Zeit her, aber es ist das beste, das meine Phantasie zuwege gebracht hat. Alles andere hinkt mindestens hundert Jahre hinter der Zeit her, und deshalb sind wir unzufrieden, rennen den Psychiatern die Bude ein, zerrütten unsere Familien, führen Kriege. Wir haben es nicht gelernt, unser Leben für unsere Zeit zu entwerfen. Unser Leben prallt mit unserer Zeit zusammen. Sehen Sie sich Ihre Klamotten an! Schatten von 1910. Sie sind nicht für das Jahr 1954 angezogen.«

»Vielleicht nicht«, sagte ich, »aber ich bin dafür angezogen, Menschen beim Umgang mit ihrem Geld zu helfen.«

»Sie werden von Tradition erstickt«, sagte Otto. »Warum sagen Sie nicht: ›Ich werde mir ein Leben für mich aufbauen, für meine Zeit, und es zu einem Kunstwerk machen‹? Ihr Leben ist kein Kunstwerk –, es ist ein Regal voll viktorianischem Krimskrams aus dritter Hand, komplett mit der Sammlung Strandmuscheln und handgeschnitzten Elefanten von jemand anderem.«

»Jawoll«, sagte ich und setzte mich auf eine sechseinhalb Meter lange Couch. »Das ist mein Leben, ganz recht.«

»Entwerfen Sie Ihr Leben wie die finnische Karaffe da drüben«, sagte Otto, »sauber, harmonisch, von der kühlen, herben Seele der Wahrheit in unserer Zeit belebt. Wie Falloleen.«

»Ich werde es versuchen«, sagte ich. »Hauptsächlich geht es erst mal darum, den Kopf über Wasser zu halten. Was ist Falloleen, eine neue Wunderfaser?«

»Meine Frau«, sagte Otto. »Sie ist schwer zu übersehen.«

»Im Trikot«, sagte ich.

»Haben Sie je eine Frau gesehen, die so gut in ihre Umgebung paßt wie sie –, die selbst für das zeitgenössische Leben entworfen zu sein scheint?« sagte Otto. »Etwas Seltenes, glauben Sie mir. Ich habe viele berühmte Schönheiten hier draußen gehabt, aber Falloleen ist die einzige, die nicht wie ein überladenes Stilmöbel aus dem Jahre 1920 wirkt.«

»Seit wann sind Sie verheiratet?« sagte ich.

»Die Party oben ist zur Feier eines Monats glückseligster Ehe«, sagte Otto, »von Flitterwochen, die nie enden werden.«

»Wie nett«, sagte ich. »Und jetzt, um mir ein Bild von Ihren Finanzen machen zu können …«

»Versprechen Sie mir nur das eine«, sagte er, »seien Sie nicht deprimierend. Ich kann nicht arbeiten, wenn ich deprimiert bin. Die kleinste Kleinigkeit kann mich aus der Spur bringen –, Ihr Schlips zum Beispiel. Er rüttelt mich regelrecht durch. Ich kann nicht klar denken, wenn ich ihn sehe. Würde es Ihnen was ausmachen, ihn abzunehmen? Zitronengelb ist Ihre Farbe, nicht dies schaurige Kastanienbraun.«

Eine halbe Stunde später, unbeschlipst, kam ich mir vor wie ein Mann, der über eine städtische Müllkippe streift, von schwelenden Autoreifen, rostenden Bettfedern und haufenweise Konservendosen umgeben, denn das war das Bild, das mir Otto Krummbeins Finanzen boten. Er führte keine Bücher, kaufte, was immer ihm gefiel, ohne die Kosten zu bedenken, schuldete in der ganzen Stadt ruinöse Beträge für Falloleens Kleider und hatte keinen Cent in ein Sparkonto, eine Versicherung oder Aktien gesteckt.

»Sehen Sie mal«, sagte Otto, »ich habe Angst. Ich will nicht ins Gefängnis. Ich wollte nichts Böses tun. Ich habe meine Lektion gelernt. Ich verspreche, daß ich alles tun werde, was Sie mir sagen. Nur deprimieren Sie mich nicht.«

»Wenn Sie bei diesem Durcheinander vergnügt sein können«, sagte ich, »kann ich es weißgott auch. Was ich, glaube ich, tun kann, ist, daß ich Sie vor sich selbst in Sicherheit bringe, indem ich Ihr Einkommen manage und Ihnen ein Unterhaltsgeld zahle.«

»Hervorragend«, sagte Otto. »Ich bewundere eine kühne Herangehensweise an Probleme. Und das wird mir die Freiheit geben, die ich brauche, um eine Idee auszuarbeiten, die mir während meiner Flitterwochen kam, eine Idee, die Millionen abwerfen wird. Ich werde all diese Verschuldung mit einem einzigen Schlag vernichten!«

»Aber denken Sie daran«, sagte ich, »daß Sie auch dafür werden Steuern zahlen müssen. Sie sind der erste Mensch, von dem ich je gehört habe, der in den Flitterwochen eine profitable Idee hatte. Ist sie ein Geheimnis?«

»Mondscheinbetriebene Kosmetik«, sagte Otto, »Honeymoon-Design, ausdrücklich, den Gesetzen von Licht und Farbe gehorchend, dazu entwickelt, daß eine Frau bei Mondschein am schönsten aussieht. Millionen, Zillionen!«

»Das ist ja toll«, sagte ich, »aber bis dahin würde ich mir gern Ihre Rechnungen ansehen, damit ich weiß, wie tief genau Sie drinstecken, und auch um auszurechnen, mit wieviel Unterhaltsgeld als Existenzminimum Sie auskommen könnten.«

»Sie könnten heute abend mit uns essen gehen«, sagte Otto, »und dann zurückkommen und ungestört hier im

Studio arbeiten. Tut mir leid, daß wir ausgehen müssen, aber die Köchin hat heute ihren freien Tag.«

»Das würde mir sehr gut passen«, sagte ich. »Dann habe ich Sie in der Nähe, damit Sie Fragen beantworten können. Und davon sollte es jede Menge geben. Zum Beispiel, wieviel in dem Korb ist.«

Otto erbleichte. »Oh, Sie wissen über den Korb Bescheid?« sagte er. »Den können wir, fürchte ich, nicht verwenden. Der ist was Besonderes.«

»Inwiefern?«

»Ich brauche ihn –, nicht für mich, für Falloleen«, sagte Otto. »Kann ich ihn nicht behalten und Ihnen alle Schecks für Lizenzen schicken, die von jetzt an kommen werden? Zwingen Sie mich nicht, das zu tun, entkleiden Sie mich nicht meiner Selbstachtung als Ehemann.«

Ich hatte es satt und stand gereizt auf. »Ich werde Sie von gar nichts entkleiden, Mr. Krummbein«, sagte ich. »Ich habe beschlossen, daß ich diesen Job nicht will. Ich bin sowieso kein Geschäftsführer. Ich habe meine Hilfe angeboten, weil ich Hal Murphy einen Gefallen tun wollte, aber ich wußte nicht, wie schlecht hier die Arbeitsbedingungen sind. Sie sagen, ich versuche, Sie zu entkleiden, aber in Wirklichkeit waren Ihre Knochen längst in der Wüste Ihrer eigenen Verschwendungssucht gebleicht, bevor ich eintraf. Gibt es in diesem Silo einen geheimen Ausgang, oder geht es da wieder hinaus, wo ich reingekommen bin?«

»Nein, nein, nein«, sagte Otto entschuldigend. »Bitte, setzen Sie sich. Sie müssen mir helfen. Es ist doch nur so ein Schock für mich, mich daran zu gewöhnen, wie schlimm es wirklich um mich steht. Ich dachte, Sie sagen mir, ich soll mir das Rauchen abgewöhnen oder sowas.« Er zuckte die Achseln. »Nehmen Sie den Korb, und zahlen Sie mir mein Unterhaltsgeld.« Er hielt sich die Augen zu. »Falloleen mit einem Unterhaltsgeld zu unterhalten, ist, als betankte man einen Mercedes mit Pepsi-Cola.«

In dem Korb waren fünftausend Dollar und ein paar zerquetschte in Lizenz-Schecks von Herstellern und etwa zweihundert Dollar in bar. Als ich Otto eine Quittung ausstellte, öffnete sich über uns die Studiotür, und Falloleen, für mich im Geiste immerdar als finnische Karaffe identifiziert, kam anmutig die Rampe herunter. Sie trug ein Tablett mit drei Martinis.

»Ich dachte, vielleicht dörren euch die Kehlen aus«, sagte sie.

»Eine Stimme wie ein Kristallglockenspiel«, sagte Otto.

»Muß ich wieder weg, oder kann ich bleiben?« sagte Falloleen. »Die Party ist so öde ohne dich, Otto, und ich werde immer gehemmter, und mir fällt immer weniger ein, was ich sagen soll.«

»Schönheit bedarf keiner Sprache«, sagte Otto.

Ich staubte mir die Handflächen ab. »Ich glaube, wir haben erst mal alles geregelt. Heute abend fange ich dann an, ernsthaft zu arbeiten.«

»Ich bin schrecklich dumm mit Finanzen«, sagte Falloleen. »Ich überlasse das alles einfach Otto. Er ist so brillant. Oder?«

»O doch«, sagte ich.

»Ich habe gedacht, wie lustig es wäre, unsere ganze Party mit zu Chez Armando zum Abendessen zu nehmen«, sagte Falloleen.

Otto sah mich entsetzt an.

»Wir haben gerade über Liebe und Geld gesprochen«, sagte ich zu Falloleen, »und ich habe gesagt, wieviel oder wie wenig der Mann für sie ausgibt, ist ihr egal. Sind Sie auch der Meinung?«

»Wo sind Sie denn groß geworden?« sagte Falloleen zu mir. »Auf einer Hühnerfarm in Saskatchewan?«

Otto stöhnte.

Falloleen sah ihn alarmiert an. »Hier geht mehr vor, als ich weiß«, sagte sie. »Ich habe nur Spaß gemacht. War das so entsetzlich, was ich gesagt habe? Diese Frage nach Liebe und Geld kam mir so doof vor.« Jähes Verstehen erblühte auf ihrem Gesicht. »Otto«, sagte sie. »Bist du pleite?«

»Ja«, sagte Otto.

Falloleen straffte ihre entzückenden Schultern. »Dann sag den anderen, sie sollen ohne uns zu Chez Armando gehen, du und ich wollen zur Abwechslung einen stillen Abend zu Hause verbringen.«

»Du gehörst dahin, wo Menschen sind, wo Aufregung herrscht«, sagte Otto.

»Es wird mir langsam lästig«, sagte Falloleen. »Seit Gott weiß wann hast du mich jeden Abend ausgeführt. Die Leute müssen sich allmählich fragen, ob wir Angst davor haben, miteinander allein zu sein.«

Otto ging die Rampe hoch, um die Gäste wegzuschicken, und ließ Falloleen und mich allein auf der langen Couch zurück. Von ihrem Parfum und ihrer Schönheit verdattert, sagte ich: »Waren Sie im Showbusiness, Mrs. Krummbein?«

»Manchmal habe ich das Gefühl, ich wär's«, sagte Falloleen. Sie sah auf ihre blauen Fingernägel. »Ich ziehe überall, wo ich hingehe, eine Schau ab, stimmt's?«

»Eine wunderbare Schau«, sagte ich.

Sie seufzte. »Das kann man, glaube ich, auch verlangen«, sagte sie. »Immerhin wurde ich vom größten Designer der Welt entworfen, vom Vater des Krummbein-Dimodular-Betts.«

»Ihr Mann hat Sie entworfen?«

»Wußten Sie das nicht?« sagte Falloleen. »Ich bin ein Seidentäschchen, aus einem Schweinsohr geschneidert. Sie wird er auch designen, wenn man ihn läßt. Wie ich sehe, hat er Sie bereits dazu gebracht, den Schlips abzubinden. Ich wette, er hat Ihnen auch gesagt, was Ihre Farbe ist.«

»Zitronengelb«, sagte ich.

»Jedesmal, wenn er Sie sieht«, sagte Falloleen, »wird er einen Vorschlag machen, wie Sie Ihr Erscheinungsbild verbessern können.« Leidenschaftslos ließ sie die Hände über ihre aufsehenerregende Person gleiten. »Schritt für Schritt, es ist ein weiter Weg.«

»Sie waren aber nie ein Schweinsohr«, sagte ich.

»Vor einem Jahr«, sagte sie, »war ich ein schlichtes, brünettes, fades Ding, frisch von der Handelsschule, bereit, als Sekretärin für den Großen Krummbein zu arbeiten.«

»Liebe auf den ersten Blick?« sagte ich.

»Für mich«, murmelte Falloleen. »Für Otto war es ein Design-Problem auf den ersten Blick. Da gab es Dinge an mir, die ihn regelrecht durchrüttelten. Er konnte nicht klar denken, wenn er sie sah. Wir haben diese Dinge eins nach dem anderen geändert, und was aus Kitty Cahoun geworden ist, weiß niemand.«

»Kitty Cahoun?« sagte ich.

»Das schlichte, brünette, fade Ding, frisch von der Handelsschule«, sagte Falloleen.

»Dann heißen Sie in Wirklichkeit gar nicht Falloleen?«

»Das ist ein original Krummbein«, sagte Falloleen. »Kitty Cahoun hat nicht zum Dekor gepaßt.« Sie ließ den Kopf hängen. »Liebe ...«, sagte sie. »Stellen Sie mir keine weiteren törichten Fragen über Liebe.«

»Jetzt sind sie weg zu Chez Armando«, sagte Otto, als er ins Studio zurückkehrte. Er überreichte mir ein gelbes Seidentaschentuch. »Das ist für Sie«, sagte er. »Stecken Sie es sich in die Brusttasche. Dieser dunkle Anzug hat es so nötig, wie ein Wald die Osterglocken braucht.«

Ich gehorchte und sah in einem Spiegel, daß mir das Taschentuch tatsächlich ein bißchen Schmiß verlieh, ohne Anstoß zu erregen. »Vielen Dank«, sagte ich. »Ihre Frau und ich haben uns sehr angenehm die Zeit mit einem Gespräch über das mysteriöse Verschwinden von Kitty Cahoun vertrieben.«

»Ja, was ist überhaupt aus ihr geworden?« sagte Otto ernst. Ein Ausdruck erbärmlicher Dummheit überflog sein Gesicht, als ihm klar wurde, was er gesagt hatte. Er versuchte, es durch Lachen abzutun. »Eine erstaunliche und erbauliche Demonstration, wie der menschliche Geist funktioniert, nicht wahr?« sagte er. »Ich habe mich so daran gewöhnt, an dich als Falloleen zu denken, Liebling.« Er wechselte das Thema. »Nun, jetzt wird der Maestro Abendessen kochen.« Er legte mir die Hand auf die Schulter. »Ich muß darauf bestehen, daß Sie zum Essen hierbleiben. Hühnchen à la Krummbein, Spargelspitzen à la Krummbein, Kartoffeln à la …«

»Ich glaube, ich sollte das Abendessen kochen«, sagte Falloleen. »Höchste Zeit, daß die Braut ihre erste Mahlzeit bereitet.«

»Kommt ja überhaupt nicht in Frage«, sagte Otto. »Ich möchte nicht, daß du wegen meines mangelnden Geschäftssinns leiden mußt. Das wäre ein scheußliches Gefühl. Falloleen gehört nicht in eine Küche.«

»Ich weiß was«, sagte Falloleen. »Wir machen beide Abendessen. Wäre das nicht urgemütlich, nur wir zwei?«

»Nein, nein, nein, nein«, sagte Otto. »Ich möchte, daß alles eine Überraschung ist. Du bleibst mit J. P. Morgan hier unten, bis ich euch rufe. Heimlich in die Küche kukken gilt nicht.«

»Ich weigere mich, mir deshalb Sorgen zu machen«, sagte Otto, während er, Falloleen und ich das Abendbrotsgeschirr abräumten. »Wenn ich mir Sorgen mache, kann ich nicht arbeiten, und wenn ich nicht arbeiten kann, kann ich kein Geld verdienen, um mich aus dieser Patsche freizukaufen.«

»Wichtig ist, daß sich jemand Sorgen macht«, sagte ich, »und ich glaube, das bin ich. Ich werde euch Turteltauben hier oben im Treibhaus alleinlassen und mich an die Arbeit machen.«

»Der Mensch muß seine halbe Zeit als eins mit der Natur verbringen«, sagte Otto, »und die andere Hälfte mit sich selbst. Die meisten Häuser bieten nur ein schwammig-schlammiges Mittelding.« Er packte mich am Ärmel. »Hören Sie zu. Rennen Sie nicht weg. Dann die Arbeit, erst 's Vergnügen. Warum verbringen wir drei nicht einfach einen angenehmen geselligen Abend, damit Sie uns kennenlernen können, und morgen können Sie dann anfangen, ganz hart zur Sache zu kommen?«

»Das ist nett von Ihnen«, sagte ich. »Aber je schneller ich zum Arbeiten komme, desto schneller sind Sie aus der Bredouille. Außerdem ist Frischvermählten an ihrem ersten Abend im trauten Heim nicht nach Besuch zumute.«

»Himmel!« sagte Otto. »Wir sind doch keine Frischvermählten mehr.«

»Doch«, sagte Falloleen schwach.

»Natürlich sind Sie das«, sagte ich und öffnete meine Aktentasche. »Und Sie müssen sich furchtbar viel zu erzählen haben.«

»Hm«, sagte Otto.

Es folgte ein unbehagliches Schweigen, in dessen Verlauf Otto und Falloleen durch die gläsernen Wände in die Nacht hinausstarrten und es vermieden, einander anzusehen.

»Hat Falloleen heute zum Abendessen einen Ohrring zuviel angelegt?« sagte Otto.

»Mit nur einem kam ich mir schief vor«, sagte Falloleen.

»Laß mich das beurteilen«, sagte Otto. »Was du nicht kapierst, ist das Gefühl der Gesamtkomposition –, hier ein ganz kleines bißchen aus dem Gleichgewicht, aber siehe da, hier unten der perfekte Ausgleich.«

»Damit Sie nicht kentern«, sagte ich und öffnete die Studiotür. »Viel Spaß.«

»Es hat dich doch nicht regelrecht durchgerüttelt, Otto, oder?« sagte Falloleen schuldbewußt.

Ich schloß die Tür.

Das Studio war schallisoliert, und ich konnte nichts von der ersten traulichen Zweisamkeit der Krummbeins hören, als ich die Trümmer ihrer Finanzen durchsah.

Einmal störte ich, mit einer langen Fragenliste, und oben war alles vollkommen ruhig, bis auf leise Musik vom Plattenspieler und das Rascheln üppiger, schwerer Stoffe. Falloleen drehte sich in einer trägen Art von Ballett um sich selbst und trug dazu ein spektakuläres Abendkleid. Otto, der auf der Couch lag, sah ihr durch verengte Lider zu und blies Rauchringe.

»Modenschau?« sagte ich.

»Wir haben gedacht, es macht vielleicht Spaß, wenn ich mal alles anprobiere, was Otto mir gekauft hat und wozu ich noch nicht gekommen bin«, sagte Falloleen. Trotz ihrem dicken Make-up sah ihr Gesicht inzwischen verhärmt aus. »Gefällt es Ihnen?« sagte sie.

»Sehr sogar«, sagte ich und scheuchte Otto aus seiner Lethargie, damit er meine Fragen beantwortete.

»Soll ich nicht mit runterkommen und mit Ihnen arbeiten?« fragte er.

»Danke«, sagte ich, »aber es wäre mir lieber, wenn Sie es ließen. Die vollkommene Stille ist genau das, was ich brauche.«

Otto war enttäuscht. »Also, bitte zögern Sie nicht, mich zu rufen, egal, weshalb.«

Eine Stunde später kamen Falloleen und Otto mit Tassen und einer Kanne Kaffee herunter ins Studio. Sie lächelten, aber ihre Augen waren glasig vor Langeweile.

Falloleen hatte eine trägerlose Abendrobe aus blauem Veloursamt an, mit Hermelin um den Saum und unter ihren weißen Schultern. Sie ging latschig und schlurfte. Otto gönnte ihr kaum einen Blick.

»Aaaah!« sagte ich. »Kaffee! Genau das Richtige! Stilvolle Vorführung beendet?«

»Mir sind die Kleider ausgegangen«, sagte Falloleen. Sie schenkte den Kaffee ein, schlenkerte sich die Schuhe von den Füßen und legte sich auf das eine Ende der Couch. Otto legte sich auf das andere und grunzte. Der Friede der Szenerie war trügerisch. Weder Otto noch Falloleen waren entspannt. Falloleen ballte die Hände zu Fäusten, entballte die Fäuste zu Händen und so weiter. Alle paar Sekunden ließ Otto die Zähne klacken wie Kastagnetten.

»Sie sehen wirklich wunderschön aus, Falloleen«, sagte ich. »Sind das zufällig mondscheinbetriebene Kosmetika auf Ihrem Gesicht?«

»Ja«, sagte Falloleen. »Otto hatte ein paar Proben fertig, und ich bin ein wandelndes Labor. Faszinierende Arbeit.«

»Sie befinden sich zwar gerade gar nicht im Mondschein«, sagte ich, »aber ich würde sagen, das Experiment war ein umwerfender Erfolg.«

Otto setzte sich auf, vom Lob seiner Arbeit erfrischt. »Meinen Sie wirklich? Während unseres Honeymoons hatten wir fast immer Mondschein, und die Idee hat sich mir praktisch aufgedrängt.«

Falloleen setzte sich ebenfalls auf, sentimental am Thema Flitterwochen interessiert. »Ich habe es geliebt, jeden Abend ganz schick auszugehen«, sagte sie, »aber der Abend, der mir am besten gefallen hat, war der Abend, an dem wir Kanu gefahren sind, nur wir zwei, und der See und der Mond.«

»Ich habe die ganze Zeit ihre Lippen im Mondschein angesehen«, sagte Otto, »und …«

»Ich habe deine Augen angesehen«, sagte Falloleen.

Otto schnippte mit den Fingern. »Und dann hatte ich die Eingebung! Himmel noch mal, irgendwas haute bei Mondschein mit der normalen Kosmetik nicht hin. Es kamen die falschen Farben heraus, Blaus und Grüns. Falloleen sah aus, als hätte sie gerade schwimmend den Ärmelkanal durchquert.«

Falloleen haute ihn, so doll sie konnte.

»Warum hast du das gemacht?« brüllte Otto, das Gesicht purpurrot von dem Schlag. »Glaubst du, ich habe kein Schmerzempfinden?«

»Und ich etwa nicht?« schäumte Falloleen. »Du glaubst, ich wäre aus geriffeltem Sperrholz mit Plastik?«

Otto schluckte.

»Ich habe es satt, Falloleen und die nie endende Modenschau zu sein!« Ihre Stimme war nur noch ein Flüstern: »Sie ist langweilig und seicht, verängstigt und verloren, unglücklich und ungeliebt.«

Sie zog mir mit einem Ruck das Taschentuch aus der Brusttasche, wischte sich dramatisch übers Gesicht und hinterließ ein Geschmier aus Rot, Rosa, Weiß, Blau und Schwarz. »Du hast sie verbrochen, du hast sie verdient, und hier ist sie!« Sie drückte Otto das befleckte Taschentuch in die schlaffe Hand. Und ab die Rampe hinauf. »Lebe wohl!«

»Falloleen!« schrie Otto.

Sie blieb in der Tür stehen. »Ich heiße Kitty Krummbein-Cahoun«, sagte sie. »Falloleen hast du in der Hand.«

Otto winkte ihr mit dem Taschentuch zu. »Sie gehört dir so sehr wie mir«, sagte er. »Du wolltest Falloleen sein. Du hast alles getan, was du konntest, um Falloleen zu sein.«

»Weil ich dich liebte«, sagte Kitty. Sie weinte. »Sie war ganz dein Entwurf, ganz für dich.«

Otto drehte die Handflächen nach oben. »Krummbein ist nicht unfehlbar«, sagte er. »Es kam zu weitverbreitetem Blutvergießen, als die amerikanische Hausfrau den Krummbein-Vortex-Dosenöffner an ihren Busen drückte. Ich dachte, Falloleen zu sein, würde dich glücklich machen, und statt dessen hat es dich unglücklich gemacht. Es tut mir leid. Egal, was daraus geworden ist, es war ein Werk der Liebe.«

»Du liebst Falloleen«, sagte Kitty.

»Ich liebe, wie sie aussah«, sagte Otto. Er zögerte. »Bist du wirklich wieder Kitty?«

»Würde Falloleen sich mit so einem Gesicht zeigen?«

»Niemals«, sagte Otto. »Dann kann ich dir, Kitty, sagen, daß Falloleen stinklangweilig war, wenn sie sich nicht theatralisch in Pose warf oder einen dramatischen Auftritt oder Abgang hatte. Ich hatte eine panische Angst davor, mit ihr allein gelassen zu werden.«

»Falloleen wußte nicht, wer sie war oder was sie war«, schluchzte Kitty. »Du hast ihr überhaupt kein Innenleben verpaßt.«

Otto ging zu ihr hinauf und legte den Arm um sie. »Liebste«, sagte er, »innen sollte Kitty Cahoun leben, aber sie ist komplett verschwunden.«

»An Kitty Cahoun hast du gar nichts gemocht«, sagte Kitty.

»Meine liebe, süße Frau«, sagte Otto, »es gibt auf Erden nur vier Dinge, die nicht danach schreien, neu entworfen zu werden, und eins davon ist die Seele von Kitty Cahoun. Ich dachte, sie wäre für immer dahin.«

Sie umarmte ihn versuchsweise. »Und die anderen drei?« sagte sie.

»Das Ei«, sagte Otto, »der Ford Modell T und das Äußere von Falloleen. Mach dich doch ein bißchen frisch«, sagte er dann, »schlüpf in dein lavendelfarbenes Negligé, und steck dir eine weiße Rose hinters Ohr, während ich hier mit der Geißel der Wall Street die Dinge in Ordnung bringe, was meinst du?«

»Oha«, sagte sie, »ich komme mir schon wieder vor wie Falloleen.«

»Hab keine Angst davor«, sagte Otto. »Paß nur auf, daß Kitty in all ihrer Herrlichkeit durchschimmert.«

Sie verließ uns, überaus froh.

»Ich werde sofort verschwinden«, sagte ich. »Jetzt weiß ich, daß Sie mit ihr alleinsein wollen.«

»Offen gestanden, ja«, sagte Otto.

»Ich werde morgen auf Ihren Namen ein Girokonto eröffnen und einen Banksafe mieten«, sagte ich.

Und Otto sagte: »Klingt, als wären Sie in Ihrem Element. Amüsieren Sie sich gut, amüsieren Sie sich gut.«

Der taubenblaue Drache

Ein dünner junger Mann mit großen rußigen Händen überquerte den sonnengeweichten Asphalt der Hauptstraße der kleinen Stadt am Meer und ging von der Autohandlung, in der er arbeitete, zum Postamt. Das Dorf war einst ein Walfanghafen gewesen. Jetzt dienten die Eingeborenen den Leuten, die die Herrenhäuser mit Meerblick besaßen oder mieteten.

Für seinen Boß gab der junge Mann ein paar Briefe auf und kaufte Briefmarken. Dann ging er in eigenen Geschäften zum Drugstore nebenan. Zwei Sommermenschen, ein Mann und eine Frau in seinem Alter, kamen heraus, als er hineinging. Er bedachte sie mit einem verdrießlichen Blick, als zielten ihre Gesundheit, ihr Wohlstand und ihre träge Gelassenheit nur darauf ab, ihn zu verspotten.

Er bat den Drogisten, der ihn gut kannte, ihm seinen eigenen persönlichen Scheck in Höhe von fünf Dollar bar auszuzahlen. Er war auf sein Konto bei einer Bank in der Nachbarstadt ausgestellt. Im Dorf gab es keine Bank. Er hieß Kiah.

Kiah hatte sein Geld, und das war ziemlich viel, von einem Spar- auf ein Girokonto transferieren lassen. Der Scheck, den Kiah dem Drogisten überreichte, war der erste, den Kiah je ausgestellt hatte. Er trug sogar die Nummer 1. Kiah brauchte die fünf Dollar gar nicht. Er wollte sichergehen, daß ein von ihm ausgestellter Scheck wirklich Geld war, wirklich funktionierte.

»Da oben steht mein Name«, sagte er.

»Das sehe ich«, sagte der Drogist. »Du bist richtig vornehm geworden.«

»Mach dir keine Sorgen«, sagte Kiah, »er ist gedeckt.« Und wie er gedeckt war! Kiah dachte, vielleicht würde der Drogist in Ohmacht fallen, wenn er wüßte, wie gedeckt der Scheck war.

»Warum sollte ich mir wohl Sorgen um einen Scheck vom ehrlichsten, arbeitsamsten Jungen der Stadt machen?« Der Drogist berichtigte sich: »Ein Girokonto macht dich jetzt zum großen Mann, genau wie J. P. Morgan.«

»Was für ein Auto fährt er?« fragte Kiah.

»Wer?«

»J. P. Morgan.«

»Er ist tot. Beurteilst du danach die Menschen, nach den Autos, die sie fahren?« Der Drogist war siebzig Jahre alt, sehr müde, und er suchte jemanden, der seinen Laden kaufte. »Da mußt du eine sehr niedrige Meinung von mir haben, mit meinem Gebraucht-Chevy.« Er gab Kiah fünf Ein-Dollar-Scheine.

Kiah nannte sofort das Modell des Chevys: »Malibu.«

»Ich glaube, die Arbeit bei Daggett hat dich zum Autonarren gemacht.« Daggett war der Autohändler gegenüber. Dort verkaufte er ausländische Sportwagen, und in New York City hatte er einen weiteren Ausstellungsraum. »Wie viele Jobs hast du jetzt, außer dem bei Daggett?«

»Am Wochenende bediene ich im Quarterdeck, und nachts arbeite ich bei Ed an der Tanke.« Kiah war Vollwaise und wohnte in einer Pension. Sein Vater hatte für einen Landschaftsarchitekten gearbeitet, seine Mutter war Zimmermädchen in dem Howard Johnson's bei der Autobahnauffahrt gewesen. Sie kamen bei einem Frontalzusammenstoß vor dem Howard Johnson's um, als Kiah sechzehn war. Die Polizei hatte gesagt, es wäre ihre Schuld gewesen. Seine Eltern hatten kein Geld, ihr gebrauchter Plymouth Fury hatte Totalschaden, und sie konnten ihm nicht einmal ein Auto hinterlassen.

»Ich mache mir Sorgen um dich, Kiah«, sagte der Drogist. »Ständig nur arbeiten. Hast du immer noch nicht genug gespart, um dir ein Auto zu kaufen?« Es war im Dorf allgemein bekannt, daß Kiah so lange durcharbeitete, um sich ein Auto kaufen zu können. Er hatte keine Freundin.

»Schon mal von einem Marittima-Frascati gehört?«

»Nein. Und ich glaube auch nicht, daß sonst jemand schon mal von einem gehört hat.«

Kiah sah den Drogisten mitleidig an. »Hat zweimal hintereinander das Straßenrennen von Avignon gewonnen –, vor Jaguar, Mercedes und allen anderen. Bei freier Bahn macht er garantierte hundertdreißig Stundenmeilchen. Das schönste Auto der Welt. Daggett hat einen in seiner New Yorker Filiale.« Kiah stellte sich auf die Zehenspitzen. »Niemand hat hier in der Gegend jemals so etwas gesehen. Niemand.«

»Warum sprichst du eigentlich nie über Fords oder Chevrolets oder was, wovon ich schon mal was gehört habe? Marittima-Frascati!«

»Keine Klasse. Deshalb spreche ich nicht über sie.«

»Klasse! Da spricht der Fachmann. Fußböden wischen, Autos wienern, Leute bedienen, Benzin zapfen, aber Klasse muß schon sein, drunter tut er's nicht.«

»Träum du deine Träume, ich träume meine«, sagte Kiah.

»Ich träume davon, so jung wie du in einem Dorf zu sein, das so hübsch und angenehm ist wie unseres«, sagte der Drogist. »Du kannst dir deine Klasse in den ...«

Daggett, ein beleibter New Yorker, der diese Filiale nur im Sommer betrieb, verkaufte einem städtischen Tweedstoffeträger ein Auto, als Kiah hereinkam.

»Ich bin wieder da, Mr. Daggett«, sagte Kiah.

Daggett schenkte ihm keinerlei Beachtung. Kiah setzte sich auf einen Stuhl, um zu warten und tagzuträumen. Sein Herz pochte heftig.

»Er ist nicht für mich, verstehen Sie«, sagte der Kunde gerade und sah verwundert auf den niedrigen, kastenförmigen MG hinunter. »Er ist für meinen Jungen. Er hat so ein Ding erwähnt.«

»Das richtige Auto für einen jungen Mann«, sagte Daggett. »Und für einen Sportwagen auch vom Preis her sehr vernünftig.«

»Im Augenblick schwärmt er von irgendeinem anderen Auto, einem Maranochwas.«

»Marittima-Frascati«, sagte Kiah.

Daggett und der Kunde schienen überrascht, ihn im selben Raum anzutreffen.

»Mmmm, ja, so heißt er«, sagte der Kunde.

»In der Stadt habe ich einen. Ich könnte ihn Anfang nächster Woche herbringen«, sagte Daggett.

»Wieviel?«

»Sechstausendfünfhunderteinundfünfzig Dollar«, sagte Kiah.

Daggett lachte platt und unfreundlich. »Du hast ein gutes Gedächtnis, Kiah.«

»Sechstausendfünfhundert!« sagte der Kunde. »Ich liebe meinen Jungen, aber auch der Liebe sind Grenzen gesetzt. Ich nehme diesen.« Er zog ein Scheckbuch hervor.

Kiahs langer Schatten fiel über die Quittung, die Daggett ausstellte.

»Kiah, bitte. Du stehst mir im Licht.« Kiah regte sich nicht. »Kiah, was willst du denn? Warum fegst du nicht den hinteren Raum oder was?«

»Ich wollte nur sagen«, sagte Kiah, und sein Atem ging flach, »daß ich, wenn dieser Herr fertig ist, gern den Marittima-Frascati bestellen würde.«

»Du was?« Daggett stand ärgerlich auf.

Kiah zog nunmehr selbst sein Scheckbuch hervor.

»Hau ab!« sagte Daggett.

Der Kunde lachte.

»Wollen Sie das Geschäft mit mir nicht abschließen?« fragte Kiah.

»Ich werde gleich ganz was anderes mit dir abschließen, Kleiner, und zwar nicht zu knapp. Jetzt setz dich hin und warte.«

Kiah setzte sich, bis der Kunde ging.

Dann ging Daggett langsam auf Kiah zu, die Fäuste geballt. »So, junger Mann, dein komisches Geschäft hat mich fast um einen Verkauf gebracht.«

»Ich gebe Ihnen zwei Minuten, Mr. Daggett. Da können Sie die Bank anrufen und herausfinden, ob ich das Geld habe, oder ich besorge mir mein Auto woanders.«

Daggett rief die Bank an. »George, hier ist Bill Daggett.« Er warf ein hochnäsiges Lachen dazwischen. »Sehen Sie, George, Kiah Higgins will mir einen Scheck über sechstausendfünfhundert Dollar schreiben ... Das habe ich auch gesagt. Doch, ich schwöre, daß er ... Okay, ich warte.« Er trommelte auf die Schreibtischplatte und vermied es, Kiah anzusehen.

»Schön, George. Danke.« Er legte auf.

»Und?« sagte Kiah.

»Ich habe nur angerufen, um meine Neugier zu befriedigen«, sagte Daggett. »Gratuliere. Ich bin sehr beeindruckt. Zurück an die Arbeit.«

»Es ist mein Geld. Ich habe es verdient«, sagte Kiah. »Ich habe vier Jahre lang gearbeitet und gespart –, vier lausige, lange Jahre. Jetzt will ich das Auto.«

»Das kann doch nicht dein Ernst sein.«

»Dieses Auto ist alles, woran ich denken kann, und jetzt wird es mir gehören, das verdammteste Auto, das hier jemals jemand gesehen hat.«

Daggett verzweifelte. »Der Marittima-Frascati ist ein Spielzeug für Maharadschas und texanische Ölbarone. Sechstausendfünfhundert Dollar, Junge! Was bleibt dann von deinen Ersparnissen übrig?«

»Genug für Versicherung und ein paar Tankfüllungen.« Kiah stand auf. »Wenn Sie das Geschäft mit mir nicht machen wollen …«

»Du mußt krank sein«, sagte Daggett.

»Sie würden das verstehen, wenn Sie hier aufgewachsen wären, Mr. Daggett, und Ihre Eltern so pleite gewesen wären wie meine.«

»Quatsch! Sag mir nicht, wie es ist, pleite zu sein, bevor du in der Großstadt pleite warst. Was bezweckst du überhaupt mit dem Auto?«

»Ich bezwecke, mich mit dem Auto zu amüsieren, daß es kracht. Wird auch allmählich Zeit. Ich werde zur Abwechslung mal ein bißchen leben. Anfang nächster Woche, Mr. Daggett?«

Die Nachmittagsstille des Dorfes wurde vom Brummen eines Anlassers und vom wohlerzogenen Grollen eines herrlichen Motors zerstört.

Kiah saß tief in den zitronengelben Lederpolstern des taubenblauen Marittima-Frascati und lauschte dem süßen Donner, der auf jeden sanften Druck seines großen Zehs erfolgte. Er hatte sich mit der Wurzelbürste geschrubbt, und sein Haar war frisch geschnitten.

»Auf den ersten tausend Meilen nichts Schnelles, verstanden?« sagte Daggett. Er war in Festtagslaune, hatte sich mit stiller Resignation in das bizarre Wunder geschickt, welches Kiah gewirkt hatte. »Das ist ein Stück edelstes Geschmeide unter der Haube, das will richtig behandelt sein. Bleib auf den ersten tausend Meilen unter sechzig, auf den ersten dreitausend unter achtzig.« Er lachte. »Und versuch nicht herauszufinden, was sie wirklich kann, bevor du ihr die fünftausend besorgt hast.« Er schlug Kiah auf die Schulter. »Werd nicht ungeduldig, Junge. Mach dir keine Sorgen –, sie kann's!«

Kiah zündete wieder den Motor, schien die Menschenmenge, die sich ringsum versammelt hatte, gar nicht zu bemerken.

»Was meinen Sie, wie viele davon gibt es in den USA?« fragte Kiah Daggett.

»Zehn, zwölf.« Daggett zwinkerte. »Mach dir keine Sorgen. Alle anderen sind in Dallas und Hollywood.«

Kiah nickte umsichtig. Er wollte wie ein Mann aussehen, der einen vernünftigen Einkauf getätigt hat, den er nun, zufrieden über den Wert seines Geldes, nach Hause tragen will. Der Moment war für ihn wunderschön und komisch, aber er lächelte nicht.

Er schaltete zum erstenmal in den ersten Gang. Es war so leicht. »Entschuldigung«, sagte er zu denen, die im Weg standen. Er ließ den Motor aufbrausen, anstatt die Blechbläser seiner Hupen aufspielen zu lassen. »Danke.«

Als Kiah das Auto auf die sechsspurige Autobahn fuhr, fühlte er sich nicht mehr wie ein Eindringling im Universum. Er gehörte so sehr dazu wie die Wolken und das Meer. Mit der gespielten Bescheidenheit eines Gottes, der inkognito reist, gestattete er einem Cadillac-Cabrio, ihn zu überholen. Ein hübsches Mädchen am Steuer lächelte auf ihn herab.

Kiah betupfte leicht das Gaspedal und schoß an ihr vorüber. Er lachte den kleinen Fleck an, zu dem sie in seinem Rückspiegel wurde. Der Temperaturanzeiger kletterte, Kiah drosselte den Marittima-Frascati und vergab sich diesen einen Überschwang. Nur dieses eine Mal –, es war es wert gewesen. Dies war das Leben!

Das Mädchen und der Cadillac überholten ihn wieder. Sie lächelte und gestikulierte schmälernd in Richtung ihrer ausgedehnten Motorhaube. Sie liebte sein Auto. Sie haßte ihres.

An der Mündung eines Kreisverkehrs, der zu einem Hotel führte, blinkte sie schwungvoll und bog ab. Als käme er nach Hause, folgte der Marittima-Frascati, schnurrte durch die Einfahrt und auf den Parkplatz. Ein Mann in Uniform winkte, lächelte, bewunderte und dirigierte Kiah dann neben den Cadillac. Kiah beobachtete, wie das Mädchen in der Cocktail-Lounge verschwand, jeder Schritt eine Einladung, ihr zu folgen.

Als er den tiefen weißen Kies überquerte, schob sich eine Wolke vor die Sonne, und während der kurzen Abkühlung stockte Kiahs Schritt. Das Universum behandelte ihn wieder wie einen Eindringling. Er blieb auf den Stufen zur Cocktail-Lounge stehen, blickte über die Schulter, sah sein Auto an. Da wartete es auf seinen Gebieter, hingestreckt, mager, ausgehungert und begierig, Meilen zu fressen –, Kiah Higgins' Auto.

Erfrischt ging Kiah in die kühle Lounge. Das Mädchen saß in einer Ecknische, die Augen gesenkt. Sie vertrieb sich mit dem Zerpflücken eines hölzernen Sektquirls die Zeit. Der einzige weitere Mensch in dem Raum war der Barkeeper, welcher Zeitung las.

»Suchen Sie jemanden, Sohnemann?«

Sohnemann? Kiah hatte nicht übel Lust, den Marittima-Frascati in die Bar zu fahren. Er hoffte, daß das Mädchen es nicht gehört hatte. »Geben Sie mir einen Gin Tonic«, sagte er kalt, »und vergessen Sie die Limettenscheibe nicht.«

Sie sah auf. Kiah lächelte mit der Kameraderie, wie sie Privilegien, Pferdestärken und das vor ihnen liegende endlose Band der Straße boten.

Sie nickte zurück, verdutzt, und wandte ihre Aufmerksamkeit wieder dem Sektquirl zu.

»So, Sohnemann«, sagte der Barkeeper und stellte den Drink vor ihm ab. Er raschelte mit seiner Zeitung und nahm die Lektüre wieder auf.

Kiah trank, räusperte sich und sprach mit dem Mädchen. »Schönes Wetter«, sagte er.

Sie ließ sich nicht anmerken, daß er etwas gesagt hatte. Kiah wandte sich an den Barkeeper, als hätte er mit ihm gesprochen. »Fahren Sie gern Auto?«

»Manchmal«, sagte der Barkeeper.

»Bei so einem Wetter möchte man seine Karre vollrohr ausfahren.« Der Barkeeper blätterte ohne Kommentar um. »Aber ich fahre sie noch ein und muß sie unter fünfzig halten.«

»Anzunehmen.«

»Große Versuchung, wenn man weiß, daß sie garantierte hundertdreißig macht.«

Der Barkeeper legte gereizt seine Zeitung hin. »Wie garantiert?«

»Mein neues Auto, mein Marittima-Frascati.«

Das Mädchen blickte auf, interessiert.

»Ihr was?« sagte der Barkeeper.

»Mein Marittima-Frascati. Das ist ein italienisches Auto.«

»Wie ein amerikanisches hört es sich jedenfalls nicht an. Für wen fahren Sie es?«

»Für wen ich es fahre?«

»Ja. Wem gehört es?«

»Wem soll es schon groß gehören? *Mir* gehört es.«

Der Barkeeper nahm sich wieder seine Zeitung vor. »*Ihm* gehört es. Ihm gehört es, und es fährt hundertdreißig. Glückspilz.«

Kiah reagierte, indem er ihm den Rücken kehrte. »Hallo«, sagte er zu dem Mädchen mit mehr Selbstvertrauen, als er für möglich gehalten hätte. »Wie sind Sie mit dem Racker zufrieden?«

Sie lachte. »Meinem Auto, meinem Verlobten oder meinem Vater?«

»Ihrem Auto«, sagte Kiah und kam sich blöd vor, weil ihm keine zündendere Erwiderung eingefallen war.

»Mit Cadillacs bin ich immer sehr zufrieden. Jetzt erinnere ich mich an Sie. Sie waren in diesem süßen kleinen blauen Ding mit gelben Sitzen. Ich habe Sie irgendwie nicht mit dem Auto in Verbindung gebracht. Sie sehen anders aus. Wie haben sie es genannt?«

»Einen Marittima-Frascati.«

»Mmmmmm. Ich könnte nie lernen, das zu sagen.«

»Das ist in Europa ein sehr berühmtes Auto«, sagte Kiah. Alles lief glänzend. »Hat zweimal in Folge das Rennen von Avignon gewonnen, wissen Sie.«

Sie lächelte ein bezauberndes Lächeln. »Nein! *Das* habe ich nicht gewußt.«

»Fährt garantierte hundertdreißig.«

»Meine Güte. Ich hätte nicht gedacht, daß Autos überhaupt so schnell fahren können.«

»Nur zwölf davon in den USA, wenn über*haupt*.«

»Das sind ja wirklich nicht viele, was? Macht es Ihnen etwas aus, wenn ich frage, wieviel eins dieser wunderbaren Autos kostet?«

Kiah lehnte sich gegen den Tresen zurück. »Nein, macht mir gar nichts aus. Kommt mir vor, als wäre es irgendwo zwischen fünf und sechs gewesen.«

»Ach, *da*zwischen? Gar nicht übel, zwischen so was zu sein.«

»Och, ich glaube, das ist es wert. Ich habe auf jeden Fall nicht das Gefühl, Geld zum Fenster rausgeschmissen zu haben.«

»Das ist die Hauptsache.«

Kiah nickte glücklich und starrte in die wunderschönen Augen, aus denen bodenlose Bewunderung zu sprechen schien. Er öffnete den Mund, um noch etwas zu sagen, um das entzückende Spiel fort- und fort- und fortzusetzen, als ihm klar wurde, daß er nichts weiter zu sagen hatte. »Schönes Wetter.«

Ihre Augen wurden glasig vor Langeweile. »Haben Sie die genaue Zeit?« fragte sie den Barkeeper.

»Ja, gnä' Frau. Sieben nach vier.«

»Was haben Sie gesagt?«

»Vier, Söhnemann.«

Eine Probefahrt, dachte Kiah, vielleicht würde ihr eine Probefahrt gefallen.

Die Tür schwang auf. Ein gutaussehender junger Mann in Tennisshorts zwinkerte und grinste in der Lounge herum, gelassen, eitel und elastisch. »Marion!« schrie er.

»Dem Himmel sei Dank, daß du noch da bist. Was für ein Engel du bist, daß du auf mich gewartet hast!«

Ihr Gesicht war in seiner Bewunderung überwältigend. »So schlimm hast du dich gar nicht verspätet, Paul, und ich verzeihe dir.«

»Wie der letzte Narr habe ich mich auf ein Doppel eingelassen, und es hörte und hörte einfach nicht auf. Ich habe das Spiel schließlich geschmissen. Ich hatte Angst, ich büße dich für immer ein. Was hast du so getrieben, während du warten mußtest?«

»Mal sehen. Nun, ich habe einen Sektquirl zerfetzt, und ich, äh ... Ooooooh! Ich habe einen äußerst interessanten Herrn kennengelernt, der ein Auto hat, das einhundertdreißig Meilen in der Stunde fährt.«

»Nun, da hat man dich angeschmiert, Liebes, denn der Mann hat gelogen, was sein Auto betrifft.«

»Das sind ziemlich starke Worte«, sagte Marion.

Paul sah erfreut aus. »Wirklich?«

»Wenn man bedenkt, daß der Mann, den du einen Lügner genannt hast, sich genau hier in diesem Raum befindet.«

»Oha.« Paul sah sich mit gespielter Angst in der Lounge um. Sein Blick streifte Kiah und den Barkeeper. »Wir sind hier nur zu viert.«

Sie zeigte auf Kiah. »Der Junge da. Würde es Ihnen etwas ausmachen, Paul von Ihrem Marengo-Frappé zu erzählen?«

»Marittima-Frascati«, sagte Kiah mit kaum hörbarer Stimme. Er wiederholte es lauter: »Marittima-Frascati.«

»Na«, sagte Paul, »ich muß sagen, der hört sich an, als schaffte er zweihundert pro Sekunde. Haben Sie ihn da?«

»Draußen«, sagte Kiah.

»Was ich immer sage«, sagte Paul. »Ich muß lernen, mich präziser auszudrücken.« Er sah hinaus auf den Parkplatz. »Oho, verstehe. Der kleine blaue Wüterich. Seeehr hübsch, macht Angst, aber Lust. Und das ist Ihrer?«

»Habe ich doch gesagt.«

»Könnte das zweitschnellste Auto in der Gegend sein. Ist es wahrscheinlich sogar.«

»Tatsache?« sagte Kiah sarkastisch. »Ich würde gern mal das schnellste sehen.«

»Würden Sie? Es steht auch draußen. Da, das grüne.«

Das Auto war ein britischer Hampton. Kiah kannte das Auto gut. Auf das Auto hatte er gespart, bevor Daggett ihm Fotos vom Marittima-Frascati zeigte.

»Das müßte genügen«, sagte Kiah.

»Genügen?« lachte Paul. »Es wird genügen, um Ihres um viele, viele Meilen abzuhängen, da wette ich alles, was Sie wollen.«

»Hören Sie«, sagte Kiah, »ich würde die ganze Welt auf mein Auto gegen Ihres wetten, wenn meins eingefahren wäre.«

»Schade«, sagte Paul. »Dann ein andermal.« Er erklärte es Marion. »Noch nicht eingefahren, Marion. Gehen wir?«

»Es kann losgehen, Paul«, sagte sie. »Ich sage lieber dem Parkplatzwächter, daß ich wiederkomme, um den Cadillac zu holen, sonst glaubt er, ich wäre entführt worden.«

»Und genau das wird auch geschehen«, sagte Paul. »Man sieht sich, Ralph«, sagte er zum Barkeeper. Sie kannten sich.

»Immer froh, Sie zu sehen, Paul«, sagte Ralph.

Also wußte Kiah jetzt, wie alle drei hießen, aber sie wußten nicht, wie er hieß. Niemand hatte gefragt. Niemand wollte es wissen. Was konnte schon unwichtiger sein, als wie er hieß?

Kiah beobachtete durch ein Fenster, wie Marion mit dem Parkplatzwächter sprach und sich dann auf den Beifahrersitz eines tiefgelegten Hampton hinunterkuschelte.

Ralph stellte dem Namenlosen diese Frage: »Sind Sie Mechaniker? Hat Ihnen jemand das Auto gegeben, und Sie sollen die Straßenlage testen? Klappen Sie lieber das Verdeck hoch, es wird gleich regnen.«

Die Hinterräder des taubenblauen Drachen mit den Schalensitzen aus zitronengelbem Leder besprühten die Knie des Parkplatzwächters mit Kies. Ein Portier bei der Einfahrt bedeutete dem Drachen, er solle langsamer fahren, und sprang dann um sein Leben.

Kiah munterte ihn leise auf und sagte: »So ist es gut, nur zu, nur zu. Ich liebe dich« und so weiter. Er lenkte und schaltete die Gänge des Synchrongetriebes so, daß das Auto problemlos immer schneller werden konnte, aber er spürte, daß all dies eigentlich unnötig war, daß das Auto selbst viel besser wußte als er, wohin es fahren und wie es das tun sollte, wozu es geboren worden war.

Der einzige Marittima-Frascati im Umkreis von Tausenden von Meilen fegte an Personen- und Lastwagen vorbei, als stünden sie still. Die Nadel des Temperaturanzeigers am gepolsterten Armaturenbrett zitterte bald gegen den Stift am äußersten Ende des roten Bereichs.

»Gutes Mädchen«, sagte Kiah. Manchmal sprach er mit dem Auto, als wäre es ein Mädchen, manchmal, als wäre es ein Junge.

Es überholte den Hampton, der nur ganz knapp schneller als die Geschwindigkeitsbegrenzung fuhr. Der Maritima-Frascati mußte sich heftig verlangsamen, damit er neben dem Hampton her fahren und Kiah Paul und Marion den Stinkefinger zeigen konnte.

Paul schüttelte den Kopf und winkte Kiah weiter, trat dann auf die Bremse, um weit zurückzufallen. Es würde kein Wettrennen geben.

»Er hat keinen Mumm, Baby«, sagte Kiah. »Komm, wir zeigen der Welt, was Mumm ist.« Er trat das Gaspedal bis zum Fußboden durch. Während verschwommene Flekken vor ihm auftauchten und verschwanden, ließ er den Fuß, wo er war.

Der Motor kreischte jetzt vor Qual, und Kiah sagte mit beiläufigem Ton: »Explodier, explodier.«

Aber der Motor explodierte nicht und fing nicht Feuer. Die Juwelen, aus denen das wertvolle Geschmeide bestand, verbanden sich einfach miteinander, und der Motor hörte auf, ein Motor zu sein. Und die Kupplung war auch keine Kupplung mehr. Das erlaubte dem Auto, auf den Seitenstreifen der Autobahn zu rollen, von nichts mehr angetrieben als dem letzten bißchen Schwung, das es je selbst aufbringen würde.

Der Hampton mit Paul und Marion kam nie vorbei. Die müssen bei einer Ausfahrt weit hinten abgebogen sein, dachte Kiah.

Kiah ließ das Auto da, wo es gestorben war. Er fuhr per Anhalter zurück ins Dorf, ohne dem, der ihn mitgenommen hatte, irgendeine Geschichte erzählen zu müssen. Er kehrte in Daggetts Ausstellungsraum zurück und tat, als wäre er zum Arbeiten da. Der MG stand immer noch da. Der Mann, der gesagt hatte, er würde ihn seinem Sohn kaufen, hatte anders entschieden.

»Ich habe dir den ganzen Tag freigegeben«, sagte Daggett.

»Ich weiß«, sagte Kiah.

»Also, wo ist das Auto?«

»Ich habe es umgebracht.«

»Du hast was?«

»Ich habe es auf hundertvierundvierzig hochgebracht, obwohl es hieß, es könne nur hundertfünfunddreißig.«

»Das ist nicht dein Ernst.«

»Sie können sich selbst davon überzeugen«, sagte Kiah. »Ein mausetotes Sportfahrzeug. Sie werden den Abschleppwagen schicken müssen.«

»Mein Gott, Junge, weshalb solltest du so was tun wollen?«

»Sagen Sie Kiah zu mir.«

»Kiah«, echote Daggett, überzeugt, es mit einem Wahnsinnigen zu tun zu haben.

»Wer weiß schon, weshalb irgendwer irgendwas tut?« sagte Kiah. »Ich weiß nicht, weshalb ich es umgebracht habe. Ich weiß nur, daß ich froh bin, weil es tot ist.«

Der arme Dolmetscher

Eines Tages im Jahre 1944, inmitten des Höllenspektakels an der Front, erfuhr ich zu meinem Erstaunen, daß ich zum Dolmetscher für, wenn's recht ist, ein ganzes Bataillon ernannt worden war und im Haus eines belgischen Bürgermeisters innerhalb der Artillerie-Reichweite der *Siegfried Line* einquartiert werden sollte.

Mir war nie in den Sinn gekommen, daß ich das hatte, was es zum Dolmetschen braucht. Ich qualifizierte mich für den Posten, als wir darauf warteten, aus Frankreich zur Front vorzurücken. Als Student hatte ich die erste Strophe von Heinrich Heines *Lorelei* ganz mechanisch von einem Zimmergenossen im College-Wohnheim auswendig gelernt und gab, während ich in Hörweite des Bataillonskommandanten arbeitete, gerade zufällig und beharrlich jene Zeilen zum besten. Der Oberst (ein Hoteldetektiv aus Mobile, Alabama) fragte seinen Ersten Offizier (einen Kurzwarenvertreter aus Knoxville, Tennessee), in welcher Sprache der Text sei. Der Erste hielt sich mit einem Urteil zurück, bis ich mich durch *Der Gipfel des Be-her-ges funkelt im Abendso-honnenschein* gestümpert hatte.

»Ich glaube, das ist Kraut, Herr Oberst«, sagte er.

Was ich vom einzigen Deutsch, das ich kannte, verstanden hatte, war dies: »Ich weiß nicht, warum ich so traurig bin. Ich kriege eine alte Legende nicht aus dem Kopf. Die Luft ist kühl, und es wird dunkel, und der Rhein fließt still. Der Gipfel des Berges flimmert im Abendsonnenschein« oder so.

Der Oberst fand, daß seine Rolle die Verpflichtung mit sich brachte, schnelle, eigensinnige Entscheidungen zu treffen. Er hatte schon einige prima Beschlüsse gefaßt, bevor die Wehrmacht vernichtend geschlagen wurde, der, den er an jenem Tag faßte, war aber mein Lieblingsbeschluß: »Wenn das Kraut ist, warum schiebt der Mann dann Latrinendienst?« wollte er wissen. Zwei Stunden später sagte mir der Kompanieschreiber, ich könne die Elmer abgeben, weil ich nunmehr Bataillonsdolmetscher sei.

Bald danach kam der Befehl zum Vorrücken. Verantwortlicherseits war man zu bedrängt, um sich meine Unfähigkeitserklärung anzuhören. »Für uns sprechen Sie gut genug Kraut«, sagte der Erste Offizier, »und da, wohin wir gehen, wird sich nicht viel Gelegenheit ergeben, mit Krauts zu reden.« Er tätschelte liebevoll meine

Flinte. »Die hier wird Ihnen die meiste Übersetzungsarbeit abnehmen«, sagte er. Der Erste, der alles, was er wußte, vom Oberst gelernt hatte, meinte, die amerikanische Armee habe soeben die Belgier in die Pfanne gehauen, und nun müßte ich bei dem belgischen Bürgermeister Quartier nehmen, um sicherzustellen, daß er nicht versuchte, uns eins auszuwischen. »Außerdem«, schloß der Erste, »gibt es sonst sowieso niemanden, der überhaupt Kraut kann.«

Ich fuhr auf einem Lastwagen mit drei verstimmten Pennsylvania-Deutschen, die sich bereits vor Monaten um den Job als Dolmetscher beworben hatten, zum Bauernhof des Bürgermeisters. Als ich klargemacht hatte, daß ich keinerlei Konkurrenz für sie darstellte und ohnehin hoffte, innerhalb der nächsten vierundzwanzig Stunden liquidiert zu werden, tauten sie so weit auf, daß sie mir die interessante Information zuteil werden ließen, das, was ich sei, sei auf deutsch ein **Dolmetscher**. Außerdem dekodierten sie auf meinen Wunsch die *Lorelei*. Dadurch hatte ich etwa vierzig Wörter zur freien Verfügung (dem Wortschatz eines Zweijährigen entsprechend), die ich aber kombinieren konnte, wie ich wollte, ohne auch nur in der Lage zu sein, um ein Glas kaltes Wasser zu bitten.

Jede Umdrehung der Räder des Lastwagens brachte eine neue Frage: »Was heißt ›Army‹ auf deutsch? ... Wie frage ich, wo das Klo ist? ... Was heißt ›mir ist schlecht‹? ... Und ›mir ist nicht schlecht‹? ... ›Essen‹? ... ›Bruder‹? ... ›Schuh‹?« Meine phlegmatischen Dozenten ermüdeten, und einer gab mir eine Broschüre, Deutsch leichtgemacht, für den Mann im Schützengraben.

»Einige der vorderen Seiten fehlen«, erklärte der Spender, als ich vor dem Bauernhof des Bürgermeisters vom Lastwagen sprang. »Hab' mir Zigaretten draus gedreht«, sagte er.

Es war früher Morgen, als ich an die Tür des Bürgermeisters klopfte. Ich stand auf der Schwelle wie ein Statist in den Soffitten, und das eine Wort, das ich abliefern sollte, polterte in einem ansonsten leeren Kopf herum. Die Tür flog auf. »**Dolmetſcher**«, sagte ich.

Der Bürgermeister selbst, alt, dünn und nachtbehemdet, führte mich in das untere Schlafzimmer, in dem ich untergebracht werden sollte. Er stellte sein Willkommen sowohl pantomimisch als auch in Wörtern dar, und fürs erste war ein Spritzer **Danke ſchön** absolut ausreichend gedolmetscht. Ich war bereit, weitere Konversationen mit **Ich weiß nicht, waſ ſoll eſ bedeuten, daß ich ſo traurig bin** abzuwürgen. Das hätte ihn tapsend zurück ins Bett geschickt, überzeugt, einen gewandten, wenngleich **weltſchmerz**zerfressenen **Dolmetſcher** zu haben. Die List war unnötig. Er ließ mich allein, damit ich meine Ressourcen konsolidieren konnte.

Die Hauptressource war die verstümmelte Broschüre. Ich prüfte jede ihrer kostbaren Seiten der Reihe nach, entzückt von der Einfachheit, mit der sich Englisch in Deutsch überführen ließ. Dank diesem Büchlein brauchte ich nur mit dem Finger die linke Spalte hinunterzugleiten, bis ich die englische Redensart fand, die ich wollte, und dann die Nonsens-Silben herunterzurattern, die gegenüber in der rechten Spalte abgedruckt waren. »Wie viele Granatwerfer haben Sie?« hieß zum Beispiel: *Vee feel grenada vairfair habben zee?* Wenn ich wissen wollte, »where are your tank columns?«, hieß das in ebenso mustergültigem wie kinderleichtem Deutsch: *Vo zint era pantzer shpitzen?* Ich artikulierte folgende gerngehörte Redensarten: »Wo sind Ihre Haubitzen? Wie viele Maschinengewehre haben Sie? Ergeben Sie sich! Nicht schießen! Wo haben Sie Ihr Motorrad versteckt? Hände hoch! Zu welcher Einheit gehören Sie?«

Die Broschüre endete jäh, wodurch meine Laune von manisch zu depressiv absackte. Der Pennsylvania-Deutsche hatte das gesamte Etappen-Geplänkel aufgeraucht, die erste Hälfte der Broschüre, so daß ich nur noch mit dem verbalen Schlagabtausch des Kampfes Mann gegen Mann arbeiten konnte.

Während ich schlaflos im Bette lag, kam mir das eine Drama in den Sinn, in dem ich mitspielen konnte …

DOLMETSCHER (*zum* BÜRGERMEISTERSTÖCHTERLEIN): Ich weiß nicht, was soll es bedeuten, daß ich so traurig bin. (*Umarmt sie.*)

BÜRGERMEISTERSTÖCHTERLEIN (*versucht, angeborene Schüchternheit zu überwinden*): Die Luft ist kühl, und es dunkelt, und ruhig fließt der Rhein.

DOLMETSCHER (*ergreift* BÜRGERMEISTERSTÖCHTERLEIN, *schleppt es mit körperlicher Gewalt in sein Zimmer. Dann, sanft*): Ergeben Sie sich.

BÜRGERMEISTER (*mit einer Luger fuchtelnd*): Ach! Hände hoch!

DOLMETSCHER und BÜRGERMEISTERSTÖCHTERLEIN (*gleichzeitig*): Nicht schießen!

(*Eine Landkarte, auf der die Schlachtordnung der 1. US-Armee eingezeichnet ist, fällt dem* BÜRGERMEISTER *aus der Brusttasche.*)

DOLMETSCHER (*beiseite, auf englisch*): Was macht dieser angeblich den Alliierten nahestehende Bürgermeister mit einer Landkarte, auf der die Schlachtordnung der 1. US-Armee eingezeichnet ist? Und warum soll ich für einen Belgier deutsch dolmetschen? (*Holt überraschend .45er Automatik unter Kopfkissen hervor und richtet sie auf* BÜRGERMEISTER.)

BÜRGERMEISTER und BÜRGERMEISTERSTÖCHTERLEIN (*gleichzeitig*): Nicht schießen! (BÜRGERMEISTER *läßt Luger fallen, lächelt höhnisch.*)

DOLMETSCHER: Zu welcher Einheit gehören Sie? (BÜRGERMEISTER *schweigt finster.* BÜRGERMEISTERSTÖCHTERLEIN *tritt leise weinend zu ihm.* DOLMETSCHER ZU BÜRGERMEISTERSTÖCHTERLEIN, *direkt*): Wo haben Sie Ihr Motorrad versteckt? (*Wendet sich wieder an den* BÜRGERMEISTER): Wo sind Ihre Haubitzen, na? Wo sind Ihre Panzerspitzen? Wie viele Granatwerfer haben Sie?

BÜRGERMEISTER (*unter perfekter Verhörtechnik zusammenbrechend*): Ich … Ich ergebe mich.

BÜRGERMEISTERSTÖCHTERLEIN: Ich bin so traurig. (*Auftritt* SONDERTRUPP *aus Pennsylvania-Deutschen im Rahmen einer Routineüberprüfung. Hört gerade noch rechtzeitig, wie* BÜRGERMEISTER *und* BÜRGERMEISTERSTÖCHTERLEIN *gestehen, mit Fallschirm hinter den amerikanischen Linien abgesprungene Nazi-Agenten zu sein.*)

Johann Christoph Friedrich von Schiller hätte das mit diesen Wörtern auch nicht besser hingekriegt, und das waren die einzigen Wörter, die mir zur Verfügung standen. Ich hatte nicht die geringste Chance, mich irgendwie durchzuwursteln, und es machte nicht den geringsten Spaß, im

Dezember für ein ganzes Bataillon Dolmetscher zu sein, ohne auch nur »Fröhliche Weihnachten!« sagen zu können.

Ich machte mein Bett, zog die Kordeln meines Matchbeutels zu und stahl mich durch die Verdunklungsvorhänge in die Nacht davon.

Argwöhnische Wachposten sagten mir, wie ich zum Bataillonshauptquartier kam, wo ich die meisten unserer Offiziere entweder über Landkarten grübelnd oder beim Laden ihrer Waffen vorfand. Es lag Feiertagsstimmung in der Luft, der Erste Offizier schliff ein sechsundvierzig Zentimeter langes Bowie-Messer und summte »Are You from Dixie?«

»Na, da soll doch«, sagte er, als er mich in der Tür bemerkte, »da kommt ja unser alter Sprecken-Zee-Dutch persönlich. Raus mit der Sprache, Junge. Sollten Sie nicht drüben beim Bürgermeister sein?«

»Es hat keinen Sinn«, sagte ich. »Die sprechen alle Niederdeutsch, und ich spreche Hochdeutsch.«

Der Erste war beeindruckt. »Zu gut für die, was?« Er fuhr mit dem Zeigefinger die Schneide seines mörderischen Messers entlang. »Ich glaube, wir werden ziemlich bald auf jemanden treffen, der das hochklassige Kraut beherrscht«, sagte er. »Wir sind nämlich eingekreist.«

»Wir werden ihnen genauso einheizen, wie wir ihnen in North Carolina und Tennessee eingeheizt haben«, sagte der Oberst, der zu Hause noch kein einziges Manöver verloren hatte. »Sie bleiben hier, Söhnchen. Ich werde Sie als meinen persönlichen Dolmetscher einsetzen.«

Zwanzig Minuten später befand ich mich wieder mitten im heftigsten Dolmetschen. Vier Tiger-Panzer fuhren vor dem Hauptquartier vor, und zwei Dutzend deutsche Infanteristen saßen ab, um uns mit Maschinenpistolen zusammenzutreiben.

»Sagen Sie was«, befahl der Oberst, couragiert bis zum Schluß..

Ich ließ den Blick über die linken Spalten meiner Broschüre schweifen, bis ich die Redensart fand, die unsere Gefühle am angemessensten zum Ausdruck brachte. »Nicht schießen«, sagte ich.

Ein deutscher Panzeroffizier stolzierte herein, um seinen Fang zu begutachten. In der Hand hielt er eine Broschüre, geringfügig kleiner als meine. »Wo sind Ihre Haubitzen?« sagte er.

Durchgebrannt

Sie hinterließen einen Zettel, auf dem stand, Teenager seien zu wahrer Liebe so fähig wie sonstwer –, vielleicht fähiger. Und dann machten sie sich mit unbekanntem Ziel davon.

Sie setzten sich mit dem alten blauen Ford des Jungen ab, von dessen Rückspiegel Babyschuhe baumelten und auf dessen aufgeplatztem Rücksitz sich Comics stapelten.

Sofort wurde die Polizei alarmiert, und in den Zeitungen und im Fernsehen erschienen ihre Fotos. Aber sie wurden vierundzwanzig Stunden lang nicht gefaßt. Sie schafften es die ganze Strecke bis hin nach Chicago. Dort sah sie ein Streifenpolizist, als sie gemeinsam in einem

Supermarkt einkauften, erwischte sie, als sie sich, so schien es, einen lebenslangen Vorrat an Süßigkeiten, Kosmetika, Limonade und Tiefkühlpizza zulegten.

Der Vater des Mädchens gab dem Streifenpolizisten zweihundert Dollar Belohnung. Der Vater des Mädchens war Jesse K. Southard, der Gouverneur des Staates Indiana.

Deshalb bekamen sie so viel Publicity. Es war aufregend, wenn ein Junge aus der Besserungsanstalt, ein Junge, der im Klub des Gouverneurs den Rasen gemäht hat, mit der Tochter des Gouverneurs durchbrannte.

Als die Staatspolizei von Indiana das Mädchen zurück in die Gouverneursvilla in Indianapolis brachte, gab Gouverneur Southard bekannt, er werde sofort Schritte unternehmen, um die Ehe annullieren zu lassen. Ein respektloser Reporter wies darauf hin, daß es kaum eine Annullierung geben werde, da keine Ehe geschlossen worden sei.

Der Gouverneur explodierte. »Dieser Junge hat sie nie angerührt, weil sie ihn nicht gelassen hat! Und ich werde jedem eins überziehen, der etwas anderes behauptet.«

Die Reporter wollten naturgemäß mit dem Mädchen reden, und der Gouverneur sagte, sie würde in etwa einer Stunde eine Erklärung abgeben. Das wäre nicht ihre erste Erklärung zu der Eskapade gewesen. In Chicago hatten sie und der Junge bereits Reportern und Polizisten eine Vorlesung über Liebe, Heuchelei, die Verfolgung von Teenagern, die Gefühllosigkeit von Eltern und sogar Raketen, Rußland und die Wasserstoffbombe gehalten.

Als das Mädchen jedoch mit der neuen Erklärung die Treppe herunterkam, widersprach es allem, was es in Chicago gesagt hatte. Es las drei maschinengeschriebene Seiten vor und sagte, das Abenteuer sei ein Albtraum gewesen, sagte, es liebe den Jungen nicht und habe ihn nie geliebt, sagte, es müsse wahnsinnig gewesen sein, und sagte, es wolle den Jungen nie wiedersehen.

Es sagte, die einzigen Menschen, die es liebe, seien seine Eltern, sagte, es wisse gar nicht, wie es all das Herzeleid, das es ihnen bereitet habe, je wiedergutmachen solle, sagte, es werde sich darauf konzentrieren, in der Schule gut mitzukommen, damit es aufs College könne, und sagte, es wolle nicht für Fotos posieren, weil es nach allem, was es durchgemacht habe, so schrecklich aussehe.

So schrecklich sah sie gar nicht aus, außer daß sie sich die Haare rot gefärbt und der Junge ihr einen furchtbaren Haarschnitt verpaßt hatte, um sie unkenntlich zu machen. Und sie hatte ein bißchen geweint. Sie sah nicht müde aus. Sie sah jung und wild und eingefangen aus –, das war alles.

Sie hieß Annie –, Annie Southard.

Als die Reporter gingen, als sie gingen, um dem Jungen die neueste Erklärung des Mädchens zu zeigen, wandte sich der Gouverneur an seine Tochter und sagte ihr: »Ich möchte dir herzlich danken. Ich weiß gar nicht, wie ich dir je genug danken kann.«

»Du dankst mir dafür, daß ich all diese Lügen ausgesprochen habe?« sagte sie.

»Ich danke dir für einen sehr bescheidenen Anfang im Wiedergutmachen all des Schadens, den du angerichtet hast«, sagte er.

»Mein eigener Vater, der Gouverneur des Staates Indiana«, sagte Annie, »hat mir befohlen zu lügen. Das werde ich nie vergessen.«

»Das ist nicht der letzte Befehl, den du von mir bekommen wirst«, sagte er.

Hörbar sagte Annie nichts, aber im Geiste belegte sie ihre Eltern mit einem Fluch. Sie schuldete ihnen nichts mehr. Bis ans Ende ihrer Tage würde sie sich ihnen gegenüber kalt und gleichgültig zeigen. Der Fluch trat mit sofortiger Wirkung in Kraft.

Annies Mutter, Mary, kam die Wendeltreppe herab. Sie hatte oben auf dem Treppenabsatz den Lügen gelauscht. »Ich finde, du hast das sehr gut geregelt«, sagte sie zu ihrem Mann.

»So gut ich konnte, unter den Umständen«, sagte er.

»Ich wünschte nur, wir könnten einmal sagen, was wirklich gesagt werden muß«, sagte Annies Mutter. »Wenn wir einfach mal sagen könnten, daß wir nichts gegen die Liebe haben, und daß wir nichts gegen Leute haben, die kein Geld haben.« Sie wollte ihre Tochter tröstend berühren, wurde aber von Annies Blick davor gewarnt. »Wir sind keine Snobs, Liebling –, und wir sind nicht gefühllos gegenüber der Liebe. Die Liebe ist das Wunderbarste, was es gibt.«

Der Gouverneur drehte sich um und blickte zornig aus dem Fenster.

»Wir *glauben* an die Liebe«, sagte Annies Mutter. »Du hast doch gesehen, wie sehr ich deinen Vater liebe und wie dein Vater mich liebt –, und wie sehr dein Vater und ich dich lieben.«

»Wenn du etwas sagen willst, dann sag es«, sagte der Gouverneur.

»Ich dachte, ich hätte es gesagt«, sagte seine Frau.

»Sprich über Geld, sprich über Herkunft, sprich über

Bildung und Erziehung, sprich über die richtigen Freunde, sprich über gemeinsame Interessen«, sagte der Gouverneur, »und dann kannst du auf die Liebe zurückkommen, wenn du willst.« Er sah seine Frauen an. »Sprich meinetwegen gern auch über Glück«, sagte er. »Triff dich wieder mit diesem Jungen, halte diese Sache am Laufen, heirate ihn, wenn du alt genug bist, wenn wir dich nicht mehr davon abhalten können«, sagte er zu Annie, »und du wirst nicht nur die unglücklichste Frau der Welt sein, sondern er wird der unglücklichste Mann der Welt sein. Das wird ein Schlamassel, auf den du dann wirklich stolz sein kannst, denn ihr werdet geheiratet haben, ohne auch nur eine einzige Bedingung für eine glückliche Ehe erfüllt zu haben –, und mit einziger Bedingung meine ich eine einzelne, einzige Gemeinsamkeit. Was hast du denn für eure Freunde geplant?« sagte er. »Seine Bande hinten im Poolbillardzimmer oder deine Bande im Country Club? Würdest du ihm erst mal ein schönes Haus und schöne Möbel und ein schönes Auto kaufen –, oder würdest du warten, bis *er* das kauft, was er sich allerdings erst so um den Sankt-Nimmerleins-Tag herum wird leisten können? Magst du Comics so gern wie er? Magst du die gleichen Comics?« schrie der Gouverneur. »Wer glaubst du, wer du bist?« fragte er Annie. »Glaubst du, du bist Eva, und Gott hat nur einen Adam für dich gemacht?«

»Ja«, sagte Annie, ging nach oben in ihr Zimmer und knallte die Tür hinter sich zu. Augenblicke später drang Musik aus ihrem Zimmer. Sie spielte eine Schallplatte.

Der Gouverneur und seine Frau standen vor der Tür und lauschten dem Text des Liedes. Dies war der Text:

Zu jung für die Liebe, das sagen sie gerne,
Bu-wa-wa, aha, yeah.
Doch wir sind nicht zu jung für die Botschaft der Sterne,
Bu-wa-wa, aha, yeah.
Also halte mich, halte mich, Baby,
Und du wirst mein armes Herz zum Singen bringen.
Die sollen sagen, was sie wollen, Baby,
Wir stehen über den Dingen.

Acht Meilen entfernt, acht Meilen direkt südlich davon, durch das Herz der Stadt hindurch und am anderen Ende hinaus, klumpten sich Reporter auf der Veranda des Hauses, in dem der Vater des Jungen wohnte.

Es war alt, billig, damals günstig zu haben gewesen, ein Bungalow aus dem Jahre 1926. Seine Vorderfenster boten einen Blick auf das immerwährend feuchte Zwielicht der geräumigen Veranda. Die Seitenfenster boten einen Blick in die drei Meter entfernten Seitenfenster der Nachbarn. Tageslicht konnte nur durch ein Hinterfenster ins Innere dringen. Wie es das Schicksal wollte, ließ das Fenster das Licht in eine winzige Anrichte.

Der Junge und sein Vater und seine Mutter hörten das Klopfen der Reporter nicht. Der Fernseher im Wohnzimmer und das Radio in der Küche waren beide an und blökten laut, während die Familie genau dazwischen, im Eßzimmer, Familienkrach hatte.

Eigentlich ging es bei dem Krach um alles seit Erschaffung der Welt, aber im Augenblick war der Schnurrbart des Jungen das Thema. Er hatte ihn sich seit einem Monat stehen lassen und war soeben auf frischer Tat von seinem

Vater dabei ertappt worden, daß er ihn mit Schuhwichse schwärzte.

Der Junge hieß Rice Brentner. Es stimmte, wie die Zeitungen schrieben, daß Rice Zeit in der Besserungsanstalt verbracht hatte. Das lag jetzt drei Jahre hinter ihm. Sein Verbrechen hatte, als er dreizehn war, im Diebstahl von sechzehn Autos innerhalb einer Woche bestanden. Bis auf die Eskapade mit Annie hatte er sich seitdem nichts Ernsthaftes zuschulden kommen lassen.

»Du marschierst ins Badezimmer«, sagte seine Mutter, »und rasierst das schreckliche Ding ab.«

Rice marschierte nicht. Er blieb genau da, wo er war.

»Du hast gehört, was deine Mutter gesagt hat«, sagte sein Vater. Als Rice sich immer noch nicht rührte, versuchte sein Vater, ihn mit Hohn zu verletzen. »Damit fühlt er sich wie ein Mann, glaube ich –, wie ein großer, toller Mann«, sagte er.

»Er sieht damit aber nicht aus wie ein Mann«, sagte seine Mutter. »Er sieht damit aus wie ein Ich-weiß-nicht-was-es-ist.«

»Gerade hast du's ausgesprochen«, sagte sein Vater. »Genau das ist er: ein Ich-weiß-nicht-was-es-ist.« So ein Etikett zu finden, schien den Vater des Jungen ein bißchen zu erleichtern. Er war, wie erst eine und dann alle Zeitungen betonten, ein Neunundachtzig-Dollar-und-zweiundsechzig-Cent-die-Woche-Mann in der Materialverwaltung der Schulbehörde. Mit gutem Grund nahm er dem Reporter, der diese Zahl aus den öffentlichen Archiven gekramt hatte, seine Gründlichkeit übel. Besonders die zweiundsechzig Cent ärgerten ihn maßlos. »Ein Neunundachtzig-Dollar-und-zweiundsechzig-Cent-die-Woche-

Mann hat einen Ich-weiß-nicht-was-es-ist zum Sohn«, sagte er. »Die Familie Brentner hat es wirklich herrlich weit gebracht.«

»Ist dir eigentlich klar, wieviel Glück du hast, daß du nicht im Gefängnis verschimmelst?« sagte Rice' Mutter. »Wenn sie dich im Gefängnis hätten, würden sie dir nicht nur den Schnurrbart abrasieren, ohne auch nur vorher zu fragen –, sie würden dir jedes einzelne Haar auf dem Kopf abrasieren.«

Rice hörte nicht richtig zu, nur genug, um weiter behaglich schwelen zu können. Er dachte an sein Auto. Er hatte es mit Geld bezahlt, das er selbst verdient hatte. Es hatte seine Familie keine zehn Cent gekostet. Jetzt schwor Rice sich, wenn seine Familie versuchen sollte, ihm das Auto abzunehmen, würde er für immer von zu Hause abhauen.

»Über Gefängnisse weiß er Bescheid. Da war er schon mal«, sagte sein Vater.

»Soll er doch seinen Schnurrbart behalten, wenn er will«, sagte seine Mutter. »Ich fände es nur schön, wenn er einmal in einen Spiegel sehen wollte, damit er sieht, wie blöd er damit wirkt.«

»Na schön –, soll er ihn behalten«, sagte sein Vater, »aber ich werde dir sagen, was er nicht behält, und darauf gebe ich dir mein Ehrenwort, nämlich sein Automobil.«

»Amen!« sagte seine Mutter. »Er wird zu einem Gebrauchtwagenhändler marschieren, und er wird den Wagen verkaufen, und dann wird er zur Bank hinübermarschieren und das Geld auf sein Sparkonto einzahlen, und dann wird er nach Hause marschieren und uns das Sparbuch geben.« Während sie dies komplizierte Versprechen äußerte, wurde sie immer kriegerischer, bis sie, gegen Ende, mit John Philip Sousa im Takt marschierte.

»Das war aber ein langer Satz!« sagte ihr Mann.

Und nachdem nun das Auto-Thema eingeführt worden war, wurde es das dominante und lauteste von allen Themen. Der alte blaue Ford war für Rice' Eltern so ein beängstigendes Symbol katastrophaler Freiheit, daß sie ohne Ende darüber jammern konnten.

Und diesmal jammerten sie auch so gut wie ohne Ende darüber.

»Also –, das Auto kommt weg«, sagte Rice' Mutter, die auch mal wieder atmen mußte.

»Und dann ist Schluß mit dem Wagen«, sagte sein Vater.

»Und dann ist Schluß mit mir«, sagte Rice. Er ging zur Hintertür hinaus, stieg in sein Auto, stellte das Radio an und fuhr davon.

Aus dem Radio kam Musik. Das Lied erzählte von zwei Teenagern, die heiraten wollten, obwohl sie total pleite waren. Der Refrain ging so:

Wir haben keinen Einrichtungsfimmel,
Unser Häuschen ist gar nicht perfekt,
Doch es sieht aus wie ein Stück vom Himmel,
Denn die Liebe, Baby, ist unser Innenarchitekt.

Rice fuhr zu einer Telefonzelle, etwa eine Meile von der Gouverneursvilla entfernt. Er wählte die Privatnummer der Familie des Gouverneurs.

Er zwängte seine Stimme eine halbe Oktave höher und wollte Annie sprechen.

Der Butler war am Telefon. »Tut mir leid, Sir«, sagte er,

»aber ich glaube nicht, daß sie jetzt Gespräche entgegennimmt. Möchten Sie Ihren Namen hinterlassen?«

»Sagen Sie ihr, Bob Counsel wollte sie sprechen«, sagte Rice. Counsel war der Sohn eines Mannes, der mit Münzwaschsalons sehr reich geworden war. Er verbrachte die meiste Zeit im Country Club. Er war in Annie verliebt.

»Ich habe Ihre Stimme nicht gleich erkannt, Mr. Counsel«, sagte der Butler. »Bitte, bleiben Sie am Apparat, Sir, wenn Sie so freundlich sein wollen.«

Sekunden später war Annies Mutter am Telefon. Sie wollte so verzweifelt glauben, daß der Anrufer der höfliche und attraktive und respektable Bob Counsel war, daß sie auch nicht den allerleisesten Argwohn schöpfte. Und sie übernahm fast das gesamte Reden, so daß Rice nur hin und wieder grunzen mußte.

»O Bob, o Bob, o Bob –, Sie lieber Junge«, sagte sie. »Wie nett, wie schrecklich nett von Ihnen, daß Sie anrufen. Ich habe ja förmlich darum ge*betet*! Sie *muß* mit einem Gleichaltrigen sprechen. Ihr Vater und ich haben mit ihr gesprochen, und ich glaube, sie hat uns gehört, aber heutzutage ist ja eine solche Kluft zwischen den Generationen. Diese Sache –, diese Sache, die Annie durchgemacht hat«, sagte Annies Mutter, »also, das ist eher wie ein Nervenzusammenbruch als wie irgendwas anderes. Es ist kein echter Nervenzusammenbruch, aber sie ist nicht mehr sie selbst –, ist nicht mehr die Annie, die wir kennen. Verstehen Sie, was ich zu sagen versuche?«

»Ja«, sagte Rice.

»Sie wird ja so froh sein, von Ihnen zu hören, Bob –, zu wissen, daß sie immer noch ihre alten Freunde hat, ihre richtigen Freunde, auf die sie zurückgreifen kann. Wenn sie Ihre Stimme hört«, sagte die Frau des Gouverneurs, »weiß sie, daß alles wieder gut wird.«

Sie ging, um Annie zu holen –, und hatte mit ihr ein Hin-und-her-Gerangel, welches Rice am Telefon hören konnte. Annie sagte, sie hasse Bob Counsel, finde ihn einen Trottel, einen Stockfisch und ein Muttersöhnchen. An diesem Punkt dachte jemand daran, die Sprechmuschel zuzuhalten, weshalb Rice nichts mehr hörte, bis Annie ans Telefon kam.

»Hallo«, sagte sie leer.

»Ich hab' gedacht, vielleicht macht dir eine kleine Spritztour Spaß –, daß du mal auf andere Gedanken kommst«, sagte Rice.

»Was?« sagte Annie.

»Hier ist Rice«, sagte er. »Sag deiner Mutter, du gehst in den Klub, um mit dem guten, alten Bob Counsel Tennis zu spielen. Wir treffen uns an der Tankstelle Sechsundvierzigste Ecke Illinois.«

So zogen sie eine halbe Stunde später wieder mit dem alten blauen Ford des Jungen los, und Babyschuhe baumelten am Rückspiegel, und auf dem geplatzten Rücksitz stapelten sich die Comics.

Das Autoradio sang, als Annie und Rice die Stadtgrenzen hinter sich ließen:

Oh, Baby, Baby, Baby,
Ein neuer Morgen tagt,
Weil deine süße Liebe, Baby,
Den schwarzen Blues verjagt.

Und wieder begann die erregende Verfolgungsjagd.

Annie und Rice überquerten die Staatsgrenze nach Ohio auf einer wenig befahrenen kleinen Landstraße und hörten, was das Radio, das sich gegen das Gerassel von Kies unter den Kotflügeln durchsetzen mußte, über sie erzählte.

Ungeduldig hatten sie den Nachrichten über einen Aufstand in Bangalore zugehört, einen Flugzeugzusammenstoß in Irland, einen Mann, der in West Virginia seine Frau mit Nitroglyzerin in die Luft gesprengt hatte. Die größte Nachricht hatte der Nachrichtensprecher sich für den Schluß aufgespart –, daß Annie und Rice, Julia und Romeo, wieder Schnitzeljagd spielten.

Der Nachrichtensprecher nannte Rice »Rick«. So hatte man ihn noch nie genannt, und Rice und Annie gefiel es.

»Ich werde dich nur noch Rick nennen«, sagte Annie.

»Soll mir recht sein«, sagte Rice.

»Du siehst viel mehr aus wie ein Rick als wie ein Rice«, sagte Annie. »Wieso haben sie dich überhaupt Rice genannt?«

»Habe ich dir das nie erzählt?« sagte Rice.

»Wenn«, sagte sie, »hab' ich's vergessen.«

Tatsache war, daß Rice ihr etwa ein dutzendmal erzählt hatte, warum er Rice genannt worden war, aber sie hörte ihm nie richtig zu. Er hörte ihr aber auch nie richtig zu. Beide hätten sich dumm und krumm gelangweilt, wenn sie zugehört hätten, aber das ersparten sie sich.

Deshalb waren ihre Gespräche wahre Wunder an Bedeutungslosigkeit. Es gab nur zwei gemeinsame Themen –, Selbstmitleid und etwas, was sie Liebe nannten.

»Meine Mutter hatte früher irgendwann irgendeinen

Vorfahren, der Rice hieß«, sagte Rice. »Er war Arzt, und ich glaube, er war ziemlich berühmt.«

»Dr. Siebold ist der einzige Mensch, der je versucht hat, mich als Mensch zu verstehen«, sagte Annie. Dr. Siebold war der Hausarzt der Familie des Gouverneurs.

»Da gab es früher noch irgendwelche anderen berühmten Menschen –, mütterlicherseits«, sagte Rice. »Ich weiß nicht, was sie alles gemacht haben, aber von daher fließt gutes Blut in der Familie.«

»Dr. Siebold hat zugehört, wenn ich was zu sagen versuchte«, sagte Annie. »Meine Eltern hatten nie Zeit zum Zuhören.«

»Deshalb wurde mein Alter immer so sauer auf mich –, weil ich soviel vom Blut meiner Mutter abgekriegt habe«, sagte Rice. »Weißt du –, ich will Sachen machen und Sachen haben und leben und Risiken eingehen, und väterlicherseits sind wir gar nicht so.«

»Mit Dr. Siebold konnte ich über Liebe sprechen. Ich konnte über alles mit ihm sprechen«, sagte Annie. »Bei meinen Eltern mußte ich nur immer alles herunterschlukken.«

»Sicherheit geht vor –, das ist ihr Motto«, sagte Rice. »Na, mein Motto ist es nicht. Sie wollen, daß ich mal so werde wie sie, und ich bin einfach nicht die Art Mensch.«

»Es ist schrecklich, wenn man jemanden dazu zwingt, immer alles herunterzuschlucken«, sagte Annie. »Ich habe die ganze Zeit geweint, und meine Eltern konnten sich gar nicht erklären, warum.«

»Deshalb habe ich diese Autos geklaut«, sagte Rice. »Ich bin einfach eines Tages durchgedreht. Sie haben versucht, mich dazu zu bringen, daß ich so Sachen mache wie mein Vater, und ich bin einfach nicht die Art Mensch. Sie haben mich nie verstanden. Sie verstehen mich immer noch nicht.«

»Aber das Schlimmste«, sagte Annie, »war, als mein eigener Vater mir befohlen hat zu lügen. Da wurde mir klar, daß meinen Eltern die Wahrheit nie wichtig war. Ihnen ist nur wichtig, was die Leute denken.«

»Diesen Sommer«, sagte Rice, »habe ich tatsächlich mehr Geld verdient als mein Alter oder einer von seinen Brüdern. Das hat ihm echt zu schaffen gemacht. Das hat ihm gar nicht gepaßt.«

»Meine Mutter hat plötzlich angefangen, mit mir über Liebe zu reden«, sagte Annie, »und ich habe mich furchtbar beherrschen müssen, um nicht zu schreien: ›Du weißt doch gar nicht, was Liebe ist! Du hast doch noch nie gewußt, was Liebe ist!‹«

»Meine Eltern haben mir immer gesagt, ich soll mich wie ein Mann benehmen«, sagte Rice. »Dann, als ich tatsächlich angefangen habe, mich wie ein Mann zu benehmen, sind sie gleich an die Decke gegangen. Was soll man denn nun machen?« sagte er.

»Selbst wenn ich sie angeschrien hätte«, sagte Annie, »hätte sie nicht zugehört. Sie hört nie zu. Ich glaube, sie hat Angst davor, zuzuhören. Weißt du, was ich meine?«

»Mein älterer Bruder war der Favorit in unserer Familie«, sagte Rice. »Er konnte nie was falsch machen, und ich konnte nie was richtig machen, wenn es nach ihnen ging. Meinen Bruder hast du nie kennengelernt, oder?«

»Mein Vater hat etwas in mir abgetötet, als er mir zu lügen befahl«, sagte Annie.

»Wir haben echt Glück gehabt, daß wir uns gefunden haben«, sagte Rice.

»Was?« sagte Annie.

»Ich habe gesagt: ›Wir haben echt Glück gehabt, daß wir uns gefunden haben‹«, sagte Rice.

Annie nahm seine Hand. »O ja, o ja, o ja«, sagte sie leidenschaftlich. »Als ich dich zum erstenmal auf dem Golfplatz gesehen habe, bin ich fast gestorben, weil ich wußte, wie sehr wir füreinander bestimmt waren. Nach Dr. Siebold fühle ich mich keinem Menschen so nahe wie dir.«

»Wie jetzt –, welchem Doktor denn?« sagte Rice.

Im Arbeitszimmer der Gouverneursvilla hatte Gouverneur Southard sein Radio an. Annie und Rice waren gerade aufgegriffen worden, zwanzig Meilen westlich von Cleveland, und Southard wollte wissen, was die Nachrichten darüber zu sagen hatten.

Bisher hatte er nur Musik gehört, und die hörte er auch jetzt:

Heute fällt die Schule aus!
(Zeit für die Liebe! Zeit für die Liebe!)
Ich gehe in den Wald mit meiner süßen Maus!
(Zeit für die Liebe! Zeit für die Liebe!)

Der Gouverneur stellte das Radio ab. »Wie können sie es *wagen*, so was zu senden?« sagte er. »Die gesamte amerikanische Unterhaltungsindustrie tut nichts, als Kindern zu sagen, daß sie ihre Eltern umbringen sollen – und sich selbst gleich mit.«

Diese Frage stellte er seiner Frau und den Brentners,

den Eltern des Jungen, die bei ihm im Arbeitszimmer saßen.

Die Brentners schüttelten den Kopf, womit sie sagen wollten, daß sie keine Antwort auf die Frage des Gouverneurs wußten. Sie waren entsetzt, weil sie zum Gouverneur persönlich gerufen worden waren. Sie hatten fast nichts gesagt –, nichts außer unterwürfigen, unzusammenhängenden, an den baren Schwachsinn grenzenden Entschuldigungen gleich zu Anfang. Seitdem befanden sie sich mit allem, was der Gouverneur zu sagen beliebte, in stumpfer Übereinstimmung.

Er hatte vieles gesagt und dabei, wie er sagte, mit der schwierigsten Entscheidung seines Lebens gerungen. Er versuchte, im Einverständnis mit seiner Frau und den Brentners, zu entscheiden, wie man die Ausreißer erwachsen genug werden lassen konnte, damit ihnen klar wurde, was sie trieben, wie man sie sich so vorknöpfen konnte, daß sie nie wieder ausrissen.

»Irgendwelche Vorschläge, Mr. Brentner?« sagte er zu Rice' Vater.

Rice' Vater zuckte die Achseln. »Ich habe keinerlei Kontrolle über ihn, Sir«, sagte er. »Wenn mir jemand sagt, wie ich ihn unter Kontrolle kriegen kann, probiere ich das gern aus, aber …« Er ließ den Satz in der Schwebe.

»Aber was?« sagte der Gouverneur.

»Er ist jetzt schon ziemlich nah dran, ein Mann zu sein, Herr Gouverneur«, sagte Rice' Vater, »und er ist etwa so leicht zu kontrollieren wie jeder andere Mann –, und das ist nicht sehr leicht.« Er murmelte noch etwas, was der Gouverneur nicht verstand, und zuckte wieder die Achseln.

»Wie bitte?« sagte der Gouverneur.

Rice' Vater sagte es noch einmal, kaum lauter als beim erstenmal. »Ich habe gesagt, daß er mich nicht respektiert.«

»Beim Himmel, das würde er aber, wenn Sie den Mumm hätten, ihm Vorschriften zu machen und dafür zu sorgen, daß er sie einhält!« sagte der Gouverneur mit siedender Rechtschaffenheit.

Rice' Mutter tat das Tapferste, was sie im Leben je getan hatte. Sie kochte vor Wut, weil alles auf ihren Sohn geschoben wurde, und jetzt brachte sie sich gegen den Gouverneur von Indiana in Stellung. »Vielleicht, wenn wir unseren Sohn so großgezogen hätten wie Sie Ihre Tochter«, sagte sie, »vielleicht hätten wir dann nicht den Ärger, den wir heute haben.«

Der Gouverneur sah alarmiert aus. Er setzte sich an seinen Schreibtisch. »Gut gesagt, Madam«, sagte er. Er wandte sich an seine Frau. »Wir sollten das Geheimnis unserer Kindererziehung wirklich der ganzen Welt zugänglich machen.«

»Annie ist kein schlechtes Mädchen«, sagte seine Frau.

»Und unser Junge ist auch kein schlechter Junge«, sagte Rice' Mutter, putzmunter, weil sie's dem Gouverneur gezeigt hatte.

»Das … Das ist er ganz bestimmt nicht«, sagte die Frau des Gouverneurs.

»Er ist kein schlechter Junge *mehr.* Darauf kommt es an«, platzte es aus Rice' Vater heraus. Und er schöpfte Mut aus dem Beispiel seiner Frau und fügte noch etwas anderes hinzu. »Und dieses kleine Mädchen ist auch nicht genau das, was man ›klein‹ nennen würde«, sagte er.

»Sie empfehlen, daß die beiden heiraten?« sagte der Gouverneur ungläubig.

»Ich weiß nicht, was ich empfehle«, sagte Rice' Vater. »Ich bin keiner, der empfiehlt. Aber vielleicht lieben sie sich ja wirklich. Vielleicht sind sie ja wirklich füreinander bestimmt. Vielleicht würden sie ja wirklich bis an ihr selig Ende miteinander glücklich und könnten jetzt schon mal damit anfangen, wenn wir sie lassen.« Er warf die Hände in die Luft. »Ich weiß es nicht!« sagte er. »Wissen Sie es?«

Annie und Rice sprachen in einer Polizeikaserne bei Cleveland mit Reportern. Sie warteten darauf, nach Hause zurückgeschafft zu werden. Sie behaupteten, unglücklich zu sein, schienen sich aber prächtig zu amüsieren. Jetzt erzählten sie den Reportern was über Geld.

»Den Menschen ist Geld viel zu wichtig«, sagte Annie. »Was ist Geld denn, wenn man mal wirklich aufhört, darüber nachzudenken?«

»Wir wollen kein Geld von unseren Eltern«, sagte Rice. »Ich glaube, ihre Eltern denken vielleicht, ich bin hinter ihrem Geld her. Alles, was ich will, ist ihre Tochter.«

»Mir macht es nichts aus, wenn sie mich enterben«, sagte Annie. »Nach allem, was ich von den reichen Leuten weiß, unter denen ich aufgewachsen bin, macht Geld die Menschen nur besorgt und unglücklich. Menschen mit viel Geld machen sich solche Sorgen, weil sie es vielleicht wieder verlieren könnten, daß sie vergessen zu leben.«

»Ich kann immer genug Geld verdienen, daß wir ein Dach über dem Kopf haben und nicht verhungern müssen«, sagte Rice. »Ich kann mehr Geld verdienen als mein alter Herr. Mein Auto ist komplett bezahlt. Es gehört von vorn bis hinten mir, da gibt es keine Debatte.«

»Ich kann auch Geld verdienen«, sagte Annie. »Auf Arbeit wäre ich viel stolzer als auf das, was meine Eltern von mir wollen, daß ich nämlich mit vielen anderen verwöhnten Menschen herumhänge und blöde Spiele spiele.«

Jetzt kam ein Polizist herein und sagte Annie, ihr Vater sei am Telefon. Der Gouverneur von Indiana wollte sie sprechen.

»Was soll Sprechen denn wohl bringen?« sagte Annie. »Ihre Generation versteht unsere Generation nicht und wird sie nie verstehen. Ich will nicht mit ihm sprechen.«

Der Polizist ging. Er kam ein paar Minuten später zurück.

»Ist er immer noch am Telefon?« sagte Annie.

»Nein, Ma'am«, sagte der Polizist. »Ich soll Ihnen etwas ausrichten.«

»Na dann«, sagte Annie. »Hoffentlich ist es gut.«

»Ihnen soll ich das von Ihren Eltern auch ausrichten«, sagte der Polizist zu Rice.

»Ich kann es kaum erwarten«, sagte Rice.

»Was ich Ihnen ausrichten soll, ist folgendes«, sagte der Polizist sehr offiziell und verkniff sich dabei jeden Gesichtsausdruck. »Sie sollen bitte, wann immer Sie mögen, in Ihrem eigenen Auto nach Hause kommen. Wenn Sie nach Hause kommen, wollen Ihre Eltern, daß Sie so bald wie möglich heiraten und mit Glücklichsein anfangen.«

Annie und Rice trödelten mit dem alten blauen Ford nach Hause, Babyschuhe baumelten am Rückspiegel, Comics stapelten sich auf dem aufgeplatzten Rücksitz. Sie fuhren auf Hauptverkehrsstraßen nach Hause. Niemand suchte sie mehr.

Ihr Autoradio lief, und jede Nachrichtensendung teilte der Welt die famose Neuigkeit mit: Annie und Rice sollten sofort heiraten. Die wahre Liebe hatte einen weiteren gewaltigen Sieg errungen.

Als die Liebenden die Grenze zu Indiana erreichten, hatten sie die Nachricht von ihrer unbeschreiblichen Glückseligkeit ein dutzendmal gehört. Sie sahen allmählich aus wie Warenhausverkäufer an Heiligabend, von der nicht enden wollenden frohen Botschaft erschöpft und zermürbt.

Rice stellte das Radio ab. Annie stieß unwillkürlich einen Seufzer der Erleichterung aus. Sie hatten auf der Heimreise nicht viel gesprochen. Es schien nichts zu geben, worüber sie reden konnten: alles war so geregelt –, alles war, wie man im Geschäftsleben sagt, in trockenen Tüchern.

Annie und Rice gerieten in Indianapolis in einen Verkehrsstau und blieben von Ampel zu Ampel neben einem Auto, in dem ein Baby plärrte. Die Eltern des Kindes waren sehr jung. Die Frau beschimpfte ihren Mann, und der Mann sah aus, als wolle er das Steuerrad entwurzeln und ihr damit den Schädel einschlagen.

Rice stellte das Radio wieder an, und dies sagte das Lied im Radio:

Die hatten ja alle keinen Schimmer,
Fanden unsere Liebe zu kümmerlich.
Jetzt, Baby, für immer und immer
Hast du mich, und ich hab' dich.

In gelinder Raserei, und während Annies Nerven immer blanker zutage traten, stellte Rice einen Sender nach dem anderen ein. Jeder Sender krakeelte entweder von Siegen oder von Niederlagen der Teenager-Liebe. Und genau darüber krakeelte das Radio auch, als der alte blaue Ford in der Einfahrt der Gouverneursvilla hielt.

Nur eine Person kam heraus, um sie zu begrüßen, und das war der Polizist, der die Tür bewachte. »Herzlichen Glückwunsch, Sir …, Madam«, sagte er höflich.

»Danke«, sagte Rice. Mit dem Zündschlüssel stellte er alles ab. Die letzte Illusion von Abenteuer starb, als die Radioröhren ihr Glimmen verloren und der Motor sich abkühlte.

Der Polizist öffnete die Tür auf Annies Seite. Die Tür quietschte rostig. Zwei lose Gummibären kamen aus der Tür gewabbelt und fielen auf den makellosen schwarzen Straßenbelag.

Annie, immer noch im Auto, sah auf die Gummibären hinunter. Einer war grün. Der andere war farblos. Es klebten kleine Stoffussel an ihnen. »Rice?« sagte sie.

»Hm?« sagte er.

»Es tut mir leid«, sagte sie, »ich kann damit nicht mehr weitermachen.«

Rice pfiff wie ein weit entfernter Güterzug. Er war dankbar für die Erlösung.

»Könnten wir uns bitte allein unterhalten?« sagte Annie zu dem Polizisten.

»Bitte um Verzeihung«, sagte der Polizist, als er sich zurückzog.

»Hätte es geklappt?« sagte Annie.

Rice zuckte die Achseln. »Erst mal«, sagte er.

»Weißt du was?« sagte Annie.

»Was?« sagte Rice.

»Wir sind zu jung«, sagte Annie.

»Nicht zu jung, um verliebt zu sein«, sagte Rice.

»Nein«, sagte Annie. »Nicht zu jung, um verliebt zu sein. Nur zu jung für so ziemlich alles andere, was Liebe mit sich bringt.« Sie küßte ihn. »Lebe wohl, Rice. Ich liebe dich.«

»Ich liebe dich«, sagte er.

Sie stieg aus, und Rice fuhr weg.

Als der Motor ansprang, schaltete sich auch das Radio wieder ein. Diesmal spielte es ein altes Lied, und der Text ging so:

Zeit, ein süßes Lebewohl zu sagen
Dem, was nie sein könnte, unter dem Strich,
Den Versprechen, die wir nie zu halten wagen,
Einem magischen Du-und-ich.
Wollten wir je unsre Liebe beweisen,
Würde unsere Liebe hohl.
Laß sie uns scheuen, aber laß sie uns preisen.
Lebe wohl, süße Sanfte! Fremde, leb wohl!

Seins? Oder nicht seins?

Alles war total prima.

Es gab keine Gefängnisse, keine Slums, keine Irrenanstalten, keine Krüppel, keine Armut, keine Kriege.

Alle Krankheiten waren besiegt. Das Alter ebenfalls.

Der Tod, von Unfällen abgesehen, war ein Abenteuer für Freiwillige. Die Bevölkerung der Vereinigten Staaten hatte sich stabil bei vierzig Millionen Seelen eingependelt.

Eines herrlichen Morgens wartete im Wöchnerinnenkrankenhaus von Chicago ein Mann namens Edward K. Wehling jun. darauf, daß seine Frau niederkam. Er war der einzige Wartende. Es wurden pro Tag nicht mehr viele Menschen geboren.

Wehling war sechsundfünfzig, ein heuriger Hase in einer Bevölkerung, deren Durchschnittsalter hundertneunundzwanzig betrug.

Röntgenstrahlen hatten enthüllt, daß seine Frau Drillinge bekommen würde. Die Kinder sollten seine ersten sein.

Der junge Wehling saß krumm auf seinem Stuhl, den Kopf in den Händen. Er war so zerkrumpelt, so still und farblos, er war praktisch unsichtbar. Seine Tarnung war perfekt, weil auch der Warteraum etwas Unordentliches und Demoralisiertes hatte. Stühle und Aschenbecher waren von den Wänden weggerückt worden. Auf dem Boden lagen Papierbahnen.

Der Raum wurde neu gestrichen. Er sollte ein Denkmal für jemanden werden, der freiwillig gestorben war.

Ein sardonischer alter Mann, etwa zweihundert Jahre alt, saß auf einer Trittleiter und arbeitete an einem Wandgemälde, das er nicht mochte. Damals, als die Menschen noch sichtbar alterten, hätte man ihn auf etwa fünfunddreißig geschätzt. So alt war er gewesen, als das Altern heilbar wurde.

Das Wandgemälde stellte einen sehr ordentlichen Garten dar. Männer und Frauen in Weiß, Ärzte und Krankenschwestern, gruben das Erdreich um, pflanzten Setzlinge, besprühten Käfer, verteilten Dünger. Männer und Frauen in lila Uniformen jäteten Unkraut, stutzten die Pflanzen, die alt und kränklich waren, rechten Laub, trugen Abfall zu Müllverbrennern.

Nie, nie, nie – nicht einmal in Holland oder im alten Japan – war ein Garten förmlicher, besser gepflegt gewesen. Jede Pflanze hatte genau so viel Lehmerde, Licht, Wasser, Luft und Nahrung, wie sie gebrauchen konnte.

Ein Pfleger kam den Flur entlang und sang leise einen populären Song vor sich hin:

Wenn du meine Küsse nicht magst, Schatz,
Ja, dann mache, dann mache ich Schluß.
Ein Mädchen in Lila, ratzfatz, Schatz,
Und die Welt kriegt den Abschiedskuß.
Dann ist unsere Liebe verratzt, Schatz,
Und Schluß mit der Schi-hinderei.
Ich verschwende doch hier keinen Platz, Schatz,
Und nach mir wird dann wieder was frei.

Der Pfleger sah sich Wandmalerei und Wandmaler an. »Sieht so echt aus«, sagte er, »daß ich mir praktisch vorstellen kann, ich bin mittendrin.«

»Wieso glauben Sie, Sie wären nicht mittendrin?« sagte der Maler. Er lächelte satirisch. »Es heißt nämlich *Der glückliche Garten des Lebens*.«

»Dr. Hitz ist gut getroffen«, sagte der Pfleger.

Er bezog sich auf eine der männlichen Gestalten in Weiß, deren Kopf ein Porträt von Dr. Benjamin Hitz war, dem obersten Geburtshelfer im Hause. Hitz war ein blendend gutaussehender Mann.

»Noch viele Gesichter auszufüllen«, sagte der Pfleger. Er meinte damit, daß viele der Gestalten auf dem Wandgemälde keine Gesichter hatten. Die sollten alle noch mit Porträts von wichtigen Menschen ausgefüllt werden, entweder Krankenhauspersonal oder Mitarbeiter der Bundesanstalt für Abbruch in Chicago.

»Muß schön sein, Bilder malen zu können, die wie was aussehen«, sagte der Pfleger.

Das Gesicht des Malers verzerrte sich vor Verachtung. »Sie glauben, ich bin stolz auf diesen Schrofel? Sie glauben, das ist meine Vorstellung davon, wie das Leben wirklich aussieht?«

»Was ist denn Ihre Vorstellung davon, wie das Leben wirklich aussieht?«

Der Maler wedelte in Richtung einer der besudelten Papierbahnen, die auf dem Fußboden ausgebreitet lagen. »Da ist das Leben gut getroffen«, sagte er. »Lassen Sie's rahmen, und Sie haben ein Bild, das ein ganzes Ende ehrlicher ist als dieses hier.«

»Sie sind ein miesepetriger alter Erpel, stimmt's?« sagte der Pfleger.

»Ist das ein Verbrechen?« sagte der Maler.

»Wenn es Ihnen hier nicht gefällt, Opa …« Der Pfleger führte den Gedanken mit der leicht zu merkenden Telefonnummer zu Ende, die Menschen anrufen sollten, die nicht mehr leben wollten. Die Null in der Telefonnummer sprach er »naught« aus, *nichts*.

Die Nummer lautete 2BR02B: Two B R Naught Two B. To be or naught to be. To be or not to be. Sein oder Nichtsein.

Es war die Telefonnummer einer Einrichtung, die unter anderen folgende phantasievolle Spitznamen hatte: »Automat«, »Birdland«, »Konservenfabrik«, »Katzenklo«, »Entlausung«, »Abschiedsmaschine«, »Tschüs, Mutti«, »Laß-die-Luft-raus«, »Der Schnelle Kuß«, »Zusatzzahl Zwölf«, »Desinfektionsbad«, »Wer wird denn weinen?« und »Sparverein Sorgenfrei«.

»Sein oder Nichtsein« war die Telefonnummer der Städtischen Gaskammern der Bundesanstalt für Abbruch.

Der Maler machte dem Pfleger eine lange Nase. »Wenn ich entscheide, daß die Zeit gekommen ist«, sagte er, »dann wird das nicht im Desinfektionsbad geschehen.«

»Selbst ist der Mann, was?« sagte der Pfleger. »Sauerei, Opa. Warum denken Sie nicht auch ein bißchen an die Leute, die hinter Ihnen saubermachen müssen?«

Der Maler drückte seinen Mangel an Sorge um die Kümmernisse seiner Hinterbliebenen mit einem unflätigen Scheltwort aus. »Ein bißchen mehr Sauerei würde der Welt gar nicht schaden, wenn Sie mich fragen«, sagte er.

Der Pfleger lachte und machte, daß er weiterkam.

Wehling, der werdende Vater, grummelte etwas, ohne den Kopf zu heben. Dann schwieg er wieder.

Eine derbe, furchterregende Frau schritt auf Pfennigabsätzen in den Warteraum. Sie trug Schuhe, Strümpfe, Trenchcoat, Tragetasche und Uniformschiffchen in Lila, einem Lila, welches der Maler »die Farbe der Früchte des Zorns am Tage des Jüngsten Gerichts« nannte.

Die Medaille auf ihrer lila Umhängetasche war das Emblem der Service-Abteilung der Bundesabbruchanstalt, ein Adler, der auf einem Drehkreuz kauerte.

Die Frau hatte starke Gesichtsbehaarung –, sogar einen unverkennbaren Schnurrbart. Eine Absonderlichkeit bei den Gaskammer-Hostessen war, daß allen, egal, wie niedlich und feminin sie bei ihrer Rekrutierung gewesen sein mochten, innerhalb von etwa fünf Jahren ein Schnurrbart wuchs.

»Ist das hier, wo ich hinkommen sollte?« fragte sie den Maler.

»Käme ziemlich darauf an, was Sie vorhaben«, sagte der

Maler. »Sie stehen nicht im Begriff niederzukommen, oder?«

»Mir wurde gesagt, ich sollte für irgendein Bild Modell stehen«, sagte sie. »Ich heiße Leora Duncan.« Sie wartete.

»Und Sie bringen Menschen um die Ecke?« sagte er.

»Was?« sagte sie.

»Egal«, sagte er.

»Das ist ja wirklich mal ein schönes Bild«, sagte sie. »Sieht genau aus wie im Himmel oder wo.«

»Oder wo«, sagte der Maler. Er zog eine Namensliste aus seiner Kitteltasche. »Duncan, Duncan, Duncan«, sagte er, indem er die Liste überflog. »Ja –, da sind Sie. Sie haben ein Anrecht auf Verewigung. Sehen Sie hier irgendeinen gesichtslosen Körper, auf den Sie Ihren Kopf stecken möchten? Wir haben noch ein paar ausgesucht schöne Stücke übrig.«

Sie studierte das Wandgemälde. »Mensch«, sagte sie, »für mich sehen sie alle gleich aus. Ich verstehe überhaupt nichts von Kunst.«

»Ein Körper ist ein Körper, stimmt's?« sagte er. »Als Meister der schönen Künste empfehle ich diesen Körper hier.« Er zeigte auf die gesichtslose Gestalt einer Frau, die vertrocknete Strünke zu einem Müllverbrenner trug.

»Tja«, sagte Leora Duncan, »das sind eher die Entsorgungskollegen, oder? Ich meine, ich bin beim Service. Ich entsorge nicht.«

Der Maler klatschte mit gespielter Freude in die Hände. »Sie sagen, Sie verstehen nichts von Kunst, und im nächsten Atemzug beweisen Sie, daß Sie mehr von Kunst verstehen als ich! Natürlich ist die Garbenträgerin nicht das richtige für eine Hostess! Eine Stutzerin, eine Schnitterin –, das entspricht Ihnen doch weit mehr.« Er deutete auf eine Gestalt in Lila, die einen toten Ast von einem Apfelbaum absägte. »Und die?« sagte er. »Könnten Sie sich mit ihr anfreunden?«

»Mann …«, sagte sie und errötete und wurde bescheiden. »Da … Da bin ich ja direkt neben Dr. Hitz.«

»Das bestürzt Sie?« sagte er.

»Ganz im Gegenteil!« sagte sie. »Es ist nur … Es ist nur eine solche Ehre.«

»Ah, Sie bewundern ihn, ja?« sagte er.

»Wer bewundert ihn nicht?« sagte sie, in Anbetung des Porträts von Dr. Hitz. Es war das Porträt eines sonnengebräunten, weißhaarigen, omnipotenten Zeus, zweihundertvierzig Jahre alt. »Wer bewundert ihn nicht?« sagte sie wieder. »Er war für die Eröffnung der ersten Gaskammer in Chicago verantwortlich.«

»Nichts wäre mir angenehmer«, sagte der Maler, »als Sie für alle Zeiten neben ihn zu stellen. Ein Glied absägen –, das überzeugt Sie, das finden Sie angemessen?«

»Das ist sozusagen gewissermaßen das, was ich mache«, sagte sie. Sie war spröde, was ihre Tätigkeit betraf. Was sie machte, war, daß sie Menschen nett umsorgte, während sie sie umbrachte.

Und während Leora Duncan für ihr Porträt Modell stand, kam Dr. Hitz persönlich in den Warteraum gehoppelt. Er war zwei Meter zehn groß, und er vibrierte schier vor Wichtigkeit, Leistungsfähigkeit und Lebensfreude.

»Aber, Miss Duncan! Miss Duncan!« sagte er und scherzte dann: »Was machen *Sie* denn hier? Hier ist doch nicht ›Abflug‹, hier ist ›Ankunft‹!«

»Wir werden zusammen auf demselben Bild sein«, sagte sie scheu.

»Gut!« sagte Dr. Hitz. »Und ist das etwa kein famoses Bild?«

»Es ist mir eine große Ehre, mit Ihnen drauf zu sein«, sagte sie.

»Ich darf Ihnen sagen, daß es mir eine Ehre ist, mit Ihnen zusammen«, und es folgte ein weiterer Scherz, »im Bilde zu sein. Ohne Frauen wie Sie wäre diese wunderbare Welt, wie wir sie haben, gar nicht möglich.«

Er salutierte und ging zur Tür, hinter der die Kreißsäle lagen. »Raten Sie mal, was gerade geboren wurde«, sagte er.

»Kann ich nicht«, sagte sie.

»Drillinge!« sagte er.

»Drillinge!« sagte sie. Ihr Aufschrei galt den juristischen Auswirkungen von Drillingen.

Das Gesetz befahl, daß kein neugeborenes Kind überleben konnte, wenn die Eltern des Kindes niemanden fanden, der freiwillig starb. Drillinge erforderten, wenn sie alle leben sollten, drei Freiwillige.

»Haben die Eltern drei Freiwillige?« sagte Leora Duncan.

»Als letztes habe ich gehört«, sagte Dr. Hitz, »daß sie einen haben und versuchen, zwei weitere aufzutreiben.«

»Ich glaube nicht, daß sie es geschafft haben«, sagte sie. »Niemand hat bei uns drei Termine gebucht. Heute sind bei uns ausschließlich Einzelpersonen durchgelaufen, außer es hat noch jemand vorbeigeschaut, als ich schon weg war. Wie heißen sie denn?«

»Wehling«, sagte der wartende Vater und setzte sich auf, rotäugig und verschlampt. »Edward K. Wehling jun. lautet der volle Name des glücklichen werdenden Vaters.«

Er hob die rechte Hand, sah auf einen Fleck an der Wand und lachte heiser und erbärmlich in sich hinein. »Anwesend«, sagte er.

»Ach, Mr. Wehling«, sagte Dr. Hitz, »ich habe Sie gar nicht gesehen.«

»Der unsichtbare Mann«, sagte Wehling.

»Gerade wurde ich angerufen. Ihre Drillinge sind geboren«, sagte Dr. Hitz. »Allen geht es gut, und die Mutter ist ebenfalls wohlauf. Gleich werde ich sie mir ansehen.«

»Hurra«, sagte Wehling hohl.

»Sie klingen nicht sehr glücklich«, sagte Dr. Hitz.

»Welcher Mann in meiner Lage wäre nicht glücklich?« sagte Wehling. Er fuchtelte mit den Händen, um sorglose Einfalt anzudeuten. »Ich brauche doch nur auszusuchen, welcher Drilling am Leben bleiben darf, meinen Großvater mütterlicherseits im Sparverein abzuliefern und dann mit einer Quittung hierher zurückzukommen.«

Nun mußte Dr. Hitz ein ernstes Wort mit Wehling sprechen und tat dies, indem er hoch über ihm aufragte. »Sie glauben nicht an Bevölkerungskontrolle, Mr. Wehling?« sagte er.

»Ich finde sie ganz toll«, sagte Wehling.

»Wäre Ihnen die gute, alte Zeit lieber, als zwanzig Milliarden Menschen die Erde bevölkerten –, die kurz davor standen, vierzig Milliarden zu werden, und dann achtzig Milliarden und dann hundertsechzig Milliarden? Wissen Sie, was eine Drupelle ist, Mr. Wehling?«

»Nö«, sagte Wehling muffig.

»Eine Drupelle, Mr. Wehling, ist einer dieser kleinen Bommel, eins dieser kleinen Körner voller Fruchtmark auf einer Brombeere«, sagte Dr. Hitz. »Ohne Bevölkerungskontrolle würden sich auf der Oberfläche dieses alten Planeten die Menschen drängen wie die Drupellen auf der Brombeere! Denken Sie mal drüber nach!«

Wehling starrte weiter auf den Fleck an der Wand.

»Im Jahre 2000«, sagte Dr. Hitz, »bevor Naturwissenschaftler einschritten und anfingen, uns Vorschriften zu machen, gab es nicht einmal genug Trinkwasser, und zu essen gab es nur noch Seetang –, und trotzdem bestanden die Menschen auf ihrem Recht, sich fortzupflanzen wie die Karnickel. Und auf ihrem Recht, wenn irgend möglich, ewig zu leben.«

»Ich will diese Kinder«, sagte Wehling. »Ich will sie alle drei.«

»Natürlich wollen Sie das«, sagte Dr. Hitz. »Das ist nur menschlich.«

»Ich will aber auch nicht, daß mein Großvater stirbt«, sagte Wehling.

»Niemand ist wirklich froh darüber, wenn er einen nahen Verwandten ins Katzenklo schaffen muß«, sagte Dr. Hitz voll Mitgefühl.

»Es wäre mir lieber, wenn es nicht so genannt würde«, sagte Leora Duncan.

»Was? Wie?« sagte Dr. Hitz.

»Es wäre mir lieber, wenn es nicht Katzenklo und sonst noch wie genannt würde«, sagte sie. »Das vermittelt einen falschen Eindruck.«

»Sie haben absolut recht«, sagte Dr. Hitz. »Verzeihen Sie mir.« Er berichtigte sich und versah die Städtischen Gaskammern mit ihrem offiziellen Titel, einem Titel, den niemand je in mündlicher Rede verwendete. »Ich hätte sagen sollen: ›Ethische Freitod-Studios‹«, sagte er.

»Das hört sich so viel besser an«, sagte Leora Duncan.

»Ihr Kind –, egal, welches Sie zu behalten beschließen werden, Mr. Wehling«, sagte Dr. Hitz, »wird auf einem glücklichen, geräumigen, sauberen, reichen Planeten leben, und das wird es der Bevölkerungskontrolle zu verdanken haben. In einem Garten wie dem auf diesem Wandgemälde.« Er schüttelte den Kopf. »Vor zwei Jahrhunderten, als ich ein junger Mann war, war der Planet eine Hölle, dem niemand weitere zwanzig Jahre gegeben hätte. Jetzt liegen Jahrhunderte des Friedens und des Überflusses so weit vor uns, wie die Phantasie nur schweifen mag.«

Sein Lächeln war ein Leuchten.

Das Lächeln erlosch, als er sah, daß Wehling gerade einen Revolver gezogen hatte.

Wehling erschoß Dr. Hitz. »Da hätten wir schon mal Platz für eine Person –, eine richtig große«, sagte er.

Und dann erschoß er Leora Duncan. »Ist doch nur der Tod«, sagte er ihr, als sie umfiel. »Da! Platz für zwei.«

Und dann erschoß er sich selbst und machte Platz für alle seine drei Kinder.

Niemand kam angerannt. Niemand, schien es, hatte die Schüsse gehört.

Der Maler saß oben auf seiner Trittleiter und sah nachdenklich auf die traurige Szene hinab. Er grübelte über das jammervolle Rätsel des Lebens, welches Geborenwerden erforderte, und, sobald man geboren worden war, fruchtbar zu sein … und sich zu mehren und so lange wie möglich zu leben …, und das alles auf einem sehr kleinen Planeten, der ewig halten mußte.

Alle Antworten, die dem Maler einfielen, waren grimmig. Bestimmt noch grimmiger als ein Katzenklo, ein

Sparverein, eine Abschiedsmaschine. Er dachte an Kriege. Er dachte an Seuchen. Er dachte an Hungersnöte.

Er wußte, daß er nie wieder malen würde. Er ließ seinen Pinsel auf das Abdeckpapier fallen. Und dann entschied er, daß auch er vom Glücklichen Garten des Lebens genug hatte, und langsam stieg er von der Leiter herunter.

Er nahm Wehlings Pistole und hatte ernsthaft vor, sich zu erschießen. Aber er hatte nicht den Nerv dazu.

Und dann sah er die Telefonzelle in einer Ecke des Warteraums. Er ging hin und wählte die Nummer, die man sich so gut merken konnte: 2BR02B.

»Bundesanstalt für Abbruch«, sagte die warme Stimme einer Hostess.

»Wie bald könnte ich einen Termin kriegen?« fragte er und wählte seine Worte mit Sorgfalt.

»Wir könnten Sie wahrscheinlich am späten Nachmittag dazwischenschieben«, sagte sie. »Es könnte sogar noch früher was zu machen sein, wenn jemand absagt.«

»In Ordnung«, sagte der Maler, »schieben Sie mich dazwischen, wenn's recht ist.« Und er buchstabierte ihr seinen Namen.

»Vielen Dank, Sir«, sagte die Hostess. »Ihre Stadt dankt Ihnen, Ihr Land dankt Ihnen, Ihr Planet dankt Ihnen. Aber der tiefste Dank von allen gilt Ihnen von zukünftigen Generationen.«

Anonyme Liebhaber

Herb White führt für mehrere Firmen in unserer Stadt die Bücher, und er macht praktisch für jeden die Einkommenssteuer. Unsere Stadt ist North Crawford, New Hampshire. Herb ist nie aufs College gegangen, wo er bestimmt gut abgeschnitten hätte. Buchführung und Steuererklärungen hat er per Fernkurs gelernt. Herb hat in Korea gekämpft und ist als Held heimgekehrt. Und er hat Sheila Hinckley geheiratet, eine sehr hübsche, intelligente Frau, die praktisch alle Männer in meiner speziellen Altersgruppe zu heiraten gehofft hatten. Meine spezielle Altersgruppe ist heutzutage dreiunddreißig, vierunddreißig und fünfunddreißig Jahre alt.

An dem Tag, als Sheila heiratete, waren wir einundzwanzig, zweiundzwanzig und dreiundzwanzig Jahre alt. In Sheilas Hochzeitsnacht gingen wir alle ins North Crawford Manor und tranken. Ein armer Typ kletterte auf den Tresen und sprach ungefähr wie folgt:

»Meine Herren, Freunde, Brüder, ich bin sicher, daß wir den Frischvermählten nichts als Glück wünschen. Aber gleichzeitig muß ich sagen, daß der Schmerz in unseren Herzen nie sterben wird. Und ich schlage vor, daß wir eine dauerhafte Brüderschaft ewig Leidender gründen, um einander in jeder nur möglichen Weise beizustehen, obwohl Gott weiß, daß es nur sehr wenig gibt, was wer auch immer gegen einen Schmerz wie den unseren unternehmen kann.«

Die Menge fand das eine prima Idee.

Hay Boyden, der später Umzugsspediteur und Abbruchunternehmer wurde, sagte, wir sollten uns die Brüderschaft-von-Menschen-die-zu-blöd-für-die-Einsicht-waren-daß-Sheila-Hinckley-tatsächlich-Hausfrau-werden-wollen-könnte nennen. Er hatte etwas besoffene, komplizierte Gründe für diesen Vorschlag. Sie war das klügste Mädchen in der Highschool gewesen, und an der Universität von Vermont schlug sie ebenfalls ein wie eine Bombe. Wir hatten alle angenommen, daß es vor ihrem College-Abschluß keinen Sinn hatte, ihr ernsthaft den Hof zu machen.

Und dann, mitten im vorletzten Studienjahr, hatte sie aufgehört und Herb geheiratet.

»Bruder Boyden«, sagte der Betrunkene auf dem Tresen, »ich halte das für einen Spitzenvorschlag. Aber in aller Demut beantrage ich einen anderen Namen für unsere

Organisation, einen Namen, der in keiner Weise an den von dir beantragten heranreicht –, außer daß er etwa zehntausendmal leichter auszusprechen ist. Meine Herren, Freunde, Brüder, ich schlage vor, daß wir uns ›Anonyme Liebhaber‹ nennen.«

Der Antrag wurde angenommen. Der Betrunkene auf dem Tresen war ich.

Und wie so vieles Verrückte in altmodischen Kleinstädten lebten die Anonymen Liebhaber immer und immer weiter. Wenn ein paar von uns aus der alten Bande zufällig zusammenkommen, sagt einer ganz bestimmt: »Ich darf die Sehr Ehrenwerten Mitglieder der Anonymen Liebhaber herzlich bitten, sich an die Tagesordnung zu halten.« Und in der Stadt wird immer noch der Standardscherz gemacht, wenn jemand Liebeskummer hat, er möge sich bitte an die AL wenden. Verstehen Sie mich nicht falsch. Keiner bei den AL verzehrt sich noch nach Sheila. Wir haben alle mehr oder weniger unsere eigenen Sheilas. Wir denken, vermute ich, hauptsächlich wegen der verrückten AL häufiger an Sheila als an einige unserer anderen alten Mädels. Aber wie Will Battola, der Klempner, einst sagte: »Sheila Hinckley ist jetzt nur noch ein Ersatzreifen – aber Weißwand! – am Thunderbird meiner Träume.«

Dann servierte mir vor etwa einem Monat meine brave Frau zusammen mit dem Verdauungskaffee und den Makrönchen eine erbärmliche kleine Information. Sie sagte, Herb und Sheila sprächen nicht mehr miteinander.

»Wozu verbreitest du solch ein Gewäsch?« sagte ich.

»Ich dachte, es wäre meine Pflicht, es dir zu sagen«,

sagte sie, »da du der Oberliebhaber der Anonymen Liebhaber bist.«

»Ich war lediglich bei der Gründung anwesend«, sagte ich, »und wie du sehr wohl weißt, ist das viele, viele Jahre her.«

»Nun, ich glaube, ihr könnt mit der Auflösung der Bruderschaft beginnen.«

»Sieh mal«, sagte ich, »es gibt nicht viele Gesetze des Lebens, die durch die Zeitläufte hindurch Bestand haben, aber dies ist eins der wenigen: Menschen, die eine Scheidung erwägen, kaufen sich keine kombinierten Sturm- und Fliegenfenster aus Aluminium für ein Fünfzehn-Zimmer-Haus.« Damit handle ich nämlich: mit kombinierten Sturm- und Fliegenfenstern – sowie hie und da einer Badewannenverkleidung – aus Aluminium. Und es war Tatsache, daß Herb erst vor kurzem für die Fünfzehn-Zimmer-Arche, die er sein Zuhause nannte, siebenunddreißig Fleetwood-Fenster, unsere absoluten Sonderklassefenster, gekauft hatte.

»Familien, die nicht einmal zusammen essen, bleiben auch nicht sehr lange zusammen«, sagte sie.

»Was weißt du denn schon über deren Eßgewohnheiten?« wollte ich wissen.

»Nichts, was ich nicht zufällig herausgefunden hätte«, sagte sie. »Gestern habe ich Geld für die Herz-Stiftung gesammelt.« Gestern war Sonntag. »Zufällig kam ich hin, als es gerade Sonntagsbraten gab, und da saßen die Mädchen und Sheila am Eßtisch und aßen –, aber kein Herb.«

»Er war wahrscheinlich irgendwo in Geschäften unterwegs«, sagte ich.

»Das habe ich mir auch gesagt«, sagte sie. »Aber dann

auf dem Weg zum nächsten Haus mußte ich an ihrem alten Anbau vorbei –, wo sie ihr Kaminholz und die Gartengeräte aufbewahren.«

»Fahre fort.«

»Und da drin saß Herb auf einer Kiste und aß sein Mittagessen von einer größeren Kiste. Ich habe noch niemanden gesehen, der so traurig aussah.«

Am nächsten Tag kam Kennard Pelk, ein angesehenes AL-Mitglied und unser Polizeichef, in meine Ausstellungsräume, um sich über ein kostengünstiges Sturm- oder äußeres Doppelfenster zu beschweren, das er bei einer Firma gekauft hatte, die inzwischen pleite gegangen war. »Die Fensterscheibe steht oben über, das Fliegenfenster ist verrostet«, sagte er, »und das Aluminium ist mit etwas bedeckt, was aussieht wie blauer Zucker.«

»Das ist eine Schande«, sagte ich.

»Der Grund dafür, daß ich mich an dich wende, ist der, daß ich nicht weiß, wer sonst Wartungs- und Reparaturarbeiten verrichtet.«

»Könntest du mit deinen Verbindungen«, sagte ich, »nicht herausfinden, in welcher Strafanstalt die Hersteller sitzen?«

Ich ließ mich schließlich dazu herbei, mal hinzufahren und mein möglichstes zu tun, aber nur, wenn er einsah, daß ich nicht die gesamte Branche repräsentierte. »Die einzigen Fenster, hinter denen ich stehe«, sagte ich, »sind die, die ich verkaufe.«

Und dann erzählte er mir, was er in der Nacht zuvor in Herb Whites vergammeltem alten Anbau Schrulliges gesehen hatte. Kennard war gegen zwei Uhr morgens mit dem Polizeiauto auf dem Nachhauseweg gewesen.

Was er in Herb Whites Anbau gesehen hatte, war eine Kerze.

»Ich meine, das alte Haus hat fünfzehn Zimmer, den Anbau nicht mitgezählt«, sagte Kennard, »für eine vierköpfige Familie –, fünfköpfig, den Hund mitgezählt. Und ich konnte nicht verstehen, was jemand, besonders zu so nachtschlafener Zeit, in dem Anbau zu suchen hatte. Ich dachte, vielleicht ist es ein Einbrecher.«

»Das einzige, was sich in dem Haus zu stehlen lohnt, sind die Fleetwood-Fenster.«

»Auf jeden Fall war es meine Pflicht, das zu ermitteln«, sagte Kennard. »Also schlich ich zu einem Fenster und blickte hinein. Und da lag Herb auf einer Matratze auf dem Fußboden. Neben ihm stand eine Flasche Schnaps nebst Glas, in einer anderen Flasche steckte eine Kerze, und er las eine Zeitschrift bei Kerzenschein.«

»Das war erstklassige Polizeiarbeit«, sagte ich.

»Er sah mich draußen am Fenster, und ich kam näher, damit er sehen konnte, wer ich war. Das Fenster war offen, deshalb habe ich zu ihm gesagt: ›Hallo –, ich wollte nur wissen, wer hier draußen ist‹, und er sagte: ›Robinson Crusoe.‹«

»Robinson Crusoe?« sagte ich.

»Ja. Er war sehr sarkastisch zu mir«, sagte Kennard. »Er hat mich gefragt, ob ich die übrigen Anonymen Liebhaber auch alle mitgebracht hätte. Ich habe nein gesagt. Und dann hat er mich gefragt, ob das Prinzip ›My Home is my Castle‹ auch für die Polizei gilt oder ob sich da in letzter Zeit was geändert hat.«

»Und was hast du da gesagt, Kennard?«

»Was *sollte* ich da sagen? Ich habe meine Dienstwaffe versorgt und bin nach Hause gefahren.«

Herb White selbst kam in meine Ausstellungsräume, als Kennard gerade gegangen war. Herb hatte das gesunde, glückliche, aufgeregte Aussehen, das Menschen manchmal bei doppelseitiger Lungenentzündung an den Tag legen. »Ich möchte drei weitere Fleetwood-Fenster kaufen«, sagte er.

»Das Fleetwood ist gewiß ein Erzeugnis, für das sich jedermann begeistern kann«, sagte ich, »aber ich glaube, jetzt verläßt du die Grenzen der Vernunft. Du hast doch schon überall Fleetwoods,«

»Ich will sie für den Anbau«, sagte er.

»Geht es dir gut, Herb?« fragte ich. »In der Hälfte der Zimmer, die wir bereits sturmfest gemacht haben, stehen nicht mal Möbel. Außerdem siehst du aus, als hättest du Fieber.«

»Ich habe lediglich einen langen, genauen Blick auf mein Leben geworfen«, sagte er. »Also, willst du jetzt das Geschäft machen oder nicht?«

»Das Sturmfenstergeschäft basiert auf gesundem Menschenverstand, und dabei soll es, wenn es nach mir geht, auch bleiben«, erwiderte ich. »An deinem ollen Anbau ist seit mindestens fünfzig Jahren nichts gemacht worden. Die Schindeln sind locker, die Fensterbretter sind hin, und der Wind pfeift durch die Lücken im Fundament. Du könntest genausogut einen zerbröselten Weizenmehlkeks mit Sturmfenstern versehen lassen.«

»Ich lasse ihn renovieren«, sagte er.

»Erwartet Sheila ein Baby?«

Seine Augen verengten sich. »Das will ich wirklich nicht hoffen«, sagte er, »ihretwegen, meinetwegen und wegen des Kindes.«

An dem Tag aß ich im Drugstore zu Mittag. Etwa die Hälfte der Anonymen Liebhaber aß im Drugstore zu Mittag. Als ich mich setzte, sagte Selma Deal, die Frau hinterm Tresen: »Na, du großer Liebhaber, jetzt seid ihr beschlußfähig. Worüber werdet ihr abstimmen?«

Hay Boyden, der Umzieher und Abreißer, wandte sich an mich: »Neugeschäft in Sicht, Herr Präsident?«

»Mir wäre es lieb, wenn ihr mich nicht mehr ›Herr Präsident‹ nennen wolltet«, sagte ich. »Meine Ehe war nie hundertprozentig ideal, und es würde mich nicht überraschen, wenn das das Haar in der Suppe wäre.«

»Wo wir gerade von idealen Ehen sprechen«, sagte Will Battola, der Klempner, »du hast Herb White nicht zufällig noch ein paar weitere Fenster verkauft, oder?«

»Woher hast du das gewußt?«

»Ich hab's erraten«, sagte er. »Wir haben unsere Notizen verglichen und glauben herausgefunden zu haben, daß Herb es geschafft hat, jedem AL-Mitglied einen kleinen Renovierungsauftrag zuzuschanzen.«

»Fügung«, sagte ich.

»Das würde ich auch sagen«, sagte Will, »wenn ich irgend jemanden finden könnte, der nicht Mitglied ist und trotzdem einen Anteil an den Arbeiten abgekriegt hat.«

Intern schätzten wir, daß Herb etwa sechstausend Dollar in den Anbau stecken würde. Das war viel Geld, was ein Mann in seiner Lage da zusammenkratzte.

»Der Job müßte nicht mehr als dreitausend kosten, wenn Herb nicht Küche und Badezimmer für das Ding wollte«, sagte Will. »Küche und Badezimmer hat er schon, nur drei Meter von der Tür zwischen Anbau und Haus.«

Al Tedler, der Tischler, sagte: »Nach den Plänen, die Herb mir heute morgen gegeben hat, wird es zwischen Anbau und Haus bald keine Tür mehr geben. Statt dessen eine Doppelwand mit halbzölliger Steinplatte und dick Glaswolle.«

»Warum Doppelwand?« fragte ich.

»Herb will es schalldicht.«

»Wie soll dann jemand aus dem Haus in den Anbau kommen?« sagte ich.

»Der Jemand muß das Haus verlassen, etwa zwanzig Meter Rasen überqueren und den Anbau durch die Haustür des Anbaus betreten.«

»In einer kalten Winternacht eher ein Ausflug, der zum Frösteln einlädt«, sagte ich. »Nicht viele Jemande würden ihn barfuß unternehmen wollen.«

Und an dieser Stelle kam Sheila Hinckley herein.

Man hört oft, wie jemand sagt, Frau Sowieso habe sich sehr gut gehalten. In neun von zehn Fällen stellt Frau Sowieso sich als mageres Reff mit rosa Lippenstift heraus, das aussieht, als wäre es in Lanolin gekocht worden. Aber Sheila hat sich wirklich gut gehalten. An jenem Tag im Drugstore wäre sie als Zweiundzwanzigjährige durchgegangen.

»Manno«, sagte Al Tedler, »wenn ich so was in der Küche hätte, würde ich keine zwei Küchen brauchen.«

Wenn Sheila normalerweise irgendwo reinkam, wo AL-Mitglieder saßen, veranstalteten wir irgendeinen Lärm, um sie auf uns aufmerksam zu machen, und sie machte dann irgendwas Törichtes, wackelte mit den Augenbrauen oder zwinkerte uns zu. Hatte überhaupt nichts zu bedeuten.

Aber an jenem Tag im Drugstore versuchten wir nicht, einen Blick von ihr zu erhaschen, und sie versuchte nicht, unsere Blicke auf sich zu ziehen. Sie war ganz geschäftsmäßig. Sie trug ein großes rotes Buch, etwa von der Größe eines Schlackebausteins. Sie gab es bei der dem Drugstore angeschlossenen Leihbücherei zurück, zahlte und ging.

»Frage mich, worum es in dem Buch geht«, sagte Hay.

»Es ist rot«, sagte ich. »Wahrscheinlich um die Hersteller von Feuerwehrautos.«

Das war ein Scherz mit einem langen Werdegang. Er ging bis ganz zur Bildunterschrift unter ihrem Foto im Highschool-Jahrbuch zurück, als sie ihren Schulabschluß hatte. Jeder oder jede sollte vorhersagen, was er oder sie später im Leben beruflich machen würde. Sheila gab an, sie würde einen neuen Planeten entdecken oder die erste Richterin am Obersten Gerichtshof werden oder eine Firma für die Herstellung von Feuerwehrautos leiten.

Das war natürlich nur Spaß, aber alle – Sheila eingeschlossen, nehme ich an – meinten, daß sie alles konnte, woran sie ihr Herz hängte.

Bei ihrer Hochzeit mit Herb habe ich sie, das weiß ich noch, gefragt: »Und was wird jetzt aus den Herstellern von Feuerwehrautos?«

Und sie lachte und sagte: »Die werden ohne mich vor sich hin kümmern müssen. Ich werde einen Job ergreifen, der tausendmal so wichtig ist –, einen guten Mann gesund und glücklich halten und seine Jungen aufziehen.«

»Was wird aus dem Stuhl, den sie dir beim Obersten Gericht freigehalten haben?«

»Für mich ist der beste Stuhl ein behaglicher Küchenstuhl, mit Kindern, die mir um die Füße wuseln.«

»Soll eine andere für dich diesen Planeten entdecken, Sheila?«

»Planeten sind Steine, tot wie ein Stein«, sagte sie. »Was ich entdecken möchte, sind mein Mann, meine Kinder und – durch sie – mich. Soll eine andere nach Kräften was von Steinen lernen.«

Als Sheila den Drugstore verlassen hatte, ging ich zur Leihbücherei, um zu erfahren, was das für ein rotes Buch gewesen war. Es war von der Präsidentin irgendeines Frauen-College geschrieben. Der Titel lautete *Frauen, das vergeudete Geschlecht oder: Der Schwindel mit der Hausfrau.*

Ich sah in das Buch und bemerkte, daß es in diesen fünf Teilen abgefaßt war:

I 5000000 v. Chr. – 1865: das unfreiwillige Sklavengeschlecht
II 1866–1919: das Sklavengeschlecht wird auf Sockel gestellt
III 1920–1945: Scheingleichheit. Vom Augenaufschlag zur Kettensäge
IV 1946–1963: Freiwilliges Sklavengeschlecht. Vom Windeleimer zum Sputnik
V Explosion und Utopie

Reva Owley, die Frau, die Kosmetika verkauft und die Leihbücherei leitet, kam heran und fragte, ob sie mir helfen könne.

»Das können Sie bestimmt«, sagte ich. »Sie können dies Stück Unrat in die nächste Kloake schmeißen.«

»Es ist ein sehr beliebtes Buch«, sagte sie.

»Das mag sein«, sagte ich. »Bei den Rothäuten waren Whiskey und Repetierwaffen auch sehr beliebt. Und wenn dieser Drugstore wirklich Geld verdienen will, sollten Sie vielleicht auch einen Haschisch-und-Heroin-Ladentisch für die Zielgruppe unter zwanzig einrichten.«

»Haben Sie es gelesen?« fragte sie.

»Ich habe das Inhaltsverzeichnis gelesen«, sagte ich.

»Immerhin haben Sie ein Buch *aufgeschlagen*«, sagte sie. »Das hat kein anderes Mitglied der Anonymen Liebhaber in den letzten zehn Jahren getan.«

»Ich lese sogar sehr viel«, sagte ich.

»Ich wußte gar nicht, daß soviel über Sturmfenster geschrieben wurde.« Reva ist eine sehr schlaue Witwe.

»Sie können ein ziemlich schnippisches Frauenzimmer sein, gelegentlich«, sagte ich.

»Das kommt daher, daß man Bücher über den Schlamassel liest, den Männer aus der Welt gemacht haben«, sagte sie.

Das Ergebnis war, daß ich das Buch las.

Das war vielleicht ein Buch! Ich brauchte anderthalb Wochen, bis ich es durchhatte, und je mehr ich las, desto stärker hatte ich das Gefühl, eine lange Unterhose aus Sackleinen anzuhaben.

Herb White kam in meine Ausstellungsräume und erwischte mich bei der Lektüre. »Bildest dich weiter, wie ich sehe«, sagte er.

»Wenn sich bei mir etwas weiterbilden sollte«, sagte ich, »weiß ich nicht, wo. Du hast das Buch gelesen?«

»Ich hatte das Vergnügen und den Vorzug«, sagte er. »Wie weit bist du?«

»Ich habe gerade die schlimmsten fünf Millionen Jahre meines Lebens hinter mir«, sagte ich. »Und am Schluß hat irgendein Mann mitgekriegt, daß es für die Frauen vielleicht doch nicht so gut aussieht, wie es könnte.«

»Theodore Parker?« sagte Herb.

»Richtig«, sagte ich. Theodore Parker war etwa zur Zeit des Bürgerkriegs Prediger in Boston gewesen.

»Lies, was er sagt«, sagte Herb.

Also las ich laut vor: »›Die häusliche Funktion des Weibes erschöpft seine Kräfte nicht. Wenn man eine Hälfte der menschlichen Rasse dazu zwingt, ihre Energien in den Funktionen der Hausbesorgerin, Gattin und Mutter zu verbrauchen, ist das eine monströse Verschwendung des kostbarsten Materials, so Gott je erschaffen.‹«

Herb hatte die Augen geschlossen, als ich las. Er ließ sie zu. »Ist dir klar, wie hart mich diese Worte getroffen haben –, bei *der* Frau?«

»Tja«, sagte ich, »wir haben alle gewußt, daß dich was am Kopf getroffen hatte. Niemand ist darauf gekommen, was es war.«

»Das Buch hat wochenlang im Haus herumgelegen«, sagte er. »Sheila hat es gelesen. Zuerst habe ich überhaupt nicht drauf geachtet. Und dann haben wir eines Abends Kanal Zwei gesehen.« Kanal Zwei ist das Bildungsfernsehen in Boston. »Da wurde die Diskussion von irgendwelchen College-Professoren über die verschiedenen Theorien zur Entstehung des Sonnensystems gezeigt. Sheila brach plötzlich in Tränen aus, sagte, ihr Gehirn sei zu Matsch geworden und sie wisse rein gar nichts mehr über irgendwas.«

Herb machte die Augen wieder auf. »Mir fiel nichts Tröstendes ein. Sie ging ins Bett. Das Buch lag auf dem Tisch, wo sie gesessen hatte. Ich habe es genommen, und es klappte auf der Seite auf, aus der du vorgelesen hast.«

»Herb«, sagte ich, »dies geht mich zwar nichts an, aber …«

»Es geht dich was an«, sagte er. »Bist du nicht Präsident der AL?«

»Du glaubst doch wohl nicht, daß es so was wirklich gibt!« sagte ich.

»Für mich«, sagte er, »sind die Anonymen Liebhaber so real wie die Veteranenverbände. Wie würde es *dir* gefallen, wenn es einen Klub gäbe, dessen einziger Zweck es ist, dafür zu sorgen, daß du deine Frau richtig behandelst?«

»Herb«, sagte ich, »ich gebe dir mein Ehrenwort …«

Er ließ mich nicht ausreden. »Mir ist jetzt, zehn Jahre zu spät, klar geworden«, sagte er, »daß ich das Leben dieser wunderbaren Frau ruiniert habe, daß ich sie dazu gebracht habe, all ihre Intelligenz und ihr Talent zu verschwenden –, und worauf?« Er zuckte die Achseln und breitete die Hände aus. »Darauf, einem Kleinstadtbuchhalter, der kaum einen Schulabschluß geschafft hat und der nie etwas anderes sein wird als an seinem Hochzeitstag, den Haushalt zu führen.«

Er haute sich mit dem Handballen gegen den Kopf. Ich glaube, er bestrafte sich, oder vielleicht versuchte er, sein Gehirn zur Arbeit anzuhalten. »Also«, sagte er, »hiermit ziehe ich euch alle, alle Anonymen Liebhaber, die ich erreichen kann, zu Rate, damit ihr mir helft, alles wieder ins Lot zu bringen. Nicht daß ich ihr jemals zehn vergeudete Jahre zurückgeben könnte. Wenn wir den Anbau instand gesetzt haben, bin ich wenigstens nicht mehr ständig im Wege und erwarte, daß sie für mich kocht und näht und den ganzen anderen blöden Kram macht, den ein Ehemann von einer Hausfrau erwartet. Ich werde ein eigenes kleines Haus haben«, sagte er, »und ich werde meine eigene kleine Hausfrau sein. Und wann immer Sheila dazu Lust hat, kann sie kommen und an meine Tür klopfen und feststellen, daß ich sie noch liebe. Sie kann wieder anfangen, Bücher zu studieren, und Ozeanographin werden oder was sie will. Und wenn Heimwerkerarbeiten in ihrem großen, alten Haus anfallen, wird ihr heimwerkender Nachbar – ich – sich überglücklich schätzen, sie ausführen zu dürfen.«

Sehr schweren Herzens fuhr ich am frühen Nachmittag zu Herbs Haus, um die Fenster des Anbaus auszumessen. Herb war in seinem Büro. Die Zwillingsmädchen waren in der Schule. Sheila schien auch nicht zu Hause zu sein. Ich klopfte an die Küchentür, und die einzige Antwort, die ich bekam, gab die Waschmaschine.

»Wuusch, glupp, ratter, schlupp.«

Da ich ohnehin schon mal da war, beschloß ich sicherzustellen, daß die Fleetwoods, die ich bereits eingebaut hatte, glatt funktionierten. Deshalb sah ich zufällig durch das Wohnzimmerfenster und bemerkte Sheila auf der Couch. Auf dem Fußboden lagen Bücher. Sie weinte.

Als ich zum Anbau kam, konnte ich sehen, daß Herb da drin bereits heftig Haus gespielt hatte. Auf dem Kaminholz hatte er einen kleinen Petroleumkocher aufgebaut, und daneben standen Töpfe und Pfannen und Konservendosen.

Da stand ein Lehnsessel mit verstellbarer Rückenlehne, wie William Morris ihn entworfen hatte, darüber hing eine Benzinlaterne, und daneben stand ein großer Hackklotz, auf dem Herb seine Pfeifen und Zeitschriften und seinen Tabak angeordnet hatte. Sein Matratzenlager war auf dem Fußboden, aber es war ordentlich gemacht, mit Laken und allem Drum und Dran. An den Wänden waren Fotos von Herb beim Barras, Herb in der Baseball-Schulmannschaft und eine riesenhafte Farbreproduktion von General Custers letzter Schlacht.

Die Tür zwischen Anbau und Haupthaus war verschlossen, und ich nahm mir die Freiheit, durch ein Fenster einzusteigen, ohne das Gefühl zu haben, bei Sheila widerrechtlich einzudringen. Was ich sehen wollte, war der Zustand des Schiebefensters von innen. Ich setzte mich auf den Morris-Sessel und machte mir ein paar Notizen.

Und dann lehnte ich mich zurück und zündete mir eine Zigarette an. Ein Morris-Sessel ist ein gemütliches Möbel. Sheila kam herein, ohne daß ich sie hörte.

»Behaglich, was?« sagte sie. »Ich finde, jeder Mann in deinem Alter sollte so einen Zufluchtsort haben. Herb hat Sturmfenster für sein Shangri-la bestellt, stimmt's?«

»Fleetwoods«, sagte ich.

»Gut«, sagte sie. »Fleetwoods sind, weiß der Himmel, die besten.« Sie betrachtete die Unterseite des morschen Dachs. Durch nadelstichgroße Löcher sah man den Himmel. »Ich nehme nicht an, daß das, was Herb und mir passiert, ein Geheimnis ist«, sagte sie.

Ich wußte nicht, wie ich das beantworten sollte.

»Du könntest den Anonymen Liebhabern und ihren weiblichen Hilfstruppen ausrichten, daß Herb und ich noch nie so glücklich waren wie jetzt«, sagte sie.

Auch darauf fiel mir keine Antwort ein. Ich hatte Herbs Umzug in den Anbau als große Tragödie der Jetztzeit empfunden.

»Außerdem könntest du ihnen ausrichten«, sagte sie, »daß Herb zuerst glücklich wurde. Wir hatten einen lächerlichen Streit darüber, wie mein Gehirn zu Matsch geworden ist. Und dann ging ich nach oben und wartete, daß er ins Bett kam –, und er kam nicht. Am nächsten Morgen entdeckte ich, daß er sich eine Matratze hinausgeschleppt hatte und wie ein Engelchen schlief. Ich sah auf ihn hinunter, so glücklich da draußen, und weinte. Mir wurde klar, daß er sein Leben lang ein Sklave gewesen war, Sachen gemacht hatte, die er haßte, um erst seine Mutter und dann mich und die Mädchen zu ernähren. Seine erste Nacht da draußen war wahrscheinlich die erste Nacht seines Lebens, in der er eingeschlafen ist, ohne sich zu fragen, wer er sein könnte, was er hätte werden können, was er vielleicht immer noch werden könnte.«

»Ich glaube, der Grund dafür, daß die Welt so oft so auf den Kopf gestellt wirkt«, sagte ich, »ist der, daß jeder meint, er macht das, was er macht, wegen jemand anderem. Herb denkt sich, mit der ganzen Anbausache tut er dir einen Gefallen.«

»Alles, was ihn glücklicher macht, geschieht mir zum Gefallen«, sagte sie.

»Ich habe dies wahnsinnige rote Buch gelesen –, das heißt, ich lese es gerade«, sagte ich.

»Das Hausfrauendasein *ist* ein Schwindel, wenn eine Frau mehr kann«, sagte sie.

»Und du wirst mehr tun, Sheila?«

»Ja«, sagte sie. Sie hatte sich einen Plan zurechtgelegt,

nach dem sie mit einer Kombination aus Fernkursen, weiterführenden Kursen und ein paar Sommerlehrgängen in Durham, wo die Staatsuniversität ist, in zwei Jahren ihre akademische Reife erlangen konnte. Danach wollte sie Lehrerin werden.

»So einen Plan hätte ich nie gemacht«, sagte sie mir, »wenn Herb meinen Bluff nicht so deutlich als Bluff bezeichnet hätte. Frauen neigen manchmal schrecklich zum Bluffen. Ich habe angefangen zu studieren«, fuhr sie fort. »Ich weiß, daß du zum Fenster reingekuckt und mich mit all meinen Büchern gesehen hast, als ich auf der Couch lag und weinte.«

»Ich hätte nicht gedacht, daß du mich gesehen hast«, sagte ich. »Ich habe nicht versucht herumzuschnüffeln. Kennard Pelk und ich müssen hin und wieder im Rahmen unserer Berufsausübung in Fenster kucken.«

»Ich habe geweint, weil ich verstand, wie sehr ich in der Schule geblufft habe«, sagte sie. »Damals, in der törichten alten Zeit, habe ich nur so getan, als wären mir die Dinge, die ich gelernt habe, wichtig. Jetzt *sind* sie mir wichtig. Deshalb habe ich geweint. Ich weine in letzter Zeit viel, aber das ist ein gutes Weinen. Da geht es um Entdeckung, da geht es um erwachsene Freude.«

Ich mußte zugeben, daß es eine interessante Korrektur war, die Sheila und Herb da vornahmen. Eins machte mir jedoch Sorgen, und es gab keine zivilisierte Art, danach zu fragen. Ich fragte mich, ob sie für immer aufhören würden, miteinander zu schlafen.

Sheila beantwortete meine Frage, ohne daß ich sie zu stellen brauchte.

»Liebe kennt nicht Schloß noch Riegel«, sagte sie.

Etwa eine Woche später nahm ich das Exemplar von *Frauen, das vergeudete Geschlecht oder: Der Schwindel mit der Hausfrau* zu einer warmen Mahlzeit plus Konferenz der AL mit in den Drugstore. Ich hatte das Ding durch und gab es weiter.

»Du hast das doch wohl nicht deine Frau lesen lassen?« fragte Hay Boyden.

»Gewiß habe ich das«, sagte ich.

»Sie läßt dich mit den Bälgern sitzen«, sagte er, »und wird Konteradmiral.«

»Nein«, sagte ich.

»Man gebe einer Frau ein solches Buch«, sagte Al Tedler, »und man erhält eine rastlose Frau.«

»Nicht unbedingt«, sagte ich. »Als ich meiner Frau dieses Buch gab, gab ich ihr dazu ein magisches Lesezeichen.« Ich nickte. »Dies magische Lesezeichen hielt sie bis zum Schluß unter Kontrolle.«

Alle wollten wissen, was das für ein Lesezeichen gewesen war.

»Eins ihrer alten Schulzeugnisse«, sagte ich.

Coda zu meiner Karriere als Autor für Periodika

Einige dieser Geschichten wurden für dies Buch redigiert, was Redakteurinnen, Redakteure und ich vor der ersten Drucklegung sowieso hätten tun sollen. Drei Geschichten haben mich beim Wiederlesen so aufgewühlt, weil die Ausgangssituation und die handelnden Personen bei allen so vielversprechend waren, die Auflösung dagegen so idiotisch, daß ich die Auflösung praktisch neu schrieb, bevor ich mich wieder in der Gewalt hatte. Das nenne ich dann Redigieren! *Der taubenblaue Drache* ist so ein Fall, als Fossil eine Fälschung vom Range des Piltdown-Menschen, halb menschliches Wesen, halb der Orang-Utan, der ich einst war.

Egal, wie unbeholfen ich schrieb, als ich mit Schreiben anfing –, es gab Zeitschriften, die solche Orang-Utans veröffentlichten. Und es gab andere, die, was sie ehrt, meinen Kram nicht einmal mit Gummihandschuhen anfassen mochten. Ich war nicht beleidigt, ich war nicht beschämt. Ich verstand das gut. Wenn ich etwas war, dann bescheiden. Ich erinnere mich an einen Cartoon, den ich vor langer Zeit gesehen habe. Da sagte ein Psychiater zum Patienten: »Sie haben keinen Minderwertigkeitskomplex. Sie *sind* minderwertig.« Wenn der Patient sich einen Psychiater leisten konnte, verdiente er sich irgendwie seinen Lebensunterhalt, trotz seiner genuinen Minderwertigkeit. So war es auch bei mir, und die Anamnese scheint zu zeigen, daß es mir bessergeht.

Dank populären Zeitschriften habe ich *on the job* gelernt, belletristischer Autor zu sein. Solche bezahlten literarischen Lehrstellen mit so geringen Anforderungen existieren heute nicht mehr. Meine waren eine Gelegenheit, mich selbst kennenzulernen. Die, welche für bewußt literarische Publikationen schrieben, hatten, von ihrem Talent und ihrer Intellektualität mal abgesehen, diesen Vorteil: Sie wußten bereits, was sie konnten und wer sie waren.

Es mag jetzt mehr Amerikaner geben als je zuvor, die zu Selbsterkundungstrips wie dem meinen aufbrechen, indem sie, komme, was wolle, bei Regen und Wind Geschichten schreiben, so gut sie können.

Ich lese jedes Jahr an acht Colleges und Universitäten und mache das nun schon seit zwei Jahrzehnten. Die Hälfte dieser einhundertundsechzig Anstalten hat einen *Writer-in-Residence* und einen Kurs in *Creative Writing*. Als ich bei General Electric kündigte, um Schriftsteller zu werden, gab es nur zwei solcher Kurse, einen an der Universität von Iowa, den anderen in Stanford, den eben jetzt die Tochter meines Präsidenten besucht.

Wenn man davon ausgeht, daß es nicht mehr möglich ist, sich seinen Lebensunterhalt mit dem Schreiben von Kurzgeschichten zu verdienen, und daß die Chancen für den Erfolg eines Romans eins zu tausend stehen, könnten *Creative Writing*-Kurse als Betrug wahrgenommen werden, wie ein Pharmakologie-Studium, wenn es keine Apotheken gäbe. Dem sei nun, wie ihm will, die Studenten selbst forderten *Creative Writing*-Kurse, während sie noch so vieles andere forderten, leidenschaftlich und chaotisch, während des Vietnamkrieges.

Was so viele Studenten wollten und bekamen, und was so viele ihrer Kinder jetzt bekommen, war die *billige* Tour, nach außen zu stülpen, was in ihnen war, schwarz auf weiß zu sehen, wer sie waren und was sie werden mochten. Ich schreibe *billig* kursiv, weil es ein Heidengeld kostet, einen Film oder eine Fernsehsendung zu drehen. Davon, daß man sich mit dem Abschaum dieser Erde herumschlagen muß, wenn man es versucht, mal ganz abgesehen.

Darüber hinaus gibt es an vielen Unis Lokalzeitungen, Wochen- oder Monatsschriften, die Kurzgeschichten veröffentlichen, aber nicht dafür zahlen können. Was soll's, Künste sind brotlos, aber die Seele, die wächst davon.

Bon voyage.

Ich schreibe immer noch hin und wieder für Zeitschriften, aber nie Belletristik, und nur, wenn mich jemand drum bittet. Ich bin nicht mehr der dynamische Senkrechtstarter von einst. Eine ausgezeichnete alternative Wochenzeitung in Indianapolis, *NUVO*, bat mich erst vor einem Monat um einen Gratis-Essay darüber, wie es ist, ein Eingeborener aus dem Mittleren Westen zu sein. Ich habe der Bitte folgendermaßen entsprochen:

»War je ein Mann so voller Schand', an Seel' so tot und so verzagt, daß er nie bei sich selbst gesagt: ›Dies ist mein eigen, ist mein eingeboren Land!‹?«

Diese berühmte Feier hirnloser Vaterlandsliebe des Schotten Sir Walter Scott (1771–1832) läuft, ihres Hurrapatriotismus entkleidet, nur hierauf hinaus: Menschenwesen kommen zu ihrem eigenen Besten so reviergebunden auf diese Welt wie Timberwölfe oder Honigbienen. Vor gar nicht langer Zeit war es für Menschen, wenn sie sich zu weit von ihrem Geburtsort und ihren Verwandten entfernt hatten, gleichbedeutend mit Selbstmord.

Diese Furcht davor, wohlverstandene geographische Grenzen zu überschreiten, hat in vielen Teilen der Welt immer noch einen Sinn, in Europa zum Beispiel dort, wo einst Jugoslawien war, oder in Afrika in Rwanda. Fast überall in Nordamerika ist sie jedoch jetzt, Gott sei Dank dafür, Gott sei Dank dafür, instinktivisches Übergepäck. In diesem Land lebt sie, wie dies aussterbende Überlebensinstinkte oft tun, in Form von Sitten und Gefühlen weiter, die im großen und ganzen harmlos sind und oft sogar komisch sein können.

So sagen ich und Millionen meinesgleichen Fremden, wir seien aus dem Mittleren Westen, als hätten wir dafür, daß wir das sind, eine Art Orden verdient. Alles, was ich zu unserer Verteidigung sagen kann, ist, daß die Eingeborenen von Texas und Brooklyn in ihrem Revierwahn von noch groteskerer Eitelkeit sind.

Nahezu zahllose Filme über Texaner und Brooklynesen sind für solche Menschen Lektionen, wie sie sich immer stereotyper benehmen können. Warum gibt es bis heute keine Filme über angeblich typische Helden aus dem Mittleren Westen, Vorbilder, denen wir uns dann angleichen könnten?

Alles, was ich bisher habe, ist ein aggressiv nasaler Akzent.

Über diesen Akzent: Als ich während des Zweiten Weltkriegs in der Armee war, sagte ein weißer Südstaatler zu mir: »*Müßt* ihr eigentlich so reden?«

Ich hätte vielleicht erwidert: »Ach ja? Immerhin haben meine Vorfahren nie Sklaven besessen«, aber die Übungsstunde auf dem Schießplatz von Fort Bragg in North Carolina schien weder der richtige Zeitpunkt noch der richtige Ort, um ihn abzukanzeln.

Ich hätte dann noch hinzufügen können, daß einige der goldensten Worte, die je in der amerikanischen Geschichte gesprochen wurden, in genau diesem Maultrommel-doing-doing-doing-Tonfall geäußert worden sind, einschließlich Abraham Lincolns (aus Illinois) *Gettysburg Address* und einschließlich der folgenden Worte von Eugene V. Debs aus Terre Haute, Indiana: »Solang es eine Unterklasse gibt, gehöre ich ihr an; solang eine Menschenseele im Gefängnis schmachtet, bin ich nicht frei.«

Für mich behalten hätte ich, daß die Grenzen von Indiana, als ich ein Junge war, nicht nur den Geburtsort von

Eugene V. Debs bargen, sondern auch das Bundeshauptquartier des Ku-Klux-Klan.

Illinois hatte Carl Sandburg und Al Capone.

Ja, und das Ding oben auf dem Haus, welches das Wetter draußen hält und überall in der Anglophonie *roof* heißt, ist eigentlich ein *ruff*, und der Bach hinter dem Haus ist kein *creek*, sondern ein *crick*.

Jede Rasse und Unterrasse ist mitsamt sämtlichen nur möglichen Mischungen dem Mittleren Westen eigentümlich. Ich selbst bin ein reinrassiger Kraut. Unsere Akzente sind alles andere als einheitlich. Mein Doing-Akzent ist für die Euro-Amerikaner, die in einer gewissen Entfernung zu den früheren Konföderierten Staaten von Amerika aufwachsen, nur einigermaßen typisch. Als ich begann, diesen Aufsatz zu schreiben, wurde mir klar, daß ich mich vergeblich mühe, daß wir insgesamt nur als das beschrieben werden können, was wir nicht sind. Wir sind keine Texaner oder Brooklynesen oder Kalifornier oder Südstaatler und so weiter.

Um mir selbst die Idiotie zu demonstrieren, uns, einen nach dem anderen, von anderswo geborenen Amerikanern absetzen zu wollen, stellte ich mir eine Menschenmenge in der Fifth Avenue in New York vor, wo ich jetzt lebe, und eine weitere Menschenmenge in der State Street in Chicago, wo ich vor einem halben Jahrhundert eine Universität besucht und als Reporter gearbeitet habe. Was die Gleichheit der Gesichter und Klamotten und offenbaren Stimmungen betraf, hatte ich mich nicht geirrt.

Aber je mehr ich über die Menschen von Chicago nachgrübelte, desto bewußter wurde ich mir einer enormen Präsenz dort. Sie war fast wie Musik, Musik, die man in New York oder Boston oder San Francisco oder New Orleans nicht zu hören bekommt.

Es war der Lake Michigan, ein Ozean aus reinem Wasser, der wertvollsten Substanz auf dieser ganzen Welt.

Nirgendwo sonst in der nördlichen Hemisphäre gibt es so enorme Süßwassermassen wie in unseren Großen Seen, außer in Asien, wo es nur den Baikalsee gibt. Also gibt es doch etwas Unverwechselbares an eingeborenen Mittelwestlern. Bitte sehr: Als wir geboren wurden, müssen rings um uns in Seen und Bächen und Flüssen und Regentropfen und Schneewehen unglaubliche Mengen Süßwasser gewesen sein, und nirgends untrinkbares Salzwasser!

Sogar meine Geschmacksknospen sind deshalb mittelwestlich. Wenn ich im Atlantik oder Pazifik schwimme, finde ich, daß das Wasser völlig falsch schmeckt, obwohl es, wenn man es nicht schluckt, eigentlich auch nicht ekelerregender ist als Hühnersuppe.

Außerdem waren Millionen und Abermillionen Morgen Ackerkrume um unsere Mütter und uns, als wir geboren wurden, so flach wie Billardtische und so üppig wie Schokoladenkuchen. Der Mittlere Westen ist keine Wüste.

Als ich geboren wurde, 1922 war das, kaum hundert Jahre nachdem Indiana der neunzehnte Staat der Union geworden war, prunkte der Mittlere Westen bereits mit einer Konstellation von Städten, die Symphonieorchester und Museen und Bibliotheken hatten, und höhere Lehranstalten und Musik- und Kunstschulen. Das erinnerte an Österreich-Ungarn vor dem Ersten Weltkrieg. Man könnte fast sagen: Chicago war unser Wien, Indianapolis unser Prag, Cincinnati unser Budapest und Cleveland unser Bukarest.

Wenn man wie ich in so einer Stadt aufwuchs, fand man solche kulturellen Einrichtungen so normal wie Polizei- oder Feuerwachen. Deshalb war es für einen jungen Menschen durchaus realistisch, Tagträumen nachzuhängen, in denen man eine Art Künstler oder Intellektueller oder vielleicht sogar Polizist oder Feuerwehrmann wurde. Ich hing diesen Tagträumen nach. Viele wie ich hingen ihnen nach.

Solche Provinzhauptstädte, wie sie in Europa genannt worden wären, waren, was die schönen Künste betraf, auf charmante Weise autark. Manchmal kam der Direktor des Symphonieorchesters von Indianapolis zu uns zum Abendessen, oder Schriftsteller und Maler oder Architekten, Kollegen meines Vaters, von hohem Ansehen in der Stadt.

Ich habe beim Ersten Klarinettisten unseres Symphonieorchesters Klarinette studiert. Ich erinnere mich, wie das Orchester Tschaikowskys *Ouvertüre 1812* aufführte, und der Kanonendonner wurde von einem Polizisten beigesteuert, der mit Schreckschußmunition in eine leere Mülltonne feuerte. Ich kannte den Polizisten. Manchmal bewachte er Straßen, die Schüler auf ihrem Weg zur Schule Nr. 43 oder auf dem Heimweg von der Schule Nr. 43 überquerten, meiner Schule, der James Whitcomb Riley School.

So ist es nicht überraschend, daß der Mittlere Westen so viele so verschiedene Künstler hervorgebracht hat, von Weltklasse bis lediglich kompetent, wie früher die Residenzstädte in Europa.

Ich sehe keinen Grund, weshalb dieser befriedigende Zustand nicht an- und an- und andauern sollte, wenn nicht die Mittel für die Unterweisung in den Künsten und das Feiern derselben, besonders im System der öffentlichen Schulen, gestrichen werden.

An einer Kunst teilzuhaben ist nicht nur schlicht eine von vielen Möglichkeiten, sich seinen Lebensunterhalt zu verdienen, ein aussterbendes Gewerbe, da wir uns dem Jahr 2000 nähern. An einer Kunst teilzuhaben hat im Grunde nichts mit Geldverdienen zu tun. Man mache mit bei einer Kunst – gern auch ohne Aussicht auf Geld und Ruhm, der Mittlere Westen hat gezeigt, wie's geht, und bisher viele seiner Jungen zu dieser Entdeckung ermutigt – und lasse seine Seele wachsen.

Kein Künstler von irgendwo jedoch, nicht einmal der alte Shakespeare, nicht einmal Beethoven, nicht einmal James Whitcomb Riley, hat den Verlauf so vieler Leben überall auf dem Planeten so sehr verändert wie vier Landeier in Ohio, zwei in Dayton und zwei in Akron. Ach, wären doch Dayton und Akron in Indiana! Ohio könnte gern Kokomo und Gary haben.

Orville und Wilbur Wright waren 1903 in Ohio, als sie das Flugzeug erfanden.

Dr. Robert Holbrook Smith und William Griffith Wilson waren 1935 in Akron, als sie sich für die Anonymen Alkoholiker die Zwölf Schritte zur Nüchternheit ausdachten. Verglichen mit Smith und Wilson war Sigmund Freud ein Knicker, wenn es darum ging, Fehlfunktionen von Geist und Leben zu heilen.

Erst mal nachmachen! Das kann sich der Rest der Welt

hinter den Spiegel stecken, Cole Porter, Hoagy Carmichael, Frank Lloyd Wright und Louis Sullivan, Twyla Tharp und Bob Fosse –, Ernest Hemingway und Saul Bellow, Mike Nichols und Elaine May gar nicht zu erwähnen. Toni Morrison!

Larry Bird!

New York und Boston und andere Häfen am Atlantik haben Europa zum einflußreichen, oft aufdringlichen Nachbarn. Mittelwestler haben das nicht. Viele von uns mit europäischen Vorfahren wissen deshalb nichts von der Vergangenheit unserer Familien in der Alten Welt und der dortigen Kultur. Unser einziges Erbe ist amerikanisch. Als mich während des Zweiten Weltkriegs Deutsche gefangennahmen, fragte mich einer: »Warum führst du Krieg gegen deine Brüder?« Ich hatte keinen Schimmer, wovon er sprach …

Anglo-Amerikaner und Afro-Amerikaner, deren Vorfahren aus dem Süden in den Mittleren Westen kamen, haben für gewöhnlich ein beherrschenderes Bewußtsein von einem Heimatland irgendwo in der Vergangenheit als ich –, natürlich in Dixie, nicht auf den Britischen Inseln oder in Afrika.

Was die Geographie allen Mittelwestlern geben kann, zusammen mit dem frischen Wasser und der Ackerkrume, ist, wenn sie die Geographie einfach ungestört machen lassen, eine ehrfürchtige Scheu vor einem fruchtbaren Kontinent, der sich in alle Richtungen erstreckt.

Macht einen religiös. Benimmt einem den Atem.

Anmerkungen des Übersetzers

Manche Leser – Leserinnen nie! – maulen, sie wollten nicht immer Sachen erklärt kriegen, die sie längst wissen. Also lasse ich Samuel Butler (alle beide), William Morris, Cole Porter, Hoagy Carmichael, Frank Lloyd Wright, Louis Sullivan, Bob Fosse und Mike Nichols unerklärt und erkläre nur Leute, von denen selbst die mauligsten Leser unter Garantie noch nie gehört haben, ich z.B. schon mal auch nicht, d.h., Maxwell Prior, einer der zahllosen Enkel Kurt Vonneguts, hat sie mir erklärt, und deshalb muß es korrekt heißen:

Anmerkungen von Maxwell Prior

38 Oberst Eli Lilly, Bohnenfresser aus Indiana, kommandierte während des Bürgerkriegs die Truppen der Union und gründete die pharmazeutische Firma Eli Lilly & Co. Die medizinisch-ethischen Kontroversen, die sich an seinem Unternehmen entzündeten und sein philanthropisches Vermächtnis befleckten, fanden in der zweiten Hälfte des 20. Jahrhunderts statt. Oberst Lilly gestand, den Krieg dank einem steten Schwall von Whiskey, Tabak und Chinin überstanden zu haben.
Paul Krassner wird nicht erklärt. Gründer und Herausgeber der Zeitschrift *The Realist*. Vonnegut lobte ihn für »ein Wunder an komprimierter Intelligenz, vergleichbar mit Einsteins $E = mc^2$«. Krassner druckte nämlich zu Beginn der sechziger Jahre, als das Wort »fuck« noch richtig tabu war, ein rot-weiß-blaues Plakat mit der patriotischen Aufforderung FUCK COMMUNISM. Da war dann alles drin.

159 Alvin York war ein Held des Ersten Weltkriegs, der während der Maas-Argonnen-Offensive in Frankreich ganz allein ein deutsches MG-Nest aushob. Half im Zweiten Weltkrieg beim Verkauf von Kriegsanleihen.

393 Twyla Tharp, die nach Twila Thornburg benannt wurde, welche bei der 89. Jährlichen Landwirtschaftlichen Leistungsschau in Muncie, Indiana, zur Schweineprinzessin gekürt worden war, lebt als gefeierte Tänzerin und Choreographin in New York.

Elaine May wurde zweimal für den Oscar nominiert, 1978 für *Heaven Can Wait* und 1998 für *Primary Colors*. Wurde in den fünfziger Jahren wegen ihrer improvisierten komischen Auftritte mit Mike Nichols berühmt.

Larry Bird, als »the Hick from French Lick« (»der Hinterwäldler aus French Lick«) bekannt, schrieb als Stürmer der Boston Celtics von 1979 bis 1992 Basketball-Geschichte.

Editorische Notiz

Die Erzählungen des ersten Teils und die Einführung von Mark Vonnegut sind dem Band *Armageddon in Retrospect* (G. P. Putnam's Sons, New York 2008) entnommen, die Erzählungen des zweiten Teils und die »Coda zu meiner Karriere als Autor für Periodika« *Bagombo Snuff Box* (G. P. Putnam's Sons, New York 1999). Alle Texte sind zum ersten Mal ins Deutsche übersetzt worden.

KEIN & ABER POCKET

Jonas T. Bengtsson

Aminas Briefe

Roman | Aus dem Dänischen von Günther Frauenlob

ISBN 978-3-0369-5911-5

Truman Capote

Kaltblütig

Roman | Aus dem Amerikanischen von Thomas Mohr

ISBN 089-3-0369-5903-0

Sir Arthur Conan Doyle

Die Abenteuer des Sherlock Holmes

Geschichten | Aus dem Englischen von Gisbert Haefs

ISBN 978-3-0369-5902-3

Henry Glass

Weltquell des gelebten Wahnsinns

Kolumnen

ISBN 978-3-0369-5907-8

David Nicholls

Ewig Zweiter

Roman | Aus dem Englischen von Simone Jakob

ISBN 978-3-0369-5900-9

David Nicholls

Keine weiteren Fragen

Roman | Aus dem Englischen von Ruth Keen

ISBN 978-3-0369-5901-6